U0852187

千寻文化

Qianxun-Culture

—图书·影视—

初婚慢慢甜 2

半弯弯 著

中国致公出版社

图书在版编目（CIP）数据

初婚慢慢甜 . 2 / 半弯弯著 . -- 北京 : 中国致公出版社 , 2021

ISBN 978-7-5145-1002-7

Ⅰ . ①初… Ⅱ . ①半… Ⅲ . ①长篇小说 - 中国 - 当代
Ⅳ . ① I247.5

中国版本图书馆 CIP 数据核字 (2021) 第 151185 号

初婚慢慢甜 . 2 / 半弯弯 著
CHUHUN MANMAN TIAN. 2

出 版	中国致公出版社 （北京市朝阳区八里庄西里 100 号住邦 2000 大厦 1 号楼西区 21 层）
发 行	中国致公出版社（010-66121708）
责任编辑	简鸣琅
责任校对	邓新蓉
特约编辑	曹煜倩
版式设计	等 等
印 刷	长沙鸿发印务实业有限公司
版 次	2021 年 8 月第 1 版
印 次	2021 年 8 月第 1 次印刷
开 本	880mm × 1230mm 1/ 32
印 张	10
字 数	307 千字
书 号	ISBN 978-7-5145-1002-7
定 价	39.80 元

目录

contents

目录

c o n t e n t s

第一章

他失算了

为了监视厉衍瑾和那个女人见面的情况，夏初初和言安希早早地来到厉衍瑾相亲的餐厅，坐在他背后的一桌。

夏初初看着厉衍瑾的背影，恨恨地小声道：“哼，男人果然都是靠不住的！他说他不会来，结果呢？要不是我亲眼看见，他是不是还打算继续骗我啊。”

“淡定淡定。”言安希安慰道，“我们再继续看看。”

“怎么淡定啊？他还提前赴约了！真是绅士呢！”

厉衍瑾忽然转身往身后看了过来。夏初初一惊，迅速缩到桌子底下，言安希也连忙拿菜单挡住自己的脸。好在厉衍瑾只看了一眼，又转头靠在真皮沙发上，继续等着。

这时，一个女人走进了餐厅，厉衍瑾突然站起来，朝那个女人挥了挥手：“静唯，我在这里。”

夏初初立马像打了鸡血一样，精神高度集中。她抓着言安希的手道：“他居然没有叫她全名……”一般只有很亲密的人之间才会这样称呼啊。

被厉衍瑾叫作“静唯”的女人朝这边看了过来，然后踩着高跟鞋，优雅落座。

“厉总经理，好久不见啊。”乔静唯撩了撩头发，“今天总算见上一面了。”

厉衍瑾笑了笑："我想见你一面也不容易。"

"说笑了，还是正经一点儿吧。我刚从国外回来，调到自家公司任职。以后在商场和饭桌上，说不定经常会和你见面，还请多多关照了。"

"回国发展了？"厉衍瑾挑挑眉，"看来，乔家是太想把你这个女强人嫁出去了。"

乔静唯一笑："所以啊，才会早早就安排我和你见面。厉衍瑾，我们这算是相亲吧？"

"不算。乔静唯，我们这是老朋友见面。"

乔静唯眼里闪过一丝失望，但很快又不见了，她继续轻松地说道："也是，我和你也算认识好几年了。"

"本来我是不打算来的，因为我答应了一个人。"厉衍瑾说，"可我知道要见的人是你的时候，就想我们的见面应该不会像谈公事那样正式客套，也不会让人尴尬。"

"答应了一个人？你……有女朋友了？"

"暂时没有。"

乔静唯正想松口气，就听见厉衍瑾说："但是我有喜欢的人了。"

"是谁？慕城哪家千金小姐入得了你的眼？"

厉衍瑾一笑："保密。在到手之前，我不会告诉别人。"

乔静唯极力掩饰住眼里的失落，道："连你都找到喜欢的人了，我还是单身。"

"你这么优秀的女人，难道不是大把大把的男人排着队追吗？"

乔静唯认真地看着厉衍瑾："可惜追我的人，我不喜欢。我喜欢的人，不追我。"

厉衍瑾道："你会遇见更好的人的。慕城有多少青年才俊，总会有适合你的。"

乔静唯听到他这句话，失望地笑了笑："我不喜欢合适，我喜欢爱情。"

厉衍瑾一挑眉："正好，我也是这么想的。"

突然，厉衍瑾身后传来"啪"的一声响，在安静的西餐厅里显得十分突兀，餐厅里所有的人都往发出声音的地方看去。

夏初初张着嘴，看着自己刚刚不小心打碎的杯子。

言安希赶紧说道："初初，快藏起来，别被厉衍瑾看到了……"

被言安希这么一提醒，夏初初才反应过来。她迅速抬头，却正好对上了厉衍瑾的目光。

夏初初傻了。

厉衍瑾看到她，也很诧异："初初？"他迅速走过去，握着夏初初的手，"没受伤吧？"

"我……我没事……"

乔静唯站在厉衍瑾身后问道："你们认识？"

夏初初看着厉衍瑾握着自己的手，下意识地喊道："厉衍瑾先生，我……我……"

乔静唯忽然一笑："原来这是你的夏初初小姐啊，厉衍瑾。"

厉衍瑾一愣："你怎么知道？"

"她刚刚叫你厉衍瑾先生啊。"

夏初初茫然地看了看厉衍瑾，在听到乔静唯这句话时，心里莫名地痛了一下。她连忙收回手，慌张地说道："没什么，厉衍瑾先生，我就是不小心碰倒了杯子，没受伤。你继续和乔小姐吃饭吧。"

乔静唯体贴地说道："没事，你别受伤就好了。你好，我是乔静唯，厉衍瑾的好朋友。"

"你好，我是夏初初。"

乔静唯朝厉衍瑾一笑："初初好可爱啊。"

夏初初勉强一笑："我和朋友在这里吃饭，没想到会遇到你们，好……好巧。"

"是挺巧的。"乔静唯也没往其他地方想。

夏初初推了推厉衍瑾："你继续和静唯姐吃饭吧。我没事的，有安希陪我。"

言安希点点头："对，不小心打破一个杯子而已，没事的。"

厉衍瑾没说什么，不过看向夏初初的眼神意味深长，而夏初初眼神闪躲，不敢直视厉衍瑾。

之后几人分别用餐，乔静唯率先离开，夏初初也被厉衍瑾带了回去，但言安希还不想走，她一个人坐在窗边，看着街上川流不息的人流发怔。

不知过了多久，言安希回过神来看了一眼时间，正要起身，面前的光线忽然一暗，她一抬头就看见慕迟曜居高临下地站在她面前，一把握住她的手腕，捏得她生疼。

“你今天下午离开公司，去哪里了？”

言安希一一回答：“先去了医院，然后就和初初在这里吃饭，现在就站在你面前，还有什么疑问吗？”

“我允许你离开公司了吗？”

言安希看着他，心里越来越委屈，然后再也忍不下去了：“我就离开公司了，你想把我怎么样？反正我在秘书办也不过是一个可有可无的人，你为了秦苏刻意推迟会议，让所有人都加班，我不想留在那里不行吗？”

慕迟曜的目光慢慢沉了下来，他微启薄唇：“言安希，你又在闹什么别扭？”

她一怔，偏过头：“我没有闹别扭。”

慕迟曜的眼神带着审视的意味。而言安希咬着下唇，一言不发。

“回家。”慕迟曜说完，转身就走，留给她一个挺拔的身影，丝毫不在意还站在原地的她。

言安希咬咬牙，跟了上去。她要是不跟着慕迟曜离开的话，还不知道他会做出什么举动。

回到年华别墅，言安希刚下车，就被慕迟曜捏住手腕拖着往前走。

“你放手！”言安希喊道，“慕迟曜！你弄疼我了！”

“我还可以让你更疼！”

慕迟曜依然没松手，就这样把她拖到了二楼的主卧室门口，他一脚踹开门，把言安希推了进去，然后吼道：“你为什么一句话也不说，突然就走了？”

“你有秦苏陪在身边，还在乎我有没有在公司？”言安希道，“我不就是秦苏的替代品吗！正主都回来了，我在那还有什么用！”

“你又在嫉妒秦苏！”

“是！”言安希大大方方地承认，“我嫉妒她！她是你最爱的女人啊！你那么爱她，哪怕只是一个和她长得很像的我，你都能毫不犹豫地娶回来！”

慕迟曜看着她，半晌后才道："这就是你默不作声离开公司的原因吗？"

言安希咬着下唇，轻轻地点了点头。

"从你知道秦苏的存在开始，你就嫉妒她、在意她的一切。现在她回来了，你的嫉妒心终于到达顶峰了吗？"

"对，我的嫉妒心就是这么强。"言安希凄凉一笑，"可如果不是因为我爱你，我为什么要嫉妒秦苏？"

慕迟曜听到她这句话，微微一怔，满身的戾气竟然在慢慢地消退。

"慕迟曜，你到底明不明白，我这么无望却又全心全意地爱着你，到底有多累，又有多需要勇气？"言安希眼眶泛红，可自始至终都没有落下一滴眼泪。

慕迟曜看着她，心里一阵烦躁。

自从他知道秦苏还活着的消息，他就一直在找秦苏。他以为他找到秦苏时，能把自己和言安希的关系处理好，可现在看来……他失算了。他没想到秦苏会突然出现在他面前，而言安希成了他生命里的一个意外。

慕迟曜忽然转过身："你出去吧。"

言安希没感到任何意外，她快步走到门口，一打开门就走了出去。

慕迟曜看着一下子安静下来的房间，心里空荡荡的，好像比这房间还要空。

第二天下午，言安希还在上班的时候，她的手机忽然响了起来。她拿起一看，是星辰医院打来的电话，顿时就慌了。她连忙接通电话，声音微微颤抖："请问……有什么事吗？"

"你好，请问是言安希小姐吗？"

"我是。"言安希赶紧回道，"是不是我弟弟……有什么事？"

"言小姐，是这样的，有一位先生替您增交了言安宸的住院预交金……"

言安希一怔："什么？"

"是的，言小姐，所以现在需要您过来签一下字。"

是谁替安宸交了住院预交金？慕迟曜吗？不可能，他不会有这么好心。那会是谁呢？

那边又催促了一声，言安希只好应下："好，我马上过去。"

言安希想了想，决定去请假。她站在秘书办的组长面前，客气地说道："不好意思，我突然有点儿急事，中午能不能请假？"

组长一看是她，连忙问道："请假？你这……"

言安希说道："我很快就会回来，慕总……我想他现在很忙。"

组长最后还是同意了她的请假申请。

请好假后，言安希马上拿起自己的包包，赶往医院。

到医院的时候，言安希跑得气喘吁吁："你好，我是言安希。"

"言小姐，请签字吧。"

言安希看着那个数额——二十四万，她迟疑了一下，然后问："我想问一下，是谁交的费用？"

"一位先生，个子很高。"

"你能具体描述一下他的相貌特征吗？"

"言小姐，您还是先签字吧。"

言安希咬了咬唇，看着收据单上的缴费金额，心里无限纠结。对言安希来说，这笔钱可以减轻她许多负担，她可以利用这段时间好好工作攒钱，可是……

言安希握着笔，犹豫许久，最后还是一笔一画写上了自己的名字。她问道："如果下次你看到替我缴费的那个人，麻烦你拍一下他的照片给我好吗？"

"嗯，言小姐，没问题的。"

"谢谢。"

她要知道是谁交了这笔钱。她现在很窘迫，也很拮据，这笔钱对她来说帮助很大，她至少可以不用在慕迟曜面前委曲求全了。而这笔钱，以后她一定会还给那个人！

言安希看了一眼时间，打算去看望弟弟。她轻车熟路地走到重症监护病房外，推开门后发现里面站着一个人。她的脸色瞬间变了："墨千枫？你来这里干什么？这里不是你该来的地方。"

"安希，我想为安宸做点儿事。"

"不需要，最难的日子我已经熬过来了。"

"安希，我是真心想要补偿你。"

"你怎么补偿？拿走我们言家的资产，害得我们姐弟无家可归，你要用什么才补偿得起！补偿不是说说就可以的，也不是用钱就能解决的！”

墨千枫被她反驳得哑口无言。

言安希看了一眼病床上的言安宸，忽然问道：“是不是你给安宸交了住院预交金？”

墨千枫沉默了一下，然后点点头：“是。”

“用这样的方式，来安慰你的良心吗？”

“安希。”墨千枫叹了一口气，“你为什么总是对我这么咄咄逼人呢？”

“墨千枫，我们是仇人！墨家低价拿走我们言家的所有资产，这是不义。你有了新的未婚妻，这是背叛。你说，我对你要用什么态度？”

“那慕迟曜呢？他对你就好得无可挑剔了吗？他把你赢到手、娶回家，他有真心把你当成妻子吗？”

言安希深深吸了一口气，然后说：“我不想和你吵。那笔钱我会马上还给你。”

“不用。”

言安希郑重地重复了一遍：“我一定会马上还给你。”她说完，转身就走。

言安希万万没有想到是墨千枫交了这笔钱，那么这笔钱她绝对不会收！

“安希！”墨千枫追在她身后喊道，“你要去哪里？”

言安希没有回头，继续快步往外走。路过楼梯口时，墨千枫忽然迅速从后面追上来，拦在她面前，喘着气说道：“你别走，我还有话跟你说。”他伸手握住言安希的肩头：“我知道你最在意的就是言家破产一事，现在墨家的公司都由我打理，我可以把言家的一切都还给你。”

言安希完全傻了：“你……知不知道你在说什么？”

“你听我说完。”墨千枫顿了一下，然后接着道，“你还在意我和林玫若的婚约，对不对？”

言安希一怔，摇摇头：“我没有。”

“你在意的，安希。我和她的婚约，原本也是家里人订下的，玫若是个好女孩，但是……我不爱她。”

言安希想挥开墨千枫的手：“你冷静一点儿，我觉得你现在不知道自己在说什么。”

“我知道！”墨千枫哪里肯松手，一直紧紧地握着她的肩头，“为了你，我可以和林玫若解除婚约！”

言安希觉得墨千枫一定是在说疯话。

把言家的资产还给她？还和林玫若解除婚约？

怎么可能？

“墨千枫，我看你真的是……”言安希说着说着忽然停住了，她愣愣地看着前面不知何时出现的慕迟曜，而他的身边站着秦苏。

“重新开始？”慕迟曜的声音让人听不出喜怒，却有一股迫人的气势，“多么动听的话。”

言安希心尖一疼，然后迅速收回目光，挥开墨千枫的手，轻声说道：“松手吧，墨千枫，我没有当年那么天真了。”

慕迟曜冷哼一声：“言安希，他许你这么动听的承诺，你该动心了吧！”

墨千枫把言安希挡在身后，看向慕迟曜：“你怎么在这里？”

“我为什么不能在这里？墨千枫，我的妻子，你护得那么好干什么？”慕迟曜道。

“你根本就没把她当成过你的妻子！”

慕迟曜却懒得和墨千枫在这里纠缠，而是直直地望向言安希说道：“过来！”

言安希站在原地，一动不动。

慕迟曜的脸顿时沉了下去：“言安希，我再说一遍，过来！”

“我就不过去了。”言安希平静地说，“你有秦苏陪着，我显得比较多余。”

墨千枫听到言安希的话，看向慕迟曜身边的女人：“她就是秦苏？百闻不如一见啊，可你们看起来也没想象中的那么像。”

言安希一愣。

“安希的眼睛很清亮，是标准的杏眼，圆溜溜的。秦苏的眼睛分明细长一点儿。”墨千枫说，“小时候，安希就靠着这双眼睛，不知道骗了多少长辈的糖果。”

言安希看着墨千枫的侧脸，一时间感慨万千。墨千枫到底是和她从小一起长大的人。他了解她、熟悉她，连她和秦苏的差别，都能轻轻松松地看出来。

慕迟曜却冷哼一声："她们像不像，不用你来评判。言安希，你是打算一直躲在他身后吗？"

言安希道："我不想夹在你和秦苏中间。"

慕迟曜终于忍不住挥开秦苏的手，大步走去，一把扣住言安希的手腕，将她从墨千枫的身后拉出来，然后圈住她纤细的腰肢，看着墨千枫。

"慕迟曜，你明明不爱她，为什么还要占有她？"

"谁说我不爱她了？"

言安希浑身一僵，秦苏在旁听到这句话，心里也是咯噔一下。

墨千枫更是震惊："你爱她？我不相信。"

"我爱或不爱，都不是你招惹她的理由。"慕迟曜冷冷地说，"她现在的身份是慕太太，不是言家大小姐。"

"你爱的是秦苏！多年前你就和秦苏在一起了。你娶安希，也是因为她和秦苏长得相似罢了。现在秦苏回来了，你也不需要安希了，你可以放手了！"

"我要不要她，是你能决定的吗？"慕迟曜的手再次紧扣言安希的腰。

"那秦苏呢？"墨千枫忽然抬手指向秦苏，"你就让她无名无分地跟着你？慕迟曜，你这样的话，伤害的就是两个人！"

墨千枫的话直戳慕迟曜的痛处，他现在最烦的就是不知道要怎么处理这件事。他要成全一个人，就必须牺牲另外一个人。

墨千枫趁机继续说道："放过安希吧，慕迟曜。你和秦苏本就是一起的，现在也该在一起。而安希，我会照顾她。"

慕迟曜眉尾一挑，开始反驳："墨千枫，你别忘记了，你有什么资格来照顾言安希？家仇摆在这里不说，我没记错的话，你还有一个貌美如花的未婚妻！"

"我刚刚已经跟安希说了。"墨千枫缓缓开口，"言家的一切，我都可以还给她。婚约我也可以取消，我只要她。"

慕迟曜勾唇一笑，眼睛里却没有丝毫笑意，他低头看着言安希说道："他为你这么不惜代价，你要怎么做？"

言安希知道自己不能再沉默下去了。她没想到墨千枫竟然会许给她这样的承诺。但是有些东西失去了就是失去了，再也回不来了。

"墨千枫。"言安希说道，"我们之间已经没有可能了，你走你的阳关道，我过我的独木桥。"

墨千枫难以置信地看着她："安希……你知不知道你在说什么？"

"被背叛的滋味，我再也不想尝了。"言安希说完，看了一眼慕迟曜，"你不是要我跟你走吗？那现在走吧。"

墨千枫怔怔地望着她："安希……"

言安希转身顿了一下："那笔钱我会还给你。你不要再做任何无意义的事情了。碎掉的玻璃就算粘得再完美，也还是会有裂缝，感情……也一样。"

言安希被慕迟曜搂着，半推半拽地塞进了车里。然后不知道慕迟曜和秦苏说了什么，逗得紧蹙眉头的秦苏展颜欢笑。过了一会儿，一个保镖把秦苏请上了一辆黑色跑车，载着她离开了。

言安希坐在车里，面无表情地看着这一幕，心里一阵发疼。这时慕迟曜的身形一动，言安希立刻转过头望着前面。等待她的，只怕是一场狂风暴雨。

慕迟曜坐到驾驶座上，发动车子，驶离了医院。而言安希木然地坐在后座上，她想，就算现在慕迟曜扔给她一纸离婚协议书，她也没什么好惊讶的了。

可不知道慕迟曜着了什么魔，他忽然猛踩油门，把车开得飞快。言安希被吓得脸都白了："慕迟曜……"

慕迟曜根本不理会她，继续开着车，白皙的手握着方向盘，手背青筋微微凸起。

言安希吓得闭上眼睛，喊道："慕迟曜，你疯了是不是！你开慢点儿啊……"

言安希只觉得自己一直不停地和死神擦肩而过。她紧咬住嘴唇，但最后还是惊叫出声："慕迟曜，我求求你了，你开慢点儿啊……"

言安希话刚说完，只听见一阵尖锐刺耳的刹车声，而下一秒，她整个人控制不住地往前栽，额头重重地磕在前座的椅背上。

车子终于停下了，言安希也慢慢地回过神来。她咽了咽口水，觉得自己好像从鬼门关走了一趟。

“言安希，原来你还知道害怕？”

“废话！”言安希忍不住说道，“我当然很怕死！我还想长命百岁！”

“长命百岁……”慕迟曜冷笑一声，“那你长命百岁的时候，是和谁白头到老呢？”

“反正不是和你。”言安希连忙降下车窗，狠狠地吸了一口外面的新鲜空气，“慕迟曜，你要发疯，我绝对不拦着你，但你别带上我。”

“才这么点儿速度，就把你吓成那样。言安希，更可怕的，我想你还没见过。”

慕迟曜脸色一沉，升上言安希打开的车窗，重新发动了车子。

这一次，慕迟曜没有再飙车，言安希的脸色才好了一些。

车子停在慕氏集团门口，慕迟曜率先下车，把钥匙扔给门口的保安。言安希也迅速打开车门，想要快点儿远离慕迟曜。结果她刚下车，慕迟曜就一把握住她的手腕，拉着她进了公司。

言安希挣扎道：“松手……慕迟曜，这里是公司！”

“松手让你跑吗？”慕迟曜头也不回地扔下一句话。

他就这么一路紧扣着言安希的手腕，不顾她挣扎，伸手推开总裁办公室的门，拉着她走了进去，然后猛地把门关上。

“你今天为什么会跟墨千枫在一起？”慕迟曜的眼神犀利，“言安希，你最好给我一个合理的解释！”

“那你为什么会和秦苏在一起？你难道不需要给我一个解释吗？你一直说我是你的妻子、我是慕太太，那我就有知道的权利！”

慕迟曜想也没想就回答道：“我带秦苏去检查身体。她当年受了伤，我不放心。”

他回答得毫不避讳、理直气壮，好像他做的这件事十分正确。

言安希顿时明白：“哦……你担心她。是因为怕当年那件事给她留下后遗症？”

“是！秦苏因为那次受伤后，落下了心悸的毛病，只能慢慢养。”

言安希咬了咬下唇，然后说：“慕迟曜，我记得清清楚楚，是你当初告诉我，秦苏死了。”

“是，我一直以为她死了。”

“那她为什么现在还活着！她不仅活着，还回来和你再续前缘，爱得难舍难分！”

“她被人救下，藏了好几年，直到上次被我的人发现。知道我在找她，她才回到了我身边。”慕迟曜沉声说，“事情就是这样，你满意了吗？”

言安希沉默了一下，然后说：“那如果我早一点儿知道秦苏还活着，就好了。”

慕迟曜看着她，心里忽然狠狠地一抽：“为什么？”

“如果我知道她还活着，那我一定不会让自己爱上你。”言安希回答道，“和一个活在你心里，但已经死去的人争，我或许还有可能赢。但是她没有死，她回到了你身边，我又拿什么去争取你的爱呢？”

慕迟曜凶狠地将她牢牢抵在墙上：“不管怎么样，言安希，你不许跟墨千枫有任何来往！”

“只许州官放火，不许百姓点灯？”言安希仰头看他，“你可以和秦苏光明正大地成双成对，我却连和墨千枫来往都不可以？你这是双重标准！凭什么？”

“那又怎样！”慕迟曜低头将她困在自己制造出来的小空间里，道，“我就是不允许！”

言安希气急败坏地看着他。

“上班时间你跑到医院干什么？和墨千枫见面？”慕迟曜继续问道，“还有，走的时候，你说要把一笔钱还给他，又是怎么回事？”

“墨千枫给我弟弟交了住院预交金，我在不知道是他交的钱的情况下，去医院签了字，之后我才知道是他，所以我说会把钱还给他。”

慕迟曜冷笑一声：“他就是把你弟弟一辈子的医疗费都交了，你弟弟也醒不过来！”

“胡说！”言安希反驳道，“我弟弟会醒来的！他不会一直这样沉睡下去的！”

慕迟曜的神色越发冷峻：“我算是明白了，你三番五次地提离婚，就是想快点儿从我手里逃脱，扑到墨千枫的怀里去！”慕迟曜忽然说道，“言安希，你亲口说过你爱我。”

言安希看着他点点头：“对！我是说过！”

“那你就不许再见墨千枫！我不允许！”慕迟曜吼道。

“可是……你从来没有说过你也爱我啊！”言安希别过头，声音里带了一点儿祈求的意味，“慕迟曜，你放过我吧。”

“放过？没那么容易！”慕迟曜眉尾一挑，凑到言安希耳边，低声说道，“我只要一天不放手，你就一天别想逃开！”

慕迟曜呼出的气息喷在她耳边，让她浑身一颤。她调整了一下情绪，然后问：“那你什么时候才和我离婚？”

慕迟曜的脾气瞬间被她这话点燃：“言安希，我说过了，不许再提那两个字！”

“那我只能等你对我提起吗？”言安希凄凉一笑，“慕迟曜，其实在我和秦苏之间，毫无悬念，你会选她，对吧？”

慕迟曜薄唇微动，喉结滚了滚，最后低低地说了一个字：“对。”

虽然是早就知道的答案，但真正听到时，言安希还是感到难过。

她明白，等到慕迟曜做出决定，就是离婚的时候了。

言安希回到秘书办，正要回到自己的位子时，突然发现秘书办的组长办公区空荡荡的。言安希一惊，心里忽然闪过一个不好的想法，她连忙问身边的同事：“组长呢？”

“刚刚陈特助把组长叫走了，然后组长就再也没回来过。”

言安希扭头就跑去找陈航：“秘书办的组长呢？是不是她批准我请假，所以慕迟曜把她开除了？”

陈航迟疑了一下，然后点点头：“是的，太太。”

言安希喃喃道：“我去找慕迟曜！”

陈航好心提醒道：“太太，您……好像刚刚才从慕总的办公室里出来。”

言安希一怔。是啊，她才从慕迟曜那里出来，慕迟曜现在看到她也不会有什么好脸色。

她现在都自顾不暇了，又凭什么去求慕迟曜呢？

只是……她最终还是连累了无辜的人。

言安希绞尽脑汁地想，想来想去，她想到了沈北城。

他是慕氏集团的副总裁，人又那么好，他会帮忙的吧？

第二章

我的家业你败不完

下午，慕迟曜接到了秦苏的电话，答应和她一起吃晚餐，但是他又不放心言安希。他起身看了一眼时间，然后取下衣架上挂着的西装，动作利落地穿上，长腿一迈，快步走了出去。

言安希正好从秘书办里出来，她手里提着包包，不知道在翻什么。这时，她忽然听到慕迟曜沉稳的声音："言安希，过来！"

言安希停下脚步看了他一眼，走到他面前："慕总，有什么事？"

慕迟曜上下打量了她一眼："你现在是要回家？"

"对啊！"言安希点点头，"不然我还能去哪？"

"这样最好，阿诚会在楼下接你。回家以后不许再出门。"

言安希顿时感到反感："我为什么不能出门啊？"

"防止你和墨千枫见面。"

"我肯定会再和他见面的啊！"

慕迟曜眸光一沉："你再说一遍？"

"我要还钱给他啊！"言安希说，"还完钱，我就和他两清了。"

"那点儿钱也值得你亲自去一趟？让阿诚转交就可以了。"

言安希懒得和他争，二十四万对他来说是一笔零花钱，可对她这种普通人来说，那是需要挣的。而且为了能快点儿还墨千枫这笔钱，她还得努力想想该怎么凑齐才行。

她低头正想着，慕迟曜忽然伸手紧紧捏着她的下巴："我跟你说话，你竟然无视我？”

“我……”

“老老实实回家。”慕迟曜打断她的话，“要是被我知道你乱跑，你知道后果！”

她咬着唇，忽然问道：“你是不是要去别的地方？”

“嗯。晚上和秦苏一起吃饭。”

言安希的牙紧紧地咬着下唇，听到他这句话，她忍不住心里一疼。

慕迟曜收回手，看了她一眼：“言安希，你最好乖一点儿。”说完，他转身就走。

言安希终于忍无可忍：“凭什么你跟秦苏晚上一起吃饭，我就要在家待着，哪儿都不能去？”

慕迟曜脚步一顿：“你要和我谈公平？”

“不可以吗？”言安希下巴一扬，“再怎样，我现在也是你的妻子，为什么不能和你平起平坐？”

慕迟曜眼睛一眯，忽然嘴角一勾：“你能牢牢地记住你是我的妻子，非常好。”

“慕迟曜，我现在是在和你谈公平！”言安希说道，“我晚上也要出去！”

“去哪？见墨千枫？那你想都不要想！”

“不是去见他！”言安希顿了一下，“我去逛街！行了吧？”

反正，她只要想到他要去和秦苏共进晚餐，而她却要一个人待在年华别墅，像一个怨妇一样哪儿都不能去，就极其不爽！

慕迟曜反问道：“你就只是去逛街？”

“不可以啊？我好歹也是慕太太，逛个街让你很惊讶吗？难道你还怕我败家啊？”

慕迟曜嘴角一勾：“不怕。我的家业，就凭你一个人还败不完。”

言安希恨恨地看着他。

“去逛街的话，我同意了。你可以随便买。”说着他转身看向陈航，“给银行打电话，把她的信用卡副卡额度提到……”

慕迟曜一顿，转身看她：“你需要花多少？”

言安希傻眼，没想到慕迟曜大方起来简直不是人啊！

“一百万。”言安希想也没想就说，“我要买好多好多的衣服！”

慕迟曜点点头："好。陈航，听到了吗？"

陈航立刻应下，去联系银行了。

言安希再次傻眼，她随随便便说要一百万，他就这么给了？一百万，那是她弟弟多少年的医疗费啊！

慕迟曜低头看她："一百万，什么时候用完了什么时候回家。"

言安希呆呆地问道："那要是我没用完呢？"

"用不完，那余下的钱就会被冻结。"慕迟曜淡淡地说，"你不是要败家吗？一百万都用不完，还败家？"

"谁说我用不完！"言安希连忙挺直腰杆，"我拉上初初一起买！"

"随你。"慕迟曜看了她一眼，转身走了。

言安希看着他走进电梯，慢慢松开了紧咬的下唇，站在原地发呆。

这一百万对她来说的确是一笔大数目，可是他用一百万让她不要到处乱跑，然后他去和秦苏共进晚餐？

言安希越想越觉得心里难受，于是她给夏初初打了个电话，简单说了一下事情的原委，想向夏初初借二十四万还给墨千枫。

而她是不会花慕迟曜一分钱的。

一家高档西餐厅。

秦苏一进餐厅，就有侍者领着她走到一间房间门口："秦小姐，请进，慕先生已经在里面等您了。"

秦苏心里满是甜蜜，推门走了进去。她看见长长的餐桌上面摆满了烛台，精致的餐具整齐地摆在桌上，而餐桌的正中央，一束红玫瑰开得正艳。

慕迟曜要是用起心来，没有女人不被他征服。

慕迟曜听见开门的声音，转身看着秦苏："来了？"

"嗯，我来了。"

慕迟曜早已脱下深蓝色的西装，只穿着一件白色衬衫，袖口挽起，露出结实的小臂。秦苏走过去扑进他怀里，环住他的腰，仰头看着他娇笑："让你等很久了吧？我在家试衣服，所以有些耽误了。"

"没关系。"慕迟曜揽着她的腰，低头在她额头上亲了亲。

他这个动作，让秦苏的心都要化了。她感觉现在的她是世界上最幸福的女人。她忍不住踮脚亲了亲慕迟曜的唇："最中间的那束玫瑰花，是你特意买来送给我的吗？”

“是。路过花店，顺手就买了。”

“我很喜欢，难得你这么浪漫。”

“喜欢就好。”

两人在位子上坐下，慕迟曜抬手解开衬衫的两颗扣子，露出好看的锁骨线条：“今天你怎么突然想要和我一起用晚餐？”

“我就是想见你，想和你多待在一起。我现在很遗憾，为什么我不能随时都在你身边。”

慕迟曜听到她这句话，微微一僵。

秦苏仰头喝着红酒，可眼角的余光一直看着慕迟曜。她知道，有些机会，到了眼前，就要牢牢抓住，她也要开始采取一些手段了。

第二天。

言安希刚走到秘书办门口，就被陈航请进了慕迟曜的办公室。

她一进去，就看见慕迟曜坐在办公桌前，骨节分明的手指握着话筒，见她进来，下巴微微一扬，就挂了电话。

“你昨天，是不是去找沈北城了？”

言安希点点头。

“是不是看见沈北城和瑶瑶在一起？”

言安希又点点头。

“那就对了。”慕迟曜说，“昨天瑶瑶无意中跟我提了两句。”

“原来是这样……”昨天她去找沈北城，想让他帮忙留下组长，刚好慕瑶也在，所以慕瑶确实也知道这件事。

“不然你觉得是哪样？”慕迟曜继续问道，“你想要我留下秘书办的人，为什么不来找我，而是去找别人？”

“因为我知道你不会同意啊！”言安希说，“你就是因为组长同意我请假，把气撒在她身上，迁怒于她。可你有气，你冲着做错事的人发啊！组长又没错！”

“错和对是你来决定的吗？”

“我决定不了啊！所以我去找沈北城。他比你明事理，不会意气用事！”

慕迟曜脸色微沉地说道：“言安希！你是慕太太！以后你不许去

找别人。”

“慕迟曜！”她也豁出去了，喊道，“你凭什么掌控我啊！我又不是一个没有思想的人！”

“不错，胆子大了。”慕迟曜的声音忽然低下来，目光沉沉地看着她，像一场暴风雨即将来临。

言安希立即闭嘴，不说话了。她知道如果继续顶撞慕迟曜，最终受苦的只是她自己。

慕迟曜看她这样，有些高兴，因为制服她的感觉很不错。

他忽然问道：“言安希，如果我现在给你一个选择的机会，你最想做什么？”

她一愣：“什么意思？”

“我想给你一个机会，让你以后能安安静静的，变得乖巧听话。”慕迟曜说完又加了一句，“不要再给我添堵了。”

“那我要是说了，你会实现吗？”

“你先说。”

言安希犹豫了一下，然后说道：“你先答应我。”

“你再跟我讨价还价，那就没有说出来的权利了。”

言安希连忙说道：“我说，我说。如果给我一个选择的话，我现在最想离开秘书办，去设计部，那才是我的专业领域，也是能让我真正实现自我价值的地方。”她说完之后，看了慕迟曜一眼。

慕迟曜脸上的表情好像没什么变化，似乎……并不在意。

慕迟曜当初让她进慕氏集团，在秘书办上班，就是想更好地控制她。虽说设计部也在慕氏集团，但哪有秘书办隔得近？

“设计部……”慕迟曜低声说道，“言安希，你知道，放一个人实现自我价值，那就是让她飞得更高。一旦你飞得更高，那我就无法掌控你了，就算可以掌控，那也比现在困难。”

言安希小声说道：“只是一份工作而已。”

不管慕迟曜会不会同意，只要有一点点的可能和机会，她就一定会朝自己的专业方向发展。

年华别墅，午休时，夏初初打电话给言安希，说要过来找她，所以她打了个哈欠起身，梳洗后下了楼。路过花园时，她忽然看到有好几种花都开了，而且开得十分鲜艳。

慕迟曜还挺会生活的，不仅别墅里面装修精致，摆设奢华有档次，花园面积也不小，即使现在不是春天，花圃里也是姹紫嫣红的。看来，慕迟曜还是个有品位的人。

慕迟曜开车回来时，就看到了这样的一幅画面：言安希侧对着他，看着花圃里的花，眉眼温婉，眼睫微翘，树荫下的点点光斑洒在她的身上。微风轻轻吹过时，她的裙摆就随风飘舞，扬起十分优雅而柔美的弧度。

他倒是难得看到言安希这么安静又这么美丽的一面。

过了一会儿，言安希叹了一口气，转身准备离开，结果一转身就看到一双被西装裤包裹着的修长的腿，吓得后退一步："你什么时候回来的？"

"回来很久了。"

"哦……所以你今天不出去了？"

慕迟曜眉头微皱："你希望我出去？"

"没有……我只是觉得……"言安希轻声说，"你会去陪秦苏。"

慕迟曜看了她一眼，转身往别墅里面走去："我今天就在家，哪儿也不去。"

言安希看着他的背影，只觉得莫名其妙。他向来是个大忙人，今天怎么会这么得空在家待着？有这个空闲时间，他不是应该和秦苏在一起？

言安希又叹了一口气，伸手别了别耳边垂落的发丝，眼角余光忽然瞥见一辆车驶进了年华别墅。言安希一看是夏初初，就兴奋地喊道："初初！"

两个人难得不在公司里见面，都高兴得不得了。最重要的是，夏初初今天是带着好消息来的。言安希和夏初初两个人一边低声说话，一边走进别墅，厉衍瑾在后面跟着。

客厅里，慕迟曜听见声音，回头一看见夏初初就眉头微皱。夏初初有些害怕慕迟曜，他一皱眉头，她就下意识地躲在言安希身后。言安希根本不理会慕迟曜，牵着她的手径直走向偏厅。

慕迟曜看了一眼两人的背影，微抿薄唇。

厉衍瑾走到他身边坐下："今天怎么这么闲，在家里坐着？"

慕迟曜淡淡地说道：“你什么时候也学会了沈北城那一套油腔滑调？”

“我只是表示惊讶而已。你向来连双休日都应酬不断，要知道，你的时间有多宝贵。”

“那也得腾出时间来给自己放假。”

“得了吧。”厉衍瑾说道，“你就是想在家陪言安希吧？”

“没有。”

“没有？”

慕迟曜瞥了他一眼，没再说话。

偏厅。

夏初初从自己的包包里掏出一张银行卡：“你要的那笔钱全在里面了，密码是我的生日，你随时可以取。”

言安希伸手接过，把卡紧紧地捏在手里：“初初，谢谢你。”

“谢什么啊！”夏初初说，“你都开口了，我能帮的一定帮啊。”

“我会尽快还你的。”

“嗯，你什么时候手头宽裕了，再还也不迟。安希，你赶紧拿着钱去还给那个叫什么墨千枫的人，我们不要他的钱，也不欠他的人情。”

言安希点点头：“我会尽快把钱还给墨千枫的，我不想和他有任何牵扯。”

夏初初笑了笑：“其实你这身衣服价格不菲啊，是奢侈品牌的高级定制款吧？安希，慕迟曜对你还真是大方。”

言安希耸了耸肩：“是啊，我好歹每天要去公司上班，穿得太寒酸，也会被公司的人议论吧？慕迟曜还不是为了保全自己的面子。”

“说得也是。那慕迟曜……知不知道你和墨千枫的事？”

“知道。”

“那他什么反应？”

言安希想了想，说了两个字：“霸道。”

“霸道？”

“对啊！他不准我和墨千枫见面，说句话都不行。”

“啧啧……这么强的占有欲。”夏初初感叹道，“安希，你和慕迟曜相处的时候，有没有觉得很压抑啊？我看见他就想躲，他看起来好严肃。”

言安希翻了个白眼：“他严肃？那叫面瘫！”

夏初初和言安希对视一眼，然后哈哈大笑起来。

夏初初瞥见言安希无名指上的戒指，有些惊讶：“哇，安希，我今天才看见原来你还戴了钻戒！好漂亮啊！”

“你才发现？我都戴好久了。”言安希伸出手看了一眼，然后又撇了撇嘴，“漂亮有什么用，又不能换成现金……”

她一直在打这枚戒指的主意，想好久了。可惜啊……它只能像一个装饰品一样戴在她手上，没有任何实际作用。

夏初初看了她一眼：“你想卖啊？慕迟曜不会把你扒皮抽筋了？”

“我只是想啊，我哪有那胆子？”

言安希和夏初初又说了好一会儿话，才一起走出了偏厅。

夏初初侧头和言安希说道：“银行卡我已经给你了，没什么事，我就和厉衍瑾先生先走了。”

言安希点点头，夏初初就松开和言安希十指紧扣的手，快速走到厉衍瑾的身边。

厉衍瑾抬头看向慕迟曜：“那我们先走了。”

慕迟曜点点头，管家就跟随在两人身后出去了。客厅里一时间只剩下慕迟曜和言安希。言安希觉得很懊恼，她不想和慕迟曜单独待在一起。要是他不在家的话，那她现在就可以去找墨千枫把钱还了，一了百了。

慕迟曜斜眼看她：“站在那里干什么？”

“慕迟曜……”言安希说道，“我要出去一趟。”

“去哪里？”

言安希犹豫了一下，然后答道：“去星辰医院。”

“医院？”他挑了挑眉。

“对，我去看一下我弟弟。”

“你不是才去过吗？”

“我以前每个周末都会去的，现在也是一样。虽然我前几天已经去了，可我今天还是要去一趟。”言安希是想借着去医院的名义，把钱还给墨千枫。

慕迟曜点点头，从沙发上站了起来："可以，但我陪你一起去。"

言安希几乎傻眼了："不用不用，我让阿诚开车送我过去就好了。"

"你在拒绝我？"

"不是……"

"那就一起去。"

言安希都不知道要怎么办才好了，慕迟曜和她一起去，那她哪有机会和墨千枫见面啊？可她又不能多说什么，不然以慕迟曜的智商，肯定会猜出她有事瞒着他。

偏偏这个时候，慕迟曜的手机忽然响了起来。言安希眼睛一亮，仿佛看到了希望。她希望这个电话非常重要，重要到慕迟曜立刻就出门，没时间管她。

慕迟曜皱了皱眉，拿出手机，看了一眼屏幕，毫不迟疑地接通了电话："喂，秦苏。"

言安希听到秦苏的名字，心里如同被浇了一盆冷水。但是很快，她又不在意了。假如秦苏的这通电话能让慕迟曜离开年华别墅，那也算……帮了她一个忙。

果然，她听见慕迟曜说："好，我马上过去。"

言安希心里一涩，偏过头没再看他。

慕迟曜挂了电话，转身往外走去："言安希，让阿诚开车送你去星辰医院，看完了就马上回来，我只给你两个小时，两个小时后，必须回家。"

言安希回答："我知道了。"

她终于能一个人出门去见墨千枫把钱还了，可万万没有想到会是在这样的情况下。她是该感谢秦苏呢，还是该继续嫉妒秦苏呢？

言安希坐在病床前，等得有些心焦，眼看一个小时就要过去了，墨千枫还没出现。又等了一阵子，她才听到外面走廊里传来脚步声，言安希回头，正好看见墨千枫推门进来。

两人对视一眼，言安希率先移开了目光。墨千枫反而一直盯着她道："安希，我觉得你又瘦了。"

言安希站起来，低头拿过自己的包包，翻出银行卡，递给墨千枫。

墨千枫皱着眉："安希，你这是什么意思？"

“很简单，还你的钱。”言安希说，“你给安宸交的住院预交金，那二十四万全部在这里面了。”

“你也要还我钱？”

听到墨千枫这句话，言安希有些不明白地问道：“什么叫‘你也要还我钱’？”

墨千枫见她一脸茫然，说道：“今早，慕迟曜来找过我，和你一样为了还钱。”

他这么一说，言安希恍然大悟。难怪今早吃完早餐后就不见慕迟曜的人影，临近中午他才回来。言安希一下子有些难以消化，慕迟曜为什么要瞒着她这么做？

“不管慕迟曜对你说了什么、做了什么，反正这二十四万，是我该还给你的。”

“那么我也告诉你，我没有要慕迟曜的钱，现在，我更不会要你还钱。”

“你……没有要慕迟曜的钱？”

“我为什么要？”墨千枫反问道，“我差这二十多万吗？”

言安希咬了咬下唇：“是，你不差这笔钱，慕迟曜也不差。对你们来说，花二十多万不过是眨眨眼的事情，随便去哪消费都不止花这么点儿。可是，我不能和你们比。”

“安希，我不是这个意思……”

言安希继续说道：“如果当初安宸从楼上摔下来的时候，我能有二十万，安宸也不会因为没有钱而耽误救治了！”

墨千枫一震，不由得后退了两步，他的目光落在病床上的言安宸身上。

“墨千枫，你知道眼睁睁地看着最亲的人没钱救治的痛苦吗？你现在知道我为什么不能原谅你了吗？这根本不能被原谅！”

病房里一时间变得十分安静，安静得只能听见言安希因为过于激动而变得粗重的呼吸声。

言安希转身，重新在病床边坐下：“所以，墨千枫，我现在不需要你再来‘好心帮忙’。银行卡我已经给你了，密码我会编辑短信发给你。我们两个早就已经各不相干了，我现在也不想和你再扯上关系，你走吧。”

墨千枫却不甘心这样离开，他忽然向前一步握住言安希的肩膀说道：“安希，你等我。我一定会把一切都恢复成以前的模样。我会弥补你的，也会补救当年的过错。”

“你不走，那我走。”说着，言安希挥开了他的手，站了起来对他说，“我没时间了，我该回年华别墅了。”

而暗中尾随墨千枫来到医院的林玫若，一直坐在车里看着言安希和墨千枫一前一后从医院离开。她现在可以肯定，给墨千枫打电话的那个女人就是言安希！

林玫若忍住想要从车上冲下去质问墨千枫的冲动，但她知道这样会让她更快失去千枫的！可她也不会这样坐以待毙！

林玫若想了想，拨通了一个电话：“我现在需要一个私人侦探，立刻！”

自从秦苏回来后，慕迟曜就为秦苏在市中心买下了一间高级公寓。此时此刻，两个人就待在这间公寓里面。

秦苏躺在床上，脸色有些白，却一直牢牢地握着慕迟曜的手。

“好点儿了吗？”慕迟曜淡淡地说，“实在不行的话，还是要去医院。”

“没事，老毛病了。”秦苏说，“就是心口一阵一阵发闷，没什么的。”

“可我不放心。”

秦苏笑得有些虚弱，却一直紧紧握着慕迟曜的手：“你能陪着我，我已经很满足了。还好今天是周六，不然我是不会给你打电话的，怕影响你工作。”

慕迟曜回道：“就算不是周六，你不舒服也要给我打电话。”

秦苏摇了摇头：“我怕拖累你……”

“说什么傻话？你怎么会拖累我？”

慕迟曜起身给秦苏倒了一杯水，喝完水，秦苏就钻进了慕迟曜的怀里：“你今天一天都陪着我，没事吗？”

“没事。”

秦苏犹豫了一下，然后问道：“迟曜……我还要在这间公寓里待多久？”

慕迟曜忽然沉默了。

见慕迟曜迟迟没有说话，秦苏又道：“没关系，在这里住着也挺好的。”

秦苏知道慕迟曜对她有愧疚，她说心口闷，就是在逼迫慕迟曜快点儿在她和言安希之间做决定。

“很快了。”慕迟曜缓缓说道。

“好。迟曜，那我继续等。这么多年我都熬过来了，我不会在意这几天的。”

慕迟曜没说话，只是抱紧了她。

那天晚上，慕迟曜没有回年华别墅。

直到第二天的晚上，慕迟曜才回来，一回来就让管家把言安希叫到了书房。

言安希觉得慕迟曜这时候找她，十有八九就是谈离婚的事。

她走进书房，乍一看到慕迟曜时，鼻子忽然有些酸。他依然那么帅，剑眉星目，哪怕只是随意地站在书桌前，都散发着独特的魅力。

言安希收回目光，低头看着自己的脚尖，轻声说道：“慕迟曜，你有什么事？”

慕迟曜没有回答她，而是说道：“言安希，过来。”他直直地看着她，眼里似乎包含了某种情绪。

她站在原地没有动：“我就不过去了，如果是离婚的话，你直接告诉我什么时候去民政局办理离婚，就可以了。”

“我让你过来，言安希。”

“你要我过去干什么？我不想靠近你。”

“为什么？”

“因为我爱你。”言安希说，“因为我在乎你。如果我现在靠近你的话，我可能会闻到你身上有秦苏留下的香水味。慕迟曜，我也是人，我也会难过的。”

慕迟曜眉头一皱，却生气不起来。他索性自己走到她的面前。

言安希看见他过来，就要往后退。结果就变成他进一步，她退一步，他再进，她再退。

慕迟曜的耐心被耗尽了：“言安希，你要躲到哪里去？”

“我……”

她话还没说完，慕迟曜就强势地伸过手，一把抱住她：“有味道吗？言安希，你想太多了。”

言安希愣了，慕迟曜身上一点儿异常的味道都没有，衬衫笔挺，干净得不像话。

“秦苏病了。”慕迟曜说，“心口闷是几年前留下的老毛病，也是因我而起，所以我要照顾她。”

“你这是在解释吗？”

“是。”

言安希抬头看他，可心里依然难受，像堵着一口气，闷得慌：“你没必要跟我解释。我一直都会记得，你在医院里跟秦苏说你爱她。”

“我是说了。”

言安希扬手推开他：“可是，慕迟曜，我先跟你表白，我先说我爱你，我做了这么多，却换不来一句你爱我！”

慕迟曜看了一眼自己空空如也的双手，他完全可以伸手再抱住她，可是他没有。他干脆把手插进西装裤的口袋，显得尤为慵懒。这样一来，他还可以控制自己总想伸手去抱她的冲动。

“言安希，变得不知足，可不是一件好事。”

言安希笑得眉眼弯弯：“所以，就干脆离婚好了啊。”

反正她已经做好充分的心理准备了，离婚就离婚，再爱一个人，那又怎样？她没有了慕迟曜，虽然会难过、痛苦，但时间是治愈伤口最好的良药！

慕迟曜见她一而再，再而三地说“离婚”，顿时也动了气：“离婚就离婚，你以为我不会这样做吗？”

言安希脸上的表情有一瞬间的愣怔，离婚就离婚，他把话说得多么潇洒。

“你终于表明你的态度了。”言安希继续说道，“以前我说离婚的时候，你总是很烦我，总是会发脾气。我当时在想，或许你还有那么一点儿为难、一点儿迟疑，对我也有那么一点儿喜欢，所以你不是很想和我离婚。”

“那现在呢？”慕迟曜冷冷地问道。

言安希说：“现在……你把这句话说出来了，我就知道，我们真的会离婚了。”

“你知道我为什么娶你？”

言安希点点头道：“知道，我是秦苏的替代品，我和她长得像而已。”

“那就好。”

“离婚吧。”言安希忍着不让自己的声音变得颤抖，“慕迟曜，我也该解脱了。”

这个双休日，对言安希来说简直就是一场灾难。尽管这两天经过了这么多事，她还是要装作什么都没有发生过一样，继续去慕氏集团上班。

言安希看着自己肿得像桃子一样的眼睛，认命地拿冰块敷，敷了好久才消肿了一点儿。为了避免再见到慕迟曜，她下了楼直接往外面走，连早餐都不吃了。

管家将此事告诉慕迟曜后，慕迟曜只是一言不发地喝着咖啡。

九点多，言安希听见有人小声地说：“慕总来了，快，这是今天的行程安排，马上给陈特助。还有今天要签字的重要文件，交给慕总过目……”

言安希一抬头，刚好瞥到慕迟曜从门口一晃而过的身影。

没过多久，去总裁办公室送文件的同事回来了，跟旁人说道：“我刚刚去送文件，看见律师在慕总的办公室。这是又有什么官司啊？”

言安希听到这句话，轻轻地咬了咬下唇。如果她没猜错的话，慕迟曜应该是在让律师起草离婚协议书。看来他还真是迫不及待啊。

言安希不知道想到了什么，忽然站了起来，推开椅子走出秘书办。她一路畅通无阻地走到总裁办公室门口，敲了敲门。

“进来。”慕迟曜的声音微扬，带着一股威严。

言安希推门走了进去，只见慕迟曜坐在沙发上，对面坐着一个她从没见过的人。那人戴着眼镜，显得斯斯文文。

这位……应该就是律师了吧。

慕迟曜一看来人是她，眉头皱了一下：“你来干什么？”

“有事。”

“早上不是还躲着我吗？”

“早上是早上，现在是现在。”

“现在就不躲我了？”慕迟曜挑眉，冷笑一声，“这是什么逻辑？”

律师听见两个人火药味十足的对话，只能尴尬地推了推鼻梁上的眼镜。

“现在有事找你啊！”言安希说，“你都把律师叫过来了，不是要谈离婚的事情吗？我现在主动过来，不用你去叫我，难道不好吗？”

慕迟曜听完脸色微沉：“你怎么知道律师在这里？”

言安希看了慕迟曜一眼，又看了律师一眼，问道：“离婚协议，到时候需要我签字吧？”

“呃……是的，太太。”律师回答。

言安希笑了笑，说道：“都要离婚了，还叫什么太太啊，叫我名字就好了。”

“现在您和慕先生还没有正式离婚，所以您还是慕太太，我这样称呼您，也是有理有据……”

言安希笑着打断他：“好了好了，你是律师，我争不过你。一个称呼而已，我无所谓。”

慕迟曜不悦道：“你进来到底要干什么？”

言安希转身看他：“离婚和我有关，我来关心一下不可以？”

慕迟曜挑眉：“你什么时候这么积极了？放心，我不会让你吃亏的，你会得到相应的赔偿。”

“我就是来说这件事的。”

慕迟曜惊讶地看了她一眼，她竟然专门为了赔偿而来？

“慕迟曜。”言安希看着他，认真道，“和你离婚，我不会要你一分钱。”

慕迟曜听到这句话，立刻就从沙发上站了起来，和言安希对视，气氛一下子变得剑拔弩张。

律师吓了一跳，连忙说道：“慕总，我先离开了。我会尽快拟好协议书，交给您过目。”

“先不用拟了，你出去。”

“是。”律师以最快的速度收拾好自己的东西，立刻出了总裁办公室。

随着一声门响，总裁办公室里只剩下言安希和慕迟曜隔着茶几面对面站着。

“你什么意思？”慕迟曜脸色一沉，“你把刚刚的话说清楚！”

“我不会要你一分钱。”言安希重复了一遍，“离婚就离婚，我净身出户，我不需要你的任何补偿。”

“言安希，你又在别扭什么？”

“这不是别扭。”言安希说，“我不要就是不要。我当初是为了钱嫁给你，可我不想离婚的时候，也拿你的钱。”

钱的确能买来很多东西，她可以不用像以前那么累、那么拮据。可同时，钱也不是万能的。慕迟曜的补偿一定是一笔天价赔款，足够她下半辈子衣食无忧，但是，她不要。

“这是你应该拿的。”慕迟曜沉声道，“就当是……”

“就当是你要了我的身体，给一笔钱而已吗？”言安希说，“慕迟曜，你从头到尾到底把我当什么了？”

慕迟曜否认道：“我不是这个意思。”

“那我为什么平白无故拿你的离婚赔偿金呢？我是穷，可我还不至于穷得这么没骨气！”

她不要钱！什么都不要！就连手上的这枚钻戒，她到时候也会还给他！既然离婚，那就离得干干净净，彻底从慕迟曜的世界里消失！

慕迟曜看着她，只觉得昨晚在书房时的怒气顿时又上来了。她每次都能轻而易举地激怒他！就在这时，总裁办公室的门却突然被敲响了。

言安希偏过头低声道：“我先走了。总之，离婚协议书我会签字，但如果上面有任何赔偿，我是不会签的。”

“你敢走试试！”慕迟曜说完，随后没好气地对门外喊道：“敲什么敲？滚！”

敲门声立刻停止了，但下一秒，办公室的门却被人直接从外面推开。言安希和慕迟曜几乎同时抬头往门口看去。

刚刚敲门的秘书规规矩矩地退到一边，而慕老爷子拄着拐杖站在门口，看了他们一眼，不紧不慢地说道：“两个人在这里干什么？在吵架？”

“爷爷。”言安希一看是慕老爷子，连忙客客气气地喊了一声，然后说，“我们两个……”

“没有吵架。”慕迟曜接过她的话道，“爷爷进来吧。”说着慕迟曜大步走过去，扶着慕老爷子到沙发上坐下。

“没有吵架？”慕老爷子慢悠悠地坐下，“那我刚刚在门口听到的是怎么回事？”

“工作上有一点儿不顺心罢了。”慕迟曜轻描淡写地说，“已经处理好了。”

言安希站在一边白了慕迟曜一眼，她以前怎么没发现慕迟曜这么会撒谎呢？而且他撒起谎来，面不改色心不跳的，假的说得跟真的一样。

慕老爷子看了言安希一眼，笑了笑，慈祥地问道：“孙媳妇，是这样吗？”

慕迟曜淡淡地看了她一眼。

“是，他说得对。”言安希连忙点头，勉强笑了笑，“我们没、没吵架。”

“没吵架就好。”慕老爷子欣慰地点点头，“你啊，和安希这丫头好好过日子，她是个好姑娘。”

“嗯。”慕迟曜也点点头。

“我还等着抱重孙呢。”慕老爷子说，“你们两个准备什么时候要孩子？”

言安希一愣，她没想到慕老爷子会说这样的话。这场婚姻就是一场赌局，他们怎么会想过要生一个孩子呢？她看了慕迟曜一眼，没回答，显然想把慕老爷子的这个问题踢给慕迟曜回答。

谁知道慕迟曜竟然淡淡地笑了一下：“爷爷，我一定努力。”

“那就好，这比什么都强啊……”慕老爷子顺手拍了拍慕迟曜的肩膀。

见慕迟曜在爷爷面前不敢造次，言安希也只好配合慕迟曜，把这夫妻情深的戏码给演足了。于是，言安希走到慕老爷子身边坐下。

慕迟曜看了言安希一眼，嘴角微扬，但眼神里却隐隐露出警告的意味：“小希，爷爷今天来了，你就要好好地陪着爷爷。”

小希？言安希简直鸡皮疙瘩都掉了一地，长这么大，都没人这么叫过她。果然慕迟曜也够恶心的。

“当然了。”言安希皮笑肉不笑地回答，“身为孙媳妇，这是我分内的事，也是理所当然的事。”

慕老爷子笑眯眯地看着她说道：“安希丫头，你在秘书办上班辛苦吗？”

“不辛苦的，爷爷。”言安希回答，“我在秘书办能随时和老公见面，我觉得很好呢。”

“是吗？我还担心你在公司会吃苦。”

言安希连忙摇头：“怎么会呢？老公很照顾我。而且公司没几个人知道我的身份，我也能公平竞争，做好这份工作。”

慕老爷子不停地点头：“好，工作上的事情，你还是少操点儿心，让迟曜去处理就好。我啊，还是希望你早点儿给我们慕家开枝散叶。”

言安希娇羞地一笑，装作不好意思地看了慕迟曜一眼：“爷爷！这种事……不能强求，随缘就好。”

慕迟曜也在一边插话道：“是的，顺其自然就好。”说完，他扫了一眼言安希。

慕老爷子爽朗地大笑：“两个人都要努力，一起努力。”

言安希干笑两声，慕迟曜露出一副似笑非笑的表情：“是我还不够努力。”

言安希的脸瞬间红到了耳根。

将慕老爷子送走后，言安希乖巧的笑容立刻消失了。她瞥着一边的慕迟曜，想着怎么开溜才好。

慕迟曜转过身来，似笑非笑地看着她道：“言安希，再叫一句老公听听？”

言安希连忙解释：“慕总，那是剧情需要……”

“剧情需要？”慕迟曜说，“我看你叫得挺顺口。”

“你可以演戏，我也可以。”

“我倒是没想到你演技这么好。”

言安希咬了咬唇，轻声说道：“我不明白，慕迟曜，你为什么不跟爷爷说实话？我们就要离婚了，何必还要在爷爷面前装出一副恩爱的样子呢？”

慕迟曜淡淡地回答：“就是因为我们现在要离婚了，所以在这个关头不能出任何差错。”

言安希问道：“你是怕爷爷不同意我们离婚？”

“嗯。”

言安希的脸色刹那间白得像纸一样：“原来是这样……你只是担心，爷爷不允许我们离婚……”

“是。”慕迟曜点头，“爷爷看上去很喜欢你。”

慕迟曜也很奇怪，慕老爷子为什么对言安希会高看一眼。就连上次在慕家家宴，爷爷也大手笔地给言安希送了见面礼。

“慕迟曜，你还真是……为秦苏着想。”

慕迟曜看着言安希，转过身去，冷冷地说道：“今天下午之前，我会让律师拟好离婚协议书，到时我会找你。”

言安希点点头，说了一个“好”字，几乎用尽了她全身的力气。

慕迟曜说完这句话，大步走过来，挑起言安希的下巴：“我告诉你，言安希，不管离婚协议书上面写了什么，你都要给我乖乖签字！”

“凭什么？”言安希反问道，“我说了，我不要你所谓的赔偿，我不要你的钱！”

“今天下午离婚协议书就会出来，到时候自己看！”

“慕迟曜，你总是这么自以为是。不管别人需不需要、喜不喜欢，只要你给，我就得全部承受着！你有没有考虑过我的感受？”

慕迟曜骤然捏紧她的下巴：“你觉得我没有在意过你的感受？言安希，那你就大错特错了！”

言安希：“我没有错！你就是没有考虑过我的感受！”

“我懒得和你说。”慕迟曜说完，松开她的下巴，对着言安希冷哼一声，转身走了。

言安希看着他的背影，只觉得心里越来越难受。

她就是一个傻瓜，傻傻地爱着他，所以现在才会遍体鳞伤。

第三章

可能是因为不够爱吧

中午下班的时候，言安希和往常一样去了慕氏集团的员工餐厅。

言安希虽然心情不好，但再怎么样，饭还是要吃的。她在公司也没什么朋友，大家都因为她是慕太太，对她不是恭维就是敬而远之，要么就是嫉妒，说什么话都带着酸意。

言安希也不在意这些，她看到夏初初也在，就直接端着餐盘坐在夏初初的对面。

夏初初看到她笑了笑："安希，怎么看上去你好像不太高兴啊？"

言安希没有一点儿食欲，干脆放下筷子，想了想，然后压低声音对夏初初说道："初初，我告诉你一件事。"

"什么？"夏初初显得兴致勃勃，"是八卦还是什么小道消息？"

"初初，我很快……就会和慕迟曜离婚了。"

夏初初惊叫一声，捂住嘴往四周看了一眼，又很快小声道："离婚？很快？有多快？"

"今天下午律师就会拟好离婚协议书。"言安希说，"到时没有任何问题的话，我就会签字。"

"这么快？"夏初初也惊讶了，"今天下午就……"

言安希耸耸肩，故作轻松道："意料之中的事情，也没有什么好说的。离婚就离婚吧，我也……算是解脱了。"

只是在这场婚姻中，言安希唯一没料到的是她会爱上慕迟曜。她以为自己能够在这场婚姻里游刃有余，只一心一意地为了言安宸的医药费而努力，却没想到慕迟曜的魅力如此之大，她完全不受控制地被吸引了。

“没事。”夏初初见她这样，连忙安慰她，“离了就离了，反正我们也不稀罕他。不过安希，你……没事吧？你会不会受影响？”

言安希摇了摇头：“我还好，影响……多多少少会有一点儿吧。”

夏初初说：“安希，你要是有什么事的话，一定要告诉我，你听到了吗？”

“好。”言安希点点头，“我没事。你看，当年那么困难我都挺过来了，这点儿事情算什么呢？”

“就是。”夏初初说，“算什么！”

言安希随便吃了一点儿就回去上班了，但整个人有些不在状态。

正好这个时候，慕瑶通过慕氏集团的内部系统给她发了一封邮件。邮件的内容是关于慕氏集团准备在经济开发区搞一个房地产的项目。

这是一个高档小区公寓修建项目。一般买得起这样的房子的人，基本是高收入、高素质、高知识人群，所以房子的室内设计就显得尤为重要。

慕瑶发这封邮件给言安希，用意明显。自从偶然得知言安希是学室内设计的，慕瑶就有意无意地让言安希接触慕氏集团这方面的工作。所以言安希很感激她。至少在慕家，慕瑶是真心对她好的。

言安希认真工作，细心又投入，所以时间也过得很快。快要下班的时候，陈航让她去慕总办公室一趟。她嘴上应着，可眼睛还是一动不动地盯着电脑。陈航只好又催了一遍，她这才恋恋不舍地起身，去了总裁办公室。

她进去的时候，偌大的办公室里只有慕迟曜一个人。他站在落地窗前背对门口，一身西装衬得他身形挺拔，有一种与生俱来的威严感。

听见声音，他没有转身，而是淡淡地问道：“言安希，你来了？”

“嗯。”言安希应道，反手关上门。

“差不多有半天的时间，你有没有想明白什么事情？”

“想明白了。”言安希说，“离婚就离婚，没什么大不了。我一个人照样可以过得很好。”

慕迟曜身子一僵："你倒是想得明白。"

言安希点点头："可能是我一直以来失去得太多了，所以对于我现在拥有的东西，我都看得很开，也做好了随时……失去的准备。"

慕迟曜听到她这句话，从落地窗前转过身，眼神凌厉地看着她。沉默片刻后，慕迟曜说："离婚协议书就在这里了，自己看。"

言安希听他这么说，便看见茶几上的确摆着两份离婚协议书。慕迟曜弯腰，指尖摁在那份文件上，缓缓地把文件推到言安希的面前。言安希看着"离婚协议书"五个醒目的大字，心里一抽，像是整颗心被人揪了起来，越来越用力，她都快要被这几个字压得喘不过气来了。

言安希伸手去拿离婚协议书，可慕迟曜的手指一直摁在上面。他不松手，言安希根本拿不到。

"你干什么？"言安希蹙着眉。

"所有条款，你可都要仔仔细细看清楚了。"

"那你干吗不松手？"

"因为我想提醒你一下。"慕迟曜说，"言安希，你必须签字。"

言安希忽然笑了一下："慕迟曜，你这么说，我突然觉得，这里面的内容肯定是我不会接受的。"

慕迟曜加重了语气："不接受，你也得接受！"

"看来，你是想强制我接受你写好的一切？"

慕迟曜眉尖微挑，十分淡漠地说："你觉得你有选择的权利吗？"

"我……没有。"言安希回答，"但是我想，我有拒绝的权利。"

"不，拒绝的权利，你也没有。"

言安希抬头看他："慕迟曜，你要把我逼到什么地步？"

慕迟曜说："你听话就好了。"

言安希正想再说什么，慕迟曜已经松开手，懒懒地往沙发上靠去。他就像一个主宰者，淡淡地看着她，看着她卑微而无法自主地掌握自己的命运。

言安希低头努力压下心里的痛楚，她拿起离婚协议书，薄薄的几张纸，却重如千斤，让她几乎快要承受不住。原来，她再怎么做好准备，都是没用的。在真正面对的时候，她还是胆怯了，所有的心理防线都在此时此刻崩塌了……

言安希快速地看着文件里的条款，虽然只有三四页纸，但也看了五分钟。

“看完了吗？”慕迟曜说完，扔过去一支笔，“看完了，就签字。”他的语气像命令一样，不容抗拒。

言安希看了他一眼，然后拿起了笔。

慕迟曜的眉尾高高挑起，她这是……准备签字？看来，女人都喜欢口是心非。说什么不要他一分钱，现在看完离婚协议书的条款，还不是乖乖签字了？毕竟在这份协议书里，他不仅给了她钱，还给了她意想不到的东西，所以她妥协了吧。

这么一想，慕迟曜冷笑一声：“言安希，还算你识趣。签字吧，我不会亏待你的。”

言安希像没听到他的话一样，自顾自地拿起笔，一条横线画过去，直接画掉了其中一条，动作流利，一气呵成。

慕迟曜的脸色顿时难看了起来：“言安希，你在干什么？”

“这一条，我不接受。”言安希说着，又在另外一页画了长长的一横，“这一条，我也不接受。”

说完，她把离婚协议书放在茶几中央：“慕迟曜，让律师改一下吧，去掉这两条我就可以签字了。”

慕迟曜盯着她：“言安希，你到底想要什么？”

“我什么都不想要。”

“你说！”慕迟曜沉声问道，“只要我有，只要我能给，我现在都可以给你！”

她什么都不要，他怎么心安！

可言安希就是要他不能心安！他凭什么心安理得？

言安希忽然一笑，眼睛里有什么东西亮晶晶的，像是眼泪：“慕迟曜，只要你有，你就能给我吗？”

“是！”慕迟曜点头，“你说，我马上让律师加上去！”

言安希只觉得喉间一哽，她想哭。

“慕迟曜，我想要你的心、你的爱情，你能给我吗？你又给得起吗？这些都是你有的，你能给吗？”

慕迟曜顿时一怔，俊美的容颜上露出了一丝说不清道不明的情绪。或许这种情绪，叫作心疼。看到言安希这个样子，他的一颗心好像悬了起来，迟迟不肯落下。

“除了这些。”慕迟曜缓缓开口，“言安希，其余的我都能给你。”

“其余的我都不要！”言安希说，“我想要的你给不了！”

慕迟曜愤怒地喊道：“言安希！”

言安希深吸一口气，说道：“把律师叫过来，现在改。今天我们就把字都签了，明天一早，我们就去民政局办理离婚。”

“凭什么你来把控节奏？”慕迟曜沉声回答，“这个离婚协议书，就是现在这样，不会再改！”

言安希抬头直直地看着慕迟曜，眼睛里似乎有一汪湖水。她每次都是这样，想哭却不能哭。她不想她的懦弱被不爱她的慕迟曜看见，所以她只能把眼泪都憋回去。

“不会再改？”言安希喃喃道，“慕迟曜，你又这样逼我……”

言安希垂眼看着那份离婚协议书，只觉得无比刺眼。她指着被自己画掉的那一条，难以置信道：“慕迟曜，你确定……这是给我的补偿吗？”

“是。”慕迟曜点点头，“我给你，你就必须要！”

这么霸道，果然还是那个慕迟曜。

言安希笑了：“你给我这么贵重的东西，我还真是……不敢受，慕迟曜。”

那被她用横线画掉的条款清清楚楚地写着一句话——将慕氏集团慕迟曜总裁名下百分之十的股权转移到言安希名下。

言安希死死盯着“百分之十的股权”这几个字，反反复复看了好几遍。这个股份，已经不是单单用钱就能衡量的。都说授人以鱼，不如授人以渔，慕迟曜现在这样的做法就有几分这样的意思。他没有直接给言安希钱，而是直接把慕氏集团的股权给了她！这就意味着，只要慕氏集团还在盈利，那么她就会一直有经济来源。

“我给你，你就得要。”慕迟曜看着她脸上的表情，淡淡地对她说道，“我不想给的东西，谁也别想觊觎！”

“是啊……慕天烨绞尽脑汁想要慕氏集团的股权，什么伤天害理的事情都做了，你一分都不给他。可你现在……”言安希缓缓抬头，看着对面丰神俊朗的慕迟曜，“你现在却把这么多的股份给了我。”

“没错。”

“真的很诱人……”言安希笑得有些苦涩，“可是我还是那句话。”

慕迟曜眉头紧皱："言安希，你不要得寸进尺，不知好歹。"

"我说了，我净身出户，一分钱都不要你的。"

"不行！"

"在我和秦苏之间，是你毫不犹豫选择了秦苏。慕迟曜，我主动退出，我不打扰你们了。我这样做，你还不满意吗？"

"你怎么知道，我毫不犹豫选择了她？"

她一愣，眼睫一颤，又笑了："你的意思是，你还是在我和秦苏之间稍微考虑过一下的？慕迟曜，那我是不是要感动一下？"

慕迟曜烦躁地将自己的那份离婚协议书摔在茶几上，扯了扯领带，薄唇抿得越来越紧。他的确犹豫过，不然早在秦苏回来的那一天，他就可以和她离婚，然后光明正大地和秦苏在一起！可是他没有，这就是他的犹豫。

"签字。"他冷冷地说，"不然，我们今天就耗在这里。你难道非要我逼着你签？"

"慕迟曜，如果我拿了你的钱和你离婚，那我成什么了？我先嫁给你，然后换了一笔钱离开你？"

"这不是交易。"慕迟曜说，"这是……"

"不管是什么，如果我拿了你的钱，你的良心就会好受？你不会因此而感到丝毫的愧疚？"

慕迟曜眉头一皱。

"我不要你的钱，我要你这辈子，都觉得对不起我！"

言安希的声音很轻，却透着一股别样的倔强。她净身出户，一分钱都不要，就是要让慕迟曜以后想起她，都会觉得对不起她！她要他记住，这辈子他都欠她的！

慕迟曜声音一沉："原来你是这样想的。"

"是不是觉得我心机很重，我这么会算计？"言安希笑了，"慕迟曜，也许以后你会发现，你最对不起的人真的是我……"

慕迟曜忽然站起来，双手撑在茶几上，逼近她说道："你到底签不签字？"

言安希坚定地摇了摇头："不签。"

"真的不签？"

"嗯。"言安希点点头。

“言安希，这是你逼我的。”

言安希没听懂他这句话的意思，只见慕迟曜突然与她拉开距离，居高临下地站在她的对面。她下意识咬了咬下唇，不知道慕迟曜想干什么。

“言安希，这段时间，是我太迁就你了，所以让你忘记了自己的本分。”慕迟曜淡淡地开口，“我需要好好地提醒你一下。”

言安希的心一下子往上提，瞬间有点儿紧张。

“别忘记了，我已经买下了星辰医院，你弟弟以后能不能得到最好的治疗……可就在我的一念之间。”

言安希的脸色瞬间变得惨白，她慌张地问道：“你要干什么？慕迟曜，你不要让我恨你！”

他冷酷地回答：“反正你已经恨我了，不是吗？”

言安希整个人如同被一盆冷水浇下，从头凉到脚：“你不能拿我弟弟来威胁我！”

慕迟曜冷笑道：“如果你乖乖听话的话，我为什么要威胁你呢？”

言安希几乎要咬破自己的下唇：“所以，你非得要我拿这百分之十的股份是吗？”

慕迟曜道：“是！”

言安希攥着离婚协议书，把纸张都捏皱了，最后垂下眼：“给我一点儿时间考虑。”

慕迟曜没有回答。

言安希又道：“不需要太久。今晚我会给你答复。”

“那好。”慕迟曜点点头，“今晚，我在年华别墅的书房等你。”

言安希应了一声，再也不想在这里停留，拿起离婚协议书，快步往外走去。看来，她还是高估自己了，和慕迟曜作对，却忘记自己处在什么位置。慕迟曜随便动一动手指，就可以左右她的人生。不需要别的，光是弟弟的事情，她就无法和慕迟曜抗衡。

星辰医院是慕城最好的私人医院，还有最先进的设备，言安宸自从变成植物人，就在星辰医院接受治疗，那里的主治医生也是最了解言安宸病情的人。慕迟曜现在是掐准了她的命脉！

言安希拿着离婚协议书去了洗手间。她低头快速地走了进去，锁好门，终于忍不住哭了起来。刚刚在慕迟曜面前忍得有多辛苦，那么现在她就哭得有多厉害。只是她不敢放声大哭，她怕被别人听到。她也不知道自己哭了多久，反正眼泪流干了，眼睛都哭红了，一颗心都痛得麻木了，她才走了出去。

到了下班时间，言安希走出慕氏集团的时候才发现，不知道什么时候已经下起大雨了。

言安希站在公司门口，面无表情地望着倾盆大雨和黑沉沉的天空。这是老天都在同情她，适时配合她现在的悲惨遭遇吗？离婚……她要和慕迟曜离婚，看着他和他深爱着的秦苏，幸福地生活在一起。

雨水冲刷着地面，溅起一朵一朵的水花，没一会儿就汇聚成小小的溪流，流向下水道的方向。

言安希怔怔地站在门口，身影显得那么孤独。然后，她踏进雨幕中，一步一步走远。

此时此刻，她的孤独和寂寞，还有无边无尽的痛楚，谁能够懂呢？

若她和慕迟曜一开始就没有相遇的话，今天这一切就都不会发生。

天色慢慢变暗，路灯亮起，地面上的雨水倒映着破碎的灯光。长街空旷，言安希跌跌撞撞地走着，雨势丝毫没有减弱的意思，她心里的孤寂、绝望和痛苦，也丝毫没有减弱。

言安希想，为什么她就不能真正拥有一份属于她的爱情呢？

也不知道自己走了多久，言安希浑身冰凉，上上下下都湿透了。心越来越痛，言安希终于没了力气，缓缓蹲了下来，把脸埋在膝盖里，放声大哭。

为什么啊？为什么慕迟曜要这样对她，还拿言安宸来威胁她？

他娶她不过是因为她和秦苏长得像，那现在秦苏回来了，她也同意离婚，还愿意净身出户，他为什么还是这么逼她？

言安希哭得嗓子都快哑了，雨水毫不留情地砸在她的身上。

这时，一辆黑色的宾利停在了路边，下一秒有人下了车，撑着伞站在了言安希面前。

言安希一怔，缓缓抬起头，喃喃道：“墨千枫……怎么是你？”

“你希望是谁？”墨千枫看着她，只觉得心疼无比，他问道，“你还希望是慕迟曜吗？你现在还在期盼他来关心你？”

言安希不知道要说什么，只是怔怔地看着墨千枫，说不下去了。

她知道自己此时此刻有多狼狈。

“言安希，你为什么在这里淋雨？”

“我……我没有伞……”

“那你不会去躲雨？”墨千枫说道，“不会打车？不会买伞？”

言安希喃喃道：“是啊。墨千枫，我是不是很傻？”

墨千枫虽然不知道发生了什么事，但看到言安希这失魂落魄的模样，不用想也知道，肯定和慕迟曜有关。

“跟我走。”墨千枫忽然说，“安希，你不能继续在这里淋雨了。”说完，他也不等言安希回答，径自把言安希打横抱起来，两人一块上了车。

墨千枫从车里拿起干净的毛巾，慢慢地替言安希擦着湿漉漉的头发：“安希……”

“我自己来吧。”言安希从他手里接过毛巾，又看着自己身上湿漉漉的衣服，“不好意思，把你的车给弄脏了。”

她这句话，顿时激起墨千枫心里更多的怒气。

“安希！”墨千枫说道，“我问你，下这么大的雨，你为什么一个人在外面游荡？到底发生了什么事？”

言安希轻轻地摇了摇头：“没什么。”

“怎么可能！是不是慕迟曜伤害了你？是不是？”

言安希抬头看了他一眼，眼里的哀怨暴露无遗。

墨千枫顿时更加肯定自己的猜测：“我就知道是慕迟曜！他娶你的时候就对你不怀好心。现在秦苏回来了，他对你更加不屑一顾了！”

说起秦苏，言安希只觉得心上的伤口又痛了几分。她揪着毛巾，低头轻声道：“墨千枫……我和慕迟曜，要离婚了。”

墨千枫道：“离婚？是因为秦苏吗？”

言安希轻轻地点点头：“是。他一直以来都爱着秦苏。我从头到尾，不过是秦苏的替代品而已。”

她的话刚刚说完，墨千枫忽然激动地一把将她抱在怀里：“安希，这样最好！最好！”

言安希一愣：“墨千枫，你……”

“和他离婚。”墨千枫说，“他不要你，我要你。安希，自从重新遇见你，我就一直在等这一天！”

言安希一怔，伸手推开他："和慕迟曜离婚后，我想一个人生活。谢谢你的好意，只是我们当初已经错过了，现在再怎么弥补，也终究还是错过了。"

她和墨千枫之间，隔着的不仅仅是一个林玫若，还有言家和墨家当年的恩恩怨怨。

"你为什么要推开我？"墨千枫看着她，"安希，我是真的很用心地给你承诺！"

"承诺太重了，我背负不起，现在……我再也不会相信承诺了。"

言安希看了他一眼，又看了一眼车窗外："雨小了很多，我……先下车了。"

"你要去哪儿？"

"回年华别墅。"

墨千枫皱了皱眉："你还要回年华别墅？为什么？"

"我必须回去。"言安希说。离婚协议书还在她的包里，她还要回去和慕迟曜洽谈离婚的事情。越是这个时候，她就越要回去和慕迟曜正面交锋。

"可是他这么对你，为了秦苏二话不说就和你离婚了，你还回去干什么？你是不是疯了？"

"是，我是疯了。"言安希闭上眼睛，轻声说道，"墨千枫，我觉得你也疯了，我们都疯了。"

"安希！"

"我先下车了。"言安希重新睁开眼睛，说着就要去开车门。

墨千枫眼明手快地一把按住她："我送你回去。"

言安希一顿，点了点头："谢谢。"

"不过安希，我希望你明白，我送你回去是希望你能尽快和慕迟曜离婚。"墨千枫说，"我……等你。"

一旦言安希离了婚，那么他就会不计一切代价，把言安希带回身边。他已经失去言安希一次了，他不想失去第二次。

言安希安静地坐在车上，低着头，一句话也没说。

而她和墨千枫不知道的是，远处有人把这一切都拍了下来，虽然因为光线昏暗和下雨的关系，拍得较为模糊，但是拍下车里两个人的一举一动也足够交差了。

那人拿着相机，边看边说道："把这几张照片传给林玫若小姐，又能拿到一笔钱了。"

年华别墅。

慕迟曜坐在书房里，面无表情地看着面前的离婚协议书。

书房里的座机忽然"叮铃铃"地响了起来。

慕迟曜伸手拿起话筒："喂？"

"慕先生，太太回来了。"

慕迟曜应了一句，就要挂电话，不过念头一转，又随口问道："她刚刚回来的吗？"

"是的，慕先生。不过，太太是被一名陌生男子送回来的。"

慕迟曜握着话筒的手一紧："什么？"慕迟曜顿时摔了话筒，起身往书房外走去。

于是，言安希一进家门，就看见慕迟曜站在门口。言安希脚步顿了一下，然后继续往前走，上了台阶，站在慕迟曜面前："我回来了，我也想好要怎么答复你了。"

慕迟曜没有说话，只是目光沉沉地看着她。

"进去吧。"言安希见他不出声，又道，"就算要签离婚协议书，也要坐下来。"

言安希已经想好了，如果慕迟曜不肯让步的话，那她也只能接受离婚协议书上的条款。她和慕迟曜耗，是不会有好结果的，还不如早点儿妥协，早点儿离开。他给她股份又怎么样呢？她不得已要了，她就放在那里，不去动，也不去碰，这是她的态度。

"言安希。"慕迟曜薄唇微动，几乎咬牙切齿地喊出她的名字。

言安希只觉得后背发凉，每次慕迟曜这么叫她的时候，都预示着将发生不好的事情。

她抬头和他对视，眼睛里毫无波澜："怎么了？"

慕迟曜猛然捏紧她的下巴，眼睛里几乎要喷出火来："我问你，你和谁一起回来的？"

言安希心里一惊。

慕迟曜看见她的神色微变："送你回来的那个男人是谁？"

言安希缓缓说道："墨千枫。"

慕迟曜冷笑一声，脸上的表情满是暴戾，问道：“你今天是去见墨千枫了？”

“我没有去见他。”言安希说道，“碰巧遇到了而已。”

“那你今天去了哪里？”

“到处走走，散散心。”

“散个心，到处走走，就恰好遇到了墨千枫？”

言安希点点头：“对，就是这样，你爱信不信。”

“我不信！”

“那就算了。”言安希平静地看着他，“既然你不相信，那我说再多也没用。”

“我说过很多次，不准你和墨千枫在一起！”

言安希忍无可忍地说道：“我没有和他在一起！你不相信我，那有什么办法？而且，就算我和他在一起，那又怎样？等一下我就会签字离婚了，慕迟曜，你再也没权利管我了！”

“好，很好。”慕迟曜眼睛一眯，“言安希，你倒是越来越有底气了。”

慕迟曜被她气得不轻，脸色铁青，忽然转身就往书房走去：“言安希，跟上来！”

进了书房后，言安希拉开自己的包包，把那份皱巴巴的离婚协议书放在桌面上，看着那几个大字，说道：“慕迟曜，协议书上的条款我都接受，我没有任何异议了，我现在就可以签字，然后……离婚吧。”

“很好。”慕迟曜嘴角微扬，“看来，你想明白了很多事情。”

言安希顿了一下，还是说了不该说的话：“慕迟曜，如果你没有拿我弟弟来威胁我，我是不会妥协的。”

她知道这句话说出来，会让慕迟曜十分生气。可是那又怎样？凭什么就她一个人难受得要死要活，他却美人在怀，那么快活？

谁知道，慕迟曜不仅没有生气，反而微微一笑：“言安希，我就算威胁你又怎么样？只要我的威胁起到了作用，那么我就满意了。”

“你……”言安希咬牙切齿地看着他，“慕迟曜，你无耻！”

“是，我无耻，我卑鄙，我下流。”慕迟曜说，“墨千枫就是正人君子，是你的白马王子，是救你于水火之中的大恩人！”

“他不是！”言安希回答，“但是你确实卑鄙、无耻、下流！”

言安希也不管了，慕迟曜爱咋样就咋样，她骂爽了再说。这段时间，她天天被慕迟曜欺压，又被秦苏算计，她受够了。忍无可忍，那就无须再忍！

“来劲了？”慕迟曜冷冷地看着她道，“言安希，你想骂我很久了吧？”

“是！”言安希说着，拿起一边的笔，二话不说拔开笔盖，翻到离婚协议书的最后一页，飞快地签上自己的名字，然后看也不看，直接推到慕迟曜面前，“把你的那份拿来。”

慕迟曜看了她一眼，倒也没拖泥带水，直接把自己的那份离婚协议书递给了她。比起她皱巴巴的那份，慕迟曜的这份离婚协议书干干净净的，连一点儿折痕都没有。

言安希翻到最后一页，正要签字，却愣住了。她抬头看着慕迟曜道：“你没有签字？”

“没有。”慕迟曜回答，“有什么问题吗？”

“没问题。”言安希说，“就好奇，问一句而已。”

说完，言安希也不管其他的，利落地把自己的名字写在了离婚协议书上。

或许，是之前痛过了、伤过了，所以现在，即使签上自己的名字，言安希也没觉得有什么，反而十分平静。

在两份离婚协议书上都签上自己的名字后，言安希才放下笔说道：“好了。”

慕迟曜淡淡地应了一句：“嗯。”

十秒钟过去了，两个人面对面坐着，一动不动。

半分钟过去了，言安希皱了皱眉。

一分钟过去了，言安希看着一直稳坐在沙发上的慕迟曜，忍不住问道：“慕迟曜，你在干什么？”

“我没干什么。”

“签字啊！”言安希说，“你坐在那不动干什么？”

慕迟曜淡淡地说：“先放在那里。”

言安希不明白了：“为什么？现在签了，速战速决，不是更好？”

慕迟曜抬起头，目光沉沉地看着她。

“慕迟曜，离婚协议书我都已经签好字了，现在只需要你签字，就正式生效了。明天……明天早上，我们就去民政局办理离婚。”

慕迟曜沉默了三秒，然后点点头：“可以。”

慕迟曜一直坐在沙发上，目不斜视，言安希也不知道他在想什么，她只知道，她算是解脱了。

她要试着好好地生活，把慕迟曜忘得彻彻底底。离婚了，秦苏不会再来算计她，何浅晴也不会再来给她使绊子了，她的生活又会恢复到以前的平淡，只是……孤独了一点儿。

“慕迟曜，我曾经想过很多种我会和你离婚的原因……可我永远也没想到，我和你离婚竟然……”言安希顿了一下才继续说道，“竟然是因为秦苏回来了，是因为你爱她，而你从来没爱过我。”

慕迟曜薄唇微动：“如果秦苏没回来……”

言安希打断他的话：“如果秦苏没回来，你是很有可能一直和我在一起的，是吗？”

“是。”

“那你为什么一直都没说一句你爱我？我对你表白了那么多次，你却连一句回应都吝啬给我……”

慕迟曜云淡风轻地答道：“可能是因为不够爱吧。”

慕迟曜要这样一次又一次地把她的爱情踩在脚底下吗？

言安希浑身微颤，终于不再说什么，转身上了楼。

第四章

我想听你的答案

几年前，慕老爷子从慕氏集团退下来，把公司交给他一手抚养长大的慕迟曜，然后过着比较清闲的生活。可是慕家的老管家，在这个时候，急急忙忙地跑上二楼，惊动了慕老爷子。

慕老爷子从梦中醒来，从床上坐起来，打开台灯，看着气喘吁吁的管家，皱眉道：“发生什么事了，这么急急忙忙的？”

“老爷子，出事了！”

“什么事？”慕老爷子问，“是家里还是公司？”

“家里。”管家说道，“是年华别墅那边，慕少爷和慕少奶奶那里出事了！”

“年华别墅？”慕老爷子皱起眉头，有些疑惑。

慕老爷子在年华别墅安排了眼线，目的只不过是想多了解一下慕迟曜的生活起居，还有就是怕出什么意外。但一般情况下，他不会过问太多。

管家点点头，然后凑到慕老爷子耳边小声说了几句。

慕老爷子听完，圆眼一瞪：“什么？离婚？协议书都签字了？”

“是的，老爷子。”

“这是在搞什么？”慕老爷子气道，“我不同意！让人好好地查一查，到底是为了什么，两个人闹着要离婚！”

“是，我马上吩咐人去。”

慕老爷子靠在床头，说道："迟曜这婚，我坚决不同意离！"

"那要是少爷……非离不可呢？"

"除非他给我一个绝对正当的理由。安希那丫头多好啊，长得就一脸福相，好好在一起，有什么不行的？"

慕老爷子是一个相当尊重原配的人，他觉得既然把人家女孩娶回了家，那就应该负责。这也是慕老爷子在慕奶奶去世之后，这么多年都没有再娶的原因。他宁愿单身，孤独终老，也不想续弦。

慕老爷子又咳了咳，只觉得嗓子十分不舒服，叹了一口气，又慢慢睡下了。

早晨，言安希醒来的时间刚刚好。外面天气晴朗，是个难得的好天气。

言安希揉了揉眼睛，和平常一样起床、洗漱。只是……一想到就要和慕迟曜去民政局办理离婚手续，她心里还是有些不是滋味。但再怎么样，日子还是要过的，弟弟还躺在医院里，她再艰难、再累，也要坚持下去。

言安希扎了一个高高的马尾辫，十分清爽，然后往餐厅走去。

慕迟曜走进餐厅时，言安希已经坐在位子上用餐了。

"都出去。"慕迟曜挥了挥手，"没有我的吩咐，谁都不能进来。"

"是，慕先生。"

慕迟曜坐了下来，看了言安希一眼："看上去精神很不错啊。"

"对啊，一觉睡到天亮，舒服着呢。"

慕迟曜冷笑一声："言安希，还记得昨晚，你做了什么事吗？"

言安希点点头："记得，签了离婚协议书。"

"那离婚协议书的条款，你有仔细看吗？"

言安希听到他这句话，愣了一下："在你办公室里的时候，我不是就看了吗？"

慕迟曜眉尾一挑，说话时有点儿高深莫测的感觉："那回来以后呢？"

言安希愣了一下，然后脸色一变："你做什么了？你是不是又在上面加了什么我不会接受的条款？"

慕迟曜微微一笑："聪明。"

"慕迟曜，你真的要这么无耻吗！"

"我当时把离婚协议书放在那里，是你自己不看。"慕迟曜接着说，"现在来怪我？"

言安希简直要把牙都咬碎了："你换了一份，为什么不提醒我？"

慕迟曜瞥了她一眼："我为什么要提醒？摆在那里，你不会看？"

言安希已经气得说不出话了。

"言安希，我这是给你上了一课，手把手地在教你。"慕迟曜说，"这一课的名字就叫作防不胜防，兵不厌诈。"

商场上那么多合作，来来往往的，要注意的事情太多了，而慕迟曜是这商界里的佼佼者，更是其中最为精明的人。

言安希恨恨地看着他，她根本没想到，他会来这一招。

"你加了什么条款？"言安希问，"我身上还有什么东西值得你这么费尽心思地算计？"

"很简单，不会让你为难的。"慕迟曜回答，"我也不会让你很难做到。"

"那到底是什么？你把你昨晚那份离婚协议书给我看看！"

"看？"慕迟曜淡淡地回答，"昨晚有的是机会给你看，你为什么不看？"

"谁能想到你会使出这么下三烂的手段！"

"我说了，兵不厌诈。"

言安希的脑袋飞快地转着，想了想，她说道："可是……慕迟曜，离婚协议书，一式两份，我自己的那份是没有变的，你改的只是你手里那份！"

慕迟曜点点头："是。"

言安希松了一口气："所以还有一份新的离婚协议书，我是无论如何都不会签字的！"

"不需要你签。"慕迟曜挑眉道，"谁说离婚协议书一定要一式两份？"

言安希一愣，怒喊道："慕迟曜！"

相比言安希的暴怒，慕迟曜就淡定许多："言安希，就以新的离婚协议书为主，只此一份，交给律师，作为公证。"

"所以也就是说……"

“也就是说，你已经签字了，只需要我签字，那份离婚协议书就正式生效了。”慕迟曜说，“只有一份。”

言安希看着他，只觉得满腹委屈。他不仅逼迫她接受离婚协议书上的所有条款，还算计她！怎么会有慕迟曜这么狡猾的人！

“慕迟曜……”言安希的态度一下子软了下去，“你把离婚协议书给我看一看。我要看看你到底加了什么条款。”

“很简单。”慕迟曜回答，“只有一条。”

言安希问：“那你加了一条什么？”

她根本无法想象，到底是什么条款，值得慕迟曜这么大费周章。

慕迟曜不紧不慢地回答道：“我在离婚协议书的最后，写得很明确——你和我离婚后，不许和墨千枫有任何来往，就算是普通朋友之间的来往，也不行。”

“你……”言安希听到这句话，一下子不知道要说什么才好了。

慕迟曜竟然加了一个这样的条款？

“你什么意思？”言安希问，“到时候我都已经和你离婚了，我和谁在一起，你也要过问？”

“你和谁在一起，我不反对。”紧接着，慕迟曜说，“但绝对不能是墨千枫！”

“理由？”

“没有理由！”

言安希忽然笑了：“我可以告诉你，加上的这一条不合法，这份协议根本就无效，但就算你不阻止，我也不会和墨千枫有什么关系了。当初不会，现在不会，以后就更不会了。”

“这样最好。”慕迟曜说，“但是万一呢？”

不怕一万，就怕万一。

慕迟曜想，要是到时候言安希和墨千枫在一起了，他根本无法接受那个画面，那么就先发制人，斩断言安希和墨千枫在一起的可能性。

言安希笑得越发明媚：“是啊，离婚协议书上有了这样的条款，我当然会更加小心谨慎，注意我和墨千枫之间的距离，但是……”

慕迟曜看着她眼睛里光华流转，巧笑嫣然的模样，心里忽然微微一动：“但是什么？”

“这个世界上除了墨千枫和你，还有很多很多男人。”言安希看了慕迟曜一眼，“所以，离开你之后，我想我会找到更好的归宿。他或许不如你这么有身份、有地位，但他是最适合我的人。你和秦苏百年好合，我就可以和他白头到老。”

慕迟曜的脸色有些难看。他从言安希的这番话中仿佛看到了言安希和别的男人成双成对的情景。他发现他根本不能接受！言安希怎么可以和别的男人在一起？可是他已经要和她离婚了……

言安希说完刚刚那番话，就专心致志地吃早餐了。还好，虽然慕迟曜加的这一条完全没有法律效力，但就算真要有这一条，她也能完全接受，因为她本来也没打算和墨千枫在一起。

言安希觉得自己也真是心大，都要离婚了，还能在这里若无其事地吃早餐。这件事放在任何一个女人身上，都是一件十分糟心的事情，可她……

也许，是因为痛过了，所以没那么在意了。

她痛得撕心裂肺的时候，根本不会在慕迟曜面前露出一丝一毫的伤痛。

言安希正这么想着的时候，慕迟曜忽然站了起来，伸手牢牢地攥住她的手腕。

“慕迟曜，你又发什么疯？”

慕迟曜薄唇紧抿，想要说什么，却又什么都说不出口。他一想到言安希以后会和其他男人在一起，会在别人的怀里欢笑，他就无法控制自己的情绪！她是他的！只能是他的！

“我怎么了？”言安希一脸莫名其妙，“我好好地吃着早餐，招你惹你了啊？”

慕迟曜也不说话，用深沉的目光看着她。过了好久，他才慢慢地开口道：“你会和别的男人结婚？”

言安希有些惊讶地看着他，不明白他为什么会突然问这个问题。她想了想，倒也十分认真地回答了他：“为什么不呢？如果遇到一个足够合适的人，他喜欢我，我也喜欢他，他包容并且接纳我的一切，那就……在一起吧。”

听到她对未来的无限遐想，慕迟曜额角顿时突突地跳了跳，只觉得心里烧着一团火，快要把他最后的理智烧尽了。

“很好。”慕迟曜忽然说了这么两个字，然后松了手。

言安希连忙收回自己的手，她一下子没了吃早餐的心情，原本她就在努力地让自己高兴一点儿，现在这种心情瞬间被破坏了。

言安希低声道："慕迟曜，难道就只准你和秦苏两个人在一起，就不许我遇见呵护我的那个人吗？你不仅霸道，还十分自私。"

慕迟曜没有说话。

"这顿早餐，算是我最后一次和你坐在一起吃了吧。以后我们桥归桥，路归路，你是慕氏集团的大总裁，我只是一个十分平凡、毫不起眼的人，我们根本没可能再相遇了。"

言安希想，就算再相遇，那也是他被人群前呼后拥着，他一脸淡漠，气质高贵，特别出众，而她，埋没在人堆里。

看着她说这番话，慕迟曜忽然觉得心尖一疼。像有一根细长的针缓慢地扎进心脏，那疼痛并没有多剧烈，却让他无法忽视。

言安希移开目光，笑了笑："从头到尾，你和我都没有想到秦苏会回来吧……"

言安希话音刚落，餐厅的门忽然被人一把推开。

言安希抬头看去，一下子愣住了："爷爷……"

"秦苏回来又怎么样？这根本改变不了什么，也不能改变什么！"只见慕老爷子拄着拐杖站在餐厅门口，看上去风尘仆仆，却十分有当家主人的风范。

慕迟曜站起来，眉头微皱，目光犀利地一扫慕老爷子身后匆匆赶来的用人。

管家一看餐厅里剑拔弩张的情形，额上的汗都下来了："慕先生，这件事是我们的失职，我们……"

"好了。"慕老爷子却挥手打断了管家的话，"你们都出去，谁也不能进来！"

管家看了慕迟曜一眼，慕迟曜微微点头，其他人这才默默地低头离开。

慕老爷子看到这个情形，冷笑一声："看来，我现在说话已经不管用了，还得你亲自点头才可以。"

慕迟曜淡淡地回答："爷爷言重了。"

"是我让他们不通报，直接进来的。要是他们事先告诉你，你们两个是不是打算继续装出一副恩爱的样子来欺骗我这个老头子？"

慕迟曜没有回答，言安希也沉默着，不知道说什么才好。

慕老爷子看了两人一眼，又继续道："要不是我突然到这里，还不知道你们两个人瞒了我多少事！"

言安希听着慕老爷子的话，心里有些后怕，她看了慕迟曜一眼，却发现他站在那里一动不动，表情十分淡然。

慕老爷子拄着拐杖慢慢走到两人身边，生气道："怎么，两个人都哑巴了？怎么都不说话了？"

言安希其实有些惊讶，因为从刚才的话来看，爷爷似乎……很不喜欢秦苏。

慕老爷子说："一大早的就不让我省心，还让我跑到这里来！你们两个真是气死我了！"

言安希看慕迟曜似乎不打算开口，于是她只好硬着头皮，喊了一声："爷爷……"

"我来跟你们好好算算。"慕老爷子说，"安希丫头，你先说，你知不知道秦苏这个人？你们见过吗？"

言安希吞吞吐吐地答道："我……我……我没……"

慕老爷子打断她的话："没有？难道迟曜没和你说吗？"

言安希思虑再三，咬咬牙，答道："慕迟曜的事情，我……一向都不是很清楚。"

慕老爷子明显不相信她："你不知道秦苏的存在，那你这么紧张干什么？"

"我……"言安希无言以对。

是啊，按理来说，她不知道秦苏，她为什么这么紧张，这么怕老爷子盘问？作为一个明媒正娶的原配夫人，她此时应该愤愤不平，甚至委屈不已，一副誓要把慕迟曜身边那个女人揪出来的姿态，才算合情合理。

言安希咬咬牙，干脆都认了："爷爷，我知道秦苏，我也见过她。"

"那你说。"慕老爷子立刻严肃起来，"秦苏这个女人，回到迟曜身边多久了？"

言安希被慕老爷子的严肃吓了一大跳："爷爷……"

"我这是在为你考虑，安希丫头。"慕老爷子见她吓得不轻，语气缓了缓，"你才是我慕家的孙媳妇，迟曜的太太，你光明正大的，怎么这么畏畏缩缩？”

慕老爷子虽然语气和缓了不少，但说得毫不留情，犹如当头一棒，打得言安希清醒了不少。可就算清醒了，她也依然无能为力。

言安希答道：“爷爷，我不是畏缩，也不是怕秦苏，更加不是顾全大局，忍气吞声地看着他……他和秦苏在一起。”

“那是为什么？这种事情你应该早点儿说出来，怎么一个人默不作声地忍受着呢？”

言安希顿了一下，慢慢地抬头，一字一句地说道：“他不爱我啊……爷爷，他心里的人不是我，我说什么、做什么，在他看来都是错的。”

不被爱的人，就是这么悲哀。

慕老爷子一愣。很显然，爷爷知道秦苏和慕迟曜过去的那段情。

“那你打算怎么办？”慕老爷子反问，“要不是我及时发现，你打算替他瞒到什么时候？”

言安希看了一眼慕迟曜，果断把事情推到他身上去：“爷爷，这件事您问一问他比较好。”

慕迟曜眉毛微挑，看了她一眼，她连忙无辜地看着他。她是真的不知道要怎么回答，爷爷的怒气，她可承受不起。

慕老爷子重重地拿拐杖敲了敲地板：“迟曜啊迟曜，离婚这么大的事儿你也瞒着我，是想木已成舟，一切都成定局的时候，再来告诉我吗？”

“爷爷，婚姻是我自己的事情。”

“可是你姓慕！那就不单单是你自己的事情！”

慕迟曜抬头迎上慕老爷子的目光：“看来，爷爷在这年华别墅里有不少的眼线，所以消息才会这么灵通。”

言安希在一边听到这句话完全傻了，爷爷在这里安插了人，观察她和慕迟曜的一举一动？

慕老爷子一点头，承认了：“是，我是安插了人。但你心里有数，我不是监视你，是在关心你，防患于未然！”

“那我还得谢谢爷爷的关心了？”

“我要是没在你身边安插人，怕是我死了，都不知道秦苏活着回来了！迟曜，你眼里到底还有没有我这个爷爷？”

慕迟曜回答："慕家的主人依然是爷爷，没变过。"

慕老爷子问："那如果我今天没有过来的话，等一下你和安希丫头就打算去民政局离婚，然后把秦苏娶回来？进慕家的门？"

慕迟曜不卑不亢地回答："是的，爷爷。我要娶秦苏。"

言安希听到慕迟曜说的话，强忍着心里翻涌的情绪。为了秦苏，慕迟曜竟然可以做到这个地步。要知道，慕老爷子是慕迟曜最尊敬的人，他何曾让慕老爷子这么生气过？现在他却为了秦苏，和慕老爷子对抗。

慕老爷子听到后，却当场否决："不可能！秦苏她不能进我们慕家的门！"

"我说她能进，她就能进。"

慕老爷子气得浑身发抖："你是存心要气死我？"

言安希见状，连忙走过去，轻声安抚着慕老爷子："爷爷，不要动气……"

慕老爷子这次是真的动了脾气。在言安希的印象里，慕老爷子向来很稳重，说话不急不缓，精明中透着睿智。言安希以为，在秦苏这件事情上，慕老爷子最多会对慕迟曜旁敲侧击一下，不会这么直接，结果慕老爷子直接挑明了。看来慕老爷子对秦苏的意见很大。

言安希有些不明白了，为什么慕老爷子这么不喜欢秦苏呢？这里面有什么她不知道的事情吗？

慕迟曜只是淡淡地看了她一眼，眼睛里暗含了些许情绪，她有些看不懂，自然也不去多想。她眉眼温顺，低着头轻声劝着慕老爷子。这个模样在慕迟曜眼里，倒是十分耐看。

只是老爷子气还没消，慕迟曜又说道："爷爷，我已经决定了，这件事不能更改。"

"混账！你那么喜欢她，那安希丫头呢？"慕老爷子吼道，"安希丫头是你自己要娶的，没谁逼你吧？你说结婚就结婚，说离婚就离婚，你有没有想过她的感受？"

"是，我混账。"慕迟曜说，"是我对不起她。在离婚协议书上，我已经给了她足够的补偿，让她以后衣食无忧。"

"离婚协议书都签了，好！看来，你真的是被秦苏那个女人给迷住了！"

“我爱她。”

言安希垂下眼，心里痛得无法呼吸，她曾经多么希望慕迟曜能对她说这三个字。

“不行！总之你不能和安希丫头离婚！秦苏绝对不能进我们慕家的门。”

“爷爷，如果我非要这样做不可呢？”

慕老爷子什么时候被人这样忤逆过，又听慕迟曜当面说出这样的话，更是气不过。只见慕老爷子抡起拐杖，就往慕迟曜身上打去。

言安希吓了一跳，她转头去看慕迟曜，发现慕迟曜一动不动地站在原地，好像没有要躲避的意思。慕老爷子这一拐杖打下去，那可不是闹着玩的，可是慕迟曜连眉头都没有皱一下。

言安希看着都替慕迟曜疼，可一想到他是为了秦苏才会挨打，又说不上心里是什么滋味。她想了想，说道：“爷爷，您还是别打了，这打在他身上，也疼在您心上啊。”

慕迟曜是慕老爷子一手扶持到今天这个位置的，慕迟曜向来是慕家的骄傲。慕老爷子如果不是气到一定程度，哪儿会舍得对自己疼爱的长孙下这么重的手？

“走开，安希丫头。”慕老爷子说，“他就是皮痒了，不打不成器。爷爷这是在替你出气，帮你的忙，你就不要多劝了！”

言安希不知道说什么好，她看了慕迟曜一眼，发现他依旧一动不动，脸上一点儿表情都没有，好像那拐杖根本不是落在他身上一样。

言安希想，慕迟曜为了秦苏，能做到的事情，真的是太多了。

慕老爷子又打了一拐杖，喘了一口粗气，问道：“迟曜，你现在要后悔还来得及。”

“不后悔。”慕迟曜说，“这是……我的决定。”

他在秦苏和言安希之间犹豫了这么久，好不容易终于决定离婚，决定放弃言安希，又怎会轻易说后悔？

果然，慕老爷子听到这一句“不后悔”之后，更加生气了。那拐杖再次被高高举起，打在慕迟曜身上：“言安希是你娶的！你为什么就不能从一而终？你要和你父亲一样，把我气死才甘心？为什么你们的婚姻就不能和一个人白头到老？”

“迟曜，你要做一个和你父亲一样的人吗？你想让安希丫头也和你的母亲一样，这辈子都被婚姻所伤害，宁肯自己一个人在国外孤独地生活，也不愿意回到这座生她养她的城市里吗！”

慕迟曜的眼里有一闪而过的错愕，慕老爷子这番话，倒是实实在在地说进了他的心里。他当然不想言安希像他的母亲一样，孤苦无依，在外漂泊。

老爷子说得好，从一而终。可如果秦苏没死的话，他是会和秦苏从一而终的。谁能想到，后面竟然会发生这么多让他无法掌控的事情。

慕迟曜沉默了一下，然后说道：“爷爷，我……会善待言安希，给她足够的补偿。”

“补偿什么？你能补偿人家一辈子的幸福？”慕老爷子说道，“总之，这个婚你就是不能离！”

慕老爷子阅人无数，总觉得秦苏这个人心机很重，城府很深，那样的女人嫁进慕家来，不是一件好事。相反地，言安希就干干净净的，眼睛也十分清澈，是个好姑娘。可慕迟曜……怎么就瞎了眼呢？

慕迟曜沉默了好一会儿，然后说道：“爷爷，我什么都可以答应你，但是离婚这件事不会改变。”

“你……”慕老爷子脸涨得通红，简直要气疯了。

言安希根本没经历过这样的场面，这个时候已经完全傻了。但她在慕老爷子再次举起拐杖的时候扑了过去，紧紧抓住慕老爷子的手道：“爷爷，不能打了，真的不能打了。”

慕老爷子不解又惊讶地看着她道：“安希丫头，我这是在帮你出气！他这么对不起你，你还帮他？”

慕迟曜看见言安希再次制止了慕老爷子，也有些诧异。

言安希舔了舔干涩的嘴唇，小心翼翼地说道：“如果您真的想帮我的话，这件事还是让我和迟曜私下商量吧。”

慕老爷子大手一挥：“没得商量！这个婚不能离！”说完，他看向慕迟曜，“他想把秦苏娶进门，除非我死了！”

慕迟曜看着慕老爷子道：“爷爷，这样耗下去，不会有一个令人满意的结果的。”

慕老爷子依然在气头上，脸红脖子粗，可是思考再三后，还是把手里的拐杖慢慢地放下了。毕竟他再怎么打慕迟曜，也不能解决问题。

“爷爷，您为什么对秦苏这么大意见？当年的事情，她也是被慕天烨诬陷……”

“诬陷？我只知道无风不起浪！她要是清清白白的，慕天烨会缠着她不放？”慕老爷子哼了一声，“老话说得好，苍蝇不叮无缝的蛋！迟曜，你别被她迷惑了！当年的事情，你最好再好好查查！也看看她到底是个什么样的人！”

言安希在一边听得心惊胆战。豪门果然水深，根本不是她想象的那么简单。

慕迟曜薄唇紧抿，似乎陷入沉思。

就在这个时候，餐厅的门再次被人推开，而言安希没想到，这次走进来的人居然是慕瑶。

看见慕瑶，慕老爷子脸色缓和了一点儿。慕瑶是慕家的小孙女，乖巧懂事，慕迟曜又很护着她，慕家上上下下都喜欢这位三小姐。

慕迟曜迅速看了慕瑶一眼，又看了看慕老爷子。虽然只是简简单单的一个眼神，但一眼就说明了正在发生什么事。

所以，慕瑶连忙走到慕老爷子身边，挽住老爷子的手：“爷爷，您看您动什么气啊？身子是自己的，气坏了那就不划算了。”

“我怎么能不气！你这丫头怎么这个时候来了？”

“爷爷，这情况，我能不来吗？”慕瑶说，“天花板都快让您和哥哥给掀了。你们吵架，也不顾及一下嫂嫂，肯定吓到嫂嫂了。”

言安希站在一旁，完全一副手足无措的模样，脸上也带着一点儿惊慌和落寞，毕竟慕迟曜这么为秦苏牺牲，她肯定心里不好受。

“哼。”慕老爷子说，“不说我也知道，肯定是年华别墅的老赵偷偷打电话让你过来救火的，是吧？”

慕瑶既不点头也不摇头，只是笑了笑：“爷爷，您犯得着和哥哥生这么大的气吗？有什么事不能好好地坐下来一起商量商量？”

“看来，你是不知道你哥哥做了什么好事！”慕老爷子说道，“你自己问问他。”

慕瑶见爷爷态度这么坚决，又说了这样的话，于是看向慕迟曜，眼睛里带着询问。

慕迟曜淡淡地开口：“瑶瑶，带爷爷回慕家老宅吧。”

慕老爷子瞪着眼睛说道：“怎么，当着你妹妹的面，你就不敢说了？瑶瑶，我告诉你，他要和安希丫头离婚，离婚协议书都签好了！”

慕瑶一愣，难以置信：“什么？”

赵叔给她打电话的时候，只说爷爷和哥哥吵架了，吵得挺厉害，让她马上过来救急。她当时也没问原因，可她万万没有想到，竟然会是因为哥哥要和嫂嫂离婚？

看着慕瑶惊诧的眼神，慕迟曜只是又说了一遍：“瑶瑶，送爷爷回去。”

“哥哥，你……”

慕迟曜眼神一冷：“瑶瑶。”

慕瑶有再多的疑问，这个时候也只能憋回去了。

言安希轻轻开口：“爷爷，您还是先回去吧，这件事我会和慕迟曜好好说的。这婚……”

“这婚不能离。”慕老爷子说，“谁也不许去民政局。”慕老爷子看了慕迟曜一眼：“你要是想把我气死，你就不听我的话。”

慕瑶赶紧扶着爷爷往外面走：“好了好了，爷爷，我们不生气，哥哥有分寸的。这婚不能离，肯定不能离……”

慕瑶一边絮絮叨叨地说着，一边扶着慕老爷子走出了餐厅。走出去的时候，慕瑶还不放心地转过身看了一眼他们。

言安希冲慕瑶微微点头，慕瑶也点点头回应了她，这才跟着慕老爷子上车离开了。

慕迟曜下巴微扬，望着窗外，侧脸轮廓棱角分明，更加显得无比冷峻。好一会儿后，他才侧头看着言安希，似笑非笑道：“言安希，事情到了这个地步，你满意了？”

“你什么意思？”

“秦苏不能嫁给我了，你很高兴吧？”

“那是你和她的事，与我无关。”言安希说，“我只想和你快点儿离婚，离你远远的。”

慕迟曜没有再说话，而是十分霸道地把她拖进了主卧，然后脚尖微钩，关上了门。她不知道他又发哪门子的疯，只好忍气吞声。反正她就算反抗，也没什么作用。

看到言安希这副战战兢兢、小心翼翼的模样，慕迟曜心里也是狠狠一抽。他和言安希之间，或许就是有缘无分吧。

慕迟曜没再继续往下想，而是深深地看了言安希一眼，转身脱了上衣，走到沙发旁边。

言安希惊愕地看着慕迟曜的后背，倒吸一口冷气。只见慕迟曜的背上有几道深深的红痕，像是烙在了他的皮肤上一样，而且严重的地方已经隐隐泛出青色。没想到刚刚慕老爷子打的那几下，居然会这么重……而他竟然从头到尾一声不吭。

这时，慕迟曜忽然转过身来，言安希愣了一下，然后迅速移开目光。

她才不心疼慕迟曜，他那是活该！

“看够了？”慕迟曜淡淡地说，“看够了，就不要再在床上坐着了，去把药箱拿过来。”

言安希再次一愣，指了指自己的鼻子：“我？”

“这里除了我和你，难道还有别人吗？”

“我不去帮你拿药箱。”言安希说，“我帮你叫医生好了。”

“谁让你自作主张的？”慕迟曜隐隐有些怒意，十分不耐烦，“让你拿药箱就去拿！”

“你让我帮忙，还这么凶干什么！”言安希也怒了，“慕迟曜，你好好说句话会死啊是不是！”

慕迟曜眉头一皱：“言安希，你再不去，我现在就把你给办了！”

这句话真的吓到言安希了，她连忙从床上下来：“我去，我去。”

言安希很快把药箱拿了过来，低头看着坐在沙发上的慕迟曜：“药箱我拿过来了啊，就放在你面前，你还想怎么样？”

慕迟曜：“打开。”

言安希又把药箱打开。

慕迟曜看了她一眼：“你是要把我气死？”

言安希皱眉，但是又十分无辜地看着他：“啊？你又怎么了？你说什么我就做什么，你还不满意啊？”

“我说一句，你才动一下是吗？”慕迟曜说，“你就不会主动一点儿？”

“我为什么要主动？”

慕迟曜冷冷地扫了她一眼：“拿药膏出来。”

“你想让我给你上药？”

慕迟曜反问道：“不然呢？”

言安希本想拒绝，可转念一想，忽然笑眯眯地答应了：“好啊，你再转过去一点儿，完全背对着我，我才好给你上药。”

慕迟曜对于她突如其来的转变感到有些惊讶，但也没说什么，按她说的做了。

言安希狡黠地一笑。命令她给他上药是吧？

好啊，她可记得，上一次李韵伤了她后，慕迟曜给她的伤口上药，那叫一个疼啊……

她到现在都没忘记，所以眼下不就是她报仇的好时机吗？看她怎么整慕迟曜！

言安希这么一想，心情也没有刚刚那么低落了。

看着慕迟曜宽厚的肩膀，结实的肌肉，温暖的身体，言安希却完全没有任何遐想！

慕迟曜长得帅，身材好，身高又高，从外形上来说，他的确无可挑剔。但是这么好的皮囊下，那颗心，真的是让她无言以对。

“在干什么？磨磨蹭蹭的，蜗牛本性又出来了？”慕迟曜见她一直没有动作，语气十分不耐烦。

言安希也不甘示弱地说道：“我马上就好了啊，你催什么催？”

言安希拧开药瓶的盖子，倒了一点儿在手心，搓热后对着慕迟曜瘀青的地方，“啪”的一声贴了上去。然后，她明显感到慕迟曜浑身一僵，过了好一会儿才放松下来。

言安希看着身边的红花油，微微一笑。紧接着，她手心贴着瘀青的地方，开始缓慢又大力地揉。正常情况下皮肤接触这红花油都会觉得火辣辣的，现在慕迟曜受了伤，只会更加觉得痛。

果然，慕迟曜皱眉道：“言安希，你故意的吧？”

“怎么了？”言安希说，“是你让我给你上药的，我正在给你活血化瘀呢。红花油真的很好用啊，跌打损伤什么的一用就好……”言安希一边说着，一边还刻意地大力揉着。

慕迟曜转头过来看着她，剑眉紧紧拧着，一脸不悦。

言安希语气淡淡地道：“刚刚挨打的时候，你不是一声都不吭吗？那样的疼痛你都忍下来了，这一点儿疼，对你来说又算得了什么呢？”

慕迟曜反问道："你小时候要是做错事，挨了家长的打，你难道不会一声不吭吗？"

言安希揉着他伤口的动作一顿，然后摇了摇头，可忽然想到慕迟曜背对着自己，也看不到她的动作，于是道："我啊，我会哇哇大哭，哭得家里都不得安宁。不过……我是女生，你是男生，我服个软，能屈能伸，当然和你不一样了。"

言安希陷入回忆，不知道想到了什么，忽然一笑，说道："不过，安宸就不一样了，小时候淘气，总是犯错误，挨了不少打……他和墨千枫……"

言安希说着说着，就停下来了，有些懊恼。她在慕迟曜面前说谁不好，偏偏要说墨千枫干什么呢？

果然，慕迟曜听到后眉毛一挑："怎么，现在想想，觉得青梅竹马的墨千枫，其实真的很不错？"

言安希没有说话，她收回手，把药放回药箱里，又把慕迟曜的衬衫递给他，然后才开口道："好了，药已经擦好了，你把衣服穿上吧。"

慕迟曜没有伸手接，而是缓缓地转过身来看着她，目光一时间竟有些深沉，让言安希看不透他到底在想什么。

"言安希，你身上到底还有多少我不知道的事情？"

"我的事情你要是想知道，随时可以找人调查，我有什么可以瞒着你的呢？"

"很多事情可以查出来，但是……"慕迟曜的眼睛微微一眯，"人心，却查不出来。"

言安希苦涩地笑了笑："我也只有这颗心，能自己掌控了。"

慕迟曜听完她这句话，忽然伸手圈住她的腰，把她带入怀里。她下意识地就想推开他。可这种力量上的较量，她总会毫无疑问地输给他。

慕迟曜的手臂如铁，紧紧地箍着她："言安希，我想问你一句话。"

"什么？"事情已经发展到了今天这个地步，他和她之间还有什么需要求证、确认的吗？

慕迟曜看了她好一会儿，然后凑在她耳边，低声道："你……还爱我吗？"

言安希身子一僵，长长的眼睫毛轻轻地颤动着。她缓缓地开口，声音却带着颤抖："慕迟曜，你觉得……现在问这些，还有意义吗？"

"有。"他沉声回答。

"有什么意义？我们都要离婚了，爱或者不爱，都不能阻止我们离婚。"

"但是我想听你的答案。"

慕迟曜的手在她的腰上轻轻地按着，烫得让她立刻想要起身离开。

言安希苦笑一声，她微微偏头，在慕迟曜耳边轻轻地说道："如果说，我现在还爱着你的话，那么慕迟曜，我对你的恨和对你的爱一样多。"

他浑身一震，脸上露出一丝难以置信的神情。

言安希却笑了："慕迟曜，你记住了，我是说过我爱你。但你忘了我也说过我恨你，而且我说我恨你的次数，比说我爱你的次数要多得多。"

第五章

我满足你一个愿望

年华别墅的大铁门忽然缓缓打开，一辆车迅速开了进来，而坐在驾驶室里的正是秦苏。早在半个小时以前，秦苏就已经接到年华别墅里她收买的用人的电话。

那名用人告诉秦苏，慕老爷子早上来到年华别墅把慕迟曜痛骂了一顿，还表示坚决不同意两人离婚。而且慕老爷子走了之后，慕迟曜和言安希果然没有去民政局，反而上楼回了房，然后就再也没下来过。秦苏听到这些时，脸色立刻就变了。

秦苏下了车后直接上了二楼，年华别墅虽大，但她以前也是来过的，不算陌生。用人们认识她，见她一路气势汹汹，也不敢阻拦。

慕迟曜正抱着言安希的腰，下巴抵着她的头顶，忽然听到门外的脚步声，眉头一皱，然后微微松开言安希，抬头往门口的方向望去。

言安希察觉到他细微的动作，趁着他放松的时候，准备赶紧推开他。可就在她正要伸手抵着慕迟曜的胸膛时，忽然听到慕迟曜低声开口道：“秦苏？”

秦苏？

言安希下意识地转过头，看到不远处站着的秦苏，一愣。

“迟曜……”秦苏站在门口看着沙发上两人相拥的那一幕，眼眶里迅速堆起闪闪的泪花，十分娇柔又委屈地喊道。

毕竟，这一幕对秦苏的打击实在是太大了。在秦苏的眼里，只见慕迟曜光着上半身，脸色淡然而从容，手却一直紧紧地环在言安希的腰上，十分霸道强势，而言安希的手也放在他的胸口，乖巧地靠在他的怀里。秦苏的手顿时就紧紧地握着，指甲也嵌入肉里。

慕迟曜眉头一皱，松开言安希，迅速站了起来："你怎么来了？"

"我……"秦苏看着他，一时间说不出理由。但她转念一想，忽然飞快地看了一眼言安希，然后转身跑了。

慕迟曜脸色微沉，而言安希愣了一下，有些无辜地看着慕迟曜。

秦苏看她的那一眼，好像是……介意，嫉妒，不甘心？毕竟秦苏进来的时候，看到的是慕迟曜抱着她的画面。

慕迟曜也看了她一眼，薄唇微启，但又什么都没说，一副欲言又止的模样。

言安希忽然有些幸灾乐祸："完了，慕迟曜，秦苏好像生气了。现在你还不追出去哄哄？"

"你好像很高兴？"

"我这么明显的幸灾乐祸，你看不出来？"

慕迟曜冷冷地看了她一眼。

言安希说道："与其花时间在这里和我计较这些，还不如早点儿追上去，好好哄她。"

"你倒是豁达。"

言安希回答："这么多年过来，我早就学会了苦中作乐。"

慕迟曜弯腰捏了捏她的下巴："言安希，我倒是越来越看不懂你了。"慕迟曜说完这句有些莫名其妙的话就转身走了出去。

慕迟曜会怎么哄秦苏呢？他这样的人，哄人的时候到底是什么样子呢？

言安希本来不愿意思考这些，但一想到慕迟曜和秦苏之间的事，她心里就泛起无限的苦涩。她回到自己的房间，路过镜子时，看到自己苍白的脸，笑了笑，然后走了出去。

阿诚见到她，担心道："太太……"

今早在餐厅里的那场闹剧，虽然用人们都不在场，但动静那么大，总会传出去的。

言安希笑了笑："没事，送我去公司吧，该上班了，已经耽误太久了。"

谁也没想到，原本计划好去民政局离婚，却来了一个翻天覆地的转变。

慕氏集团。

言安希来到总裁秘书办的时候，快到中午下班的时间了。

言安希在自己的位子上坐下，打开电脑就收到了一封公司内部的邮件——是慕瑶发来的。她上次给设计部做的那份工作，完成得很好，慕瑶是特意发邮件来表扬她的，还给了她很多专业性的意见。

言安希看着自己的工作得到了肯定，心情这才稍微好了一点儿。然后她想了想，给慕瑶回复了一封邮件：你觉得好，那就是对我专业的肯定。其实我才要谢谢你。瑶瑶，如果不是你，我根本接触不到和自己专业对口的工作。如果以后有什么方案，随时发给我吧，我可以完成的。

发完邮件后，言安希怔怔地看着电脑屏幕好一会儿，才回过神来。原本她以为去民政局办好手续回来之后，她就要收拾自己的东西，潇洒走人了，结果，现在却还是坐在这里。

言安希想，秦苏那么争强好胜的一个人，现在肯定会不甘心，还不知道会用什么办法来对付她。她忽然想起一句话——只有女人才知道谁是好女人、谁是坏女人，男人大多分不清，尤其是像慕迟曜这样的人。

言安希的这个想法才从脑海里闪过，秦苏的电话忽然打了过来。

言安希接通电话：“喂？”

“言安希，你本事不小啊，慕老爷子你都能收买，还让他那么偏向你！”

言安希面无表情地回答：“如果你只是想说这些的话，那我挂了。”

“言安希，我可以用三天的时间让迟曜跟你离婚，我也可以在短时间内让你彻底滚出年华别墅。你等着瞧吧！”

言安希听着秦苏说话的这口气，心里也格外不舒服：“秦苏，做人不要太嚣张了。你当着我的面是一套，当着慕迟曜的面又是一套！你迟早会露出马脚的！”

秦苏冷笑一声：“那是因为你抢了我的东西！对于你这种抢了别人的东西，还死占着不放的人，我没必要好声好气地说话！”

“你简直不可理喻！”言安希也生气了。

“你借着我的脸，占了我的位置，迟早有一天你会付出代价的。”

“你再这样打电话来说这些有的没的，信不信我录音给慕迟曜听？”言安希不等秦苏开口，继续快速说道，“有这个时间在我面前撂狠话，不如自己去慕家老宅见爷爷，让爷爷接纳你。自己的事情自己不去处理，就知道损人？”

言安希说完，毫不犹豫地挂断了电话。她刚刚对秦苏说那番话，也是有私心的。就看秦苏敢不敢去慕家老宅说服爷爷接纳自己。这样的话，她也能快点儿离婚。

中午下班的时候，言安希照旧准备坐电梯去员工食堂吃午饭。她站在电梯间，低头默默地等着电梯。旁边有空电梯，但谁也不会去坐，因为那是总裁专用电梯。

这时，慕迟曜走了过来，伸手按下电梯，电梯门顿时就开了。言安希刻意往旁边避让了一下，想和慕迟曜拉开距离。

其他和言安希一起在等电梯的人，看到慕迟曜，都十分恭敬地喊道：“慕总。”

唯独言安希没有出声，这就显得她格外引人注目。慕迟曜也不知道是没有听见，还是压根不在意，抬脚就往电梯里面走去。

言安希看着慕迟曜的身影走进电梯，悬着的心也稍微放了下来。

可是下一秒，一只骨节分明的手突然径直朝言安希伸了过来，拉住言安希的手臂，用力地把她拉了过去。

言安希还没有反应过来是怎么回事，电梯门转眼间就关上了。当她反应过来的时候，她已经在电梯里了，而偌大的电梯里，现在只有她和慕迟曜。

慕迟曜的手还紧紧地握着言安希的手臂，力道有点儿大，让她十分疼。

“慕迟曜，你干什么？”

“你又要去哪？”

言安希看了他一眼：“我能去哪？我去员工食堂吃午饭！”

“万一你是要出去呢？”

言安希甩开他的手，说道：“我们要离婚了，慕迟曜，请你牢记这一点。在此期间，我觉得我们两个互不干涉是最好的选择。”

慕迟曜脸色一沉，松开她的手：“在离婚之前，你就要安守本分。虽然是要离婚了，但现在还没正式离婚，你懂吗？”

“懂。”言安希说，“我怎么不懂了？你这句话翻译过来的意思就是，你可以和秦苏卿卿我我，举止亲密，而我就只能孤家寡人一个，恪守妇道。我说得对吧？”

言安希看也不看慕迟曜的脸色，伸手就去按电梯，快要碰到按钮的时候，慕迟曜忽然把她的手拉了回来。

“干什么？”言安希问，“我要出去，我可没有这个福气和你慕大总裁坐一部电梯。”

慕迟曜将她的手握得越来越紧：“言安希，我满足你一个愿望。”

慕迟曜这句话说得十分突然，意思也十分莫名其妙。

言安希当场蒙了：“愿望？我有什么愿望？”

慕迟曜看着她，淡淡地说道：“从今天下午开始，你就被调到公司的设计部了。”

言安希有点儿没反应过来：“慕迟曜，你知道自己在说什么吗？”

“我当然知道。”慕迟曜点头，单手撑在她的耳侧，“还需要我重复一遍吗？”

言安希的第一反应是惊讶，第二反应却并不是高兴。她高度警惕，看着慕迟曜：“你又想干什么？”

慕迟曜平静地看着她：“我能干什么？”

“你会这么好心，突然放我去设计部工作？”言安希说，“你是不是有条件？”

慕迟曜眉头一皱：“在你眼里，我就是这样的人？”

言安希反问道：“难道你不是吗？”

慕迟曜看了她一眼，忽然收回手：“你要是这么不想去，那就继续在秘书办待着吧。”

言安希立刻伸手揪住他的袖子：“等一下。”

慕迟曜不耐烦地甩开她，她也顾不得那么多，再次揪住他的袖子问道：“慕迟曜，你真的只是单纯地让我去设计部工作？没有其他要求？”

“看来你很希望我有其他要求。”

言安希认真地看了他好一会儿，慢慢松开手："好，我信你。慕迟曜，等会儿我就去设计部报到。"

她说完这句话，正好电梯门开了，慕迟曜没有回答她，径直走了出去。她看着他的背影，轻轻地咬了一下嘴唇。

吃午饭的时候，言安希一直在想，慕迟曜这一次算不算良心发现了。他竟然会让她去设计部工作。要知道，这是她梦寐以求的工作机会。还是说他是想把她调得远远的，好让秦苏不再误会、不再嫉妒？

最后言安希也懒得去想了，不管是哪个原因都无所谓，反正这个婚是离定了。慕迟曜爱怎么样就怎么样，慕迟曜把她调远，她也能远离慕迟曜，一举两得。

下午一上班，言安希就去了设计部报到。她轻轻地敲了敲慕瑶办公室的门，很快里面就传来一声："进来。"

言安希推门进去，慕瑶一见是她，愣了一下："嫂嫂？"

"不，慕总监，我是设计部新来的实习生言安希，还请慕总监以后多多关照。"

慕瑶看着她，笑了笑："实习生？哥哥终于同意放人，让你到设计部工作了？"

言安希点点头："是。"

"太好了。把嫂嫂你放在秘书办，简直是浪费人才。现在好了，你也是设计部的一员了。"

言安希也很高兴："是啊。"

"对了嫂嫂，你上次回复给我的邮件，里面有一些设计理念，我拿出来跟几个设计师开会讨论了一下，他们都很认同。"

言安希小声说道："你啊，在公司还是不要叫我嫂嫂了，不然，你是慕迟曜妹妹的身份曝光了就不好了。"

"我会注意的，不过这里是办公室，就我们两个，没事的。"

言安希很快搬到了设计部的办公区域，成了一名实习室内设计师。她希望自己能快点儿从一名实习设计师变成一名正式的优秀设计师，那样离婚后，她一个人凭工作也能负担起弟弟的医疗费。想了想，她觉得女人还是要靠自己，这样最靠谱。

认真工作的时候，时间总是过得很快，转眼就到了下班时间。这时，她的手机忽然响起，她看了一眼来电显示，发现是言安宸的主治医师打来的。

言安希的心瞬间提了起来，她接了电话："喂，张医生，你好。"

"言小姐，现在需要您马上过来一趟，您弟弟的情况，有了新的进展。"

言安希紧紧地握着手机："张医生，你说什么？新的进展？什么意思……"

"简单点儿来说，言安宸很有醒来的可能。我们今天发现，他已经能够短时间地摆脱呼吸机，并且手指头也能够轻微地动了……"

言安希一下子从位子上站了起来："我马上过去！"

这个消息对言安希来说，简直是天大的好消息。这段时间以来，她每天都活得那么压抑、痛苦，现在终于有了一件让她兴奋的事情。

言安希眼含热泪，激动得都说不出话了，她背着包包快步走向电梯。当她走出慕氏集团时，阿诚正好把车开过来，她快速上了车，声音颤抖地说："快！去星辰医院，阿诚！"

阿诚连忙应道："好的，太太，您别着急……"

言安希完全控制不住自己的情绪，毕竟言安宸是她在这个世界上唯一的亲人啊……

言安希赶到重症监护病房的时候，只见言安宸的病床边围着好几个穿白大褂的医生。

见到她来，为首的张医生说道："言小姐，您总算来了。"

言安希冲到病床前，看了言安宸一眼，然后转身看向张医生："张医生，我弟弟……"

"今天上午，护士例行检查，发现病人有苏醒的迹象，手指无意识地动了。这是一个非常重要的进展。"

言安希眼眶红红的，浑身还在轻微地颤抖，她有些激动地道："那他什么时候会醒来？"

"这个还需要观察一段时间。不过言小姐，病人既然有苏醒的迹象，那完全醒来的机会就很大了。"

言安希点点头，握住病床上言安宸的手："安宸，姐姐终于要等到你了，终于要把你盼醒了……"

她说着，忽然发现言安宸的呼吸机被拔掉了。她转头看向张医生问道："安宸现在已经不需要呼吸机了吗？"

"不，暂时还是需要的，不过可以不用完全依赖呼吸机了。"张医生回答，"现在是让他尝试自主呼吸八个小时，然后再用呼吸机，以后慢慢把自主呼吸的时间延长……"

张医生跟言安希说了很多，然后便和其他医生离开，去研讨言安宸的下一步治疗计划。总而言之，张医生的意思就是，言安宸有百分之九十的可能会醒过来，这对植物人来说，非常罕见。

言安希觉得生活终于对她温柔了一回。她坐在病床前看着言安宸，眼泪又不由自主地流下："安宸，你快点儿醒过来吧，姐姐……真的很需要你。"

言安宸现在暂时摘掉了呼吸机，露出了整张脸，虽然嘴唇发白，但是眉眼还是言安希熟悉的那个样子。

"姐姐都快忘记你长什么样子了，现在摘掉了呼吸机，才能好好地看看你。安宸，醒来吧，姐姐撑了这么久，真的很累。"她说完这句话，忽然看到言安宸的食指慢慢地动了一下，然后又归于平静。

虽然只有一下，但还是被言安希捕捉到了。她紧紧地握着言安宸的手，再也忍不住痛哭起来。是高兴，是激动，还有一种委屈到极点，终于爆发的情绪。

这些天，她被离婚的事搅得整个人都有些精神恍惚，现在对她来说总算有一件好事了。

言安希哭得不能自已，也只有在这里，她才敢哭得这么大声，以至于完全忽略了周边的动静，直到一只手搭在她的肩膀上，另一只手把纸巾递到她面前。她一惊，连忙擦了擦眼泪，转头一看："墨千枫？"

"是我。安希，不要哭了。"

"谢谢。"言安希接过纸巾擦了擦眼泪，然后收回目光，"你怎么来了？"

"上次我来帮安宸交住院预交金的时候，留了我的电话号码，让医院一有什么消息，第一时间通知我。"

墨千枫收回搭在言安希肩膀上的手，在言安希身边坐了下来，他看着病床上的言安宸，叹了一口气。

言安希侧头看了他一眼："我在这里就好了，你回去吧。"

"你又在赶我走？"

“我受不起你的好意。”言安希说，“墨千枫，你还是离我的生活远一点儿吧。我真的希望你能和林玫若好好地在一起，当初既然是这样的结果，现在也该是这样的结果。”

“安希，你等我把事情都处理好。我会和林玫若解除婚约的，我也会把言家的一切都还给你，但是我需要时间。”

言安希笑了笑：“墨千枫，你真的不需要这样。从言家没落的时候起，我们就已经没有可能了。”

“安希，就算你一直把我往外推，我也不会走的。”

言安希忽然想起，她签的那份离婚协议书上，慕迟曜要加的那一项条款——不准和墨千枫有任何来往。

言安希笑了，她不去找墨千枫，可墨千枫主动来找她，她又能怎么办呢？

“墨千枫，我和慕迟曜肯定会离婚，但我和他离婚后，我们也不会有可能。况且，就算我们在一起了，那也不会是一件好事。林玫若和墨家要怎么办？难道你要我每天看着你爸妈、看着我的仇人过一辈子吗？”

虽然墨千枫当年不知道言家的事情，但是墨父和墨母是一手策划并低价收购言家资产的罪魁祸首。

墨千枫无言以对，他沉默了一下，而后道：“安希，我有一颗真正想要为你付出的心。”

言安希道：“谢谢，我承受不起。”

年华别墅。

慕迟曜回到年华别墅，把车钥匙随手扔给一旁的保安，大步走了进去。

年华别墅里安安静静、冷冷清清，依旧无比奢华。客厅里亮着巨大的水晶吊灯，优质的真皮沙发在灯光的照射下，泛着点点幽光。

慕迟曜想也不想地问道：“言安希呢？”

管家恭敬地回答：“慕先生，太太没有回来。”

“没回来？”慕迟曜眉尖微挑，“她从早上离开之后，就一直没回来？”

管家道：“是的。”

慕迟曜脸色一沉，随即拨通慕瑶的电话：“瑶瑶，你嫂嫂人呢？”

“嫂嫂？嫂嫂下班走了啊……”

慕迟曜脸色顿时更加难看，但想到电话那头是慕瑶，就把情绪暂时压了压：“我知道了。”他迅速挂断电话，转身往外走去。

“慕先生……”管家在后面喊道，“您还在家用晚餐吗？”

“不用。”慕迟曜扔下这一句话，就匆匆离开了年华别墅。

言安希没回家，也没在公司，那么只会在一个地方——星辰医院。慕迟曜发现言安希有一个特点，每次有什么不高兴的事情，她就会跑到医院看她的弟弟。可是，她今天有什么不高兴的事情吗？

是了，今早发生了那么多事，离婚没离成，她估计又跑去医院了。

慕迟曜脑海里忽然闪过一个念头，她每次去医院，坐在言安宸的病床前的时候，是不是都在哭呢？

他脑海里闪过她眼含泪光的模样，心情越来越糟糕。可是当他开车到了医院，脚步匆匆地走到重症监护病房，抬手推开门时，看到的却是墨千枫坐在她身边，他所有的怜惜统统烟消云散。

慕迟曜喝道：“言安希！”

言安希乍一听到这个声音，浑身一震。她转过头，还没反应过来，慕迟曜就已经走到她身边，一把握住她纤细的手腕。

她疼得“咝”了一声。

“你果然在这里。”慕迟曜冷冷地说，“当时离婚协议书上写了什么，你忘记了？”

“我没忘记。”

“那现在这是怎么回事？”慕迟曜逼近她，狠狠地问道。

“就是你看到的这么回事。”言安希倒十分平静，面对慕迟曜的怒气，她一点儿也不惊慌失措。

“我强调过很多遍，你不许和墨千枫有来往。”

“我没和他有来往。”言安希说，“他只是来看言安宸，我难道要把人撵走吗？”

慕迟曜低吼道：“撵走又怎样？”

看到墨千枫坐在她身边，两个人的背影靠那么近，气氛那么和谐，慕迟曜只觉得一股怒火在胸膛里熊熊地燃烧着。

这个画面，太刺眼了！

她在他面前，总是与他针锋相对，而在墨千枫身边，却那么乖巧！他嫉妒！

“那你把他撵走吧。”言安希说，“我绝对不拦着。”

慕迟曜牢牢地攥住她的手腕，眼里几乎要喷出火来。

言安希继续说道：“反正我奈何不了你，我也奈何不了他。你们两个从来都是自己想做什么就做什么，不顾及我的感受，不在意我的想法，也不管我是否会接受，只会按照你们自己的意愿来。”

她前脚来医院，墨千枫后脚就来了，又不肯走，她能怎么办？而慕迟曜也突然来了，看到她和墨千枫在一起，不管三七二十一就开始对她发脾气。

墨千枫在一边看不下去了：“松手，你弄疼她了。你和安希都要离婚了，你凭什么还管着她？”

慕迟曜冷冷地看着他：“离婚是我们两个之间的事情，和你有什么关系？”

“你这种人，就不配拥有她！”

“你连拥有她的资格都没有。”他说完，再次收紧手，拉着言安希就往外走。

言安希趔趄了一下，回头看了一眼病床上的言安宸，咬了咬下唇道：“慕迟曜，我自己会走！”

慕迟曜却好像没听到一样，始终拉着她的手，步子迈得很大，她只能小跑着跟上他：“慕迟曜，你放开我！我还要去见……”

“去哪？”慕迟曜头也不回地说，“回家！”

“你凭什么这么管着我？我都说了我没有和墨千枫有什么，是他自己来的！”

说话间，慕迟曜已经拉着言安希走出了重症监护病房。言安希心急如焚，她还想多陪陪言安宸，顺便再去张医生那里问问言安宸的情况。结果慕迟曜一来，不分青红皂白就拖着她离开。

言安希正使劲想要甩开慕迟曜的手，另一只手腕却突然一紧。她一愣，转头看去，不知何时墨千枫也追了出来。

墨千枫牢牢地握着言安希的手腕，一字一句地说道：“上次我放开了你，这一次，我绝对不会放开你了！”

慕迟曜停下脚步，转过身看着言安希，又看向墨千枫。

墨千枫的眼神十分坚定："慕迟曜，你不爱她，你也不配得到她。"

慕迟曜道："松手。"

墨千枫道："不可能。"

慕迟曜冷冷地又说了一遍："松手。"

墨千枫反而一直紧紧地拉着言安希的手："慕迟曜，你已经和她签了离婚协议书，她是自由的！"

"她的确是自由的。"慕迟曜说，"但她不是你的。"

"那也不是你的！"

慕迟曜勾唇一笑，语气满是嘲讽："我得到过她，你呢？"

墨千枫听到这句话，脸色一变，言安希的脸也瞬间变得苍白，毫无血色。

言安希咬住下唇，听到这句话，疼痛瞬间传遍全身。他不爱她，他对她……只是欲望，原来他分得这么清楚。

墨千枫更加气愤："慕迟曜，你这么玩弄感情，迟早有一天也会被感情玩弄！"

慕迟曜微微皱眉，看样子不想和墨千枫再纠缠，他握着言安希的手腕，就要把她拉到身边。墨千枫见状，也试图把她拉到自己身边。

医院病房外，长长的走廊里，三人再次形成了对峙的状态。而言安希站在中间，背影看上去十分坚强，却又孤单得让人心疼。看起来两个男人在争她一个，可实际上，这里面的辛酸过往和曲折，只有她自己能懂。

言安希低头轻声道："慕迟曜，你松手。我现在不想回家，我要在医院多陪安宸一段时间。"

"不行！"慕迟曜想也没想就否决了，"你必须现在跟我走。"

"不可能，我要留在医院里。"

"言安希！"慕迟曜近乎咬牙切齿地喊出她的名字。

言安希抬头看了慕迟曜一眼，忽然做出一个让慕迟曜差点儿气炸的举动——她往墨千枫那边挪了两步。

慕迟曜的眼神瞬间沉了下去："言安希，谁给你的胆子？"

"本来没有意外的话，我们今天已经不是夫妻了。我在医院里陪我弟弟，有什么不对呢？你可以回年华别墅，你也可以去找秦苏。"

"我说让你跟我回家！"

"我说我要陪弟弟！"

"言安希！"

"慕迟曜！"言安希也按捺不住了，"你就不可以给我留一点儿私人空间吗？"

"我给你私人空间，就是方便你和墨千枫见面？"

言安希觉得自己要被他的霸道态度气疯了，想也没有想就开口说道："你可以有秦苏，我就不能有墨千枫？何况我和墨千枫之间清清白白，什么都没有！"话一说完，言安希只觉得自己的手腕快要被慕迟曜捏碎了。

慕迟曜道："既然你知道自己只是秦苏的替代品，那就要知道，你没有资格在我面前任性！"

"我想留在医院里陪我弟弟，这在你看来，就是任性？"

慕迟曜却冷笑一声："我算是明白了，言安希，你每次在医院待着，其实就是想和墨千枫在一起吧？"

言安希一愣，难以置信地看着他。他竟然会这么认为？不被信任的滋味，原来这么难受。言安希咬了咬唇："随便你怎么想。"反正她的解释也不会被他认同，他只会怀疑她。

"言安希，别忘了，只要我一天不放手，你就一天还是慕太太，别忘记自己的身份！"慕迟曜的声音冷若冰霜，刺得言安希无言以对。

言安希深吸一口气，努力让自己平静下来，却突然看见一个人影快速从自己面前窜过，快得让她捕捉不到。与此同时，她的一只手也重新获得了自由。

言安希还没反应过来，只听见墨千枫一声怒吼："慕迟曜，你简直就是浑蛋！你根本配不上安希！你有秦苏，却还霸占着安希，你未免也太贪心了！你知道她一个人在雨里哭的时候，那个模样多让人心疼吗！"

一个人在雨里哭？慕迟曜一愣，什么时候言安希一个人在雨里哭了？他怎么不知道？

走廊里突然安静下来，一场大战即将爆发。这时，走廊另一头突然响起一个尖细的女人声音："千枫！"

言安希看到来人是林玫若的时候，瞬间松了一口气，幸好林玫若这个时候来了，不然她还不知道要怎么办。她真怕这两个人在医院里打起来。

言安希伸手抱着慕迟曜的腰，在他怀里轻声说道：“慕迟曜，我跟你走。”

慕迟曜冷哼一声：“言安希，忤逆我的后果，你清楚。”

言安希低着头：“回家吧，慕迟曜。”她说着，试着松开了慕迟曜。

可她的手刚刚松开，慕迟曜就迅速地再次握住她已经红肿的手腕，说道：“走！”

墨千枫看着这一幕，喊道：“安希……”

言安希回头看了他一眼，又看了林玫若一眼，然后收回目光，紧随着慕迟曜的脚步走了。

林玫若看着墨千枫原地不动，痴痴地望着言安希离开的方向，心里一点儿都不好受。

第六章

把她拉入深渊的是你

年华别墅。

慕迟曜对管家冷冷地说："你去帮我办一件事。现在立刻派人去星辰医院，二十四小时监守言安宸的重症监护病房，除了医护人员，谁也不能进去。"

管家立刻应道："好，慕先生，我马上去。"

言安希站在慕迟曜的身后，听到他的话，眉尖蹙起："你要干什么？我弟弟现在只是一个植物人，你派人看住他干什么？"

"我要看住的不是他。"慕迟曜转身冷冷地盯着她，"我要看住的是你和墨千枫！"

"你什么意思？"

"你每次去医院似乎都会和墨千枫在一起，你是不是借着去医院和墨千枫私下见面？"

言安希脸一白："慕迟曜，你胡说八道！我才没有！"

她确实有一次是通过去医院见墨千枫，但那次只是为了还墨千枫的钱，而且那也是唯一一次。

"不管有没有，现在我派人守着，谁去了，谁没去，我心里清楚！"慕迟曜说完这句话，转身就走了。

言安希看着他的背影，死死地咬住下唇。本来得知言安宸有苏醒的迹象，言安希很高兴，现在被慕迟曜这样一搅，她完全没了那份喜悦之情。

言安希慢慢走进客厅，用人就走了过来："太太，慕先生让您现在拿着毛巾去泳池边。"

言安希侧头看见用人手里叠好的白色毛巾，顿了一下，伸手接过道："我知道了。"

年华别墅里的私人大泳池里，慕迟曜在水里游着，哗哗的水声在夜里显得格外清晰。言安希拿着毛巾站在一边，面无表情地看着泳池里的慕迟曜。她也不知道慕迟曜游了多少个来回，耳边一直是哗哗的水声。

最后慕迟曜终于停了下来，靠在池壁边，看了她一眼："言安希，过来。"

言安希麻木地走过去，把毛巾递给他："给。"

慕迟曜："我说过我现在要毛巾吗？"

言安希在心里默默地翻了一个白眼，然后就收回手，准备转身回到刚刚自己站着的地方。

慕迟曜却忽然开口道："会游泳吗？"

言安希摇了摇头："不会。"

"真的不会？"

"不会。"言安希说，"我没学过游泳。"

慕迟曜轻笑一声，在言安希听来，有点儿嘲笑的意思。言安希顿时生气了，有什么好笑的？不会游泳很丢脸吗？她愤怒地瞪了慕迟曜一眼，恨不得把手里的毛巾扔到他脸上去。

"不会游泳就是不会游泳啊，有什么好笑的！"言安希说，"我想回房休息了，没时间陪你在这里耗。"

"我让你回房间了吗？"慕迟曜神情慵懒地靠在游泳池边。

言安希干脆把毛巾往旁边一放，掉头就走。她才不想和他在这游泳池耗着，她要回房休息。

"你再往前走一步，你就一个星期都别想看到你弟弟。"慕迟曜说，"走两步，那就一个月也别想见了。"

言安希顿时停住了脚步，慕迟曜总是有办法把她的任性都给堵死。她只能认命地转过身，回到泳池边，拿着毛巾继续站着。

慕迟曜看了她一眼，转身游了出去，空旷的游泳池里再度响起哗哗的水声。

不得不说慕迟曜游泳的速度很快，而且身姿矫健。要是花痴一点儿的人看到这场景，恐怕都要尖叫了。

忽然，慕迟曜径直朝她游了过来，头一露出水面，他的手就迅速握住言安希的手，将她一把拉了下来，游泳池里立刻响起了言安希的尖叫声。

言安希手忙脚乱地在水里扑腾着，呛了好几口水，才终于稳住身体，破水而出。衣服紧贴在她的身上，勾勒出她完美的身体曲线。

慕迟曜看着她眉尾微挑，看来她是真的不会游泳。不过她出水的那一刻，有点儿惊艳。

言安希咳了好几声，才勉强睁开眼睛，看着她面前的慕迟曜，简直要被气疯了。

“都说了我不会游泳！你非得故意把我拉下水，就想看我呛水的样子是吧！”言安希愤怒的声音响彻整个泳池。

站在泳池边，无缘无故被人拉下水，任谁都无法保持淡定。她话音刚落，下一秒，慕迟曜直接伸手搂过她的腰，就往泳池底部沉下去。

言安希这下彻底说不出话来了。她整个人再次被淹没在水里，不同的是，这次慕迟曜的手一直牢牢地扣着她的腰。她看着慕迟曜近在咫尺的脸，紧接着，慕迟曜忽然低头吻住了她的唇。

言安希一愣。她现在在水里，完全身不由己。慕迟曜也是抓住了这一点儿，所以才会在这个时候吻她。如果她一直紧闭双唇的话，那她就要无法呼吸了。于是，她不得不轻启红唇。

慕迟曜看着她，眼睛里忽然有了一点儿笑意。

言安希被闹钟吵醒的时候，头昏脑涨。昨天她被慕迟曜硬逼着在泳池里泡了那么久，晚上的温度比白天低，风又凉，她心想自己不会感冒了吧。

言安希毫无精神地下了楼，刚在餐厅坐下，慕迟曜就从外面走了进来。他今天穿了一件黑色衬衫，更显得成熟稳重。

慕迟曜看了她一眼，在餐桌的主位上坐下。

言安希看见他就恨得牙痒痒，要不是他，她昨晚好端端的怎么会感冒？她一气，只觉得头更晕了。

言安希也不搭理他，转头看向站在一边的用人，说：“麻烦你帮我……”她一说话，自己都被吓了一跳，这个沙哑的声音……是她的？

言安希清了清嗓子，又说道：“麻烦帮我倒一杯牛奶。”

慕迟曜眉头一皱：“言安希，你感冒了？”

“是啊！”言安希回头瞪了他一眼，用沙哑的破锣嗓子说道，“还不是你干的好事！”

慕迟曜答道：“我哪知道你的抵抗力这么差？”

言安希被他鄙视，心里更气不过：“我是女人，你是男人，体质当然不一样啊！再说了，我都说了我不会游泳！”她越气声音越大，这破锣嗓子发出的声音就越难听。

用人给她倒了牛奶，放在她手边。

慕迟曜也不知道是不是良心发现了，看了她一眼：“放你半天假，去医院看一下。”

言安希第一反应是拒绝，但想了想还是说：“我会老老实实去医院的，身体是革命的本钱……”

她还是先把感冒治好再说，而且，慕迟曜都让她去医院了，她就老老实实去吧，懒得和他较劲。她没什么胃口，只喝了两口牛奶就觉得有点儿腻。以前她一口气喝一大杯牛奶都不会觉得腻，现在才喝两口，怎么就觉得腻了？

正好这个时候，用人又端着托盘走了过来：“慕先生，太太，这是厨房用文火熬了一晚上的鲫鱼汤。”

托盘上有两个精致的青花瓷小碗，放着同样的勺子。用人双手端着鱼汤，分别放在慕迟曜和言安希面前。

这碗鱼汤被端到言安希面前，她一闻到那股浓香的味道，就忽然觉得胃部有点儿不舒服。她皱了皱眉，继而拿起勺子，轻轻地舀了一勺，吹了吹，结果那股鱼汤的香味扑鼻而来，越闻越想吐。

言安希想了想，一口没喝，直接把鱼汤推到一边，而且推得远远的。

慕迟曜看着她这个动作，眉尖一挑：“怎么了？”

“不想喝，我吃饱了。”说完，她站了起来，“我先去医院了，慕大总裁。”

慕迟曜点点头："让阿诚开车送你去。"

言安希点点头："我也希望快点儿看完病，这样就能快点儿回公司上班。"

慕迟曜淡淡地说道："你现在工作的热情倒是高涨了。"

言安希没理他，推开椅子往外走了两步，只觉得脚下轻飘飘的，脑袋越来越晕。她停下站了一会儿，这种不适感才慢慢消失。然后她捂着嘴咳了咳，走出了餐厅。

慕迟曜看着她的背影，眉头微皱，随后抬头看着管家："让阿诚多盯着点儿，要是她身体有什么问题，必须马上告诉我。"

管家道："是，慕先生。"

言安希上车后，头越来越晕。她直接靠在座椅上，浑浑噩噩地说道："阿诚，你直接开去医院，到了叫我。"

阿诚道："好的，太太。"

言安希现在不仅头晕，而且胃也不舒服。以前感冒，她吃个药睡一觉，就能好得七七八八，怎么这次会这么难受？

言安希一走进医院大楼，闻到刺鼻的消毒水味，就没来由地一阵恶心。本来她就觉得胃不舒服，现在又觉得恶心。她捂着嘴，快步走到垃圾桶旁边干呕起来，难受得眼泪都不自觉地流出来了。

这时候，一对夫妻走了过来，女的挺着圆滚滚的肚子，男的在一边小心地搀扶着。两个人边走边笑，一脸幸福。那个怀孕的女人从言安希身边走过，看见她这副样子，好心问道："妹子，你没事吧？"

"没……""事"字还没说出来，言安希紧接着又是一阵干呕。

女人见她这副模样，顿时就笑了："看你这反应是有了吧？和我以前一样，孕吐特别厉害。"

言安希猛地转身看着她："您……说什么？"

"小姑娘一看就是年轻不懂事，我们这些有经验的人，一看就知道了。"

言安希只觉得自己脑袋一片空白："我听不懂您在说什么……"

"你是不是还不知道自己的身体情况啊？没事，快去挂号看看，就什么都知道了。"女人善意地笑了笑，摸了摸自己的肚子，然后在自己老公的搀扶下又慢慢地走了。

言安希僵在原地，都不知道要怎么思考了。

她怀了慕迟曜的孩子？

言安希的手缓缓下移，落到自己的小腹上，猛然一惊。她怎么可以怀上慕迟曜的孩子？

言安希现在只庆幸她是一个人来医院的，她手里捏着挂号单，坐在医院走廊的长椅上想：如果我真的怀孕了，要怎么办？如果只是一场乌龙的话，我又该怎么办？高兴还是悲伤？

一项项检查做下来，言安希十分配合，动作机械，就像个木头人。最后她坐在医生面前，心里才有了一丝紧张，眼睛里才有了一点儿神采。

医生推了推鼻梁上的眼镜，从厚厚的镜片后面瞥了她一眼："你是言安希？"

"嗯。"她点点头，"我是。"

医生拿着她的检查报告，忽然严肃起来："你已经怀孕五周了，自己没任何感觉吗？"

这句话如同晴天霹雳，让言安希当场僵住，只觉得手脚冰凉。她浑身都在颤抖，问道："我真的怀孕了吗？而且五周的话，那就是一个多月了……"

"是。"医生简简单单的一个字，让言安希心里最后一线希望，当场破灭。

为什么在这个时候，她怀了慕迟曜的孩子……

言安希的声音嘶哑："我……我真的没有感觉到自己怀孕了，我也没有往这方面想。"

因为她从来没想过要给慕迟曜生一个孩子。而且慕迟曜怎么会和她要一个孩子？在他看来，她都不配给他生孩子吧。

医生的声音又响了起来："言小姐，你的确已经怀孕五周了。从现在开始，你要好好地保养自己的身体了。"

言安希无意识地摸了摸自己的小腹，她现在的身体里已经住着一个小小的新生命了。可她只觉得鼻子发酸，这个孩子的到来真的很不是时候。

见言安希不说话，医生又道："言小姐，你现在感冒了对吧？"

言安希点点头："从昨晚开始就有一点儿感冒了，今早起来后，更加严重了，所以……就来医院检查了。"

如果她不是在垃圾桶旁边干呕，恰好有一对夫妻从她身边走过，说她这是孕吐的话，或许言安希会稀里糊涂地去看感冒，根本不会想到是怀孕。

“幸好你没去看感冒。”医生说。

“我也觉得幸好。”言安希说，“不然……以我这粗枝大叶的性格，不知道什么时候才会知道自己怀孕了。”

“言小姐，孕妇不能随便服用感冒药。”医生说，“你已经不是单纯的感冒了，需要及时治疗。”

孕妇有很多禁忌，需要十分注意，不能随便吃药，不然会给胎儿造成很大伤害。所以对孕妇来说，一旦感冒，是非常棘手的。

言安希低着头，轻声问道：“医生，那……我目前需要怎么办？”

医生说：“先检查一下胎儿的情况，看发育是否正常。其余的检查完之后再说。”

医生说完以后，言安希并没有马上起身，而是依然一动不动地坐在原地。过了好一会儿，她忽然问道：“医生，如果……我不打算要这个孩子呢？”

医生有些诧异地看了她一眼：“你不打算要这个孩子吗？”

“嗯。”言安希轻轻地点点头。

其实，不是她不打算要，是这个孩子根本不可能被留下来。慕迟曜如果知道她怀孕，一定会毫不犹豫地让她把孩子流掉。

医生看了她一眼，眼睛里忽然有些怜悯：“言小姐，看你这模样还没多大吧？是和男朋友意外怀上的？”

言安希也不知道要说什么，轻轻地点了点头，算是默认了。

医生估计见多了这种事情，只顿了一下就说道：“如果打算流产的话，越快越好，因为怀孕时间越短，流产对身体的伤害就越小。不过目前你的身体状况很差，先把感冒治好吧。”

言安希咬了咬唇，忽然站了起来：“谢谢医生，我……我还需要再考虑一下。”说完这句没头没尾的话，言安希转身就走了。

她捏着医院的单子，快速走到医院的洗手间里，关上门，背靠在门板上，整个人都有些颤抖。她深深地吸了一口气，可是她依然在发抖。她怀孕了，怀了慕迟曜的孩子。

言安希慢慢地蹲下身，脸上的眼泪滑落到手背上：“宝宝……”

言安希咬着下唇，近乎哽咽地说道，“你为什么会在这个时候，来到这个世界上？为什么……”

言安希现在的处境真的是四面楚歌。她怀孕的消息，目前还需要隐瞒，她要先试探一下慕迟曜的口风。这个孩子的到来，弄得她措手不及，但既然上天让她怀上这个孩子，那么她就要竭尽全力保全这个孩子。

这不仅仅是慕迟曜的孩子，更是她的孩子，有着一半她的血液。

慕氏集团。

慕迟曜坐在总裁办公室里，落地窗外的阳光斜斜地照在办公桌前。他低着头，翻着手里的文件，时不时地用笔在上面做批注。

陈航忽然走了进来，说道：“慕总，太太已经从医院出来了，正在赶来公司。”

慕迟曜眉头微皱，抬手看了一眼手表问道：“她在医院里待了这么久？”

“需要去医院询问太太的病情吗？”陈航说，“如果需要的话，我马上让人去找医生。”

慕迟曜微微一顿，最后挥了挥手：“算了，不用。”

陈航见他挥手，连忙点点头便走了出去，办公室里又恢复了安静。

慕迟曜把手里的文件一合，再也没心思看下去了。

昨天他把她拉入泳池，让她受凉了。她现在感冒了，他这么心心念念的，让他感觉不是很好，好像……他离不开她一样。而且只是一个小小的感冒，用不着特意去查，他要是想知道，问她一声就可以了。

言安希的生命力向来顽强得很，她也不是第一次感冒了，吃个药又能活蹦乱跳的了。

言安希回到慕氏集团设计部的时候，已经上午十一点了。

她脑袋还是有点儿晕，不过比早上好很多了。医生给她开的药，她看了一眼，但不敢吃。她当时突然就走了，万一医生认为她是想打掉这个孩子，所以吃也没关系呢？

言安希想了想，把药扔进了垃圾桶。她去茶水间倒了一杯热水，然后就投入工作。她想着等晚上回到家的时候，泡个热水澡，然后捂着被子睡一觉发一身汗，或许这感冒就能好了。

好不容易熬到下班，言安希匆匆关了电脑，准备回家好好休息一下。谁知道她刚走出慕氏集团，就看见一辆跑车缓缓停在她面前。

车窗降下，慕迟曜戴着墨镜，侧脸轮廓显得十分刚毅，他薄唇微启："上车。"

言安希站在原地，没动。

慕迟曜眉头一皱，转头看她："怎么，聋了？"

言安希的嗓音依然和早上一样沙哑："去哪？你是要载我回家？"

"不回家。"

"那是要去哪？"言安希问，"阿诚呢？"

"去慕家。"慕迟曜说，"上车，我不想说第三遍。"

慕家？

言安希头昏脑涨，吸了吸鼻子。慕迟曜带她去慕家干什么？他不是才和慕老爷子大吵完一架吗？那现在是去和解，还是去表明坚决离婚的决心？

言安希迟疑了一下，还是上了车。

等红绿灯的时候，慕迟曜终于侧头看了她一眼，问道："你感冒怎么样了？"

"啊……我还好。"言安希忽然被他点名，整个人一下子慌张起来，胡乱应了一句。

慕迟曜看着她："你这么慌干什么？"

"没有啊。"言安希说，"我很……很正常啊。"

"医生怎么说？"

言安希轻声回答："医生让我多休息，按时吃药就好了。"

她话刚说完，慕迟曜忽然伸出手碰了一下她的额头，动作自然流畅。

言安希蒙了一下，很快侧头避开："你……你干什么？"她说这句话的时候，下意识捂着自己的小腹。她现在有些草木皆兵的感觉，慕迟曜动一下，她都觉得他是要对她肚子里的孩子不利。

"你躲什么躲？我碰一下你，都不可以了？"慕迟曜冷哼一声，再次将手背贴在她的额头上。

言安希整个人完全僵住了。几秒钟之后，慕迟曜快速收回手，搭在方向盘上。言安希侧头看着他搭在方向盘上的修长手指，也不说话。

反而是慕迟曜先开了口："没发烧就好。"

言安希一愣，然后也摸了摸自己的额头，点点头："嗯……对，我没发烧。"

"那嗓子怎么还是哑的，嗯？"

"不知道……我已经吃了药，明天就会好很多吧。"

慕迟曜沉默了一下，然后硬邦邦地说道："病成这样，就请几天假。慕氏集团少了你也不会怎么样。"

言安希侧头看他："慕迟曜，你关心人的方式还真是特别。"

慕迟曜面色一僵，收回目光。

红灯已经变绿了，慕迟曜一踩油门，继续开着车子。

言安希吸了吸鼻子，说："是啊，慕氏集团少了我，不会怎么样。年华别墅少了我，也不会怎么样。慕家少了我，更不会怎么样……"

"总而言之，我就是一个无关紧要的人。"言安希说，"谁少了我，都不会怎么样，日子照样过。"

慕迟曜握着方向盘的手一紧，却没再说话。

慕家。

慕老爷子站在客厅的小窗户前，这个方向正对着慕家老宅的花园。

"老爷子，您今天找少爷过来，是想……"

慕老爷子打断管家的话："我想和他想，完全是两回事。迟曜现在羽翼已经丰满了，我是管不了他了。他想离婚，我却不想他离婚，这样对峙下去，只会让我和他之间的亲情出现裂痕。"

"那……老爷子，您打算怎么办？"

"看看情况再说吧，我会尽力让迟曜和安希丫头的这段婚姻维持下去。如果……如果实在维持不了的话……"慕老爷子微微一笑，似乎早就有了主意。

"爷爷！"慕瑶的声音忽然响起，十分轻快。

慕老爷子听到孙女的声音，转过身露出笑容："瑶瑶来了……"

"对啊。"慕瑶十分亲热地挽着慕老爷子的手臂，"爷爷，您叫我回家吃晚饭，我当然要来了。"

"你啊，真是乖，比你哥哥啊，让我省心多了。"

说起慕迟曜，慕瑶表情一僵："我觉得哥哥肯定是一时鬼迷心窍，他会想明白的。”

“你哥哥要是想得明白，那就不会硬生生地挨我几拐杖，依然不肯松口了！”

这时，一辆车在花园里停下，管家率先透过窗户看到了，连忙说道：“老爷子、小姐，少爷来了。”

慕老爷子抬头看去，只见慕迟曜和言安希一起下了车，言安希低头在后面走着。言安希只感觉浑身无力，脑子也一直在嗡嗡地响。言安希想，这次感冒好像比以前要严重，难道是因为怀孕的关系？

慕迟曜走了几步，看着言安希耷拉着脑袋，又想起她今天感冒了还一直在工作，顿时心里一软。

言安希忽然感觉腰间一暖，她浑身微震，低头看着环在自己腰间的手，然后又抬头看着身边的慕迟曜。

“你慢死了。”慕迟曜说，“还要让爷爷等我们更久吗？”

他单手搂着言安希的腰，让言安希微微靠在他身上，言安希却显得十分不自然。他的怀抱不属于她，对她而言甚至是她的毒药。

直到走进慕家的客厅，慕迟曜才松手放开了她。

慕瑶搀扶着慕老爷子走了过来。

言安希乖巧地喊道：“爷爷、瑶瑶。”

慕老爷子点点头：“安希丫头，几天没看见你了，过得还好吧？”

慕老爷子这句话问得别有一番深意。这几天都在闹离婚，言安希怎么可能过得好？言安希也明白，所以只是笑了笑，没有回答。

反而是慕瑶说道：“嫂嫂，你的脸色好像很苍白，是不是身体不舒服？”

言安希勉强笑了笑：“还好，就是感冒了而已。”

她的确感冒了，不仅感冒了，还怀孕了。但这件事，她是不会跟任何人讲的。

慕瑶又关心地问道：“感冒了？那嫂嫂你今天去看医生了没有？”

“看了。”言安希点点头，“没事的，小感冒而已。”

慕老爷子在一边说道：“安希丫头啊，要注意身体。这心里啊，也别想太多了。放心，有爷爷在，会给你一个公道的。”

言安希朝慕老爷子笑了笑：“嗯。”

慕瑶见言安希一点儿精神都没有，连忙走过去，握着她的手：“嫂嫂，你先坐着休息一下吧，我让用人给你倒杯热水。”慕瑶一边说着一边牵着言安希在沙发上坐下。

慕老爷子脸上也露出了一点儿心疼的表情，然后看着慕迟曜：“安希丫头都病成这样了，你也不知道关心她一下？”

慕迟曜淡淡地看了言安希一眼，没有说话。

慕老爷子转头对管家说道：“把家庭医生找来，给安希丫头好好看看。”

管家连忙应道：“好的，老爷子。”

言安希一听，心里咯噔一下。不行，千万不能让医生来给她看病。万一家庭医生看出什么端倪来了呢？

“不用了！”言安希连忙说道，有些激动，声音有点儿大，但好在她的嗓音因为感冒变得沙哑，所以听起来也没有很突兀。

“不用了，爷爷。我……我今天上午已经去医院看过了，医生也给我开了药，不需要再麻烦了……”

慕老爷子问道：“已经去了医院？”

“是。”言安希不停地点头，“所以不用麻烦了。”

言安希现在抗拒任何医生给她看病，她生怕自己怀孕的事情被慕家的人知道。慕老爷子听她这么说，点点头，也就没有让管家去找家庭医生了。

慕迟曜坐在那里，眉头微皱，时不时地看向言安希。她的脸色的确很苍白，一个小小的感冒，竟然把她折腾成这个样子？

这时，慕老爷子提高声音说道：“迟曜，你应该明白，我今晚找你来，是为了什么事。”

“知道。”慕迟曜微一点头。

“知道就好，我给了你几天的时间，没给你施加压力，就是希望你能想明白。所以，你现在的想法是怎么样的？”

慕老爷子这句话一问出来，气氛瞬间变得剑拔弩张。谁也没想到，慕老爷子这么直截了当。言安希看了慕迟曜一眼，只见他的薄唇微微抿着。

薄唇的男人，最是薄情啊……可为什么他只对她薄情，对秦苏那么深情？

沉默了几秒钟后，慕迟曜缓缓开口道：“我现在的想法和之前的一样，一直没改变过。”

慕老爷子问道：“没有改变？”

慕迟曜道：“是。”

慕老爷子又道：“还想和安希丫头离婚，和秦苏在一起？”

慕迟曜道：“是。”

慕老爷子瞬间被慕迟曜毫不犹豫的两个“是”字给气到了。他手里正好握着一个茶杯，听到慕迟曜的回答后，当场就摔了手里的杯子。茶杯摔在地上，褐色的茶水流淌在洁白的地板上，也仿佛彰显着慕老爷子的怒气。

言安希和慕瑶脸色一变，唯独慕迟曜依然神色如常。

一时间，谁也没有说话。

过了好一会儿，言安希忽然轻声说：“爷爷，其实……我也愿意离婚。离婚协议书，我已经签了。”

慕瑶惊叫出声：“嫂嫂！”

“爷爷，真的不必为了我这么大动干戈。”言安希抬头，轻声说道，“事已至此，说什么也没用了。”

“安希丫头，你怎么也糊涂了！”

“爷爷，如果您真的是为了我好，那就让我和慕迟曜离婚吧。”言安希说，“这样一来，我和他都可以解脱了。”

慕迟曜听到言安希这番话，终于慢慢地转过头，看着她的侧脸。言安希睫毛微颤，肤色白得近乎透明，她脸色苍白，唇色却是嫣红的，此时微微抿着，一脸淡淡的神色。

以前她也说过同样的话，慕迟曜以为她只是嘴上说说而已。毕竟她倔，从来不会轻易低头。看来，放不下的只是他罢了。这场婚姻，到底是对是错，已经没有了答案。

慕瑶完全傻眼了：“嫂嫂，你怎么可以说这样的话啊！你要是和哥哥离婚，那不就是便宜了那个秦苏！”

言安希没有说话，她不知道要怎样才能让爷爷和慕瑶明白，她和慕迟曜的婚姻早就形同虚设了。

过了一会儿，慕老爷子把慕迟曜单独叫进了书房。一进书房，慕老爷子就背着双手来回踱步。慕迟曜略显慵懒地靠在书架上，双手抱臂，看起来十分随意。

“爷爷，现在只有我们两个人，就不要卖关子了。”慕迟曜再次开口，“您有什么条件，尽管说吧。不说出来，我们就永远达不成共识。”

慕迟曜虽然不知道慕老爷子在打什么算盘，但秦苏如果要嫁进慕家，就必须过老爷子这一关。倒不是因为慕老爷子不同意，他就娶不了秦苏，而是他不想秦苏在慕家受气看脸色。

慕老爷子停下脚步，意味深长地看着慕迟曜，忽然笑得高深莫测。

慕迟曜站直了身体，毫不示弱地和慕老爷子对视。

慕老爷子最后长长地叹了一口气：“因为言安希这丫头，现在我无论如何都接纳不了秦苏。但是……我可以容忍她。”

慕迟曜眉毛微挑：“条件是什么？”

慕老爷子道：“秦苏可以嫁进慕家，但不能给你生孩子，不能为慕家传宗接代。”

慕迟曜一怔：“爷爷，您的意思是……”

“我的意思很简单，就是秦苏不能为你生儿育女。”

慕迟曜大脑有一瞬间的空白，不知道要说些什么。

慕老爷子见他没说话，又继续说道：“迟曜，你可别怪爷爷没有提醒你。假如你一意孤行，日后想要秦苏给你生孩子，那么秦苏生下来的孩子……就会跟如今的慕天烨一样的下场，看起来是慕家人，却始终游离在慕家之外。”

慕迟曜眼眸微眯。慕老爷子的意思就是说，如果秦苏和他有了孩子，那么这个孩子只会和慕天烨一样，顶着慕家的姓，却进不了慕家的门，一生窝囊，郁郁不得志。

“爷爷，您还真是……煞费苦心。”

“我煞费苦心的还在后面。”慕老爷子说，“秦苏不能给你生孩子，但有一个人能！”

慕迟曜立刻说出了这个人的名字：“言安希！”

“是。”慕老爷子点头，“那么，既是你的孩子，又能让我满意，最好的办法就是让言安希给慕家传宗接代。”

慕迟曜喉间一哽，薄唇微动：“爷爷，你不是口口声声说要为言安希着想吗？可你竟然说……让她为我生一个孩子，这不是强人所难？”

“在我一生之中，我只知道慕家为先，慕家必须有后。迟曜，你年纪也不小了！”

“爷爷，你这样做，是把言安希再次拉入深渊。”

“错了。把她拉入深渊的是你，不是我。”慕老爷子又接着说道，“你自己好好考虑，我现在不逼你，但是我的想法已经很明确地告诉你了。”

书房里慢慢陷入沉寂。

慕迟曜最后点点头：“我同意。”

慕迟曜一走，慕家老宅的管家端上一杯清茶走进书房：“老爷子，润润嗓子。”

慕老爷子接过啜了一口，然后又往门口看了一眼：“希望我这个做法，能挽救两个人的婚姻吧……”

慕迟曜一路低着头，走到客厅的时候，发现慕瑶不见了，只有言安希一个人靠在沙发上，她的头发垂下来，遮住了大半张脸，闭眼熟睡着。

慕迟曜不自觉地放轻脚步，缓缓走了过去。此时的言安希呼吸平缓，脸颊上有些红晕，不知道是这里温度有点儿高导致的，还是因为感冒。看着她熟睡中毫无防备的样子，慕迟曜心里又有一角软了下来。

他下意识地下移目光，看了她平坦的小腹一眼，喉间一紧。随即他抬手看了一眼时间，从他去书房到现在不过才一个小时，没想到她竟然就睡着了。

慕迟曜也没叫醒她，就这样静静地看着她。他伸出手轻轻地探了探她的额头，似乎有些烫。之前在车上，他摸她额头的时候，还没有这么烫。

“哥哥？”

慕瑶的声音忽然从后面响起，慕迟曜转过头，只见慕瑶端着水果走了过来。慕迟曜竖起食指放在唇边，示意她不要说话。她看了沙发上的言安希一眼，顿时明白了。

“嫂嫂睡着了啊……”慕瑶说，“我只是去厨房给她拿点儿水果来，几分钟而已，没有陪她说话，她就克制不住睡意了。看来，嫂嫂真的很累啊。”

慕迟曜压低声音说道："我带她回家。"

"让嫂嫂多休息一下，再让医生看看，病成这样，我看着都心疼。"

慕迟曜轻轻地点了点头。

慕瑶离开后，客厅里只剩下他和熟睡的言安希了。

慕迟曜什么也没有做，就站在原地，挡住了灯光，他的影子投在她的身上，就好像她窝在他怀里似的。

言安希丝毫没有察觉到，睡得正熟，忽然头一坠，猛地往下跌去，这才迷迷糊糊地醒来。

或许是刚刚睡醒的缘故，她反应有些迟钝，缓了好一会儿，眼神才清明了一点儿，一抬头，就看到站在自己面前的慕迟曜。她忍不住捂嘴打了个哈欠，然后才说道："你和爷爷谈完了？"

"嗯。"慕迟曜不着痕迹地从她脸上收回目光，道，"走，回家。"

言安希点点头站了起来，但可能刚睡醒，整个人晕晕乎乎。从客厅走到玄关，不过几十步的距离，她已经磕磕碰碰差点儿摔倒三四次。

走在她前面的慕迟曜回头看了她一眼："言安希，你这眼睛是长在头顶吗？"

言安希白了他一眼，没理他。直到坐在车上，车子都开了好远一段距离之后，言安希才缓过神来，睡意慢慢消失，思维开始清晰。

旁边的慕迟曜一直目不斜视地开着车，这会儿又开始下起雨来了，淅淅沥沥的，所以车开得不是很快。

言安希清了清嗓子，结果声音还是软绵绵的，十分嘶哑，没有一点儿力气："慕迟曜，你……和爷爷是在说离婚的事情吗？"

慕迟曜"嗯"了一声。

言安希又问："那么……都谈妥了吗？"

慕迟曜侧头淡淡地看了她一眼："有空我再和你详说。"

"现在没有空吗？"

"现在我在开车。"

言安希没多想，毕竟下雨路滑，天又黑，还是安全第一。

结果，谁知道回到年华别墅以后，慕迟曜一声不吭地把钥匙扔给管家，头也不回地上了楼，留下言安希一个人站在客厅里，有些发蒙。

这是干什么？从慕家回来了，他一句话也不打算跟她说吗？他和爷爷在书房谈了那么久，商量了些什么，她没兴趣知道，但是总得告诉她结果啊！

言安希只觉得莫名其妙，可是身体又很疲惫，没力气想太多。她叹了一口气，也上楼回房准备洗澡睡觉了。就在她正要上床捂着被子睡觉的时候，房门忽然被敲响了：“太太，您睡了吗？”

言安希走了过去，打开房门：“什么事……”她话还没说完，脸上忽然露出惊慌的神色。

年华别墅的家庭医生怎么会突然出现在这里？

管家恭敬地说道：“慕先生特意让医生连夜过来给您看病。”

“我没事。”言安希快速打断管家的话，“我现在感觉好多了，不需要麻烦医生了。”

“呃……太太，既然医生已经来了就……”

“我说了我不用！”言安希有些激动地说完，就要关门。

她是绝对不会看医生的，尤其是年华别墅的医生。虽说她怀孕才一个多月，肚子根本不显，不做B超的话根本看不出她怀孕了，但多留一个心眼儿总是好的。

“太太。”管家连忙伸手拦住门，“这是慕先生吩咐的，您要是不配合的话，这……”

管家说得十分含蓄，但意思都表达出来了。要是言安希不肯让医生看的话，只怕慕迟曜又得大发雷霆了。

场面一下子僵持不下。

言安希迟疑了一下，最后松了口：“好吧。”

言安希坐在沙发上，医生给她量体温，又询问了病情，问她有哪些不舒服的症状，最后给她开了药。

“慕太太，这药您今晚睡前先服用一次，明天记得早中晚都要服用。您有点儿咳嗽，我还给您开了一瓶止咳糖浆……”

言安希看着桌上的药，心里满是抵触。她随手拿起一盒药片，看了一下上面的服用说明，心里一惊。上面明明白白地写着一行字：孕妇忌用。

言安希有些慌乱，强压下心里的情绪，把药放回原处，脑子里嗡嗡地响。

家庭医生开了药，就和管家一起离开了。

言安希依然坐在沙发上，看着这一堆药，手心不断冒冷汗。她就这么笔直地坐在沙发上，伸手拿起药，又放下。她不知道是该把药全部扔了，还是一次扔一回的药量，假装自己吃了。

正在言安希犹豫不决的时候，房门忽然被推开，她吓了一跳，回头一看，只见慕迟曜大步走了过来。

慕迟曜看了一眼桌上的药，沉声道："你还没吃药？"

"我……"

"还在等什么？早点儿吃药，早点儿休息。"

"我等下就吃了。"言安希随口敷衍道，"你……你……"

"我什么？"慕迟曜说着，长腿一弯，在她身边坐了下来，"看着你吃完药，我自然会走。"

言安希心里一惊，后背慢慢地开始冒冷汗。这些药是孕妇禁用的，她怎么可能会吃！

言安希不知道要说什么才好，她哪里想到慕迟曜还会过来监督她吃药啊！

见言安希坐着不动，也没有要吃药的意思，慕迟曜眉头一皱，心里隐隐有些不悦。但他什么都没说，反而站了起来，走了出去。

言安希刚松一口气，却又看见慕迟曜走了回来，手里还端了一杯水。他弯腰把水杯放在言安希面前，然后看着她："吃药。"

"我……"言安希咬了咬唇，心里十分明白，看慕迟曜这个架势，今晚她要是不在慕迟曜眼皮子底下把药吃了，他是不会善罢甘休的。

言安希狠狠地一咬唇，忽然说道："我不吃，我讨厌吃药。"说着，她就起身往床的方向走去。

慕迟曜的身子微微一侧，挡在她面前："你现在是在闹小孩子脾气？不肯吃药？"

"是。"言安希回答，"我……我不吃药。"

这个孕妇禁用的药，她是无论如何都不会吃的。她下意识地捂着自己的小腹，但是看到近在咫尺的慕迟曜，又像触电一般，马上放下了手。

言安希见慕迟曜眉头紧锁，以为他又要发怒，却听他声音一缓，说道："言安希，听话。"这语气，好像在哄小孩子一样。

言安希惊讶于他的态度和语气，但依然很抗拒："我没事，我今天上午都去医院看了，我……我是太累了，睡一觉就好了。"

“让你吃个药而已，有这么为难吗？”

“我……不吃就是不吃。”

慕迟曜看她这样闹脾气也不生气，只是看着她忽然说了一句：“言安希，我给过你机会的，是你自己不肯吃药。”

说完，他弯下腰，骨节分明的手指灵活地拆开药盒，取出胶囊。

“我说了我不吃药！”言安希说，“慕迟曜，为什么你总是要逼我做我不喜欢的事情？”

慕迟曜的声音微微提高了一点儿：“你到底吃不吃？”

言安希心想，如果她一味地抗拒，后果只会对自己十分不利。于是，她轻声道：“你把药放那里，我待会儿会吃，你……你先走吧。”

“你的感冒是因我而起。”慕迟曜说，“我有责任看着你吃药。”

言安希一下子明白了：“你是因为把我拉进游泳池，害得我着凉感冒了，心里愧疚，所以才一直逼着我吃药？”

“差不多。”

“那没必要。”言安希回答，“我没有怪你。”

“你还要这样磨磨蹭蹭下去吗？”

“我说了，我这次感冒不怪你。”

慕迟曜看了她一眼，忽然一仰头，直接把他手心里的几粒胶囊吞进嘴里，然后快速地喝了一口水。

“你……”言安希话还没说完，慕迟曜忽然伸出一只手扣住她的后脑勺，力道很大，不容她退缩半分。他的薄唇碰到她的唇瓣的时候，她脑海里一片空白。

言安希完全被他压迫着，后背抵着沙发靠背，一点儿反抗的能力都没有。她能清楚地感到，那小小的药片被他渡到了她的嘴里。

言安希一惊，脑海里只有一个念头——这药，她千万不能吃！孕妇禁服！

等到慕迟曜松开手，言安希从沙发上快速起身，跌跌撞撞地跑去洗手间。她捂着嘴，关了门并反锁。胃里又是一阵翻腾，她扑向洗手池，吐了起来。她拼命地往外吐，只希望把刚刚吞下去的药都吐出来。

慕迟曜听到洗手间里的动静，脸色瞬间沉了下去。他走过去，伸手推了推门，却发现门被反锁了，脸色顿时更加难看。

“言安希，开门。”他说道，“你竟然敢把药吐出来！”

言安希根本不理会他，打开水龙头，看着刚刚吞下的药片混着水流一起流进了下水道，这才松了一口气。

言安希听着外面慕迟曜的敲门声，还有他愤怒的声音，一脸麻木。她看了看镜子里狼狈的自己，然后双手捧着水洗了一把脸，这才清醒不少。

慕迟曜咆哮道："言安希，你再不开门，你自己清楚后果！"

慕迟曜看着紧闭的门，十分不满。如果言安希再不开门的话，他就直接踹门了。而且，洗手间里没有动静了，听不到言安希的吐声，也没有水声了。

那她在里面做什么？慕迟曜垂在身侧的双手慢慢地握紧。

言安希看了紧闭的门一眼，又收回目光。她低头看着自己平坦的小腹，忽然很想哭。

她真的背负着很大的压力啊，这辈子，除了爸妈还在，她还是言家小姐的时候，过得快乐无忧，之后的日子，她一个人承受得太多了。

现在，安宸快要醒来了，她终于能松一口气了。可偏偏在这个时候，她怀了孩子，而且是慕迟曜的孩子。她想要这个孩子，不是为慕迟曜而生，而是为自己而留。

眼泪从眼眶里流下来，言安希怔怔地看着自己的小腹，抬手撑着墙壁，慢慢地站了起来，开了门。门一开，慕迟曜一把握住她的手腕，将她拖了出来。

这一拖，他才发现，言安希根本一点儿力气都没有。眼看言安希就要摔倒在地上，他立刻伸手圈住她的腰，把她抱了起来。她双眼无神，软软地靠在他的怀里。

慕迟曜正要说什么，言安希忽然主动抬起头，对上他的视线。就是这一瞬间，他只觉得心像被针扎了一样，疼得他直皱眉。因为他清清楚楚地看见，言安希在哭。

慕迟曜很少看到言安希哭，每次言安希就算很想很想哭，也会把眼泪给逼回去。这一次，她竟然脆弱得在他怀里哭得这么凄惨……

慕迟曜微微地叹了一口气，将她抱得更紧，低声说了一句："别哭了。"

言安希本来觉得心里的情绪发泄得差不多了，结果听到慕迟曜这么温柔的一句"别哭了"，眼泪顿时又开始往下掉了。

“是不是感冒了，很难受，所以想哭？”慕迟曜低声问道，“还是说你不想吃药……”

“我不吃药。”言安希小声说道，“慕迟曜，你不要逼我。”

慕迟曜终于忍不住抬起手，用指腹轻轻地擦去她眼角的泪：“我拿你怎么办才好？”

她吸了吸鼻子：“你走吧，慕迟曜，我想一个人待着。”

他没有回答，只是弯腰将她打横抱起，走到床边，将她轻轻地放在了床上。在他的手从她身上离开的时候，他竟然觉得不仅仅手里空荡荡的，心里好像也一下子空荡荡的了。

“好好休息。”他把被子盖在言安希的身上，轻轻地抚了抚她的脸颊，“睡吧。”

言安希顿了一下，干脆直接闭上了眼睛。直到听到关门的声音，言安希才缓缓睁开了眼睛。她将手轻轻地放在自己的小腹上，这里的小生命……她要保住。

言安希醒来的时候，蒙了好一会儿，头脑才缓缓地清晰起来。睡了一觉之后，她没有昨天那么难受了，只是浑身上下仍然有些疲惫，没什么力气。

她洗漱完，下楼吃早餐的时候，给慕瑶发了一条短信：不好意思，慕瑶，因为身体还是不太舒服，今天不能去工作了。我才被调来设计部，却没能够正常地工作，我很抱歉。

发完短信，言安希开始慢吞吞地吃起了早餐。她本身没有什么胃口，但一想到现在肚子里有孩子，她就努力地想要多吃一点儿。

这时，用人忽然走了进来：“太太，有客人来了，说要见您。”

“客人？”言安希问，“你是不是搞错了？能有谁找我？”

用人面露难色：“太太，是……是秦苏小姐。”

言安希一愣：“她？”

言安希还来不及说什么，秦苏已经径自走进了餐厅，看见言安希时冷冷一笑：“言安希，你还真是富家太太的作风啊，这都上午了，还在这里用早餐！”

“我什么时候吃早餐，跟你无关。你这样没有经过主人的允许，随意出入慕家，是不是太没礼貌了？”

“是啊，这是你家，你嚣张得很。”

“看来，你不仅没有礼貌，还没有家教。”言安希看都不看秦苏地说，“我不想见你，秦苏，你是要自己走，还是要我让人请你走？”

“口气不小。”秦苏哼了一声，“言安希，你这么怕见到我？是不是觉得心虚？”

“我是不想和你浪费精力，而且我也知道你想说些什么。”言安希说着，转头看她，“你想把我从这里赶走，把我从慕太太的位置拉下去的话，我还是那句话，要么，你去找慕迟曜，让他和我把离婚证给办了；要么，你去找慕老爷子，让他同意你进慕家的门。”

“你以为我不敢？”

“不。”言安希摇了摇头，“我由衷地希望你去，你现在就去，找慕迟曜也好，找慕老爷子也罢，我都支持你。”

秦苏双手抱臂，忽然走到言安希的身边，弯下腰，用只有两个人能听到的声音说道：“言安希，你别以为现在有慕老爷子给你撑腰，你就能无法无天了。我要让你好好看看，你是怎么失去这个位置的。”秦苏说完这句话，转身就走。

言安希淡淡道：“如果你特意过来，就是为了和我说这些，那也太过刻意了。其实想一想，秦苏，你有时候还不如何浅晴。”

秦苏脚步一顿：“何浅晴？”

“何浅晴没有了慕迟曜，还有何家的身世背景，她的骄纵是她的家庭给她惯出来的。可你要是没有了慕迟曜……你能怎么办呢？你离开他的这些年，又是怎么过的呢？”

秦苏生气地说：“你……”

言安希看了她一眼：“我有时候在想，你是不是知道慕迟曜对你已经没了当年的恨意，所以才会回来。你是贪恋在他身边衣食无忧、风光无限的日子，而不是因为他这个人。”

秦苏飞快地说道：“言安希，你在胡说八道些什么！”

“你怕死，所以你迟迟不敢回来。知道自己性命无忧之后，你却迫不及待地回来了。说起来，秦苏，你其实更爱你自己，而不是爱慕迟曜。”

“你乱说！”秦苏反驳道，“我爱他！我爱他！”

言安希只是笑了一下，什么都没再说了。

见言安希这样，秦苏气不打一处来："言安希，你等着！"

秦苏上了车，依然气得不轻，看见宋尧，顿时更加不舒坦了。她感觉，每次看见宋尧，就让她想起离开慕迟曜那几年的生活。

宋尧通过后视镜看着她："秦苏，你现在要去哪里？慕迟曜现在在公司，你如果想见他，也应该是去慕氏集团。"

"我就是知道他这个时候不在家里，所以才来的，没有想到言安希……"秦苏咬了咬牙，"宋尧，掉头，去慕家老宅！"

第七章

陪你是最重要的事情

慕氏集团。

公司的高层一早就召开例会，慕迟曜是会议的主持人。

开完会，慕瑶也收拾了东西准备离开，顺便狠狠地瞪了慕迟曜一眼，就走了。

慕瑶这一瞪眼，慕迟曜并没有看到，但一直关注着慕瑶的沈北城看到了。

等会议室的其他人都走了，沈北城才十分悠闲地往椅背上一靠，问道：“慕大总裁，你把我们瑶瑶怎么了？”

慕迟曜看了他一眼：“我能把她怎么样？”

“她刚刚瞪了你一眼才走的，看起来一点儿都不高兴，很讨厌你。”

慕迟曜微微挑眉：“随她。”

“你这个哥哥，做了什么让她那么讨厌你的事情？”

“你管得很宽。”

沈北城哈哈一笑：“我是想修复你们两个之间的亲情。”

“不需要，谢谢。”说着，慕迟曜站起来，看了沈北城一眼，“开会是讨论工作，不是让你一直看着瑶瑶。”

“我刚好看到而已。”

慕迟曜一脸不相信的表情。

沈北城耸了耸肩：“慕迟曜，你这段时间到底做了些什么？言安希好端端的被你发配去了设计部？”

“发配？”慕迟曜冷笑一声，“你这个词就用错了，她是巴不得去设计部。”

“哟，这么想离开你啊？你的小娇妻不喜欢你啊？”

“多管闲事。”慕迟曜说着，大步地往外走去。

沈北城懒懒地站起来道：“慕迟曜，你可别商场得意，情场失意啊……我可是好心提醒你。”

慕迟曜脚步一顿，然后快步走了出去。

慕迟曜回到自己的办公室后，坐在转椅上，双手交叉，眉头微微皱起。

昨晚在书房，他没想到老爷子会来那么一招，让他完全没有招架的能力。他还没跟言安希说，也不知道该怎么开这个口。还是……他也不用告诉言安希，直接让她怀上就好了？

不过依言安希的那个性子，她不会愿意不明不白地待在他身边。

言安希那边，他需要处理，秦苏那边，他也需要给出一个合理的解释。

慕迟曜越想越烦躁，十分头疼，他也始终无法安下心来处理工作，最后干脆准备提前离开公司。他拿上车钥匙和西装外套，走出办公室，对陈航道：“让人去医院查一下言安希生病的情况，然后告诉我详情。公司有什么事，明天再说。”

陈航应道：“好的，慕总。”

言安希在秦苏走后，去了一趟医院，直接找到昨天给她看病的那位医生，开了一些适用于孕妇的药物治疗感冒。从医院回来后，她便按照医嘱吃了药，就睡觉了。

这一觉，她从中午直接睡到了下午四点左右。她醒来的时候，虽然睡意蒙眬，但是神清气爽，鼻子也没有之前那么堵了。她起床，发现自己出了一身的汗，于是又去洗了个澡。

言安希洗完澡，精神又好了不少，看见沙发上散乱的药盒和自己的包包被敞开丢在那里，便准备收拾一下。这时，门忽然“咔嚓”一声轻响，被人从外面推开了。

言安希侧头看去，正好和慕迟曜的视线对了个正着。

慕迟曜看了她一眼，抬脚走了进来："你不是问我昨天和爷爷在书房里到底谈了些什么吗？"

"对啊，我昨晚问你，你没有说。"

"我今天就是来告诉你的。"

这件事，言安希迟早会知道的，毕竟，这个孩子需要她怀，需要她生。

"是吗？"言安希眨了眨眼，"那好吧。"

慕迟曜"嗯"了一声，然后抬脚走向沙发。言安希也转身，准备去沙发上坐着。可她目光一转，看到散乱的药盒旁边放着她敞着的包，忽然浑身发凉，心里一惊。她的包包里还塞着医院的孕检诊断书，她一直放在包包里，忘记扔掉了！

如果被慕迟曜发现……言安希浑身冒冷汗，根本不敢往下想了。

慕迟曜根本没看到言安希惨白的脸色，自顾自地往沙发上走去，看见散乱的药盒，拿起看了看："你今天吃药了？"

"嗯……"言安希无意识地应着，眼睛不停地瞟向包包。

慕迟曜嘴角一勾："我昨天想尽办法让你吃药，你却都吐了，今天怎么自己愿意吃了？"

"我……我又不是小孩子，为了早点儿好起来，我就吃了。"

慕迟曜站在沙发边，言安希咬了咬唇，忽然走了过去，她努力保持着镇定，快速收拾着自己的东西："有点儿乱，我收拾一下……"

她立刻拿起自己的包包，准备拉上拉链，放到衣帽间去。结果不知道她是太心急了，还是太慌张了，拿起包包的时候手一直在抖，结果她的手忽然一松，包包"啪"的一声掉落在地上，里面的东西都倒了出来，散落了一地。

慕迟曜微微皱眉，侧头看了她一眼："言安希，你为什么在发抖？"

"没有，我没有……"言安希根本不敢看慕迟曜的眼睛，连忙蹲下身，就要把东西塞回包包里。

慕迟曜哪里有这么好糊弄，从言安希忽然开始浑身发抖，他就察觉出不对劲了。他低头看着蹲在地上的言安希把东西一股脑地塞进包包里，淡淡地说："等一下。"

言安希身子一僵。

慕迟曜长腿一弯，也蹲了下来："言安希，你好像很紧张。"

她摇了摇头，慕迟曜看了她一眼，也不说话，径直朝她的包包伸出手。

言安希下意识地就拿远了包包，说道："你干什么？你……这是我的东西。"

慕迟曜强势而不容拒绝地说道："拿过来。"

"这是我的东西！"言安希的指尖都泛白了，她紧紧地抓着自己的包包，死活不肯松手。

言安希越是这样，慕迟曜就越是怀疑。对慕迟曜这样身居高位，翻手为云，覆手为雨的人来说，最忌讳的事情，有两件。

一是背叛，二是隐瞒。

言安希现在犯了他的一个大忌，她却毫不自知。

慕迟曜也没那个耐心和她继续耗，干脆一把夺过她的包，拉开拉链，把包里的东西全部倒了出来。

言安希的脸色瞬间变得惨白，她死死地咬着下唇，整颗心被提了起来。

难道……就要瞒不住了吗？她就要保不住这个孩子了吗？

慕迟曜的目光直直地落在一张皱巴巴的 A4 纸上面。那张纸上满是褶皱，应该是被人随手塞进包包里的。慕迟曜快速地伸出手，但让他没想到的是，言安希的手比他更快。她一把就将那张纸抓在手里，作势就要撕碎它。

慕迟曜眼明手快地扣住她另一只手的手腕，道："言安希，这是什么！"

言安希没有理他，脑子飞快地转着，忽然急中生智，低头就要把那张纸给吃进去。

慕迟曜刚刚已经被她抢先了一次，便一直盯着她，保持高度警惕，所以一见她的动作，便用力地把她往自己身边拉了一把，同时另外一只手迅速地抢过那张纸，然后搂着她站了起来。

慕迟曜拿到孕检诊断书后，言安希的脸色已经比这张纸还要白了。她闭上眼睛，身子一软，绝望地跌坐在地上，整个人像跌进了地狱。

慕迟曜松开她的手，缓缓地展开这张纸。他倒要好好地看看，到底是什么东西，值得她拼了命地保护。

随着皱巴巴的纸张缓缓展开，慕迟曜锐利的目光一扫，看着最上面的几个大字，浑身一震——她竟然怀孕五周了。

慕迟曜看了一眼报告书下面的日期，分明就是昨天。所以，也就是说……

“言安希。”慕迟曜声音沉沉地问道，“你昨天去医院检查感冒的时候，查出你自己……已经怀孕了？”

言安希无力地回答：“是。”

慕迟曜声音一扬，带着明显的质问：“那你为什么不告诉我？”

言安希没有说话，她也不知道在这个时候她要说什么，她又能说什么。

慕迟曜死死地捏着这张孕检报告书，骨节分明的手指泛白，手背上青筋暴起。他蹲下身，看着言安希：“我问你为什么不告诉我！”

一滴眼泪从言安希的眼角缓缓地滑落下来。

“慕迟曜，既然你已经知道了……”她哽咽着说，“就不要再逼问我了……”

“如果不是我今天偶然发现，你是不是打算一直瞒着我？”

“是。”

慕迟曜低吼道：“为什么？你瞒着我，是想要干什么？”他的双眼慢慢变得赤红，“你是想偷偷打掉这个孩子吗？”

言安希一愣，她觉得她忽然有些听不明白慕迟曜的这句话。她偷偷把孩子打掉？他是在害怕她把孩子打掉？

“我不想让你知道这个孩子的存在！”言安希说，“慕迟曜，你这个人，对我一直冷血无情，对我的孩子，又怎么会好好地爱惜！”

“你的孩子？”慕迟曜问，“言安希，这个孩子，是我们两个的！不是你一个人的！”

“可是你不会要啊！”

“谁告诉你，我不会要这个孩子？你有问过我吗？”

言安希长而卷翘的睫毛上还挂着泪珠：“我还需要问吗？慕迟曜，在你心里，秦苏才是那个可以给你生孩子的女人吧！”言安希继续说道，“等你处理好爷爷那边，我们离婚后，我就可以带着孩子离开这里了。”

慕迟曜更紧地扣着她纤细的腰身：“言安希，你想得倒是周全！”

“我不为我自己想，也要为孩子想。”

慕迟曜忽然嘴角一勾，缓缓逼近她：“言安希，我会让你生下这个孩子的。我怎么舍得让你打掉呢？”

言安希眼睛蓦地睁大，难以置信地看着他。

“这个孩子要留下来。”他的手从她腰上移开，缓缓落到她的小腹上，轻轻地摩挲着。她有些害怕地战栗着。他的手在她的小腹上，让她一点儿安全感都没有。

她下意识地问道：“为什么……”

“为什么……”慕迟曜的指尖不停地在她的小腹上移动，“你觉得是为什么呢？”

言安希轻轻地摇了摇头：“我……我不知道。”

慕迟曜看着言安希，没再说话，反而叹了一口气。言安希觉得慕迟曜在得知她怀孕之后的态度，和她想象中的完全不一样，让人不可思议。

她以为慕迟曜会冰冷无情地告诉她，这个孩子必须流掉，没有任何商量的余地。

慕迟曜抱着她，和她隔得很近，彼此都能听见对方浅浅的呼吸声。

“言安希，在我还不知道要怎么办的时候，你已经给了我一个答案。”慕迟曜靠近她的耳边，低声说道，“言安希，这个孩子是我们的，你听到了吗？”

慕迟曜抱着言安希，之前满肚子的火气此时此刻已经奇迹般地消散了。

“慕迟曜……”言安希想了想，出声说道，“你到底想说什么？”

慕迟曜听见她的话，抿了抿唇：“我也不知道我在说什么。”

他现在脑袋里一片空白。她怀孕的消息，让他措手不及，也让他暂时无法消化。他只知道，怀了孩子的女人需要好好呵护。而且，他要当爸爸了，这种感觉对他来说，真的很奇妙。

“我好像忽然明白爷爷为什么一定要让你生下一个孩子了。”慕迟曜自言自语般地说道。

言安希浑身微颤：“慕迟曜，你在说什么？”

“有件事情，我一直拖着不想和你说。”慕迟曜回答，“或者，不是我不想和你说，是我不知道要怎么跟你说。”慕迟曜说着，微微松开她，低头看着她的模样，只觉得心里有一个角落变得很柔软。他抬起手轻轻地擦了擦她的眼角，想拭去她的泪珠。

言安希真的很不习惯这样的慕迟曜，她下意识地往后躲了躲。

慕迟曜的手僵在半空中，但他什么也没说，薄唇一抿，自顾自地收回了手："昨日在书房，爷爷同意了我和你离婚，但他提出了一个条件。"

言安希听见他这么说的时候，心里忽然警铃大作："爷爷……提出了什么条件？"

"很简单，你必须生个孩子，我们才可以办理离婚手续。"

言安希浑身一僵，好一会儿后她才回过神来："原来昨天晚上，爷爷把你叫去书房，就是在说这件事？"

慕迟曜说："嗯。"

言安希又追问道："那回到年华别墅之后，你为什么不和我说？"

"我那时没想好怎么和你说。"

"你答应了爷爷，是不是？"言安希急急忙忙地问道。

"我不答应的话，继续和爷爷僵着吗？"

言安希抬头看着他，心里一阵苦涩，却笑了："慕迟曜，你的话没有说完。爷爷肯定不止说了孩子的问题。秦苏呢？你和秦苏呢？"

慕迟曜脸上的表情微微一僵。

言安希瞬间就明白了："果然……慕迟曜，你会答应爷爷的条件，也是因为对你有利。我猜是我必须生下一个孩子，你和秦苏才可以在一起，是不是？"

"言安希。"他哑声开口，"有时候，你聪明得过头了。"

言安希苦涩地一笑："你在意的根本不是我肚子里的孩子，而是这个孩子生下来之后，你能和秦苏在一起，这才是你的最终目的。"她喃喃地说道，"归根结底，你还是在谋划让秦苏嫁给你，你在给她铺路。"

言安希的眼泪在眼眶里直打转，最后还是滴落在她的手背上和慕迟曜的衬衫上。原来慕迟曜之所以会留下这个孩子，是因为秦苏。

为什么……为什么慕老爷子要提出这样的条件，安排她的命运？

事到如今，她竟然还要为慕迟曜生一个孩子，而不是为自己。

"慕迟曜，我上辈子到底欠了你多少，这辈子才需要我这样来偿还……"言安希喃喃道，"我把婚姻、自由、爱情、身体，统统给了你，你现在还要我一个孩子……”

慕迟曜没有出声，他低头看着她的眼泪，默默心疼。她很少哭，可是她一旦哭起来，他根本毫无招架的能力，只想替她擦去所有眼泪。可其实，每次把她弄哭的，都是他自己。

“言安希，把孩子生下来吧。”慕迟曜说，“他会是天之骄子，会是慕家最受宠的小少爷。”

言安希轻声问道：“我只能生下来留给你，我带不走这个孩子，对吗？”

“是。”慕迟曜轻轻地抱着她，“但我会向你保证，这个孩子会拥有很多东西，他会比谁都要尊贵。”

“可是……”言安希连连摇头，“这个孩子，他不属于我啊！”

“你可以随时来看他。”

“不，不！”言安希忽然推开他，情绪激动起来，“不行！谁都不能夺走我的孩子！慕迟曜，我不同意！我不同意！”

“言安希，你冷静一点儿！”

“你叫我怎么冷静！”她的声音尖细，“我生下这个孩子之后就会和你离婚，你就会和秦苏在一起。那么也就是说，我的孩子要和秦苏在一起生活？”

言安希根本不敢再往下想。以秦苏对她的敌意，秦苏怎么可能会善待她的孩子？

言安希紧紧地抓着慕迟曜的手：“不行，这不行！孩子是我的，我的！慕迟曜，你以后会和秦苏有孩子的，我只有这一个，你把他给我，好不好？”

慕迟曜任凭她抓着自己的手，她的指甲已经在他手背上划了好几道口子，他却像毫无知觉一样。

“我和秦苏不会有孩子。”慕迟曜说，“爷爷的条件还有一个，就是我和秦苏不能有孩子。”

言安希整个人都僵住了，不知道要说什么好。

“言安希，你能想到的，其实爷爷都为你想到了。”慕迟曜看着她的眼睛，“我跟你保证，这辈子我只会和你有孩子。”

对一般人而言，这句话真的是一句最动听、最完美的誓言，可是对言安希来说，是要剥夺她做母亲的权利。

“我到时辛辛苦苦怀胎十月生下来的孩子，却要交给你抚养，他的成长，我都没有办法参与，秦苏却可以，慕迟曜，你知不知道，这样有多残忍？”

言安希此刻浑身无力，如果不是慕迟曜抱着她，她几乎要瘫软在地上了。

慕迟曜先是给了她一个惊喜，最后却又把她打入地狱，这果然是他的作风。

“这不是我想要的。慕迟曜，我就算了，为什么连我的孩子都要为你和秦苏牵线搭桥？”

言安希再也忍不住，号啕大哭起来。她没想到，这个孩子的命运早就注定了，只有她还在自作聪明地规划她和这个孩子的未来，多么可笑。

“言安希，你也可以选择不生这个孩子。”慕迟曜看着眼泪从她的指缝中流出来，喉结上下滚了滚，“那你就永远是慕太太，永远和我生活在一起。言安希，你要怎么选？”

生或者不生，已经根本不是言安希能选择的了。她只能被牵着走，无法掌握自己的命运。

他对她所有的残忍，都是为了对另外一个女人好。

“我恨你，慕迟曜。”言安希不停地说道。

言安希泪眼蒙眬，忽然胃里一阵翻涌，她一把推开他，跌跌撞撞地往洗手间跑去，趴在洗漱台上，吐得昏天黑地。

慕迟曜见她这样，眉头一皱，脸上露出十分心疼的神情，立刻追了上去。他也是第一次面对这样的场景，手足无措地伸出手，轻轻地在她后背上拍着，她却一把推开他的手：“别碰我！”

他手一顿，眉头一皱，但什么都没说，收回了手。

言安希吐到最后都没了力气，她打开水龙头，拿冷水洗了一把脸，整个人难受到了极点。

她眼眶通红地看着他：“你是真的想要这个孩子，还是只是想让秦苏能嫁给你？”

慕迟曜愣了一下，而后缓缓地说：“两个都要。”

“嗯，很好。”言安希忽然一笑，一行眼泪就这么流了下来，“你什么都要，就是不会要我。”

慕迟曜眉头一皱："言安希，你……"

"好了，慕迟曜。"言安希说，"从现在开始，我很明确地告诉你，我恨你，一直恨你。"

她一只手放在自己的小腹上，另外一只手撑在洗漱台上，说出了这句话。

慕迟曜看着她，忽然觉得自己快要失去她了，失去这个一直在说爱他的女人。

到了第二天早上七点，言安希睡醒了，起床刷牙洗脸。她看着镜子里的自己，快速地垂下了眼。她越看自己现在这副样子越心塞。她习惯性地摸了摸肚子，脸上才有了一点点的笑意。

走廊里换上了新的羊毛地毯，踩上去比之前更加柔软了。可当她走到楼梯处的时候，她着实蒙了一把。楼梯全铺上了地毯，而且楼梯扶手的拐角处，那些尖锐的地方也都被包得十分严实。

言安希指了指，对管家道："这是怎么回事？"

管家笑道："慕先生吩咐了，让我们把年华别墅上上下下有尖角的地方都给包起来，别伤着了您。"

言安希："……"

下了楼，言安希径直往餐厅里走去。她一进餐厅，就看见慕迟曜坐在主位上，手边一杯咖啡、一份报纸，和他往日的风格一模一样。

见到她来，慕迟曜抬头看着她："等会儿我陪你去医院。好好把身体检查一下，医生说该怎么做就怎么做。"

"又去医院？"言安希问道，"我不去，我已经吃了药，感冒好得七七八八了。"

"必须去。"

"不去。"

慕迟曜见她又开始固执起来，隐隐有些不悦："让你去医院检查，是为了你好。"

"医生说我很好，胎儿发育也很好，只要把感冒治好就行了。"

"必须去医院检查。"

"不去！"

慕迟曜脸色一沉，淡淡地说道："言安希，你别闹。"

“我没和你闹，我讨厌医院，有消毒水味儿。”她说，“我昨天已经请了一天假，今天又请假，我才去设计部多久啊，这样下去我的工作……”

“你还想工作？”

言安希一愣，看着他：“你什么意思？我为什么就不能工作了？”

“你现在怀着孩子。”

“怀着孩子怎么了？才一个多月啊，完全不影响。”

慕迟曜回答：“你只需要好好养胎就行了。”

言安希一听，当场就否决了：“不行。慕迟曜，你现在连我的工作都要夺走？”

“你现在怀着孩子，还去工作，我不放心。”

“慕迟曜，我必须去工作。”言安希说，“你不能这样束缚我。”

慕迟曜看了她一眼：“我可以答应你继续工作，但你是不是也要答应我一些什么呢？”

“你想怎么样？”

“配合一切身体检查。”慕迟曜说，“不准拒绝。”

为了自己在接下来的几个月里能够顺利工作，积攒经验，言安希低头道：“好，我答应你。”

慕迟曜这才满意地点了点头：“吃早餐吧，车子已经备好了，医院那边也都在等你。”

言安希的手微微一颤，她去医院做个检查，需要这么大的排场？

她低头小口小口地吃着面前的小米粥，慕迟曜忽然伸了勺子过来，舀了一点点她碗里的小米粥，尝了一口，眉头微皱：“这么清淡？”

“慕迟曜，”言安希瞪了他一眼，“你的勺子，干吗放我的碗里来啊？”

“这里这么多东西，你就只吃这个？”

“我也很想吃别的啊！”言安希没好气地说，“可吃了会觉得腻，胃里不舒服，等会儿又吐了。”

慕迟曜一听，有些心疼：“那你想吃什么，让厨房现在就去做。”

“算了，我什么都不想吃。”

慕迟曜说道：“不吃东西怎么能行？你这个孕吐有点儿严重，得问问医生要怎么办。”

言安希低着头，没搭理他。她现在看见他都觉得恨得牙痒痒，能和他少说一句话，那就少说一句话。只是他这样体贴关心，以前倒是没有过。

言安希想着，苦涩地笑了笑，还真是多亏了这个孩子，能让她在有生之年看到慕迟曜这么体贴，还能对慕迟曜甩脸色。

慕迟曜碰了一鼻子灰，但也没生气。他想了想，伸手把管家招了过来：“让营养师列一份食谱清单，让厨房从今天开始，按照营养师列的食谱做三餐。”说完，他又加了一句：“专门给太太做。”

管家点了点头：“是，慕先生，我马上去联系营养师。”

言安希在一边听着，想说什么，但最后又算了。毕竟她这两天吐得厉害，几乎什么东西也吃不下，长期这样下去，对胎儿的发育肯定不好。慕迟曜这个举动，也是在关心她，关心她肚子里的孩子。

吃完饭，两人便准备出发去星辰医院。言安希上了车，就低头玩着手机。

慕迟曜弯腰坐进来，看了她一眼：“手机有辐射，少玩点儿，你现在……”

“我现在怀了孩子，是吧？”言安希还没等他说完，就把话接上了。

“我这是为你好。”

“多谢慕大总裁的关心。”

慕迟曜微微皱了皱眉，看了她一眼，目光下移，落到了她的小腹上。他忽然伸出手轻轻地覆在她的小腹上，指尖微颤，不敢大幅度地移动。他看着自己的手贴合着她的小腹，那里面孕育着他和她的孩子。

言安希压根没想到他会突然伸手过来，愣了一下。她正要开口说些什么，他似乎会读心术一样，抢在她前面开了口：“你不会连碰一下的权利都不给我吧？”

他说得这么可怜兮兮，言安希一下子无言以对。他说这种话，搞得好像他多委屈。明明在孩子的事情上，她才是受害者，她才是遭受委屈最多的那个人。

但言安希也不知道要说些什么，碰一下就碰一下，又不会少块肉。她转头看着车窗外，努力忽略身边慕迟曜的存在。他的手掌很大，手心的温度通过薄薄的衣衫源源不断地传到她的小腹上，让她有点儿不自在。

星辰医院。

车子缓缓停下，陈航早就在医院门口等着了，见车子来了，连忙上前拉开车门。

言安希见慕迟曜下了车，也准备下车，结果她刚刚伸出手，车门就被慕迟曜从外面打开了，她的手僵在半空中，还没来得及收回。

慕迟曜看着她的手，很是自然地伸手握住，牵着她下了车。一下车，脚一落地，她立刻抽回了自己的手，同时和慕迟曜拉开距离。

慕迟曜看着她这个动作，脸色一沉，但什么都没有说，而是主动靠了过去，强势地揽住她的肩膀："走，进去。"

言安希来过星辰医院很多次，但是没有一次这么有排场。

高级病房里很安静，护士十分麻利地给言安希输好液后，便端着托盘走了，病房里只剩下慕迟曜和言安希了。

言安希想要抽回自己的手，却被慕迟曜紧握住："干什么？"

"你松开。"

"不松。"慕迟曜说，"你就老老实实地坐着。"

"我要喝水啊！"言安希看着他，无奈道，"我口渴！"

"我去给你倒。"说着，慕迟曜真的起身去给她倒水了。

输液期间，慕迟曜一直就在旁边陪着她，不过他是大忙人，平均每三分钟就会来一个电话。

言安希忍不住说道："你要接电话就去外面接，很吵。我一个人在这里就挺好。"

慕迟曜看了她一眼，忽然转身就走。

言安希愣了一下，很快反应过来。慕迟曜终于走了，他终于受不了她这样无理取闹、冷言冷语的态度了！他那样的人，什么时候被别人这样无视过？他心里肯定是不爽的。

但言安希打定主意了，她不会理他，也不会同他亲近。从她知道他要留下这个孩子的目的开始，她的心就彻底死了，她再也不会把感情浪费在他身上。

谁知道，还没过两分钟，门忽然被推开，言安希侧头一看，瞬间蒙了：“慕迟曜，你……”

慕迟曜大步走过来，脱下西装外套，搭在椅背上，又松了松领带，沉声道：“我把手机给陈航了，现在不会吵到你了吧？”

言安希：“……”

慕迟曜在她身边坐下：“你要是累就睡一觉，我在这里陪着你，你不用担心。”

“公司的事情，你都不管了吗？”

“下午再说。”

“你就坐在这里，什么都不做？”

“陪你，就是现在最重要的事情。”

第八章

你是我的妻子

言安希吊完水的时候已经一点了，正好可以赶上下午的班。只是她在自己的工位上坐下不到半个小时，陈航就忽然出现在设计部门口。

陈航虽然是慕总的特别助理，但是职位等同于一个部门的总监。可这次陈航出现，手里拿着的既不是文件夹，也不是合同资料，而是一个保温饭盒。

“太太，慕总让我给您送午餐来了。”陈航说，“都是按照营养师的食谱做的，您务必要吃。”他把饭盒放在言安希的办公桌上后就走了。

言安希一愣，这才想起自己挂完水之后还没有吃饭，现在也觉得饿了。

慕迟曜开完会出来，看见陈航，第一句话问的就是：“言安希怎么样了？”

陈航一愣：“慕总，您指哪个方面？”

慕迟曜看了他一眼：“各个方面。”

“挺正常的。”陈航说，“太太一直在工作，不过已经按照您的吩咐，尽量让她的工作少对着电脑，改成多看设计图。”

“送去的午餐，她吃了吗？”

“吃了。”陈航点头应道，“慕总，不过太太没有吃多少。”

“她吃了就好。医生说了，孕妇在初期由于孕吐，胃口是不怎么样的。”

“那要不要再给太太送一点儿开胃的零食，或者送一点儿酸甜口味的水果？”

慕迟曜脚步一顿，随即嘴角一扬：“这个想法很好，你马上去办。水果记得都要切好，免得她嫌麻烦，不愿意吃。”

陈航道：“是，慕总。”

当言安希手里拿着陈航送来的水果餐盒时，自然又引起了设计部的高度关注。言安希一时间哭笑不得，不知道慕迟曜到底想干什么。她把手里的设计图纸折好放到一边，直接拿着水果餐盒，坐电梯去了顶层。

慕迟曜正在看公司销售部这个月的报表，忽然办公室的门被人直接推开，慕迟曜脸色一沉，可他抬头一看，忘了生气。他微微挑眉道：“你怎么来了？”

她从早上开始就一直对他爱搭不理的，现在居然主动来找他，真是让他喜出望外。

言安希反手关上门，直接把水果餐盒放在他桌子上：“慕迟曜，我是来公司上班的，不是来当慕太太、慕家少奶奶的！你这样让我怎么工作啊？”

“你工作和吃水果，有什么影响吗？难道你工作起来就不用吃东西了？”

言安希一时间被他弄得无法反驳：“你！”

慕迟曜又说道：“各个部门每天工作的那些白领，哪个没在办公桌里塞小零食？”

“他们那是自己买的！”

慕迟曜说：“原来你想自己买，可以。”

“我不是这个意思！”言安希都要抓狂了，“总之，你不要再让陈特助来设计部给我送东西了！”

“为什么？”

“我不需要！”言安希说完，转身就走。

慕迟曜的声音从后面传来：“你就这么不想接受我的关心？”

“不想。我也没那个福气，承受不起。”言安希直接打开办公室的门走了出去。

慕迟曜看着桌子上的水果餐盒，目光一暗。

言安希刚回到设计部，人还没坐下，就听见旁边的同事在讨论些什么。

“公司有福利了！从明天开始，会在茶水间设置零食柜，还有水果区！”

“什么什么？哪里来的消息？”

“公司总务室一分钟之前发的通知啊！”

“我看看，哇！真的！”

“以后有零食水果，就不用自己去买了！”

言安希缓缓坐下，依然有些蒙。该不会是慕迟曜直接让总务室发的通知吧？

事实上，的确就是慕迟曜的命令。言安希不就是觉得自己有特殊待遇了，怕被同事另眼相看吗？那好，他给全公司每个人都送水果和零食，那她就没办法拒绝了吧？

距离下班时间只剩五分钟的时候，言安希开始收拾自己的东西，却忽然听见设计部里一片惊叹，言安希十分茫然地抬起头，结果，让她意想不到的一幕发生了——慕迟曜正站在设计部门口。

言安希差点儿就吓得当场把手里的包扔了。慕迟曜来这里干什么？她不让他继续送东西，他就干脆自己来了是吧！

按理来说，慕迟曜亲自来到设计部，设计部的总监是要来迎接的。可是设计部总监是慕瑶，而慕瑶刚好出去见客户了，没在。

副总监一听到慕总来了，麻溜地跑了出去：“慕总，慕总……”副总监也是一个人精，他早就知道这两天慕总为什么格外垂青设计部了，还不是因为慕总的太太来了设计部，连着把慕总的心都给勾到了设计部。

慕迟曜看了他一眼：“没必要大张旗鼓，你们按时下班就好。”说完，慕迟曜极其自然地走到言安希身边，伸手圈住她的腰，言简意赅道，“我来接你下班回家。”

言安希浑身僵硬：“慕迟曜，你……”

“怎么了？”

“我自己可以走。”

慕迟曜应了一声，松开了她。

言安希这一口气刚要松下来，手却又被慕迟曜突然握住，他牢牢牵着她的手：“回家吧。”

就这样，慕迟曜牵着她的手，在设计部全体员工的注视下一路走出了设计部。

年华别墅。

两人用完晚饭，上了楼没多久，忽然听到外面传来很大的动静，夹杂着女人特有的尖细叫声。

慕迟曜微微皱眉，站了起来，言安希也跟着他一起出去。他们刚走出房间，就清楚地听见林玫若的声音从下面一楼客厅传来：“言安希，你有本事勾引男人！你怎么就没本事出来见我？”

“我去看看。”言安希说着，就要下楼。

慕迟曜却伸手一把拉住了她：“你知道她为什么找你？”

“我不知道。”

“那你这么急急忙忙地下去？你没发现她现在情绪失控了吗？”

“所以我更要去了解情况啊！”

慕迟曜还想说什么，言安希已经推开了他的手。她一下楼，林玫若就发现了她。

“言安希，你这个贱人！我以前怎么没有发现你这么下作！”林玫若一边尖叫着，一边朝她气势汹汹地走了过来，那眼神恨不得把她生吞活剥了。

言安希疑惑道：“林玫若，发生什么事情了，你怎么突然跑到这里来……”

“发生什么事？难道你不清楚吗？”林玫若一身的仇恨和戾气，忽然朝她伸出双手，“言安希，你就该去死，应该和你爸妈，和你那个植物人弟弟一样去死！”

这句话宛如在言安希的心口狠狠地捅了一刀。她呆呆地看着林玫若，没想到林玫若能发出这样恶毒的诅咒，一时间竟然忘了要躲避林玫若的动作。

“林玫若，你跑来这里发什么疯？”

慕迟曜的声音蓦地在言安希头顶响起，林玫若的手也在离言安希还有三厘米的地方停住了。

慕迟曜紧紧攥着林玫若的手，然后狠狠甩开。言安希这才回过神来，下意识地往后退了两步，正好撞进慕迟曜怀里，后背贴着他的胸膛。她又是一惊，想要离开，可他已经圈住了她纤细的腰身，将她护在身后。

慕迟曜脸色一沉：“林玫若，你敢来我这里闹事，胆子不小啊。”

林玫若被慕迟曜甩得趔趄了一下，勉强站稳身体，看清来人后，大笑道：“慕总，你还不知道你的女人到底做了什么好事吧？”林玫若冷笑一声：“因为你的女人，墨千枫要跟我解除婚约！”

慕迟曜眉头一皱：“解除婚约？”

“是！他为了言安希要跟我解除婚约！他现在整个人已经疯魔了！”林玫若不停地说道，“千枫和我在一起这么久，感情那么好，就是因为你的出现，他才会和我分手！言安希，你为什么要出现在他面前！为什么！”

慕迟曜听到这些话，脸色一变。

言安希却一脸茫然道：“林玫若，那你应该去找他，为什么要来找我？”

“我为什么找你？”林玫若冷笑一声，“亏你还说得出口！千枫之所以离开我还不都是因为你！他跟我说……”林玫若说着说着，声音低了下去，“他说他对不起我，他想和你重新开始，他要弥补你，所以他不得不和我分开！”

言安希愣了，她记得墨千枫是说过这样的话，但当时她根本没当回事，谁知道……

慕迟曜略带嘲讽的声音响起：“那么你回去告诉墨千枫，只要我在一天，他就永远不可能实现他想和言安希在一起的心愿。”

林玫若略微迟疑了一下：“可墨千枫要和我分手。”

慕迟曜道：“那你应该想方设法留住他，而不是在这里像一个泼妇一样撒野。”

林玫若冷笑道：“慕总，那也麻烦你看好你的妻子，不要让她到处招蜂引蝶。”

“我说了，这件事是墨千枫个人的想法。”言安希忽然开口对林玫若道，“我没有让他这样做，我也不希望他这么做。”

林玫若冷笑一声：“你什么都没做，会让他这么死心塌地想要和你在一起？”

慕迟曜听到这句话，看了言安希一眼。青梅竹马，两小无猜，是多么纯粹的感情，而且现在墨千枫竟然为了言安希要和林玫若分手，可以看出墨千枫的决心有多大！

言安希感觉到慕迟曜投来的目光，心里一刺，低声说道：“慕迟曜，连你也不相信我吗？”

“墨千枫对你这么死心塌地，我很难……不去多想些什么。”

言安希笑得有些苦涩，但她也不想多说什么，这是墨千枫的事情，可以说与她无关。但现在，只怕林玫若心里已经恨死她了。

正在这个时候，客厅门口忽然急匆匆地走进来一个人，人还没进客厅，声音却先传了过来：“玫若，你果然在这里！”

只看见墨千枫行色匆匆，几乎是跑了过来，一把将林玫若拉到自己身边：“你在这里干什么？”

慕迟曜收回刚刚钳制住林玫若的手，冷冷地说：“墨千枫，这应该问你吧？”

“我？”墨千枫看了他身后的言安希一眼，没有继续说下去了。

“跟我走。”墨千枫看着林玫若说道。

“走什么走！趁着今天我们都在这里，就把话说清楚。千枫，你为什么要和我解除婚约？我哪里做错了？我又有哪点儿不如言安希？你告诉我……”林玫若说着，泣不成声。

她爱墨千枫，从小时候起一直暗暗地倾慕他，自从言家没落，言安希下落不明，她好不容易才能和他在一起。可言安希一出现，就什么都变了！

墨千枫眉头微皱，看着林玫若轻轻叹了一口气：“玫若，你这又是何必呢？”

林玫若泪眼婆娑地看着他：“千枫，言安希是慕太太，她怎么可能属于你呢？你不要再执迷不悟，一头栽在她身上了……”

墨千枫没有说话，反而是慕迟曜开口了：“言安希是慕太太，墨千枫和她根本不会有可能。”

只要事关言安希，他不会有半点儿退让。

墨千枫抬头看着慕迟曜，一字一句说道：“慕迟曜，你和安希是不会长久的，我等你们离婚的那一天。”

慕迟曜冷笑道：“就算离婚，你也不可能和她在一起。”

言安希看着这一场闹剧，咬了咬下唇，从慕迟曜的身后走了出来说道：“墨千枫，我没想到你真的会这么做。这是我认识你这么多年来，你第一次说到做到。可是我们两个回不去了，我和你之间没有可能，你也没必要因为我闹到这个地步。林玫若是个好女孩。她喜欢你这么多年，也心甘情愿地嫁给你，给你的事业带来了很大帮助，你不应该犯傻。”

林玫若大概没有想到言安希会说这样的话，一时间愣在原地，忘记要大哭大闹了。

墨千枫却摇了摇头：“安希，但我心里的人，一直是……”

言安希打断他的话：“墨千枫，我现在告诉你，你没必要补偿我什么，我们就当作从来没见过。至于言家的资产，我自己会努力夺回来，不需要你施舍，你也不需要愧疚。”

墨千枫看着她，眼神沉痛：“安希，你现在对我太绝情了。”

“一切都已经不是当初的模样了，希望你明白。”

听到言安希这句话，墨千枫眼里的沉痛之色越来越明显。

言安希只看了一眼，就不敢看第二眼了。她是真的没想到，墨千枫竟然真的这么做了。

今天林玫若大吵大闹还只是一件小事，墨千枫如果继续奋不顾身地这样下去，后面还会触及公司产业，甚至很有可能和墨家闹翻。

说实话……言安希不想墨千枫走到那一步。

林玫若见状，立刻在旁边说道：“千枫，你听到没有，人家根本不领情啊……你还苦苦地为人家着想！”

慕迟曜上前一步，握住言安希的手，言安希一愣，下意识地就想要挣脱。谁知道他却越抓越紧，五指从她指缝里穿了过去，然后和她十指紧扣。

而且，慕迟曜还微微侧身，附在她耳边低声说道：“言安希，你说得很好。”

言安希面无表情地低着头，长长的眼睫毛轻轻地颤动着。

慕迟曜觉得她说得好，是因为她在拒绝墨千枫。可她是希望墨千枫好好过他的生活，不要再想着回到过去了。

人都是要往前看的，不是吗？

“安希……”墨千枫的声音再次响起，“我做什么，都挽回不了你吗？”

“向前看吧。”言安希说，“我们各自安好。”

墨千枫看了她好久，忽然说道：“安希，我不会放弃的，你等我。”

言安希心里一慌：“墨千枫，你……”

墨千枫却已经转过身走了，林玫若见状，也立刻跟了上去：“千枫，你等等我。”

言安希站在原地，就这么看着两人一前一后地离开了客厅后，才收回目光，准备回房。

慕迟曜却不肯这么轻易地放她走：“言安希，刚才这件事，你怎么解释？”

“你觉得我要怎么解释？”

“这是因你而起。”

“可我控制不了。”言安希说，“墨千枫在做什么，我完全不知情。”

“墨千枫对你，很不死心。”

言安希忽然一笑，抬头看他，眼睛里似乎有闪亮的星星一般：“你对秦苏，不也是很不死心吗？”

慕迟曜微微一怔，自从知道她怀孕了，这两天他所有的心思都在她的身上，压根就没有想到过秦苏。

“你……”

慕迟曜正要说什么，言安希已经丢下他，自顾自地上楼了。

慕迟曜看着她的背影，脸色微沉，也抬脚跟了上去。

言安希感到慕迟曜在她后面跟着，也不回头，只是说道：“我要睡觉了，没心思和你说些有的没的，别来烦我。”

言安希说完，正要进入自己的房间时，她身后的慕迟曜却开口说道：“等等。”

“干什么？”言安希回头看他。

“到我房间来。”

言安希皱眉说道：“为什么啊？”

慕迟曜却反问道："你是我的妻子，和我睡一间房、一张床，很奇怪？"

"我喜欢一个人睡。"

"你现在是两个人。"

"孩子不算。"

"为什么不算？"慕迟曜微微挑眉，"我说到我房间里来，就到我房间里来。"

虽然前段时间两人的确是在主卧同床共枕，但自从每天一小吵，三天一大吵，吵得不可开交后，言安希就回自己原先的房间了，慕迟曜也没有再强制要求一起睡。可这一次……

"我不去。"言安希说，"我回我自己房间。"

慕迟曜淡淡地说："那也可以。"

言安希觉得自己是不是耳朵出毛病了，慕迟曜竟然说可以？他这么容易就妥协了？

言安希不解地看着他，只听见他慢悠悠地说道："你在哪里睡，我就在哪里睡。"

言安希："……"

她懒得理他，径自推开房间的门，刚要进房，忽然腰上一紧，慕迟曜直接从背后紧紧地抱住她，下巴搁在她的肩膀上。

"你……"

"言安希。"他说，"跟我睡吧，我怕你一个人，晚上有点儿什么事，没人在身边照顾你。"

"我很好。"

"是吗？"慕迟曜一边说着一边侧过头，呼出的热气喷在她的耳畔，"可我说过，我要保护好你。"

这样温情脉脉，言安希完全不能承受。

"你先放开……"她话还没说完，慕迟曜忽然弯腰把她打横抱起来，转身踢开自己的房门，把她抱了进去。

言安希蒙了，完全没想到他会来这一招，挣扎道："慕迟曜，你放我下去啊！"

"我把你放到床上。"慕迟曜不为所动，继续抱着她往床边走去。

言安希想了想，算了，懒得和他来劲，她要是走了，待会儿他又会把她抓回来，这一来二去的，她还不如好好睡个觉。

两个人洗完澡，睡在床上，言安希躲得远远的，压根不想碰到慕迟曜。

慕迟曜却伸手直接将她捞进怀里："睡那么远干什么？想滚到床底下去？"

"我才不会滚到床底下去。"

"看来这张床太大了。"慕迟曜说，"明天就让人换一张床。"

慕迟曜还是第一次嫌弃床太大了，只觉得越小越好，这样言安希只能挨着他睡觉了。

言安希震惊了："你……"

"我怎么了？"

"无耻。"

慕迟曜嘴角一勾，一点儿也没有因为言安希这句话而不高兴。他抱着她，觉得怀里十分充实，让他舍不得松手。

言安希翻了个身，干脆背对着他。她不喜欢窝在他怀里睡觉的那种感觉，那会让人沉沦。她闭着眼睛准备睡觉，却清楚地感觉到，他的指尖在她的小腹处轻轻摩挲着。

言安希闭着眼睛，也不出声。可慕迟曜不停抚摸着，丝毫没有要停下来的意思。于是她忍无可忍，一把甩开慕迟曜的手："我要睡觉。"

"言安希。"他靠了过来，滚烫的胸膛贴着她的后背，"我是真的想要这个孩子，真的。"

她咬了咬下唇，没有说话。

慕迟曜恨不得时时刻刻都陪在她身边，陪着这个孩子一起健康茁壮地成长。

他觉得，这个小生命的到来，带给他一种从未感受过的愉悦。这也许就是生命的力量吧。

夜色已深，慕迟曜从背后环住她，进入梦乡。

年华别墅的用人房外，有一个人正站在角落里打电话。

"秦小姐。"用人的声音很低，"我有两个重磅消息，但我要二十万。"

秦苏冷笑着说道："你狮子大开口吧，两个消息而已，你要二十万？”

“我觉得值这个价，秦小姐，错过了就晚了。”

“行，成交。”秦苏咬咬牙，“快说是什么消息！”

“秦小姐痛快。”用人说，“第一个消息，今晚有一位叫林玫若的小姐来年华别墅大闹一场，说慕太太抢走了她的未婚夫，闹得很凶。那位未婚夫后面也来了，我听到慕先生叫他墨千枫。”

“墨千枫？林玫若？”秦苏陷入思考，“言安希和这两个人，有什么渊源？”

“这就需要秦苏小姐自己去查了，说不定是一个绝好机会呢。”

“那第二个消息呢？”

“慕太太怀孕了。”

言安希醒来的时候，身边空荡荡的，床上只有自己一个人。她坐了起来，摸了摸小腹，下了床。她换好衣服，走出房间，看着长长的楼梯，停下了脚步。

很快就有用人发现了她：“太太，您起来了？要现在用早餐吗？”

她轻轻地笑了笑，笑容明媚：“嗯，慕迟曜呢？”

“慕先生在客厅打电话。”

言安希点点头，然后低头看着楼梯，忽然抬起一只脚，笑着向众人问道：“你说，我能不能一直这样保持单脚站立，然后一级一级地跳下台阶？我小时候，经常这样蹦蹦跳跳地下楼，一次都没摔过呢！

用人手里还端着托盘，听到她这句话，差点儿把东西给摔了。

现在年华别墅的人都知道太太怀孕了，而且慕先生对太太十分上心，生怕太太出一点儿意外。可是现在……太太的这番话，简直让人心惊肉跳。

“太太，”用人大惊失色，连忙喊道，“这可使不得！”说着就要上楼去扶她。

谁知言安希说道：“站住！不要动，不许上来。”

言安希摇摇晃晃地抬起一只脚，实在很危险，光看着就让人胆战心惊。

慕迟曜挂了电话，看到言安希以一只脚站立的姿势站在楼梯边的时候，真是说不出心里是什么感觉，好像一颗心都悬在了半空中，随时都有粉身碎骨的危险！

"言安希！"慕迟曜的声音都在发抖，"你在干什么！快把脚放下来！"

言安希看着他，双手举平，摇摇晃晃地站在楼梯台阶的边上，笑盈盈地说道："为什么啊？慕迟曜你看，金鸡独立！"

慕迟曜的声音几乎都要嘶哑了："言安希！"

"我是不是做得很标准？"言安希继续说道，"我告诉你，我小时候经常这么下楼，今天我也给你演示一遍，你好好看着哦。"

说完，言安希真的就保持着单脚站立的姿势，跳下了一级台阶。

慕迟曜的一颗心都要被她揪起来了！

"言安希！"他惊慌失措地喊道，"你把脚放下来，给我站好！"

"为什么啊？"言安希看着他明知故问，"慕迟曜，我给你表演一只脚下楼梯，多好啊……"她看着他，笑靥如花。

他这几天来，就没有看见过她笑得这么开心，可这笑容比她的眼泪更加让他揪心。

"你好像很紧张？"言安希看着他，"你紧张什么？紧张我摔倒？还是紧张我肚子里的孩子？"

"你下来。"慕迟曜的声音已经开始哆嗦了，"言安希，你想干什么都可以，你把脚放下来！"他好像只会说这一句话了。他看着言安希摇摇晃晃根本站不稳的身体，全身紧绷起来了。

"我从来没见过你这么紧张的样子呢……"言安希笑了笑，歪着头望着他，"慕迟曜，这样的感觉……是不是很难受？是不是一点儿都不想再尝试？"

"言安希，我……我求你了。"

她脸上的笑容一时间更加明媚了："你求我？求我有用吗？我求你的时候，你有听过吗？"

慕迟曜看着她："言安希，你骂我、咬我、打我都好，但你不要拿我们的孩子开玩笑！"

言安希摇摇头："这个孩子不属于我！这是你能和秦苏在一起的筹码。我说了，我不要给你生孩子！不要为你和秦苏铺路！"

"我也说了，不仅仅是因为秦苏。"

“我再也不会相信你了！慕迟曜，我恨你一辈子！”她看着他声嘶力竭地喊道，每一个字都显得那么绝望。

慕迟曜微微一顿，然后缓缓地说：“恨我可以，但你不要放弃这个孩子。”

“我比你更心疼这个孩子。慕迟曜，你不是我，你怎么会明白我现在的痛……”

在和言安希说话的时候，慕迟曜已经默默数过了，她和他之间还隔着十级台阶。他必须争取到足够的把握把她拥入怀中，不能让她有机会威胁到孩子。

“关于孩子的问题，言安希，我们可以慢慢谈。”慕迟曜缓缓地说，“你不要太极端了。”

言安希轻轻地摇了摇头，她不会相信慕迟曜了，他已经挥霍完了她的信任。

慕迟曜清楚地看到她眼里的绝望，心里一抽：“言安希，你给我站好！”

她却再次摇了摇头，双手放下，双脚落地，站在台阶上，可是她的身体微微往前倾。这个动作，看得慕迟曜双拳紧握。

言安希轻声说：“我活得太累了，慕迟曜，我不希望我的孩子将来也和我一样，活得这么累，寄人篱下，那还不如……”她的声音有一点点哽咽，“从来没有来过这世上。”

慕迟曜听着她的话，心如刀割，同时瞳孔猛缩，她这句话的意思，分明是不打算要这个孩子！

只见言安希忽然闭上了眼睛，身体往前倒去！楼梯下已经站满了用人，大家看着这一幕，都倒吸了一口冷气。

说时迟，那时快，慕迟曜长腿一迈，瞬间上了四个台阶，硬生生把十个台阶的距离缩短到六个。他伸出双手，就在千钧一发之际接住了倒下来的言安希，可是言安希这一倒下来，冲击力太大，他再有力气，这个时候也无法招架了。但他只有一个念头，不能让言安希有任何事！他就算摔得粉身碎骨也可以！他抱着言安希，两只手牢牢地扣住她的腰身，瞬间从楼梯上滚了下去。

这一切发生在短短的几秒钟以内，用人们一阵惊呼。

慕迟曜浑身像被车碾过一样地疼，他眉头紧皱，开口的第一句话却是问怀里的女人："没事吧？"

言安希没有出声。

"没事吧？"他又紧张地问了一遍，"言安希，你开口说句话！"

她愣了愣，随即摇了摇头："我没事。"

慕迟曜这才松了一口气，整个人一松懈下来，才感觉到痛。从楼梯上那么滚下来，他又一直死命护着言安希，没有顾及自己，多多少少受了点儿伤。

慕迟曜只是皱着眉，连一声闷哼都没有。

管家喊道："慕先生……"

"出去。"慕迟曜忽然沉声说道，"所有人都出去，没有我的允许，谁也不准进来。"

一时间用人们都噤若寒蝉，低着头离开了。

慕迟曜忍住身上的疼痛，扶着言安希站了起来。

言安希从头到尾都表现得像一个没有生命的娃娃一样，目光呆滞，嘴唇也没有一点儿血色。她不说话，也不看慕迟曜。

一时间，两个人谁也没有开口，就这样面对面站着。

整个年华别墅都安安静静的，过了好一会儿，慕迟曜才从牙缝里挤出了三个字："言安希！"

她微微低着头，不悲也不喜，看不出任何情绪。

慕迟曜捏着她的下巴往上抬，逼迫她抬头看自己："你是不是想死！"

"是。"她却轻轻地点头，"这样活着，我还不如死了。"

慕迟曜气得浑身发抖，偏偏手上的力道却再也舍不得多加一分，他道："言安希，若是这个孩子没了，你……你……"慕迟曜的狠话，怎么也说不出口。

"我什么？"言安希直直地看着他，目光里没有一点儿胆怯，"事到如今，我也没有什么好怕的了。"

她已经没有什么可以失去的了。

俗话说得好，光脚的不怕穿鞋的，当她豁出一切的时候，就没人能把她怎么样了。

她这样的目光让慕迟曜没有任何办法。他捏着她下巴的手慢慢地松开，无力地垂在身侧。

“你不怕，可是……言安希，我怕。”他沉声说道，“这是一条生命，是和你有血缘关系的生命，你就这么狠心吗？”

言安希反问道：“狠心的人，到底是谁？”

“可不要这个孩子的人，是你！”

“我为什么不愿意要这个孩子，慕迟曜，你不是比我更清楚吗？”

“我们可以商量。”慕迟曜的语气，在言安希咄咄逼人的态度之下，竟然软化了下来。

“商量什么？怎么商量？”言安希说，“孩子生下来归我，我带走，和你们慕家没有一丁点儿的关系，我就和你商量。”

“这不可能。”

“那没什么好商量的了。”

“我知道你最介意的是什么。”慕迟曜语气放缓了不少，“你在意的不是让慕家抚养这个孩子，你在意的是秦苏。”

言安希浑身微微一颤。

“如果你不放心的话，这个孩子可以交给爷爷抚养。”慕迟曜继续说道，“这是爷爷的重孙，爷爷抚养，你总该放心吧？”

言安希看了他一眼，摇了摇头：“让我带走孩子，不然没得商量。”

慕迟曜被言安希气得不轻，他忽然站起来，走了出去，没过多久，手里拿着手机，再次走了进来，管家也跟着走了进来。

“慕先生，太太。”管家恭敬地喊道。

慕迟曜眉尖微挑：“按照我的吩咐，让所有人都知道年华别墅有喜事了。慕太太怀孕的消息，从现在开始马上扩散出去。”

“是，慕先生。”

言安希微微一怔。

慕迟曜又说道：“给慕氏集团所有的员工都准备一份礼物，就当为了慕家的新生命集福。”

管家点点头应了一声，便按照他的吩咐去做事了。

言安希侧头看他：“慕迟曜，你想要做什么？”

“我要让所有人都知道，你怀孕了。言安希，这个孩子，你不生也得生！”

他就是要把言安希暴露在众人的目光之下，让所有人都知道，她怀了他的孩子，他不会允许这个孩子出事。

慕迟曜拿起手机向慕家老爷子告知言安希怀孕的消息，慕老爷子听到后无比兴奋。

言安希见他在和慕老爷子打电话，一直咬着下唇，一言不发。直到他把手机从耳边拿下来，她却忽然大叫一声："等等！"

只见言安希一跃而起，伸手就要去抢慕迟曜手里的手机："我有话要和爷爷说。"

慕迟曜眼明手快地收回手机："你干什么？"

"我想和爷爷说几句话。"言安希说。

"没什么好说的。爷爷很高兴，等有时间，我们两个一起过去看他老人家。"

还不等言安希说什么，慕迟曜已经把手机收进西装裤的裤兜里，随后站了起来："慕太太，准备去公司上班了。"

言安希看了他一眼："这下慕氏集团都知道我怀孕了，我……"

"你的工作跟你的身份没有任何关系。"慕迟曜回答，"你不是想在工作中实现自我价值吗？"

言安希一时间无言以对。

慕太太这个身份不仅让她在慕氏集团里少受了不少憋屈，她还明白，私底下不知道有多少人戳着她的脊梁骨骂她。她只是想低调地做这份设计工作，可慕迟曜偏偏不让她如意。

秦苏走进慕氏集团，路过前台的时候，听到前台有几个人在窃窃私语。

"慕太太怀孕了，这下好了，母凭子贵啊……"

"对啊，看把慕总高兴的，大手笔地给公司每个人发了礼物。"

"这个孩子啊，以后就不得了。"

这几个人在讨论的正是言安希怀孕的事情，秦苏脸色突变，整张脸难看到了极点。

言安希怀孕的消息，竟然公之于众了。这是言安希的一步棋，还是慕老爷子干的？这分明是在昭示言安希的地位！

秦苏气急败坏地到了总裁办公室，一推开门就看到慕迟曜站在落地窗前，有一种睥睨天下的气势。

秦苏走到他身后，伸出双手穿过他精壮的腰身，抱住了他，把脸贴在他的后背上。

慕迟曜微微一怔，他低头看了一眼环在自己腰上的手，立刻就认出来对方是谁了。

“你怎么来了？”慕迟曜的语气淡淡的。这个时候，他好像格外平和，但只有他自己知道，他心里有多波涛汹涌。为了这个孩子，他已经快要不知道怎么办了。

“我好几天没有看见你了。”秦苏在他后背上蹭了蹭，“你这几天，是不是很忙？”

慕迟曜应了一声：“嗯。”

“在忙什么？”秦苏问，“你再忙，连给我一个电话的时间都没有了吗？”

这段时间，慕迟曜几乎和她没有任何联系。

“你有什么事？”慕迟曜伸手拉开秦苏的手，转身看着她，“说吧。”

秦苏有些失落地收回自己的手，她咬咬牙，还是说了出来：“我听说……”

她话还没说完，慕迟曜直接接过她的话：“你听说言安希怀孕了，是不是？”

秦苏看着他，目光里流露出一点儿楚楚可怜的意味：“嗯。”

“这是真的，她的确怀了我的孩子。”

“为什么？”秦苏整个人都晃了晃，“你……你竟然让言安希怀上了你的孩子！”

慕迟曜皱眉：“你是在质问我？”

“我不能接受啊……”

慕迟曜平静地看着秦苏，一只手垂在身侧，一只手插在口袋里。其实这一切，到头来，还不都是为了秦苏。她却丝毫不体谅他，现在甚至有点儿责怪的意思，他心里当然不高兴。

言安希是在怀孕以后才敢对他呼来喝去的，秦苏却总是把他逼得很紧。

“我只是想问你，为什么要让言安希怀上你的孩子。你现在把她怀孕的消息公布出去，这分明是打算要这个孩子。”

“我的孩子，我当然要。”

“迟曜！”秦苏说道，声音带着哭腔，“你这样让我怎么办？现在言安希怀孕了，你是不是……是不是就不打算要我了？”

慕迟曜皱眉说道：“这一切，还不都是为了你！”

“你让言安希怀孕，让她给你生孩子，为什么是为了我？”秦苏反问道，“这对我分明是一种打击！”

慕迟曜心烦意乱，他想解释，但又觉得事情太过复杂，孩子的事情也不知道从哪里说起。最后他说道：“这个孩子必须留下来，但我也不会辜负你，你只要明白这个就好。”

秦苏道：“迟曜，我很想相信你，可是现在发生的事情……”

慕迟曜看着她，微微皱眉，说了一句：“给我时间吧。”

秦苏咬咬牙，这个时候，千万不能把慕迟曜惹生气了。慕迟曜是她最后的筹码，也是唯一的筹码。没有他，她别想嫁进慕家了。

“迟曜，”秦苏抬头看着他，依偎在他的怀里，说道，“你还爱我，是吗？”

慕迟曜听到她的问话，反问道：“你想说什么？”说着，他轻轻地推开她，让她远离自己的怀抱。好像……他不习惯和秦苏这样亲昵了。

秦苏试探性地说道：“我感觉……你爱上了言安希。”

慕迟曜听到这句话，微微一怔，他爱上了言安希？

秦苏看到他脸上的细微表情的时候，心中顿时警铃大作。她还没说什么，他已经转身走了，语气略带警告：“不要企图试探我。”

“迟曜，你没有回答我的问题！”

慕迟曜说道：“你是对自己没信心，还是对我没信心？”他在沙发上坐下，长腿微伸，神态慵懒，却透着一股睿智。

秦苏咬咬牙，在他身边坐下，眼珠一转，楚楚可怜地说道：“迟曜，我不和你闹了，很多事情我知道你也有自己的苦衷，我……不打扰你了。”一番话说得细声细气，还有点儿委屈，显得很大度。

慕迟曜最听不得秦苏用这种语气说话，气也一下子消了不少。

秦苏和言安希最大的区别就是，秦苏会服软，有眼力，会察言观色。

他转身正要说什么，忽然神情一变，只见秦苏捂着心口，脸一下子变得毫无血色，整个人摇摇晃晃，然后就这么直直地倒了下去。

慕迟曜连忙伸手扶住她：“秦苏！”然后对外喊道：“陈航，叫救护车！”

……

办公室的动静很大，慕总裁抱着秦苏那么慌乱而紧张的一幕，也自然被很多人看在了眼里。言安希站在设计部的窗前，看着慕迟曜毫不犹豫地抱着秦苏一起上了救护车，然后呼啸而去。良久后，她收回目光，一时间，她竟不敢转身。

慕瑶从总监办公室里走了出来，显然也知道了这件事。她看了一眼言安希，嘴唇动了动，那口型分明是在说："嫂嫂……"

言安希冲她点点头，示意自己没事。

慕迟曜对秦苏的好，她又不是第一次看见。她已经习惯了，甚至麻木了。

下班后，言安希刚走出公司，就看见林玫若下了车，径直朝她走过来。她说道："慕太太，我听说你怀孕了，要和你说一声恭喜。"

"承受不起。"

林玫若娇笑道："其实我今天是来感谢你的。"

言安希满脸问号："你……什么意思？"

"千枫知道你怀孕的消息之后，当时那个脸色……"林玫若笑得越来越开心了，"我还是第一次见。"

言安希面无表情地"哦"了一声。

"说起来，言安希，我也是佩服你，肚子里都怀着孩子了，还能勾得我们千枫那么魂不守舍，你真是一个有手段的女人。"

言安希干脆不说话了。

"你说，你们言家破产之后，你一个人带着一个植物人弟弟，生活都是一个问题，还得承担高额的医疗费，你哪里来的钱？"

言安希语气淡淡的："这是我的私事，和你无关。"

"言家都没了，这言家大小姐的傲骨还在呢？"林玫若轻笑着说道，"你从小伶牙俐齿的，现在还没变。"

言安希皱眉道："我知道你很喜欢千枫，你想和他好好地在一起，这很好。但你不要针对我。"

林玫若顿了一下："你最好不要和千枫有什么来往。我告诉你，我不能没有他。"

“我说过很多次，我和他没可能。”言安希眼角的余光看到阿诚开车来了，便道，“我先走了。”

说完，她也不顾林玫若脸上是什么表情，直接上车走人了。

手机铃声突然响了起来，言安希一看是慕老爷子的电话，心里一惊，连忙接起。

“好的，爷爷，我正好也想见您。”她有事情想和慕老爷子好好地谈谈。

星辰医院。

慕迟曜站在病床前，看着还在昏迷当中的秦苏，眉头微皱。

宋尧道：“秦苏一直跟你说，她还好，但其实，她一点儿都不好。她常常胸闷，心脏供血不足。”

慕迟曜责问道：“为什么不告诉我？”

宋尧道：“秦苏怕你太担心，她也不想给你添负担。”

看着病床上虚弱得脸上没有一丝血色的秦苏，再听见宋尧说的话，慕迟曜心里对秦苏的愧疚和心疼，又多了一分。

“以后她的病情变化，一定要第一时间告诉我。”慕迟曜说，“万一哪天突然再像今天这样晕倒怎么办？”

“医生说了，秦苏一定要保持心态平和，不然……”宋尧说到这里，停了下来。

慕迟曜是个聪明人，他回答道：“我以后会多注意她的情绪。”

宋尧见他听懂了，也就没有再说什么了。

慕迟曜看着依然在昏睡的秦苏，想起她之前说的那些话。她是在害怕她最后不能和他在一起。可他要怎么告诉她，只有言安希生下孩子，才能为她嫁入慕家获得一张通行证？

病房里忽然响起一阵手机铃声，慕迟曜微微皱眉，拿出手机，快速站起来走到窗户边，接通电话：“喂？”

“慕少爷。”慕家的管家在电话那头焦急地说道，“您现在赶快过来慕家一趟吧。”

“发生什么事了？”

“慕老爷子和少奶奶快吵起来了。”

“我马上过去。”慕迟曜匆匆挂了电话，转身从衣架上取下西装外套。

“慕总……”宋尧有些疑惑地喊道。

“你留在这里照顾秦苏，她醒了，打电话告诉我，我现在出去一趟。”慕迟曜说完，大步走了出去。

宋尧收回目光，再次看向病床上的秦苏。

第九章

你只能在有我的地方

慕家。

慕迟曜走到慕家客厅时，只见言安希和慕老爷子都坐在沙发上，慕老爷子双手交叠，拄着拐杖，一脸不高兴，而言安希坐在旁边，低着头，一言不发。

“爷爷。”慕迟曜淡淡地开口。

这一声在十分安静的慕家响起，如同在平静的水面上投下了一颗石子，言安希和慕老爷子不约而同地抬起头看着慕迟曜。

慕迟曜镇定自若地走了过去：“言安希，你怎么在这里？”

言安希看了他一眼：“我……”

慕老爷子却打断道：“是我让她来的。你呢？你人到哪里去了？”

“秦苏住院了，我在陪她。”

“秦苏秦苏！你还好意思承认！”

慕迟曜淡淡地说道：“我不能对爷爷说谎，当然要坦承了。”

慕老爷子气道：“为了那个女人，你连安希和肚子里的孩子都可以暂时放下，是不是？”

慕迟曜没有回答，他不想再和老爷子正面起冲突。他顿了一下，看着两人说道：“我进来的时候，看见您和言安希都不说话，这是怎么了？”

一说起这个，慕老爷子更气了。

言安希咬了咬唇，轻轻地说："慕迟曜，我不过是跟爷爷说，我要把这个孩子打掉。"

慕迟曜一怔，随即提高了声音："言安希，你在说什么混账话！"

"这个孩子最终不属于我，那就没必要让我把他生下来。"言安希的声音很轻，但是很坚定。

"爷爷、慕迟曜，这是身为一个女人的坚定，也是身为一个母亲的决定。"

"安希丫头！"慕老爷子猛地站了起来，用拐杖重重地敲着地板说道，"他是我们慕家的孙子！是你和迟曜的孩子！也会是集万千宠爱于一身的慕家继承人！"

言安希依然很坚决："再多的身份，也不及他叫我一声妈。"

一开始，言安希隐瞒自己怀孕的事情，就是想留住这个孩子。可是后来，她的初衷改变了。这个孩子，她要不起，也留不住。

慕老爷子连连说道："你们两个轮流来气我！"

慕迟曜大步走了过去，一把握住言安希的手腕，把她从沙发上拉起来："走，跟我回去。"

言安希意外地温顺，没有任何反抗，浑身软绵绵的，像一个任人摆布的布娃娃。

慕老爷子的声音从后面传来："这个孩子，不要也得要！要是出了什么事，我一定不会轻易罢休！"

言安希低着头，听到爷爷的话，心想爷爷肯定是对她太失望了吧。

回到年华别墅的时候，车子还没停稳，言安希就下了车，把慕迟曜吓得不轻。

她头也不回地走进别墅，慕迟曜在她身后气得狠狠地踢了车子一脚，然后才沉着脸走了进去。

他先回到自己的房间，把西装外套扔在床上，又松了领带，解开衬衫的衣领扣子，脸色铁青地在房间里来回走了好几遍，然后深吸了好几口气，才走出自己的房间，推开对面的房门走了进去。

言安希看见他，也没把他当回事。

"言安希，我昨天晚上才说过，你要和我睡一个房间，你跑到这里干什么？"

“何必相看两厌呢？”言安希说，“分开比较好。”

慕迟曜冷哼道：“我怎么敢让你一个人住在这里！”

“怕我把孩子流掉吗？”言安希忽然笑了笑，“放心吧，如果不是万不得已，我不会用伤害自己的方式流掉孩子。我会去医院，躺在手术台上，清楚地……”

慕迟曜再也听不下去了：“言安希！”

“不用对我这么大吼大叫。”言安希说，“慕迟曜，你是在害怕吗？你也会害怕？”

“言安希，你不要逼我！”

“你想把我怎么样？囚禁起来吗？”

“如果你一意孤行的话，我只能那么做！”

言安希忽然闭上眼睛，一行清泪流了下来：“慕迟曜，你口口声声要保全孩子，你难道就没有想过，我为什么不肯要这个孩子吗？这不仅是你的孩子，也是我的孩子啊……”

她一哭，慕迟曜心里的火气顿时消了不少。

“言安希，很多事情都不可能十全十美，你带不走这个孩子，但你可以随时回来……”

“我回来看他？然后顺便看看你和秦苏有多恩爱？看看一家三口多幸福，我却像一个外人？”种种理由，让言安希不要这个孩子的决心，越来越坚定。

慕迟曜也无法反驳，只能握着她的肩膀，一遍又一遍地说道：“言安希，这个孩子，你必须留下。”

言安希宛若一个木头人一样，无悲无喜。

最后是慕迟曜把她抱回了主卧，给她放好洗澡水，寸步不离地守在浴室外面，等她洗完后又把她抱到床上。

言安希知道多说无用，只能背对着他，默默流泪，捂着肚子直到天亮。

第二天，言安希从睡梦中醒来，她翻了个身，却正好落入慕迟曜的怀里。

言安希身体一僵，她侧头看他，又吓了一跳：“慕迟曜……”

他眼睛通红，布满血丝，神情也无比憔悴，像是一晚没睡。

慕迟曜声音沙哑："言安希，我想了一晚上。"他微微动了动，伸手把她揽进怀里，她正要挣扎，他却接着说："从今天开始，你不许去公司了，只能在家，只能在有我的地方。"

言安希一听，狠狠地咬了咬唇："慕迟曜，你怎么可以剥夺我工作的权利！"

慕迟曜回答道："言安希，你可以在家远程工作，有什么事和同事们电话沟通。我不放心你一个人去公司。"

"说到底，你就是监视我……"

慕迟曜嘴角微勾，却没有一点儿笑意："是，我是监视你。可是如果你肯乖乖地生下这个孩子，我又怎么会监视你呢？"

"这不可能！你想把我关在年华别墅，我不会愿意的！"

"我本来想放飞你，可是言安希，你这性格还是得好好地磨一磨。"慕迟曜哑声说道，"我也会尽量把事情早点儿处理完，然后早点儿回家陪你。"

言安希顿了一下，忽然问道："我哪里也不能去，是吗？"

"在家就好，其余的事情，让用人和管家帮你办。"

言安希侧头看他："那我想去医院看我弟弟呢？"

"可以。"慕迟曜点点头，"让阿诚陪着你，再带上两个保镖，只准去医院。"

慕迟曜吃完早餐就出去了，言安希便轻车熟路地来到星辰医院，阿诚在她身后一步远的地方跟着，其他的保镖在后头四五米远的地方远远地跟着。

当她看到宋尧在重症监护病房门外的时候，她心里一惊，忽然就加快了脚步。

"你怎么在这里？"言安希高声说道，"宋尧，你没事来这里干什么？"

宋尧是秦苏身边的人，言安希记得清清楚楚。一般有宋尧的地方，就一定会有秦苏。

宋尧开口说道："我陪秦……"

言安希没等他说完，直接推门走了进去。

秦苏听见推门的声音，回头一看，顿时也是一愣："言安希？你怎么……"

"秦苏！"言安希指着她，浑身发抖，问道，"你在干什么！"

只见秦苏手里握着呼吸机的呼吸管，站在病床前。

秦苏顺着言安希指的方向看了一眼，然后晃了晃手里的呼吸管道："没干怎么啊，我看一下也碍着你事了？"

"你给我出去，出去！"

秦苏把手里的呼吸管一放，转过身看着她："我好心好意来看看你这个植物人弟弟，你还冲我大吼大叫？言安希，你脾气挺冲啊！"

言安希懒得和她说，直接走过去，推开了她。

秦苏昨天才晕倒过，身体自然虚弱，一时被言安希推得一个趔趄。

"言安希，"秦苏顿时尖叫道，"你疯了，你竟然敢推我！"

言安希大叫道："你离我弟弟远一点儿！"

言安希想起刚刚秦苏握着呼吸机管子的那一幕，心都要跳出来了。还好言安宸白天不依赖呼吸机，等到晚上的时候，护士才会重新给言安宸插上。

假如秦苏是晚上来，言安宸正好插着呼吸管，秦苏要是拔了……

言安希这么一想，心里就慌。

"秦苏，你知不知道你刚刚在做什么？我弟弟要是有个三长两短，我就跟你拼命！"

在维护亲人这件事上，言安希是绝对不会退缩的。她可以受委屈，她可以吃苦，但是言安宸绝对不能被人欺负。

"我动一下怎么了？"秦苏背靠着墙壁双手抱臂，看着她，"值得你冲我大吼大叫吗？"

言安希脸都涨红了，被秦苏这个无所谓的样子气得不轻。

秦苏忽然笑道："言安希，话说你这个弟弟每天就这么直挺挺地躺着，还占着重症监护病房干什么呢？浪费医疗资源啊。"

"秦苏，你给我出去！现在就出去！"

"我不过是好心建议你，再说了，植物人醒过来的概率那么小，不如就埋了吧？"

言安希气得满脸通红："闭嘴！"

秦苏看着她，不屑地笑了一声："这种拖油瓶，最好把你拖死。"说完，秦苏转身就走。

言安希却忽然加快脚步追了上去："秦苏，你等等。"

"言安希，你想干……啊！！"

"啪"的一声，重重的耳光声回响在重症监护病房里，甚至响起了回音。

秦苏尖叫一声，捂着脸，难以置信地看着言安希："你这个疯女人，你竟然敢打我！"

言安希一字一句地说道："我打的就是你！"

重症监护病房和普通病房不一样，隔音效果很好，所以秦苏和言安希在里面说话，外面基本听不到。但是秦苏挨了言安希一耳光，尖叫声挺大的，宋尧率先听到，整个人一惊，然后就要进去。

不过让他没想到的是，病房的门反而从里面打开了。

言安希走了出来，脸色很难看。她看了宋尧一眼，又移开了目光。

紧接着，秦苏捂着脸也出来了，尖叫着："言安希，你居然敢打我！"

言安希平时看起来柔柔弱弱，这个时候却下巴一扬："秦苏，我告诉你，我不是你想怎么捏就怎么捏的软柿子，我不会忍气吞声！"

"言安希，这一耳光我不讨回来，我就跟你姓！"

秦苏想冲到言安希面前，宋尧正想去拉住秦苏，却看见不远处忽然冲过来三四个人，来人迅速制止了秦苏，将她拖到了一边。

阿诚挡在言安希面前，转身看着她："太太，您没事吧？"

言安希摇摇头。

秦苏还在大叫："放开我！你们敢拉我！放开！"

宋尧连忙说道："误会误会，她心脏不好！你们快松开她，不然会出事的！"

其中一个戴着墨镜的保镖说道："任何企图伤害慕太太的人，我们都有责任制止。"

"我来拦着她，我来。"宋尧说着，从保镖手里把秦苏拉到身边来。

秦苏挣扎道："宋尧，你放开我！我打不死她！言安希，你这个贱人！"

言安希厉声道："秦苏，以后你再踏进重症监护病房一步，我就不只是打你一耳光这么简单了！"

说完，言安希看向门口的保镖，道："你们既然守着病房，那就要尽好自己的责任。除了医生、护士还有我之外的人，都能随随便便放进去吗？出了什么事，你们担得起责任吗？”

秦苏的行为真的碰到了言安希的底线，她板着脸，第一次对这些下属说重话。守门的两个保镖都低着头不说话，默默挨训。

“你什么意思？”秦苏说道，“我来看看你弟弟，就变成随随便便的人了？我还不能进去了？你这话是在讽刺谁呢？”

“我说谁，谁心里清楚！”

“留得青山在，不怕没柴烧。这件事闹到慕迟曜那里去，你也是有理的。不然，真动起手来，她肚子里的可是慕家后人。”宋尧道。

宋尧的劝说有理有据，秦苏也终于冷静下来。她下巴一扬，看着言安希恶狠狠地说了三个字：“走着瞧！”

宋尧连忙把她带走了。

言安希看着秦苏的背影，浑身还在轻轻地发抖。过了好一会儿，她才说：“阿诚，今天的事情和你无关，慕迟曜问起来，你就说你不知道，别牵连你。”

秦苏肯定会去找慕迟曜告状。但慕迟曜会怎么做，言安希不知道。

休息了一会儿，言安希才和阿诚一起离开了医院。

言安希坐在车上，拧开水杯，一连喝了好几口水，才让自己镇定下来。

阿诚透过后视镜看她，十分心疼：“太太，刚刚您应该去检查一下的，正好在星辰医院，也有您的主治医师。”

“不用了，没什么大事。”言安希看着车窗外，捂着心口道。

车窗外的景色一闪而过，一排排的建筑也齐刷刷地后退，言安希看着看着，忽然眼睛动了一下。

“等等……”言安希对阿诚说，“你开慢一点儿。”

阿诚立马减速：“太太，怎么了？”

“那是一家律师事务所吗？”言安希问道，“规模看上去好像还很大。”

阿诚看了一眼：“是的，太太。”

言安希想起夏初初让她找个律师咨询一下，于是说道：“阿诚，你把车停下吧，我想去办点儿事情。”

阿诚把车停在了律师事务所门口，言安希下车，看着门口挂着的牌子，一时间又犹豫不决了。她和慕迟曜离婚，这个案子，一般人会接吗？

不管了，她先去咨询咨询再说。

“您好。”前台十分热情地接待了她，“请问您有什么需要服务的吗？”

“我……我想找一位律师。”

“您有预约吗？”前台小姐问，“或者……您希望哪位律师为您分忧？”

言安希咬了咬唇，正要说话，却听见有人喊了一声她的名字，语气有些犹豫：“言安希？”

她一愣，心想：不会吧，在这里也能遇到熟人？

言安希转身一看，一个穿着蓝色衬衫、白色长裤，打扮简单休闲，但是十分阳光的男生，站在她的后面。

言安希顿时惊讶地张大了嘴：“你……你是袁澈？”

袁澈是她读大学的时候，法律系的系草，也是校草，全校女生基本上都知道他。夏初初那时候常常在她耳边念叨，袁澈这样的校草，干净阳光性格好，工作能力又强，还没女朋友，简直就是现实版的白马王子。

言安希也远远地看过几眼袁澈，他的确长得很帅，高挑又阳光。而且他在大四的时候就已经找到了实习工作，一毕业就转正了，这让言安希当时羡慕了好久。又帅又有才华的人，生来就是让女孩子们花痴的。

袁澈主动问道：“你怎么在这里？是有什么事吗？”

“我……我有点儿事情，想找一位律师。”

袁澈双手插在口袋里，笑了笑：“我不就是吗？老同学，绝对让你满意。”

“我……”言安希一看到同学，想想自己的事情，反而不好意思说了，“我的事情，有点儿复杂。”

“再复杂的案子，我也见过。”袁澈说，“同学一场，我能帮的一定会帮你。”

“先谢谢了。我……”

她正说着，阿诚忽然走了进来，见她好端端地站在前台，这才松了一口气："太太，您在这里就好，是我虚惊一场。"

言安希还没说什么，袁澈忽然问道："你已经结婚了？"

她点了点头："嗯……是，我结婚了。"

"这么快……"

"我也觉得。"言安希说，"算了，也没什么，我还是先走吧。"

她的事情和素不相识的律师说还好，可和袁澈……怎么都觉得有点儿尴尬。

袁澈也没说什么，点点头："好。这是我的名片，如果你有什么事的话，就打上面的电话。"

言安希伸手接过他递过来的名片，放进包里，点点头："那我先谢谢了。"

袁澈见她转身准备走，说道："我还是没想到，你这么快就结婚了。"

"我当初也没想到。"她说，"袁学长，如果我告诉你，我来这里是想找律师咨询关于离婚的事情呢？"

袁澈眼里闪过一丝错愕，但很快又隐藏好："你……"

言安希倒是没什么，说道："每个人有每个人的生活吧，学长你现在发展得很好，我替你感到开心。"

袁澈点点头："谢谢。"

言安希朝他笑了笑："那我先走了。"

看着言安希走出律师事务所，袁澈的脸上慢慢出现了一点儿惋惜："以前那么灵动的一个女孩子，现在怎么觉得……筋疲力尽又憔悴呢？"

年华别墅。

言安希坐在自己的房间里，看着电脑屏幕发呆。她人都不在公司里，还能怎么工作？说什么远程工作，其实就是她一个人在这里发呆！

上次慕瑶发给她的那封邮件，她认真地回复了，听说后来效果很好，设计图让客户很满意，已经开始装修，把图纸变成现实了。

正想着，言安希忽然听见下面传来车子的声音，她走到窗边，轻轻撩起窗帘一看，果然是慕迟曜回来了。只看见慕迟曜低头下车，单手插在口袋里，眉目冷峻，偏偏冷得帅气，器宇不凡。“衣冠禽兽”这四个字用来形容慕迟曜，真是再贴切不过了。

言安希放下窗帘，关了电脑，听见用人敲门道：“太太，慕先生回来了，让您下楼。”

言安希撇撇嘴，穿上鞋子，准备下楼。

不过，慕迟曜找她干什么呢？

是因为今天在星辰医院里，她扇了秦苏一耳光，秦苏找他告状，他来找她算账了吗？

言安希也无所谓，走出房间，穿过走廊，只需要拐过弯就要到楼梯口的时候，却猝不及防差点儿撞上一个人。好在她及时停下脚步，而且对方也停下缓了一下，然后伸手圈住了她的腰。

一股淡淡的熟悉的味道传来，言安希整个人一僵，随即伸手去推对方。

慕迟曜低沉的声音在头顶响起：“你推我干什么？”

“放手。”

“我现在不敢放你一个人下楼梯了。”他说，“言安希，你真不让人省心。”

他今天在公司一天都在想她，满脑子都是她。连秦苏那里他都没时间去了，只想快点儿回家，好好地守着她。

“我都被你强制关在家里了，你还想怎么样？”

慕迟曜什么都没有说，在她腰上的手一紧，然后把她打横抱起来，下了楼，将她小心翼翼地放在客厅的沙发上，好像她是一个会碎的瓷娃娃一样。

“今天都吃了些什么？”慕迟曜问，“还吐吗？”

言安希看了他一眼：“看见你就想吐。你不在家的时候，我胃口倒好得很。”

慕迟曜眉头一皱，转头看向管家：“她今天真的没孕吐吗？反应没有那么强烈了吗？”

管家点点头：“是的，慕先生，太太今天的胃口比前面几天好很多了。”

慕迟曜一听，反而自嘲道：“那看来，我要少出现在你面前了。”

言安希点点头，故意应道：“是啊，最好永远都不要出现。”

慕迟曜也不生气：“那今天的晚餐看来要和我分桌吃了。”

“不用这么麻烦啊。”

他侧头看她：“嗯？”

“你直接不要去餐厅就好了，我不看见你，胃口就好了。”

慕迟曜顿了一下，忽然低头凑了过去：“言安希……你不要得寸进尺。”

“我不仅得寸进尺，我还无法无天了。”

“无法无天？”慕迟曜眉毛微挑，“你能怎么闹腾？我倒是想看看，你能闹腾到什么地步。”

言安希也没回答他，自顾自地吃着桌上的水果。吃着吃着，她想起今天在医院打了秦苏一耳光的事，发现慕迟曜从见到她开始，一直没有问这件事。

于是言安希看着他：“你……你没有什么事要和我说吗？”

“我有什么事？”慕迟曜懒懒地靠在沙发上，“我现在最重要的事情就是陪你。”

卧室里安安静静的，而在睡梦中的言安希忽然开始冒冷汗。她像是被梦魇困住了一样，眉头紧皱，鼻尖也开始渗出汗珠，整个人不安地颤抖着。

慕迟曜一直抱着她，开始还没察觉，直到感觉到怀里的人在战栗后，才猛然从睡梦里惊醒。他伸手一摸，竟然从她的后背上摸到了一片湿润。

慕迟曜当机立断爬了起来，把言安希扳了过来：“你怎么了？言安希，你醒醒！”

言安希紧紧地闭着眼睛，看样子是在做噩梦。汗珠大颗大颗地往外冒，头发都被汗水浸湿了不少，而她的手忽然四处摸索。

慕迟曜把自己的手放了过去，立刻就被言安希一把抓住。她紧紧地攥着慕迟曜的手，力气大到指甲几乎都嵌进了他的肉里。

慕迟曜看到她这个样子，着实吓了一大跳：“言安希，你醒醒，你快给我醒醒！”

言安希依然被噩梦缠身，嘴里喃喃着，不知道在说些什么。

慕迟曜弯下腰，想听清她在说什么，但是越心急，他越听不清。

他干脆伸手把言安希紧紧地抱在怀里："没事，都是假的，是梦。言安希，我在这里，你睁开眼睛看看我。"

言安希嘴里无意识地呢喃着什么，慕迟曜隐隐约约听到了"安宸"这两个字。这时，被噩梦缠身的言安希忽然一下睁开眼睛，猛然坐起来，捂着心口，大口大口地喘气。

"言安希，你终于醒了。"慕迟曜看着她，"你怎么了？梦到什么了？"

"我……我梦见……"

"什么？"他看着她，语气十分轻柔，"告诉我，然后就不怕了。"

"我……"

言安希看着慕迟曜，慢慢放松下来，她正要说话，可整个人像是被什么击中了一样，忽然就翻身下床，连鞋子都顾不上穿。

"医院！我要去星辰医院！"言安希情绪一下子失控了，"快送我去星辰医院！"

她现在这个样子，跟刚刚在噩梦中的状态一模一样。慕迟曜连忙追上去，一把拉住她的手，然后把她带入怀里："言安希，你要去医院干什么？你冷静一点儿！"

"我要去星辰医院。安宸，我要去见安宸！"言安希在慕迟曜的怀里不停哭喊道。

"言安希，你弟弟在医院的重症监护病房里，有保镖守着，还有医生、护士看着，你担心什么？"

言安希开始不停地摇头："慕迟曜，我刚刚做梦，梦见安宸……他跟我说再见！他说他拖累我太久了，下辈子再做我的弟弟……"

想起刚刚的梦，言安希就觉得心悬了起来。

"那是梦！"

"不，不是梦，一定是安宸发生什么事了……"

慕迟曜紧紧抱住她："你不要哭了，不会有事的，我跟你保证。"

"你不懂……慕迟曜，自从安宸他出事，我就没梦见过他，今天是第一次。可是第一次，他就说这样的话，他一定是发生什么了。我要去医院看看，我要亲眼看看他……"

只有确定言安宸在医院没有任何事，言安希这颗心才能平静下来。

言安希不停地推着慕迟曜的胸膛："你松手啊……我要去医院！"

“我带你去！”慕迟曜几乎是吼着说道，“言安希，你冷静一下，注意你的情绪，你肚子里还有孩子。别哭，我现在就带你去。”

他抱着言安希下了楼，吩咐人迅速备了车，直奔星辰医院。

一路上，言安希都不停地催促司机开快点儿，她的手被慕迟曜握在手心里，她也没有任何感觉，只是下意识地紧紧地攥着他。

车子在医院门口停稳后，言安希连忙下车，疯了一样往医院里跑。

慕迟曜长腿一迈，立刻追了上去。

言安希在途中好几次都差点儿跌倒，如果不是慕迟曜扶着她，她现在说不定满身瘀青了。慕迟曜很想骂她，但看到她担心的样子，又觉得心里的那股怒气无法发泄了。

好不容易到了言安宸所在的楼层，言安希立刻冲了出去。

“你慢点儿，小心……”慕迟曜喊道，可他话还没说完，言安希就没命地往重症监护病房跑去。

慕迟曜看了一眼病房门口睡死的两个保镖，随即闻到一股酒味，脸色一沉，然后迅速跟着言安希走进了病房。

一进去，他就看见言安希的身体晃了晃，然后就要往地上倒去。

“言安希！”慕迟曜一看，连忙冲过去扶住她。

言安希瞪大了眼睛，已经惊恐得说不出话了，只是颤抖着手不停地指着一处：“慕……慕迟曜，快……”

慕迟曜眉头一皱，顺着她指的方向看去。只见呼吸机还在工作着，但原本应该连在言安宸身上的呼吸管却晃晃荡荡地吊在空中。

言安希紧紧揪着慕迟曜的衣服，眼泪大颗大颗地往下掉：“叫医生，快！快救救我弟弟！”

“这是怎么回事？”慕迟曜厉声道，“呼吸管怎么会被人拔了？”

“安宸……”言安希悲恸欲绝，“你不能有事，你绝对不能有事！”

言安希不敢想象，如果她没有做那个莫名其妙的梦，没有梦见言安宸，没有执意要来医院看看的话，很有可能，她再次看到的就是言安宸的尸体了。

言安希光想想都觉得后背发寒。

一阵手忙脚乱之后，原本寂静的重症监护病房顿时人满为患。

一群医生迅速地把被拔掉的呼吸管重新插上，然后围着言安宸开始进行紧急抢救。

慕迟曜和言安希站在最外围看着这一切。言安希整个人瑟瑟发抖，慕迟曜抱着她，轻轻地抚着她的后背。

一旦长时间没有呼吸机的辅助，言安宸就会从植物人变成真正的死人，那言安希这么多年的辛苦就完全白费了。

言安希不忍心再看医生的抢救过程，可是她又不得不看。反而是慕迟曜低头看着她难受的样子，心也被她给揪了起来："我们去外面……"

"不去。"言安希虽然情绪不稳，可这个时候斩钉截铁地拒绝了他，"我要在这里守着安宸。"

"可是你在害怕。"

"我害怕很多事。"言安希回答，"可是每一件我所害怕的事情，我都必须自己去面对。因为没人替我分担。"

慕迟曜竟然被她的这个回答震住了，一时间无言以对。

直到后来，护士走过来说："慕先生、慕太太，请你们到外面等，你们在这里会影响医生救治的……"

护士话还没说完，言安希已经不停点头道："好，我们现在就出去，不打扰你们。"

走出病房，看着走廊上明亮的灯光，言安希身体又晃了晃。慕迟曜握了握她的手，才发现她的手冰凉。他想也没想就说道："我给你暖暖。"

言安希现在反应已经有点儿迟钝了，直到慕迟曜捧着她的手揉搓了好几下，她才反应过来："不用。慕迟曜，我想安静一下。"

言安希说完，转身却看见长椅上和地上睡着的两个保镖，愣了一下。她忽然挣脱慕迟曜的手，冲了上去，不停喊道："你们给我醒醒！到底是谁进来过！"

慕迟曜走过来，把她拉开："我来。"他把言安希护在身后，和她十指紧扣，生怕她又跑掉，再出了什么事情。

然后，慕迟曜一脚狠狠地踹向两个保镖，声音响彻整个走廊："起来，废物！"

一开始，两个保镖还是迷迷糊糊的，直到看见慕迟曜阴沉的脸色，这才一愣，然后慌忙爬了起来："慕先生！"

两个人站直身体，并排站着，双手背在身后，勉勉强强有了一点儿保镖的样子。

慕迟曜又是一脚踢了过去，两个人没有躲，也不敢躲。

言安希站在慕迟曜的身后，麻木地看着这一幕，冷静地问道："我问你们两个，有谁进过病房？"

"我之前迷迷糊糊快要睡着的时候，看到墨千枫来过。"

慕迟曜还没说什么，言安希已经惊叫起来："墨千枫？怎么可能会是他？"

"是的，慕太太。我们被派在这里守着，最主要的就是禁止墨千枫进入，所以我绝对不会认错。"

慕迟曜冷笑一声："你确定吗？"

"确定。我真的见过他。"

慕迟曜哼了一声："他居然又来了，这么巧？"他说着转身去看言安希，果然看到言安希一脸不相信的表情。

言安希也不避讳，她看着慕迟曜直接说道："我觉得不可能是他，他没理由动手。"

"为什么没有？"

"墨千枫和安宸从小就是很好的朋友，他不可能做出这种事。"

慕迟曜眉毛一挑："很简单，他得不到你，就因爱生恨。"

"不，不会的。"言安希摇摇头，"如果是别人我还会相信，但他是绝对不会害安宸的。他和安宸以前那么好，怎么会忍心……"

慕迟曜只觉得心里都要喷出火来了："你就替他说话吧！"

言安希只是不停地摇头："绝对不会是墨千枫，绝对不会……"

慕迟曜很是生气，但这个时候又不忍心苛责她，只能沉着一张脸，狠狠地盯着两个保镖。

就在这个时候，长长的走廊那一头，阿诚小跑着过来，喘着气说道："慕先生，我刚刚查过医院的监控了，发现从晚上开始，这里的监控画面就全部没有了！"

慕迟曜迅速下了判断："有人破坏了监控。"

言安希听到之后，脸色一白。

没有监控就不知道是谁进过重症监护病房拔了言安宸的呼吸管！

慕迟曜注意到她的脸色变化，说道："看来，这是一场有准备、有计划，而且行动充分的谋害。一个人是绝对做不到的。”

言安希死死地咬住下唇，不知道要说什么才好。言安宸现在生死未卜，监控又被人故意破坏了，慕迟曜又说这一切很有可能是墨千枫干的，因为墨千枫来过……

言安希只觉得自己的脑袋都快要炸了。就在她越来越烦的时候，她忽然想起一件事，转身看着两个保镖：“你们喝酒了，所以才会在这里睡得不省人事，是不是？”

“是……太太。”

“你们在哪里喝的酒？谁给你们送来的？还是说，你们两个擅自离开这里，跑去外面吃喝玩乐去了？”

“不不不，太太，我们没有这个胆子。这酒……是宋尧拿来的。”

言安希一愣：“宋尧？”

“他说，今早给我们添麻烦了，所以拿了两瓶好酒来道歉，算赔个不是。”

“然后呢？”

“宋尧把酒给我们后，就走了。”

“所以是你们自己贪杯喝醉了？”

两个保镖一起点点头。

言安希糊涂了，宋尧这个理由听起来，好像也没有什么不对。可言安希忽然想起今天她推开病房的门，看到秦苏捏着呼吸管的那一幕。

秦苏……是秦苏，她最有动机！

一定是因为她今天打了秦苏一耳光，所以秦苏怀恨在心，干出这样的事情来！不然，以秦苏那目中无人的性格，会好心好意地让宋尧拿好酒给这两个保镖喝？

言安希当机立断，匆忙转身：“我去找秦苏！”

“言安希。”慕迟曜一把拉住她，“你找她干什么？你告诉我，今早到底发生了什么事情？”

言安希想要掰开他的手：“我现在没时间和你说这些，我要去找秦苏！”

“她现在已经睡下了，而且她身体还很虚弱，你这个时候去找她，她又犯病了怎么办？”

"那我弟弟怎么办？"言安希指了指重症监护病房，"他现在还在里面抢救！"

"你这意思是觉得秦苏害了你弟弟？可她都没来过！宋尧也只是送了酒就走了！"

言安希觉得没什么好藏着掖着的，直接说道："因为今早我打了秦苏一耳光。"

言安希扇了秦苏一耳光？他却什么都不知道？

他再次问道："这到底是怎么回事？"

一个保镖被慕迟曜的眼神震慑到了，一五一十地把今早在重症监护病房门口发生的事情都说了出来。

慕迟曜的脸色越来越难看。言安希站在一边，面无表情地听着。对于今早的事情，她自始至终都觉得自己没错，是秦苏先触碰了她的底线。

慕迟曜听完之后，看着言安希："你们两个在病房里面到底说了什么，你才要打她？"

言安希一字一句地说道："她该打！"

慕迟曜沉声问道："为什么？"

"因为我进去的时候，看见她手里正好拿着呼吸机的管子！"

"你弟弟白天不需要用呼吸机。"慕迟曜说，"她就算拿着，那也没事。"

"可假如安宸白天需要呢？他以前二十四小时都需要呼吸机！那她的行为就是在谋杀我弟弟！"

慕迟曜终于明白了："所以，你是因为早上的事情，就怀疑今晚你弟弟的呼吸管被人拔掉，是秦苏做的。"慕迟曜看着她，"为什么不是墨千枫？他来过，他嫌疑最大！"

"墨千枫是来过，可他没理由这样做！"

"他得不到你就想干脆毁了你最珍惜的人，把你逼上绝路，让你因为没有选择他而后悔，这就是他的理由！"

言安希抬头看他："慕迟曜，把我逼上绝路的人，明明是你！"

"你这是在替墨千枫开脱！不要让情感冲昏了你的头脑！"

"那你现在不也是在为秦苏开脱吗？"

这下好了，慕迟曜怀疑是墨千枫，而言安希却怀疑是秦苏。

两个人的意见完全不统一，怀疑的对象之间更是没有任何交集！

慕迟曜伸手捏住言安希的下巴："言安希，我会彻查这件事。到时候证据确凿，我把幕后凶手揪出来，让他跪在你和你弟弟面前。"

言安希看着他的眼睛："如果那个人是秦苏呢？"

"那也一样！"

"这是你说的。我希望你说话算话！"

就在两个人僵持的时候，重症监护病房的门一下子被推开了。

言安希立刻转身扑了过去："医生，我弟弟怎么样了？他……他还好吗？"

"还好，发现得及时。"医生说，"离开呼吸机的时间，没超过一个小时。"

言安希松了一口气，在听到言安宸没事后，她整个人几近虚脱。

"如果再晚五分钟，大罗神仙也救不活了。"医生推了推鼻梁上的眼镜，"病人现在也需要好好地养一阵子。"

言安希点点头。

慕迟曜皱着眉站在她身后，他忽然发现言安希越来越瘦了。怀孕的人，这么瘦可不是一件什么好事。想想她这几天吃什么吐什么，发生的事情又多，现在又闹出言安宸的事，只怕她又得情绪低落好久。

言安希长长地松了一口气，转身看着慕迟曜："我今晚要留在这里，我想陪着安宸。"

"不行，你的身体吃不消。"

"我可以的，我就想在他身边守着他，我……"

慕迟曜再次斩钉截铁地拒绝："不行。"

言安希一听，顿时急了："慕迟曜，你不能这……"话还没说完，她整个人忽然晃了晃，只觉得眼前一片模糊。紧接着，她似乎看见了慕迟曜惊骇的脸色……

言安希身体一软，直接就这么晕了过去。

慕迟曜连忙一把抱住她："医生，快！她晕倒了！"

第二天。

天边有了光亮，房间里也变得十分明亮，言安希慢慢睁开眼睛，醒了过来。

她望着天花板，愣了好一会儿才反应过来，自己现在在医院。她动了动手，想要抬起来，结果发现被人握住了。她侧头看去，只见床边趴着一个人，一只手还牢牢地和她的手十指紧扣。不是慕迟曜，还能是谁？

他的衬衫都皱了，可他平时向来喜欢干净整洁，见不得一丝褶皱。

言安希浑身乏力，闭了闭眼，又重新睁开。她想起言安宸的事情，后背就一阵发凉。一个植物人而已，能有什么威胁？还是说是因为她，才会连累言安宸吗？她现在的处境，已经开始牵连到言安宸了？

要不干脆报警，让警方介入？可是报警会不会激怒凶手，导致凶手干出更加丧心病狂的事？她不能让安宸再次置于危险之中。况且慕迟曜也一定不会同意她报警，因为慕家家大业大，发生一点儿小事都会被大肆报道，如果报警，恐怕会被有心之人利用，导致慕家蒙受损失。安宸是她的弟弟，并不是慕家的人，她没必要扯上慕家。

言安希正胡思乱想着，只看见慕迟曜微微一动，也醒了。慕迟曜缓缓地直起身，睡眼惺忪。发现她已经醒了，他眉头微皱："怎么不叫醒我？"

言安希如实回答："没力气。"

慕迟曜握了握她的手："言安希，你不许再这样下去了。你有任何事，都让我来处理。你给我好好休息，好好养胎。"

慕迟曜的手轻轻地覆在她的小腹上："为了这个孩子，你要坚强，他是你孕育的小小生命。"

言安希眼睛里的光亮微微闪了闪。除了这个孩子，她已经一无所有了。

她忽然挣扎着要起来，慕迟曜微微皱眉，把她按了回去："躺好！你又要干什么？言安宸在旁边很好，你放心吧。"

"我要去看一眼才放心。"

最后，慕迟曜还是扶着言安希去了隔壁的重症监护病房一趟。

看着言安宸躺在病床上，言安希才觉得心里踏实了一点儿。

年华别墅的用人送来早餐，言安希吃了东西，人稍微精神了一点儿，但脸色还是苍白的。

慕迟曜站在窗户边接电话、处理工作，时不时回头看她一眼，见她把早餐吃了大半，眼睛里的柔情都多了不少。

他挂了电话，走了过来："还吃吗？"

言安希摇了摇头："不了。"

"今天早上胃口比以前好多了。"

言安希看着他问道："慕迟曜，昨天晚上我弟弟的事情，你在查了吗？"

慕迟曜说："嗯。"

"怎么查？"

"往墨千枫身上查。"

言安希沉默了一下，然后说："我现在想去见秦苏。"

"你找她干什么？又想吵起来，甚至动手？"

"在你看来我是那么不讲理的人吗？"言安希说，"我就是见见。"

言安宸这件事，言安希心里还是不踏实。她能及时挽救这一次，可是下一次呢？身为姐姐，她要做的就是不能让言安宸有任何危险！

"她在养病，心脏不好，少刺激她。你也好好休息，心平气和的，孩子才会健健康康的。"

言安希看了他一眼，自顾自地翻身下床说道："我今天必须见到秦苏。"

慕迟曜眉头一皱："言安希，你又要闹什么？"

"如果怕我闹，你就跟我一起去。我真的只是想简简单单地和她说几句话。你可以去查墨千枫，我就不可以去问问秦苏吗？如果她真的没做，问心无愧，我就是把刀架在她脖子上，那也改变不了什么！"

言安希说完也不管慕迟曜了，直接走了出去。慕迟曜看着她的背影，眉头皱得很紧。他要是也跟着去，那才是真正乱套了。

慕迟曜看着病房门口新调来的保镖，朝言安希的方向指了指："跟上去，好好看着。"

"是，慕先生。"

言安希走到秦苏的病房门口，直接推门走了进去，只见秦苏正在吃早餐。可言安希看到秦苏的早餐时，心里好像被挖空了一样。秦苏的早餐和她吃的一模一样，看来都是年华别墅的用人带来的。

言安希醒来看到慕迟曜守了她一晚上的时候，本来早已麻木的心还稍微被触动了一下，可现在看来，他不过是为了她肚子里的孩子，不然他早就过来陪秦苏了。

秦苏听见开门的声音，以为是宋尧，低着头边吃边问道："怎么样了？有什么消息没有？"

言安希慢慢朝她走近："你想听到什么消息，秦苏？"

秦苏猛然听见她的声音，抬头一看："哟，你怎么来了啊？"

"来看看你到底能不能问心无愧地过每一天。"

"你这话什么意思？我是听说了昨晚发生的事情，你弟弟没事吧？"秦苏道。

"幸好没事。"

秦苏耸耸肩："那不就得了。"

言安希看着她："秦苏，是你对不对？"

"你在说什么？"

"是你干的，是不是？"言安希追问道，"是你怀恨在心，所以对我弟弟下手了，是不是？"

"言安希，你别血口喷人！我昨晚一直在这里躺着，才没空去搭理那个活死人。"

"安宸在星辰医院住了好几年都没有任何事情，偏偏……"

秦苏接过她的话："偏偏我住进来了，在这星辰医院养病，你弟弟就出事了，是吧？"

"是！"

"那星辰医院，手术室里、病房里，哪天不死人啊？这都和我有关了？"

言安希回答道："你昨天早上去了病房，晚上我弟弟就出事了，你觉得真有这么巧合的事情吗？"

"关我什么事？你那弟弟死没死、活没活着，我一点儿也不关心。"秦苏说着，挥挥手，一副心情很好的样子，丝毫不在意言安希。

秦苏这个无所谓的态度，不仅没有让言安希打消对她的怀疑，反而让言安希觉得，她更加有可能是罪魁祸首。

这么一想，言安希一字一句地问道："秦苏，就是你干的是不是？"

"言安希，不要在这里指着我的鼻子骂。你说是我，那你有什么证据？"

“证据是吧？你等着！”言安希的双手紧紧地握着，指甲嵌进了手心。

秦苏忽然笑了笑：“你这个样子，看着还怪可怜的。一个要死不活的弟弟而已，你跟个什么宝贝似的护着。”整间病房里都回荡着秦苏猖狂的笑声。

言安希没再说话了，只是看着她，眼睛里几乎要喷出火来。

“怎么，还想扇我一耳光？”秦苏看着她道。

言安希的手垂在身侧紧握成拳，转身就走。

证据……她现在就去找证据！

第十章

他爱的人究竟是谁

言安希回到自己的病房的时候，只见慕迟曜坐在沙发上，面前摆着一台电脑，正在工作。

见她回来，慕迟曜眉尖一挑：“言安希，你现在满意了？”

她没有说话。

“你要见秦苏，我让你见了，现在你就给我好好地待在这里。”

言安希像是行尸走肉一样，木然地往前走着。不过，她在走到慕迟曜前面的时候，停了下来，看着他，一句话也不说。

慕迟曜见言安希这个样子，心疼得很，伸手一拉，言安希整个人软绵绵的，一下子就跌坐在他身上。

慕迟曜微微抬头，下巴搁在她的发上：“言安希，你弟弟的事情，我会给你一个交代的。”

“你怎么查？”

“要想人不知，除非己莫为。总有办法查个水落石出。”

言安希轻声道：“慕迟曜，别忘了你昨晚说过的话。”

他眉头微微一皱：“什么话？”

“如果这件事是秦苏干的，你也绝不会姑息。”

慕迟曜微微一愣，然后声音沉了下去：“是，我说话算话。但前提是，你必须拿到有关的证据，证明这件事是秦苏干的。”

言安希从他怀里抬起头，脸色苍白，一双眼睛却格外有神：“好，我会找证据的。”

她说这句话，就是在心里肯定了，这件事就是秦苏所为。

慕迟曜看着她，皱了皱眉，最后还是忍不住问道：“你为什么就这么肯定是秦苏呢？”

“你为什么这么肯定不是秦苏呢？”

“其实她不是你想象中的那种不择手段的人。”慕迟曜说，“她虽然对你有敌意，但不至于做到这个地步。”

言安希忽然笑了笑道：“慕迟曜，你什么时候才能把眼睛擦亮一点儿？”

“我相信她。”慕迟曜说道。

这四个字，简直就像在言安希本来就千疮百孔的心上再次狠狠地扎了一刀。

见言安希突然安静下来，慕迟曜看了她一眼，然后吻了吻她的额头：“你还是睡一觉吧。”

言安希软绵绵地坐在慕迟曜腿上，也不出声。慕迟曜见她这样，也就没再催她，腾出一只手把笔记本电脑合上，然后抱着她。

两个人难得有这么温情的时候，她坐在他腿上，安安分分地靠在他怀里，像一只乖巧的小猫。没过多久，慕迟曜再次低头去看她的时候，却发现她蜷缩着睡着了。他抬起手想碰一下她的脸颊，可又生怕吵醒她，于是收回了手。

“言安希，你为什么就这么固执地认为是秦苏呢？都有人亲眼看见墨千枫了，你却不怀疑墨千枫。”慕迟曜低低地说着，眉头深锁，语气里满是无奈，“既然你这么固执，我也不和你拗。我一定会查个水落石出，我要是查不到就让警方介入，总之，凶手是跑不了的。”

慕迟曜在沙发上坐了一会儿，确定言安希已经睡熟了之后，才小心翼翼地站了起来，把她放到病床上，盖好被子。

想了想，慕迟曜在她额头上轻轻落下一吻：“好好休息，言安希。”

他走出病房的时候，还回头看了言安希一眼，然后才关上了病房的门。

见他出来，陈航连忙迎了上去：“慕总，我已经打电话给墨总了，他马上就到。”

慕迟曜应了一声，然后走向走廊的尽头，那里有一扇小小的窗户。

陈航在他后面跟着。

“有烟吗？”慕迟曜忽然问了一句。

陈航一愣，然后马上摸了摸口袋，连忙应道：“有的，慕总。”

陈航把烟和打火机都双手奉上，慕迟曜接过烟衔在嘴里，在他低头正要点烟的时候，忽然又顿住了。

“算了。”他说，“她不喜欢烟味。”

陈航听得莫名其妙，慕总口中的“她”是秦苏小姐，还是慕太太？

陈航也不敢多问，只是恭恭敬敬地伸手从慕迟曜手上接过香烟和打火机，退后几步，然后远远地站着。

也不知道过了多久，走廊的另一头忽然响起急促的脚步声，从远到近。

墨千枫匆匆赶来，一脸凝重：“发生什么事了？慕迟曜，你的人在电话里说的是什么意思？”

慕迟曜眉眼低垂，看着下面如同蝼蚁一般密密麻麻的人，淡淡地说道：“你觉得是什么意思？”

“言安宸好好的怎么会出事？怎么又和我有关了？”

慕迟曜转过身，目光犀利地看着他：“墨千枫，这个时候了，你装傻的本事倒是还不赖。”

“把话说清楚！”

“你还好意思朝我吼？难道我的人给你打电话，说得还不够清楚吗？”慕迟曜道。

“我只知道言安宸出事了。”

慕迟曜冷冷地说道：“昨晚，你是不是来过这里，还去了重症监护病房看言安宸？”

“是。”墨千枫点点头。

“你来了，又走了？”

“是。”

慕迟曜继续发问：“你来到言安宸的病房门口，是不是看见两个喝得烂醉的保镖？”

“你说的都没错。”墨千枫说，“我还想问你一句，到底养了一群什么样的废物！”

“我养的废物，我承认。那你说，你进去言安宸病房里，做了些什么？”

墨千枫顿时一愣：“你什么意思？”

“我问你进去做了些什么！”

“我就去看了看言安宸。”

慕迟曜冷笑一声：“那么晚了，你还特意来医院看一眼言安宸？”

墨千枫再次一愣。他的确不是特意来的。昨晚他和林玫若吃完饭，林玫若突然闹脾气，在星辰医院附近下了车就跑了，他追到星辰医院附近，心想来都来了，就看看言安宸，也算是个心意。

见墨千枫不说话，慕迟曜眉毛一挑：“怎么，这是心虚了？”

“我只是在回想昨天的事情。”墨千枫回答，“我当然是来看言安宸了，还能怎么样？”

“那现在发生了这样的事情，你要怎么解释？”

“言安宸的呼吸管被拔的这件事，我的确不知情！”墨千枫说道，“我来的时候，言安宸还好好的！”

“可是就你来过。”慕迟曜说，“也有保镖亲眼看到了。”

“我是来过，但一定就是我？”墨千枫算是明白了，“在我后面第二个来的人，还一定要被你们发现？你怀疑我害言安宸？真是好笑！”

“不是你，还能是谁？”

“我没有任何理由这么做。更何况，以我和言安宸的关系，我根本不会对他下手！”

慕迟曜眼眸微微一眯。墨千枫这句话，和言安希说的一模一样，两人竟然这么默契，这是怎么回事？

“这件事，我也要查！”墨千枫说道，“言安宸也算是我的弟弟，那个拔掉呼吸管的人，我一定要揪出来！”

墨千枫说着，带着满腔的愤怒转身就走。有人要害言安宸，竟然还把祸水往他身上引！难道那个人是挑了他来的这个时间，才对言安宸下手的？

慕迟曜看着墨千枫的背影，心里一沉，难道真的不是墨千枫？

难道不是他想把言安希的一切都摧毁，然后朝言安希伸出橄榄枝，成为她唯一的依靠？

墨千枫不知道言安希晕倒的事情，所以也不知道言安希就在隔壁的病房里。他只是站在重症监护病房门口，往里面看了一眼。结果，就在这个时候，隔壁病房的门忽然被人打开了。

言安希刚好从里面走出来，看到墨千枫的时候，微微一怔。

“安希！”墨千枫也看到了她，“你怎么样了？”

“我……我还好。”

墨千枫有些克制不住地抓着她的肩头：“安希，你听我说，言安宸的事情绝对不是我做的。我怎么可能会去害他……”

“我知道。”墨千枫话还没说完，言安希已经点了点头，“我知道不是你，你不至于这么做。”

这一点，言安希还是相信墨千枫的。毕竟，这种泯灭人性、丧尽天良的事情，墨千枫是做不出来的，更何况言安宸还是他从小看着长大的弟弟。

墨千枫听见她这么说，心里一喜：“安希，谢谢你相信我。你放心，我一定会帮你查出是谁做的这件事，我不会放过那个人！”

这边，墨千枫欣喜若狂，而慕迟曜却心里一沉。他单手插在口袋里，看着这一幕，实在是忍不了了，尤其墨千枫的手还放在言安希的肩膀上。

他大步走了过去，将言安希拉到身后，皱眉看着墨千枫：“我的女人，是你随随便便能碰的？”

墨千枫站直身体，看着他：“慕迟曜，你要是保护不了安希和安宸，就交给我。”

“我保护不了？”慕迟曜像是听到了天大的笑话一样，他冷哼一声，“墨千枫，说话可是要负责任的。”

“慕迟曜，我想我们还是走着瞧吧。”

墨千枫说完这句话后，看向言安希：“你好好休息，注意身体。至于……你怀孕的事情，我觉得……”他说着，目光也往言安希的肚子上瞟去。

说到孩子，慕迟曜心里顿时警铃大作，干脆直接挡在了墨千枫面前：“不需要你在这里指指点点。她怀了我的孩子，这个孩子会生下来的！”

“生不生，我想，是安希自己决定！”

言安希没有说话，也不想在这里干站着，直接去了言安宸的病房。

等她再从重症监护病房里面出来，墨千枫已经走了。

慕迟曜站在门口，一见到她出来，就一把把她拉到了自己的怀里。她完全没有防备，下巴狠狠地撞到了他的胸膛上，脑袋一晕，整个人差点儿摔倒。她刚刚站稳，还没回过神来，他搂着她的腰，忽然就把她压在了墙上，紧接着，他的薄唇就毫无预兆地压了下来。

言安希被迫仰头，承受他暴风骤雨般的深吻。她想说话，结果反而让他攻城略地。

他还觉得不够，另一只手慢慢下移握住她的手，让她的手搭在他的腰上。

她也要给他一点儿回应，他这空空荡荡的心才能有一点儿被填满的感觉。

最后，慕迟曜喘着粗气，离开她的唇，抱住她，下巴搁在她的肩膀上，一遍又一遍地喊着她的名字。

“言安希……”他喊道，“你那么信任墨千枫，我嫉妒。”

言安希一怔，难道慕迟曜这次发疯，是因为……墨千枫?

她苦笑一声，很想说一句：慕迟曜，我也很嫉妒你那么信任秦苏。

可是她没有，她再也不会说这种话了，因为慕迟曜的心，不在她身上。

“哦。”她冷冰冰地回道，“那你可以放开我了吧？你抱疼我了。”

慕迟曜听到她这句话，非但没有松开她，反而将她抱得更紧，甚至侧头在她修长白皙的脖颈上轻轻地咬了一口。

言安希无动于衷，一点儿反应也没有。

其实啊，人伤心到了一定地步，这颗鲜活的心，也就死了。

她现在唯一的念头，就是要揪出秦苏的狐狸尾巴。

这几天，言安希几乎都待在星辰医院，甚至干脆住在了隔壁的病房。

尤其是晚上，她睡得格外不安宁。每隔几个小时，她就会醒来一次，然后爬起来，跑到隔壁言安宸的病房门口张望两眼，心里才踏实。

虽然言安宸病房的门口有保镖守着，而且又多装了好几个监控摄像头，但言安希还是会每晚不自觉地醒来，如果不去看一眼，她就再也睡不着。

言安希静静地半靠在病床上，看着窗外发呆。她不知道要做什么，脑子里也是一片混沌。

手机铃声突然响起，言安希拿起手机，看了一眼屏幕上的来电显示，然后就接了电话："林玫若，你有什么事？"

"我只是想和你说一件事。"

"什么事？"

林玫若娇笑道："我知道是谁害了你弟弟。"

言安希本来面无表情，听到这句话后，一瞬间清醒了，问道："你说什么？"

"言安希，你想知道吗？"

"林玫若。"言安希紧紧地攥着手机，"你快告诉我，是秦苏，对不对？"

言安希的心里很肯定，就是秦苏，只是苦于没有证据，慕迟曜也不听她的，执意去查墨千枫。

林玫若的声音听上去不紧不慢："我是回答是，还是不是呢？"

"我不需要你的回答。"言安希说，"林玫若，你只需要告诉我，你有没有证据。"

"这么说吧，言安希，我就算有证据，也不会给你。"

言安希一惊："为什么？"

"不为什么，就是不想给你。我凭什么给你啊？"

言安希顿了一下，忽然说道："你是没有证据吧。"

谁知道林玫若轻笑了两声："激将法对我来说不管用。证据我现在是不能给你，但是我可以清楚明白地告诉你……"

言安希握紧手机，连呼吸都变得小心翼翼，生怕自己听漏了什么。

林玫若道："是秦苏害了你弟弟，这一切都是她策划好的，她是幕后的主使。"

言安希死死咬住下唇，然后她很慢很慢地问道："我可以相信你吗，林玫若？"

"那就是你的事情了，反正我话说到这里了。"

最后，要挂电话的时候，林玫若还特别意味深长地说了一句："言安希，你要是还不想办法，以后你弟弟，还有你，甚至你肚子里的孩子，都不知道还会遇到什么事情……"

“林玫若，你把证据给……”言安希话还没说完，林玫若已经挂掉电话了。

看着手机，言安希愣怔了好久。

真的是秦苏，她就知道是秦苏！

她要去找慕迟曜，告诉他秦苏有问题！

总裁办公室。

慕迟曜的手边堆着一沓文件，都有半人高了，都是需要他签字的重要文件。

白天，他大部分时间在星辰医院陪着言安希，安抚她的情绪，还要去处理言安宸被害的事情，公司的事情只能延后。

他是趁着言安希睡熟了才回到公司的。而且这几天，他也没有去秦苏那里，他怕言安希心里不高兴。这段时间，他还是把心思和精力多放在言安希身上吧，言安希更脆弱。

办公室里安安静静的，只有慕迟曜签字的沙沙声。

外面忽然响起了脚步声，慕迟曜微微皱眉，一抬头，正好办公室的门被推开，言安希出现在他的视线里。言安希看见他，悬着的心好像终于落下来了一样。她喃喃道：“慕迟曜……”

她这一声，喊得他的心都要化了。这几天两个人的相处十分冷淡，慕迟曜去陪她的时候，她也是爱搭不理的。偏偏慕迟曜有气撒不出，也只能忍了。

他抱她、亲她的时候，她也像一个木头人一样，不给他任何回应。看着她越来越沉默、越来越消瘦，他心里别提有多难受了，可他束手无策。

慕迟曜立刻站了起来，绕过办公桌，朝她走去：“你怎么来了？”

言安希走了进来，轻轻地关上办公室的门。

慕迟曜走到她身边，直接伸手抱了她一下，只觉得怀里的她又瘦又娇小，忍不住又抱紧了一点儿。言安希靠在他的怀里，他胸膛的温度让她觉得好像终于有了一个可以暂时依靠的地方。她太无助、太慌乱了。

“慕迟曜……”她又喊道，“我醒来后，怎么没看见你？”

“我来公司处理一点儿急事。”

“噢……”她点点头。

“怎么了？”见她这么乖巧的模样，慕迟曜的心又软了几分，“要是觉得一个人在医院害怕的话，以后我就不离开你，一直陪在你的身边。”

言安希咬了咬唇，忽然伸手轻轻地推了他一下。

慕迟曜松手，低头看着她。

“我来找你，是想……和你说一件事。”

“什么？”

言安希沉默了一会儿，才抬起头看着慕迟曜的眼睛。最后一次，她在心里告诉自己。

见言安希的目光有些闪躲，慕迟曜的声音又放缓了一点儿：“你说吧。”

言安希咬了咬唇，没有再扭扭捏捏，直接说道：“我现在可以肯定，秦苏就是害我弟弟的凶手，但我没有证据，我希望……”

慕迟曜眉头一皱：“言安希。”他的语气里有些警告的意味。

言安希神色一黯：“你都没有听我说完。”

“这件事，我已经说过了，秦苏没有任何理由对言安宸下手。”

言安希忍不住再次问道：“你为什么这么信任秦苏呢？你爱她，你就相信她不会做出这样的事情吗？”

“没有任何证据证明她去过言安宸的病房。”

“但是都好几天了，你也没有查到任何证据指向墨千枫啊。”

慕迟曜薄唇一抿，看着言安希：“你来找我，就是为了这件事？”

言安希点点头。

“你为什么就这么固执呢？秦苏有不在场证明，就连送酒都是宋尧代替她去的。”

言安希看着慕迟曜，听着他为秦苏辩解的话，只觉得心如刀绞。

“总而言之，慕迟曜，你就是不相信秦苏是幕后凶手，是吗？”

“是……”

言安希又问道：“那你现在是不是觉得我在无理取闹？”

“或许你对秦苏有偏见，但是你不能一直……”

“慕迟曜。”言安希打断他的话，“我现在要是有证据，我真想把证据甩在你脸上。”

她的弟弟都要被秦苏给害死了，他却还在帮秦苏说话，这么维护秦苏！

言安希想，一个女人最无能为力又最悲哀的事情，也不过如此了吧。她现在孤立无援，就好像狂风暴雨的夜晚在海上漂泊的一叶孤舟。而慕迟曜可以救她，却只是冷眼旁观。

言安希有时候在想，她真的不该嫁给慕迟曜，嫁给他就是她痛苦的开始。

慕迟曜听到她这句话，却只是说："那你拿出证据来。"

"我要是能拿出证据来，就不会来找你了。"

慕迟曜叹了一口气，轻轻地抚摸着她的脸颊："言安希，你好好养胎，行吗？"

言安希再次重重地咬唇，推开慕迟曜的手："我来求你，慕迟曜，算我求你了，行吗？你让你的人去查一查秦苏，好吗？不要再浪费时间在墨千枫身上了，他根本不是凶手！"

慕迟曜抱着她，努力压住心里的怒气："你先冷静。"

"我怎么冷静？我弟弟本来都快要醒来了，经过这次事件，他又要疗养多长的时间！你继续放任秦苏，下一个受害的就是我了！"言安希声嘶力竭地说道，"慕迟曜，难道非要我死了，你才愿意相信，秦苏早已经不是你心里最初的那个人了？她变了！"

慕迟曜的眉头几乎皱成一个"川"字了："是不是有什么人在你面前乱说话了？"

"我自己有思考的能力，不会被别人牵着鼻子走。慕迟曜，你好好想想好不好？你查一下秦苏，又能怎么样呢？如果她真的什么都没做，那再怎么查她，她也不怕。清者自清！"

"可是那会给她造成多大的心理阴影，你知道吗？她本来心脏就不好。"

"那我呢？慕迟曜，你想一想我。"

"这件事我一直在努力地查，你等我结果。言安希，我会给你一个交代。"

言安希无力地道："慕迟曜，说到底，你就是不愿意去查秦苏。"

"她自尊心很强，这样会让她……"

"够了！"言安希捂着耳朵，尖叫道，"慕迟曜，你就告诉我，你不会去查秦苏是吗？”

“我……”慕迟曜看着她，最后干脆直接伸手把她搂进怀里，“你冷静一下。”

言安希心里已经绝望了。即使知道慕迟曜有百分之九十九的可能会拒绝，她还是抱着最后一线希望来找他。但是在她的劝说下，他依然帮秦苏说话的时候，她已经无话可说了。

果然，不被爱的人，就是不被重视。

“慕迟曜，是你把我逼到这个份上的，我真的没办法了……”她喃喃地说道，“我不想哭的，是眼泪它自己要流下来。”

“言安希……”

“我先走了，我不打扰你了。”言安希说，“从此以后，我再也不会在你面前提起这件事。”

慕迟曜听到她这句话，心里莫名地一慌。关于言安宸的事情，言安希向来不会退让半步，今天她忽然说出这样的话，让他有一种不祥的预感。

慕迟曜连忙伸手拉住她：“我送你回医院。”

“不用，阿诚在下面等我。”

“言安希，你不要这样好不好？”慕迟曜说，“言安宸的事情，我答应过你会查一个水落石出的！”

言安希看着他，声嘶力竭地说道：“可是那个时候再去查，已经没有任何意义了！”说着，她抬起手胡乱地擦了擦眼泪：“我先走了，慕迟曜。”

她心痛得快要无法呼吸了，偏偏又想忍住眼泪，心里满是绝望。

这样活着，真的还不如死了算了，一了百了。

慕迟曜还想说什么，言安希已经捂着脸跑了出去。

“言安希！”慕迟曜想去追，又觉得这个时候，他就算追上去，言安希也不会搭理他。

慕迟曜是一个从来没吃过闭门羹的人，言安希怀孕以后，三番五次地对他冷言冷语，他心里也不舒服。有阿诚在，也会照顾好她的。

慕迟曜心里烦躁得很，左右为难，都不知道要怎么办了。

他现在越来越少接触秦苏了，总觉得没有当年的感觉了，好像变得陌生了。反而是言安希，能时不时地撩拨他的心弦，他也时不时地会想起她。

假如言安希生下孩子，到了离婚的时候，他真的能签下这个字吗？言安希已经签字了，迟迟没有签字的，是他。

慕迟曜看着落地窗外慕城的满街灯光，第一次在心里思考，他爱的人，究竟是谁。

言安希回到病房，直接拿过自己的包包，不知道在翻找什么，动作很快很急。她越是着急越找不到，干脆把东西全部从包里倒了出来，四处翻找着。最后，她拿起一张薄薄的名片，照着上面的电话号码拨了出去。

电话一接通，言安希就问道："袁律师，我是言安希。我有一件事想问你。"

"你问。"

"是关于孩子抚养权的问题。"言安希问，"你说，如果我和慕家争抚养权，我有几分的胜算？"

"慕家？慕城慕氏集团的那个顶级豪门？"

"是的，袁律师。"

袁澈沉默了好一会儿才回答道："言安希，慕家拥有最好的律师团。我的导师就是慕家律师团中的一员。"

言安希无力地闭上了眼睛。果然啊，她要是和慕迟曜去争这个孩子的抚养权，根本是以卵击石。无论从法律上，还是私人的经济实力上，她都没办法和慕迟曜抗衡。

"我知道了。"言安希回答，"谢谢你了，袁律师。"

言安希挂断电话，觉得人生依然黑暗，比外面的天还要黑，但她已经被逼到没有退路了。即使前面是万丈深渊，她也得跳下去。因为她的身后，是一群豺狼虎豹。

半夜，言安希躺在病床上，听见门被推开的声音，立刻就醒了。

言安希正要问是谁，就听见一个十分熟悉的声音低低道："你们在外面等着，声音小点儿，不要吵醒了她。"

原来是慕迟曜。言安希重新闭上了眼睛，假装在睡觉。

慕迟曜走到床边，看了她一眼，微微叹了一口气。然后她只觉得床边一沉，一个温热的身躯覆了上来，低低地说了一句：“手怎么这么凉？”

现在天气已经不那么炎热了，秋高气爽，夜里的温度还低了不少。

言安希只是装睡，一动不动地任凭他搂着。没过多久，耳边传来均匀的呼吸声，他竟然这么快就睡着了。

这段时间以来，他也很累吧。

“慕迟曜……”她微微张嘴，用很小的声音说道，“很快，你不会这么累了，我也不会这么累了。我和你之间，该做一个了断，也该有一个解脱了。”

第十一章

希望你别后悔

天亮之后，慕迟曜醒来的时候，发现怀里空空如也。慕迟曜一个激灵，顿时睡意全无，瞬间就从床上坐了起来："言安希呢？"

慕迟曜一边吼着，一边拉开病房的门，快步走了出去。

一走出病房，他顿时怔住了。言安希就站在外面，因为天气有些凉，她穿了一件米白色外套，头发软软地披在身后，站在走廊尽头的窗户边，背对着他。

慕迟曜直接大步朝言安希走了过去，抱住她。言安希微微一惊，侧头看了他一眼，然后收回目光。

"怎么一个人站在这里？"他贴在她的耳畔问，"这里风大。"

她淡淡地回答："我穿了外套。"

"还是把窗户关上，你感冒才刚刚好。"

"我想透透气。"

慕迟曜想了想："你是不是在医院待久了？这样，我带你去——"

"不用。"言安希说，"你去忙你的吧。"

慕迟曜的话还没说完，她就这样直截了当地拒绝了。

他脸色微微一僵，但很快又恢复正常，越发用力地抱住她。他把下巴搁在她的肩膀上："言安希，你到底要怎样才能快乐起来？"

初见言安希的时候，她古灵精怪，俏皮又可爱，和他一夜缠绵之后，竟然丢下一百零二块钱就逃之夭夭了。后来他娶了她，她时不时会触怒他，但更多的时候，她会试着去讨好他。

现在呢？

倒是反过来了，他变成了那个小心翼翼的人，生怕她哭，生怕她难受，生怕她……不要他和他们的孩子。

言安希听到他这句话，像听到一个笑话，忽然笑出了声："慕迟曜，离开你，我就快乐了。"

他声音一沉："言安希！"

言安希也不在意他话里的恼怒，忽然转过身，伸手钩住他的脖子。她这个举动，又让慕迟曜一怔，他不知道她要做什么。

"慕迟曜。"她离他很近，红唇几乎贴上他的薄唇，喊他名字的时候，声音也柔柔的，直痒到人心尖上去了。

慕迟曜看着这样的言安希，忽然毫无招架之力。原来她也可以这样娇柔，这样的她，实在让他……着迷。

"我们从认识到现在，有多久了，你算过吗？"

"三个多月了。"

言安希轻笑了一下："今天刚好是第九十九天。"

他一怔，心里一软："你都记得？"

"对啊。"她点点头，笑得眉眼弯弯，像月牙一般。

慕迟曜不自觉地搂紧了她，他不知道她为什么忽然变得这么小鸟依人。

"慕迟曜，我们认识九十九天了，我们的孩子，也有一个多月了。"

"是。"他点点头。

言安希钩着他的脖子，又贴近了他一些："迟曜，你觉得我们相遇，是对还是错？"

他不假思索地回答："对。"

"为什么？"

"没有为什么，对就是对。"

言安希的眼睛因为他这句话而亮了一下，但很快那光亮就消失了，快得让人捕捉不到。

"这就好，这就已经很好了……"言安希说，"能在这个时候听到你这句话，我也满足了。"

慕迟曜眉头微皱，忽然觉得有什么不对劲，在他正要仔细思考的时候，言安希已经收回了手，轻推了他一下："我要去吃早餐了，你也该回公司工作了。"

慕迟曜的思绪一下子被她这句话打断，他下意识地点点头："好。"他放开手，看着她的背影，嘴角微扬，她这样乖巧的模样，真的让他很是喜欢。

等言安希回到病房后，阿诚也拿着早餐进来了，于是她坐在沙发上，慢吞吞地吃了起来。慕迟曜从病房门口路过的时候，看到她恬静安然的模样，也就放心了些。

他嘱咐其他人好好地在这里看着，然后坐电梯去了秦苏病房所在的楼层。

秦苏看见他来，很是欢喜："迟曜！"二话不说，直接跑过来伸手抱着他的腰："你来了，我好想你，好几天都没见到你了。"

"你气色很好。"

"你要是来陪我，我气色更好。"

慕迟曜看着秦苏，没有伸手抱她，双手只是垂在身侧。他看着秦苏，忽然想起了言安希昨晚特意跑到他办公室跟他说的那番话。

想了想，慕迟曜问道："秦苏，言安希弟弟出事的那天晚上，你在病房里，是吗？"

"对啊，我早早就睡了，那天挂了一天的吊瓶，手都要肿了。"

慕迟曜又问道："为什么要让宋尧给病房门口的两个保镖送酒？"

"你是不是……怀疑我？"秦苏有些受伤地反问道。

"我只是问问。"

秦苏微微低头："我可以回答你的，迟曜。我知道，我不是慕太太，我什么身份都没有，在那儿闹了一场，言安希可以责骂他们，直接走人，可是我不行……"

"所以？"

"所以我想来想去，觉得还是赔个罪比较好，免得节外生枝，让人觉得我不好相处……"秦苏说着，顿了一下，"而且我只让宋尧送了酒就回来了，没有久留，谁知道他们竟然贪杯喝醉了。说起来，我也是有错的。"

慕迟曜微微皱眉，秦苏说的确实无可挑剔。他没再问什么，抬手拍了拍秦苏的肩膀，淡淡地“嗯”了一声，然后推开了她：“你好好休息，把身体养好。其余的事情……和你无关。”

秦苏点点头：“好的。”

慕迟曜抬手看了一眼时间：“今天上午公司还有一个重要会议，我先走了。”

“那……你一定要经常来看我。”

慕迟曜点点头：“嗯。”

慕迟曜走后，秦苏显然比刚才高兴了一点儿，心情也好了不少。

就在慕迟曜低头走进电梯，按下关门键的时候，他旁边的那部电梯正好到达这一层，“叮咚”一声，开了门。

言安希从里面走了出来。

一个下楼，一个上楼，两个人，正好这样错过了。

言安希径直往秦苏的病房走去，她垂眼站在秦苏病房门口，忽然抬手摸了摸口袋，然后又把手慢慢地放了下来，好像是在确认什么东西是不是在她的口袋里。

言安希郑重其事地摸了摸，确定之后，她才抬手敲了病房门。她已经想好一切了。今天，她要和秦苏做一个了断。

她没有证据证明秦苏害了她弟弟，但她心里很清楚，这一切就是秦苏做的。

慕迟曜不愿意查秦苏，林玫若不会把证据给她，她就这样放任秦苏吗？

以后呢？秦苏再次伤害她的时候呢？

言安希现在已经经不起任何打击报复了，那她就用她的方法来解决一切。她绝对不能再给秦苏伤害她的机会。

“谁啊？”秦苏的声音在里面响起，“进来吧，门没锁。”

言安希直接推门走了进去。只见秦苏坐在沙发上，优哉游哉地翻着一本杂志。秦苏一见是她，虽然脸上没有露出惊讶的神色，但说话夹枪带棒的。

“慕太太来找我啊？我还真是有面子。”秦苏说，“来，坐吧。要喝点儿什么，慕太太您尽管说。”

言安希看着她，目光平静：“宋尧呢？”

“不知道啊，估计是有什么事，暂时走开了。”秦苏回答，“怎么，宋尧不在，你想对我做什么？”

“我就问问。”

“言安希，你有话直说吧，我没那闲工夫和你在这里扯这些乱七八糟的。”

病房里安静异常，言安希也不说话，只是看着秦苏。

秦苏一开始还能无视，后来被言安希这样一直看着，整个人都有些发毛，浑身不自在。

“你干什么？”秦苏干脆站了起来，和言安希对视，“你又想来说，是我害了你弟弟？言安希，证据，证据你明白吗？”

言安希一字一句地回答道：“我要是有证据，你现在就不会在这里了。”

“那就是没有，没有那就是栽赃陷害，血口喷人。”

看着秦苏这么得意又底气十足的样子，言安希心里又气又没有办法：“秦苏，就算慕迟曜不愿意调查你，就算你否认，我也认定是你了！”

秦苏笑了：“迟曜当然相信我了。你是谁？你只不过是我的替代品。”

言安希咬紧牙关，吼道：“可是林玫若都告诉我了！就是你！秦苏，我没想到，你害我就算了，现在连我弟弟都要下那样的毒手！你怎么这么蛇蝎心肠！”

“我听不懂你在说什么！”秦苏喊道，“胡言乱语，你是不是精神失常了？要不要在医院做一下精神鉴定？”

“你还要否认？”

“我才不认识什么林玫若！”

言安希往前走了一步，逼近秦苏：“我问你，你这次害我弟弟没有成功，接下来，你想怎么样？”

秦苏没有回答，倒是下意识地看了一眼言安希的肚子。

“打掉我的孩子，是吗？”言安希察觉到她的视线，道，“让我流产，被赶出慕家，你就可以肆无忌惮地践踏我，甚至还想让我死，是吗？”

秦苏冷笑一声：“你死了，那也活该。你本来就是孤儿，活着有什么意义？”

“你说这样的话，就不怕遭报应吗？”

“报应？”秦苏耸耸肩，“我只知道胜者为王。言安希，慕太太的位置，是我的！”

“我可以给你啊！我已经在和慕迟曜离婚了，协议书都签字了！有什么你冲着我来，为什么要对我弟弟下手？”

“我不知道你在说什么，不过看到你这么痛苦的模样！可真让人痛快！真想让人把你的一切都摧毁掉！你这种人什么都不配拥有！”

言安希听到她这句话，立刻抬手指着她说道：“秦苏，你终于承认了！”

“承认什么？我什么都没承认！”秦苏双手抱臂，十分猖狂地走到言安希的面前，“我告诉你，言安希，下一步，我就是要让你流产，滚出慕家，一无所有；再下一步，你和你那个植物人弟弟，都要死！”

秦苏自从回到慕迟曜身边之后，就将言安希视为头号敌人。言安希越退让，她反而逼得越紧。

听到秦苏的话，言安希已经气得浑身发抖了。

“秦苏，你要逼死我！”言安希一个字一个字地说道，“就仅仅因为我和你长得像，我就要忍受你这样的折磨、侮辱，甚至谋害吗？”

“你借了我的脸，成了慕家太太，过了几天好日子，你这辈子也算圆满了吧。”

“我之前从来不认识你，更没见过你！我也不知道有你的存在！在我知道的时候，你也已经是一个死人了！”

“那现在呢？”秦苏反问，“现在我没死，我回来了，你怎么还赖着不走？”

“我已经在和慕迟曜谈离婚的事情了，离婚协议书我都已经签字了！”言安希吼道。

秦苏冷笑：“签字了？那你为什么还不滚？”

“这一切不是我能控制的，也不是我愿意看到的！”言安希声嘶力竭，“秦苏，你害了我，又害了我弟弟，我不会允许你这样做的，再也不会允许你了……”

“你允不允许，有什么用？”秦苏轻笑着，满脸不屑。

秦苏的嘴张张合合，似乎还在不停地说着什么，可是言安希已经听不见了。她只是看着秦苏，满心绝望，然后慢慢地把目光移到秦苏身后的窗户上。

窗户外面的天那么蓝，今天真是一个无比晴朗的好日子，这样的世界，真的让人留恋。她不想被秦苏这样伤害，也不想被慕迟曜这样控制，她要自由。或许对现在的言安希来说，死才是最后的自由。孩子她要不到了，婚姻也不保了，现在好不容易要醒来的弟弟，也再次沉睡了。这个世界，为什么要对她这么残忍。

言安希抬手摸了摸自己的外套口袋。秦苏得意的脸在言安希面前不停地晃。

言安希忽然说道："秦苏，你是死过一次的人，你觉得……死是什么感受？"

"很难受。"

"那你想一想，我弟弟被你拔掉呼吸管的时候，他又有多难受？"

"他？"秦苏嘲笑道，"植物人是没有任何意识的，死了就死了，跟在那里躺着也没有任何区别。"

言安希再次握紧了手，然后慢慢地、小心翼翼地靠近秦苏。

秦苏毫无察觉，她还沉浸在激怒言安希、而言安希又不能把自己怎么样的快感里。忽然，她看见言安希微微一笑。她一愣，不知道言安希为什么笑，她只觉得言安希的笑，给人一种毛骨悚然的感觉。

宋尧和往日一样，看了一眼时间，然后推开秦苏病房的门——

这一推门，宋尧的魂几乎要被吓飞了。他看见秦苏倒在地上，好像晕了过去。他瞬间连滚带爬地扑了过去，抱起秦苏不停地喊道："秦苏，你醒醒！"

言安希站在窗户边，推开了窗户，风呼呼地吹了进来，吹得她的头发随风飞扬，像一只展翅欲飞的蝴蝶。

言安希淡然道："不要叫了，她刚刚因为心脏的问题晕厥了过去，现在是不会醒过来的。"

高级病房二十四小时都有护士在值班室待命，有任何风吹草动，护士都会第一时间赶过来。所以在宋尧那一声惊破天际的呼喊之后，医护人员迅速围了过来。

而这个时候，慕迟曜刚下楼，他走出电梯，脸色阴沉，微微皱眉。

不知道怎的，他心里一慌，觉得好像有什么事情要发生一样。他怔怔地站了好一会儿，心里的慌乱越来越明显，最后他鬼使神差地转过身，回到了医院。

慕迟曜再次上楼，一出电梯就看到病房门口围满了护士，他立马跑过去，拨开护士，还没看到什么，就听见言安希的声音："你们不准过来！谁都不准靠近这里，不然，我也不知道自己会做出什么事！"

这一句话，让所有的人都不敢轻举妄动。

慕迟曜冲到病房门口，而眼前的一幕，让他此生难忘——秦苏倒在地上，让他的心沉了下去。可是在看到言安希紧紧抓着晕倒的秦苏缩在角落里，一副随时都会发生危险的样子，让他觉得这个世界都快崩塌了。

宋尧也看到了他："慕总，慕总！秦苏她已经晕过去了！"

慕迟曜转身扫了一眼身后的护士，目光凌厉："还站着干什么？"

"慕先生……"一名胆大的护士指了指言安希。

慕迟曜的心猛地一颤。难怪言安希这几天都是一副浑浑噩噩的模样，今天却一反常态，还钩着他的脖子和他说话，他差点儿就被这样的她迷惑了。

宋尧大喊大叫道："慕总，你快救救秦苏！"

慕迟曜一步一步走得很慢。他看了一眼秦苏，然后把目光转向言安希："言安希，你放开秦苏，过来。"他现在什么都不愿想，因为什么都比不上眼前的那个身影。

"你来了。"言安希侧头看着慕迟曜，脸上没有任何惊讶的神色。

"我来了。"慕迟曜轻声说道，"你放开她，过来我这里。"

言安希听到他这句话，却一点儿反应都没有。她已经麻木了，从身到心，再也激不起任何波澜。她摇了摇头："我不过去。"

察觉到慕迟曜越走越近，言安希脸色微变，激动地喊道："你停下！你不要再往前走了！"她情绪激动，谁也不知道下一秒会发生什么。

慕迟曜一见她这样，不敢继续刺激她，连忙停下脚步："好，我不走了，你冷静点儿。"他现在离言安希只有五米左右的距离了。

宋尧却在这个时候伸手拉了拉慕迟曜的手臂："慕总……您不管

秦苏了吗？”

慕迟曜垂在身侧的手紧紧握住：“你没听到刚刚言安希的话吗？难道你想她或者秦苏出事吗？”

慕迟曜说完，紧紧地抿着薄唇。他不知道要说什么，这个时候只要有一句话说得不对，言安希可能就会伤害自己。

“言安希，你先过来。”

“我不会过去的。”言安希说，“慕迟曜，我已经想好了，我要和秦苏同归于尽。”

慕迟曜的心狠狠一抽：“你到底为什么要这么做？”

“为什么？你怎么不问问秦苏到底做了什么？”

“好，好……”慕迟曜只能尽量先稳住她的情绪，“一切都好说，都能好好商量。言安希，你先过来。”

言安希摇了摇头，态度很是坚决。

场面一下子陷入僵局，言安希和慕迟曜对峙着，谁也不退让，谁也不前进。

宋尧悲愤地看着慕迟曜，他只是一个无权无势的人，在慕迟曜面前，他什么都不算，哪有他说话的份。他正要收回目光时，却看见慕迟曜垂在身侧的手微微往外指了一下。

宋尧一怔，忽然就明白了慕迟曜的意思。他低着头，慢慢调整自己的位置。

慕迟曜也在这个时候开口了：“言安希，你过来。秦苏的事我可以当作什么都没有发生过。”

“怎么会什么都没发生过！我都是被你和秦苏逼的，我都是被你们逼的！”言安希说道，“你现在担心我，不过是因为我肚子里还有你的孩子而已。”

“言安希……如果你不好好爱惜自己，那将来有一天，言安宸醒了，他知道了要怎么办呢？”

慕迟曜好声好气地劝着言安希，看着时间一分一秒地过去，心急如焚。

“安宸？”言安希喃喃说道，目光一下子放空了，“安宸……拔掉他的呼吸管的人，就是秦苏啊……”

可她没想到，慕迟曜故意在这个时候提起言安宸，就为了分散她的注意力！趁她的注意力被分散的时候，一旁的宋尧忽然冲过来，一把抱起秦苏，二话不说就往外跑，速度十分快。而比宋尧动作更快的是慕迟曜。在宋尧抱住秦苏的瞬间，他就毫不犹豫地抓住了言安希。

言安希只觉得眼前一花，就看见宋尧抱着秦苏往外跑了出去，她都来不及发出声音，手臂突然被人狠狠地一扯。她整只胳膊好像脱臼一般疼，可以想到慕迟曜用了多大的劲。

慕迟曜抓住她的手，用力把她拉了过来，紧紧地抱住她，然后长长地松了一口气。

而这一刻，言安希只知道……完了。

什么都完了。

星辰医院。

袁澈站在言安希的病房门口，看着空无一人的病房，皱着眉，身后忽然传来一个人的声音："请问您找谁？"

袁澈正想说什么，但一个穿着黑色西装，保镖模样的人跑了过来，上气不接下气道："阿诚，高级病房里出事了。现在所有人都在抢救室，慕先生也在。"

袁澈二话不说，拔腿就往抢救室跑去。

抢救室外，灯一直亮着，人群也一直没散。

走廊里忽然传来急促的跑步声，慕迟曜微微皱眉。

"言安希，"袁澈喊道，"我总算找到你了！"

言安希本来一动不动，听到这个声音，忽然慢慢地直起腰，转头望去："袁律师……"

袁澈快步跑到言安希面前："言安希，你怎么这么傻？"

慕迟曜看都没看袁澈一眼："哪里来的？拉出去。"

言安希却大声说道："等一下！"

慕迟曜侧头看她："言安希，他是谁？律师？你找律师做什么？"

"你让他走，他什么都不知道，什么也没参与。"言安希道，"不要动他。"

她不能把袁澈拖进这场纠葛里，早知道这样她当时就不该去那家律师事务所。

一边的袁澈忽然看向慕迟曜，低声说道："慕总，能不能给我十分钟？我也许可以让言安希不再这样彷徨、颓废下去。”

慕迟曜终于正视了他一眼：“你？”

“是。”袁澈点点头，“试一试，总比什么都不做要好得多吧？言安希现在情绪不稳定，再不开导她一下，后患无穷。”

不知道是袁澈这番话打动了慕迟曜，还是慕迟曜希望言安希不再继续这样疯狂下去，他同意了。袁澈在得到他的默许之后，伸手拉着言安希：“我们谈谈。”

慕迟曜看着两个人走到走廊的拐角处，便往椅子上一靠，不动声色地观察着。

言安希整个人浑浑噩噩的，看着袁澈也不知道说什么。

袁澈看着她，缓缓说道：“如果你相信我，那么你就把你的事情完完全全地告诉我。我可以帮你，不能帮你的，我会陪你度过。”

言安希摇了摇头：“你帮不了我的……”

“你都没有试过，你怎么知道呢？”

袁澈一直以来成绩优异，长得又帅，家境也不差，所以做事情有点儿随心所欲，没有太大的包袱。他看着言安希，只有一个想法：把这个女孩从深渊里解救出来。

言安希本来心如死灰，忽然心里慢慢地泛起酸涩，然后是难过，许多复杂的情绪都涌上了心头。

“袁澈，你真的可以帮我吗？哪怕对手是慕迟曜，哪怕对手是你的导师，哪怕胜算很小，哪怕没有任何报酬？”

“是的。”袁澈点点头。

言安希咬了咬下唇，颤抖着声音问道：“为什么？”

“想帮，所以就帮了。”

言安希深吸了一口气，然后才缓缓地说道：“我想查一件事，找到证据。”

“我可以帮你。”

“我想离开慕家，和慕迟曜离婚。”

“我可以帮你。”

“我还想……拿到孩子的抚养权。”

“我不敢保证，但是一定会尽量帮你。”

言安希有些不敢相信地看着他：“真的吗？”

言安希不敢确定袁澈是在安慰她，还是真的能够帮她。但是听到有人可以帮助自己，她就像抓住了救命稻草。

袁澈点点头："真的。言安希，我会尽我所有的努力……"

言安希不说话了，只是定定地看着袁澈，认真地看了好久。她在心里想了无数个可能，最后心里的目标也越来越明确。

"袁澈。"她说道，"我不需要你太为难，我只想你帮我一件事。"

袁澈问道："什么？"

言安希轻轻地往前走了一步，然后用只有两个人能听到的声音说道："我只想离开慕迟曜，离得远远的，让他再也找不到我。你……能帮我吗？"

袁澈顿了一下，才点了点头："可以。"

"拜托你了。"言安希说，"袁澈学长，我……无以为报。"

"言安希，我会帮你，但是我也需要你配合我。"袁澈说，"你不能再跟慕迟曜刻意对峙甚至抗争，你是斗不过他的。"

"那我要怎么办？"

袁澈只说了两个字："顺从。"

言安希眉尖一蹙。

"对于慕迟曜那样铁血手腕的人来说，和他硬碰硬肯定会输，只能……来软的。"

"我可能做不到。"

"尽力而为，表现得自然就好。并且，你现在要做的第一件事就是压下秦苏的事情。"袁澈说完，握了握言安希的手。

慕迟曜一直看着拐角处的情况，虽然不知道他们在说些什么，但最后言安希回到他身边的时候，表情没有刚才那么呆滞了，有了一点儿生机。慕迟曜看见这个改变，非常满意。

言安希轻声说道："袁律师，你先走吧，我没事了。"

"好。"袁澈点点头，"你一定不要再做傻事了，好好休息，把身体养好。"

袁澈一走，正好抢救室的灯也灭了。很快，医生从里面走了出来。

言安希看着医生没说话，慕迟曜也没有问，只是严肃地看着医生。

"慕先生。"医生主动说道，"秦小姐没事，很快就能醒过来了。"

慕迟曜微一点头，松了一口气："我知道了。"

言安希在一边听着，低头死死地咬住下唇，心里最后一线希望也在这个时候破灭了。

她拼命一搏，却没想到以这样的方式收场。

车子在年华别墅一停稳，慕迟曜就下了车，车门甩得震天价响。言安希低头解开安全带，慕迟曜已经绕过车头，快速打开车门，一把将她拖了出来。她整个人完全是被他拽下车的，人还没站稳，他直接抱起她，走进了年华别墅，径直上了楼。

"言安希！"慕迟曜暴怒，手在发抖。

"我差点儿害了你最心爱的女人，你现在恨不得将我千刀万剐吧？可我又怀着你的孩子，你说你要怎么办呢？"

"你不要再挑战我的忍耐力。"

言安希却仍然继续说道："你之前已经忍够了吧？你当时一心只想稳住我的情绪，连秦苏都没时间去理会，对我轻言细语，都是为了孩子……"

他缓缓地说道："就算没有孩子，我也不会把你怎么样……"

慕迟曜有一句话说不出口。他当时真的满心都是言安希，几乎忘了秦苏的存在。如果不是宋尧一直在拉他的裤脚，他眼里就只有言安希的身影。

他在那一瞬间真的好怕言安希会做出伤害自己的事。那样的心情，如同他被放在油锅里煎熬，每一秒都心惊肉跳。

"如果你不是怕我肚子里的孩子不保，秦苏嫁入慕家的通行证没了，你早就恨不得我死一千遍了。"

"不要再挑战我的底线了。"慕迟曜说，"你伤害秦苏的这件事，我可以不和你追究。"

因为他无法追究，他根本不能把言安希怎么样，一是因为她怀着孩子，二是……他竟然也舍不得。

言安希却嫣然一笑："是吗？可我更希望你追究呢。"

慕迟曜被她这句话彻底激怒。他忽然狠狠推开她，高高地扬起手，整个人都气得发抖。言安希被他推得踉跄了几步才站稳了身体。袁澈告诉她，尽量避免和慕迟曜正面冲突，可是……对不起，她真的做不到。

等她再伤得深一点儿，痛一点儿，心如死灰的时候，或许她就可以破茧成蝶了。

言安希看着慕迟曜高高扬起的手，问道："你要打我吗？来啊，你为什么不动手？"

慕迟曜的手还高高地举着，一直抖却始终没有落下来。他狠狠地说："我告诉你，这个孩子如果有半点儿事情，我绝对不会放过你！"

言安希看着他高举的手，问道："因为秦苏的事情，你没有动我。现在因为孩子，你却要打我……慕迟曜，你心里到底在想什么？"

孩子在他心里才是一切吗？秦苏都要排在孩子后面？这似乎有些不对劲。

"我在想什么，你不需要知道。你只要知道，孩子不能有事！"

言安希脸色苍白，看着他高举的手："你打啊，慕迟曜，你打我吧，最好把我打清醒了，不要再继续这么……"

话还没说完，慕迟曜的手就直接挥了下来。言安希咬住下唇，眼睛紧闭，心里满是绝望。可是想象中的疼痛并没有如期而至，她反而听见了"哗啦哗啦"的声响。

她一怔，睁开眼睛，只见柜子上的东西都被慕迟曜扫落在地上，那些玻璃制品瞬间被摔碎。主卧里摆着一个花瓶，里面插着水仙花，十分新鲜，慕迟曜扬手一扫，"啪"的一声，花瓶就摔碎在地，玻璃碎片飞溅，其中有些溅在了她的腿上，扎得她有些刺痛。

言安希站在原地，一动不动。地上一片狼藉，乒乒乓乓的声响在耳边炸开。她看着慕迟曜双目赤红，发疯一样地摔东西，房间里能摔的几乎都被他摔了。最后，他一拳砸在墙上，响起闷闷的一声，可想而知他砸得有多重。

这种近乎自虐的方式，非但没让慕迟曜平静下来，反而让他更加暴躁。

他转身看着站在原地的言安希，二话不说走过去，捏着她的下巴道："你要怎么样？你想要什么？你说，你说出来，我都满足你，我统统满足你！"

他说得又快又急，那语气好像就算言安希说要天上的月亮，他也会立刻去给她摘下来。

言安希一个字一个字地说：“我要离开你。”

“这不可能！”

“那我们就没什么好说的了。”

慕迟曜伸手一把抱住她：“到此为止，言安希。你弟弟的事、秦苏的事都到此为止，谁也不欠谁。”

“总有一天，我会找出证据。”言安希回答，“到时候，希望你别后悔曾经这样对我。”

第十二章

最熟悉的陌生人

言安希回房后，一直低着头，神情忧郁地坐着，慕迟曜吩咐管家派人看守着，顺便叫陈航来年华别墅一趟。

二十分钟后，陈航推开书房的门："慕总。"

慕迟曜看了他一眼，然后抬手摁灭了手里的烟："墨千枫那边，你查得怎么样？"

"毫无头绪。"陈航回答，"墨千枫的确进了言安宸的病房，但我们没有在那根被取下的呼吸管上发现墨千枫的指纹。"

慕迟曜听到陈航的话后，眉头慢慢地皱起。没有墨千枫的指纹？是墨千枫做得干净，还是他真的没碰过？

言安希曾经哭着求他去查秦苏，可他没有，于是言安希心如死灰，只能用自己的命去搏了。

"查一下……秦苏。"慕迟曜低沉的嗓音缓缓响起，在安静的书房里显得格外清晰。

陈航微微一怔，然后点点头："那墨千枫那边还要继续查吗？"

"查。"慕迟曜说道，"但是不必把主要精力放在他身上了。"

"可是慕总，如果查秦苏小姐的话，我们……可能会有些不方便，毕竟……"

慕迟曜忽然说道："陈航，你跟在我身边做事十年了，任何大大小小的事情，包括我和秦苏当年的事情，你都清楚。"

“是的，慕总。”

慕迟曜站了起来，双手撑在桌面上，面色凝重地说：“现在我交代你两件事。查秦苏，也查宋尧。关于言安宸被害的事情，看看他们两个有没有牵扯进来，如果有任何证据，马上交给我。第二件事，查秦苏和慕天烨……”

慕天烨自从被慕迟曜毁容后就被慕父带走了，再也没有在慕城出现过。

陈航愣怔了一下：“慕天烨和秦苏小姐？这要查什么？”

“查两个人当年是不是真的有暧昧或亲密行为。”慕迟曜继续说，“查一查当年我到底是意气用事冤枉了秦苏，还是……事实本就如此。”

陈航点头：“是，慕总，这两件事，我记下了。”

“两拨人，分开查，同时开展。”慕迟曜看着他，声音低沉有力，“一有进展，马上告诉我！另外，严格保密，不准泄露。”

陈航把所有的事都记下，微微一弯腰，然后转身走出了书房。

但这个晚上注定不平静。星辰医院里，秦苏还没醒，她因为失血过多，脸色苍白，身边只有一个宋尧不离不弃。而墨千枫为了言安希，坚持与林玫若解除婚姻，使得墨家也正在经历一场暴风雨。

年华别墅。

言安希吃完东西回到房间，拿起手机一看，果然有袁澈发来的短信：我发现秦苏在事发当天给家里打过电话，我想应该是让人送酒来。另外，我还查到，前几天秦苏和一个人有密切的联系。我把电话号码记下来了，你看一下你认不认识这个号码的主人。

言安希快速翻到下一条短信，看到一串电话号码，然后复制粘贴到电话簿。

林玫若。

这个号码是林玫若的。

秦苏和林玫若频繁联系过？这是怎么回事？按理来说，这两个人平时都没什么交集啊。

言安希想了想，快速回复了袁澈的短信：这个号码是林玫若的，一个熟人。袁澈，林玫若是事发的那段时间和秦苏频繁联系，还是一直有联系？

短信发出后，言安希拿着手机有些着急地在卧室里走来走去，等着袁澈的回信。她不敢打电话，她只要说些什么，恐怕就会被那些在暗中监视她的人听到。

慕迟曜不肯查秦苏，那她查。

短信铃声一响，言安希迫不及待地点开一看：秦苏和林玫若从前几天开始就没有任何联系了。

言安希看着袁澈发来的短信，陷入沉思：秦苏和林玫若有过密切来往，然后又断了？

这能说明什么？言安希有些想不明白。

可她忽然灵光一闪。她记得林玫若打电话和她说过的确是秦苏害了她弟弟，林玫若还说自己手里有证据，只是不会给她。

难道……秦苏害言安宸的事情，林玫若不仅知情，还参与其中？可林玫若怎么参与呢？她能做些什么呢？害言安宸对林玫若完全没有任何好处啊！

言安希只觉得脑袋快要炸了，想来想去，觉得自己的思维进了一个死胡同。

手机一响，袁澈又发来一条短信：我会继续查下去的。现在有一点儿线索了，就算是好事。你好好照顾自己，想要逃离慕迟曜，你首先要养好身体。

言安希回了一个“谢谢”，忽然听见房门被敲响，她赶紧把自己和袁澈的短信内容删得干干净净，然后才跑去开门。

她现在整个人不再那么死气沉沉了，有袁澈在帮她，她看到了一点儿希望，感觉人生也没那么绝望了。等这一切真相大白之后，她就离开这里，离开慕迟曜，再也不回来。

她现在留在年华别墅的唯一目的，就是要把秦苏的真面目揭露出来。

言安希打开门，不用看也知道是慕迟曜。她挡在房门口，道：“有什么事？”

慕迟曜看着她：“没什么事，就是想看看你。”

“年华别墅里到处都是你的人，还怕我插上翅膀飞了？”

出乎言安希意料的是，慕迟曜在听到这句话之后点了点头："我觉得你会。"他薄唇一抿，一只手撑在门框上："不准我进去吗？"

"不准。"

"两个选择。"慕迟曜说，"第一，让我进去；第二，去我房间。"

他每次总是这样，说是给她两个选择，其实都是她不想选的！

言安希咬了咬唇："你不会还想着让我和你睡一间房、一张床吧？当初我们睡在一起的时候，是我最爱你的时候。"

"那现在呢？"慕迟曜忽然有些慌张地问道，"你不爱我了吗？"

言安希一笑，字字刺入他的心脏："当初有多爱，现在就有多恨。"

她还记得，秦苏没出现的时候，她爱他爱得那么痴；他让她说"我爱你"，她就说得缠绵悱恻，扣人心弦。那个时候，她爱得毫无保留，如飞蛾扑火，根本不在乎以后会怎样。她以为她能打动他，却没想到秦苏会再次出现。

慕迟曜听到她这句话之后，忽然直接伸手把她扯进怀里："言安希，不许说这样的话，不许……"他没了往日的霸道，而是十分慌张、纠结。

言安希眼睛一眨不眨，也没有推开他，只是说道："你弄疼我了。"

慕迟曜一惊，微微松开了一点儿，然后抱着她进了房间。

他就这样轻而易举地进来了，这让言安希有些恼怒。

她正要说什么，慕迟曜却先开口了："我来找你，是想和你说一件事。"

言安希看着他："什么事？"

"你以前答应过我一件事，你是不是早就忘了？"

言安希愣了一下，慕迟曜见状直起身："看来，我需要提醒你一下。"说着他将她困在自己怀里和墙壁之间，直直地看着她："你被慕天烨绑架的那次……"

这简简单单的一句话，让言安希瞬间都想起来了。

她被慕天烨绑架的那晚，李韵拿刀抵着她的脖子时，慕迟曜问过她一句话，她至今记忆犹新。

他问她："言安希，想让我救你吗？"

当时她的回答是想，然后她就说了一段话："如果我活着走出去了，我一定很听话，你说什么就是什么，你要我做什么我就做什么。

你说一，我绝对不说二；你让我往东，我绝对不往西。”

当时言安希为了保命，什么都顾不得了，只想最大程度地表明自己的忠心。

言安希看了慕迟曜一眼，又极快地收回目光。她不明白慕迟曜为什么突然重新提起这件事。

“怎么？想起来了，是吗？”慕迟曜伸手将她压在门上，再次禁锢在自己怀里，“既然我没有收回这句话，那么你答应我的事情，就一直要履行。”

“不就是听你的话吗？”言安希笑着说道，脸上竟然露出一丝妩媚，“我没打算反悔……反正我这个人，你想要，随时都可以拿去。”

慕迟曜听到她这句话，皱着眉，侧头看她：“这么大方？”

言安希好像能看透他心里在想什么一样：“反正我也没有什么可以失去的了，还不如随心所欲一点儿。”

她这句话一说出来，慕迟曜的眉头又皱紧了一点儿。这种感觉很不好，以往都是他运筹帷幄，精准地猜测别人的心思，现在却反过来，被言安希一眼看穿了。

“你怎么会没有东西可以失去呢……”慕迟曜低低地在她耳畔说道，听得她浑身轻颤。他忽然低头埋首在她的脖颈间，蹭了蹭，声音里隐隐有一丝叹息：“言安希，我没想做什么，我只是希望你能好好地把孩子生下来。我只要求你做这一件事。”

其余的他也不敢奢望了，她能不和他对着干，他已经心满意足了，哪里还敢贪心让她事事都顺着自己。

“如果不属于我，我要这个孩子干什么呢？”

慕迟曜却说道：“可是再怎么样，这个孩子是无辜的啊……”

言安希听到他这句话，心里一颤。孩子的确是无辜的，可如果她不能把孩子带走的话，她宁可不要。

“说到底，你还是为了孩子来找我。”言安希笑了笑。

慕迟曜发现自己越来越看不透她了，他道：“你到底要怎么样，才肯安安心心地待在我身边，才肯踏踏实实地保护好肚子里的孩子？你说出来，我都答应你！”

“都答应我？”言安希笑道，“慕迟曜，这是我听到的最好笑的一句话。”

“刚刚在你不顾一切的时候，我……”

那是他平生第一次那么近距离地接触绝望。他的手发狠似的，用力地捏着她的肩膀，几乎要将她的肩胛骨给捏碎。

言安希看着他失控的模样，脸上十分平静，甚至还带着一丝笑意。

她在笑。

慕迟曜语气急切：“你要什么，只要我有，我都给你！”

她不回答，他就自问自答般地说道：“你想要我爱你，是不是？言安希，我可以给你。我爱你，我需要你在我身边，你听到了没有？”

言安希再次错愕，他居然说了这三个字——我爱你。

“慕迟曜，你知道你自己在说什么吗？”言安希一边说着，一边抬手碰了碰他的额头。但下一秒，她的手就被他紧紧地握住了。

“我当然知道我在说什么。你以前不是很想听我说这句话吗？我现在说给你听！”他看着她，薄唇微启，“我爱你。”

他说“我爱你”。她等到现在才等来这一句“我爱你”。

言安希忽然抑制不住地笑了起来。

“言安希……”慕迟曜看着她，微微皱眉，“你笑什么？”

她也不回答他，只是笑，而且这是这些天以来笑得最开心、最灿烂的一次！可她笑着笑着忽然就哭了，眼泪顺着她的脸颊缓缓流下来，滴落在他的手背上，让他整个人一颤。

“在这个时候，你说你爱我？”言安希喃喃地说道，“慕迟曜，你现在说这句话，你骗得过你自己吗？”

他眉头一皱。

“为了我肚子里的孩子，为了秦苏能顺利嫁进慕家，你可以对我说出这么违背心意的话……”

“你觉得我是在敷衍你？”

“不然呢？”言安希反问，“难道我还会天真地以为你是真的爱我吗？”

“我……”慕迟曜一下子有些无力。他第一次对一个女人说“爱”这个字，就连对秦苏他都没有说过这句话，可是他说了他爱她，却被她误解了。

“不必说这么勉强自己的话。”言安希擦了擦眼泪，说道，“你越是这样，就越只能证明，你有多爱秦苏。”

慕迟曜的眼睛瞬间就聚集了狂风暴雨，他捏着她的肩膀的手的力道更大了："言安希，你就这么不相信我？"

"我相信你太多次了，你早已经挥霍光了我对你的信任。"

"我从来不说谎！"慕迟曜狠狠地说道，"我说我爱你，是真心实意的！"

言安希有些凄凉地看着他："只是你自己这样认为而已。"言安希的眼泪又有些控制不住了："没错，我曾经想要你也爱我！像我爱你一样！像你爱秦苏一样爱我！我想要我付出的爱情能够得到同等的回应！"

慕迟曜声音低沉地问道："那现在呢？"

"现在我想要你放手，放我和这个孩子走，放我一条生路！"

慕迟曜十分坚决地摇了摇头："这不可能，你怀着孩子。"

言安希忽然伸出手，用力地推开他："你可以去找秦苏啊，你来找我做什么？我只不过是你娶回来的一个替代品！"

言安希低着头，眼泪越掉越多，她慌忙地想要擦掉，可是根本于事无补。她抽泣了好几下，干脆蹲在地上，把脸埋在膝盖里，咬着牙，一个人默默地掉眼泪。

言安希能感到头顶有两道灼热的目光。但是从她蹲在地上掉眼泪，到她整理好情绪，红着一双眼睛重新站起来，慕迟曜都没有出手扶她一把，也没有发出任何声音。

他就这样静静地看着她，抿着薄唇，侧脸轮廓如刀削一般，绝情刚毅。看着她哭，看着她因为抽泣而耸动的肩膀，他心里如刀割一样疼。可是她的话，又让他的心在一瞬间坚硬起来。

这个女人嘴太硬，太不会讨人欢心了！可是慕迟曜忘记了，曾经言安希也是会放下身段讨好他的女人。只是那时候他不爱她，所以她做什么他都不会往心里去。

可是现在不一样了，用的感情越多，就越难以敞开心怀。

言安希眼睛红得跟兔子一样，吸了吸鼻子："你还有什么事吗？"

"没有。"

"那我回房间了。"说着，言安希转身就走。

突然她听见身后传来"砰"的一声响，整个人都吓了一跳。只见慕迟曜抬手一拳重重地砸在了门框上，他的手背被划出了一道长长的伤口，鲜血一下子就流了出来。

言安希看见血，心里一惊。慕迟曜却再也没看她一眼，转身就走了，只给她留下一个背影。

慕城，一段车辆稀少的公路上。

一辆红色的法拉利十分张扬地行驶在这条路上，驾驶室里坐着的男子，脸部轮廓如同刀削斧凿一般。他眼睛一眨不眨地注视前方，修长的手指握着方向盘，仪表盘的指针一路升高。

慕迟曜的车停在了酒吧门口，他下车看了酒吧的招牌一眼，快步走了进去。他径直走到了专属位置，坐下，打了个响指："老规矩。"

"是，慕先生。"

为他特意调制的鸡尾酒很快就端了上来，放在他面前："慕先生，请您慢用。"

慕迟曜看着鸡尾酒漂亮的颜色，端起来喝了一口。他放下酒杯，拿起手机发了一条短信，然后就把手机扔在一边，不去理会了。

他的大驾光临，在酒吧引起了不小的骚动。他的出现，让很多人的心开始蠢蠢欲动。

谁都知道，勾搭上这位慕家大少，就等于拿到了一张上流社会的通行证。虽然他结婚了，还娶了一个名不见经传的女人，但总会有那么些人，为了金钱、虚荣心，想要上前搭讪一番。

慕迟曜眯着眼睛看着灯红酒绿的酒吧，却有一种超然于物外的淡漠。

这时，慕迟曜刚伸出手碰到酒杯，一个娇媚入骨的声音就传了过来："一个人喝酒，多寂寞啊！"

慕迟曜眼皮都没抬一下，冷冷地说："滚。还要我说第二遍的话，你就再也不可能出现在这里了。"

美女愣了一下："慕总……"

慕迟曜眉头一皱，眼睛里满是厌恶。他今天本就够心烦了，偏偏还有人一而再，再而三地挑战他的耐心！只听见"啪"的一声，慕迟曜扬手把酒杯扔在那个女人的脚边，漂亮精致的鸡尾酒杯瞬间碎成了渣。

女人吓了一跳，立刻狼狈地离开。

目睹这一切的人，都忍不住打了个冷战。

“我说慕大总裁，你这么大火气干什么？美女都让你给吓跑了。”沈北城熟悉的带着戏谑的声音响起，他走过来，拉开慕迟曜身边的椅子，跷着二郎腿坐了下来。

这是个不雅的动作，沈北城做起来偏偏还一副纨绔公子的模样，一点儿也没觉得不妥。

慕迟曜看了他一眼：“你来得倒是挺准时。”

“那是，我孤家寡人一个，说走就走，想来就来，自在得很。至于厉衍瑾嘛……”沈北城笑了两声，不说话了。

“你怎么知道我还叫了厉衍瑾？”

“我是谁？我能不知道你？你慕大总裁抬抬眼皮，我就知道你要说什么话。”

“厉衍瑾还没来。”

沈北城耸耸肩：“估计被那个夏初初缠着吧？”

慕迟曜嘴角一扬：“缠？怎么缠？”

“你觉得会怎么缠？”沈北城反问。

“我们几个人之中，倒是厉衍瑾这日子过得舒服了。”

“那也不一定。家家有本难念的经。他家的夏初初也不是一个让人省心的主。”

慕迟曜听到沈北城的这句话时，却不由自主地想起了言安希。她一直很让人省心，可是她一旦让他不省心，那就是发生了大事。

“我听说秦苏回来了？”沈北城放下酒杯，道，“那你家的小娇妻怎么办？”

“喝酒就喝酒，现在别说这些烦心事。”

沈北城耸耸肩：“我看你啊，又不和言安希离婚，又不给秦苏名分，你是不知道要怎么办吧？”

两人不愧是朋友，沈北城轻轻松松地就说出了慕迟曜的心事。

慕迟曜正要说话，只见两个人影从他面前晃了过去，在他旁边坐下，和沈北城面对面。

等等，两个人影？

厉衍瑾身边分明还跟着一个人——夏初初。

慕迟曜没说什么，沈北城倒是忍不住打趣了：“你把你家的人都带来了啊？就喝杯酒、聊聊天都要在一起，舍不得分开？”

厉衍瑾扫了他一眼：“闭嘴。”

夏初初坐在一边，哼了一声：“我……我跟着厉衍瑾先生过来，是有事情！”

沈北城：“有什么事？能有什么事？说来听听。”

厉衍瑾在桌下握了握夏初初的手，然后看着沈北城说道：“你这油腔滑调的样子，难怪慕瑶会一再拒绝你。换谁跟你在一起都没有安全感。”

沈北城一下子被戳中了痛处：“我迟早会把瑶瑶追到手的！你等着，我肯定比你早、比你顺利！”

厉衍瑾毫不留情地泼他冷水：“不可能。”

两个人在这里斗嘴，慕迟曜仿佛什么都没听到一样，一杯一杯的酒喝下肚，那脸色难看极了。忽然，他放下酒杯，扫了夏初初一眼。

他早就发现夏初初一直在看他了，只是他当作没看到罢了。可夏初初一直看他，他就无法继续无视了。

夏初初看到他凌厉的眼神，心里一惊，下意识地握紧了厉衍瑾的手。

厉衍瑾连忙问道：“怎么了？”

夏初初看了他一眼，摇摇头：“没……没什么。”

厉衍瑾还在疑惑，慕迟曜已经淡淡开了口：“夏初初，你有什么事就直说吧。”

夏初初被他点名，牙一咬，心一横，直接说道：“我要见安希，你把她藏到哪里去了？”

“我没藏她。”

“那她怎么不去公司了？而且我去过年华别墅，门口的保安也说她不在！”

慕迟曜淡淡地说：“她前几天在医院。”

“医院？”夏初初一惊，“她怎么了？是不是你又欺负她了？”

“我欺负她？我怎么欺负她？”

“你……反正娶了她之后，你就一直欺负她！慕迟曜，你说安希现在在哪里？”

“在家。”

“我要见她。”夏初初说，

慕迟曜看了她一眼，摇了摇头：“不行。”

夏初初激动得站了起来：“为什么！”

“她现在状态很不好。”

“那我更应该去看她了！”

“你这个性格，会给她带来麻烦。谁知道你会跟她说些什么乱七八糟的话煽动她？”

夏初初气得不行：“我能煽动她什么？我就算说了什么，那也都是为她好。”

慕迟曜眼神一冷，两个人之间的战争似乎一触即发。

厉衍瑾站起来，企图拉着夏初初坐下，偏偏夏初初倔得跟头牛一样，就是不肯坐。

“我不管。”夏初初说，“我要见安希，我想看看她现在到底怎么样了。”

“你不能见她。”

“你这样把安希关在家里，是在强行囚禁她，她会恨你的！”

夏初初的话让慕迟曜的脸色瞬间变得难看。言安希的确恨他，可是这话从别人嘴里说出来，让慕迟曜更加难受。

见夏初初气得都要哭了，厉衍瑾心一软，转身看着慕迟曜：“你就让她见言安希一面吧，两个人是多年的好朋友，或许言安希有什么不开心的还能和初初说一下，纾解一下心里的郁闷。”

“不行！”慕迟曜的态度很坚决，“以夏初初的性格，绝对会出乱子。”

现在关于言安希的事情，慕迟曜都是亲自把关。他没有什么其他的要求，只想让言安希和孩子安安全全地在他身边就好。

夏初初听着十分不甘心，想着想着，忽然脑子里灵光一闪。她连忙拨开厉衍瑾，看着慕迟曜：“这样，我不见安希，我见秦苏一面。”

“秦苏？”慕迟曜皱眉，“你和她从来都没见过，也不认识，为什么现在要去见她？”

“你管我”三个字差点儿就从夏初初嘴里说出来了。她硬生生地咽下了这几个字，说道：“我就见见呗，怎么样？”

自从安希告诉她秦苏的事情之后，她做梦都恨不得把秦苏这个女人暴打一顿。那个女人太无耻、太不要脸、太恶毒了！

慕迟曜沉默了一下，然后微微一点头："好。"

夏初初的眼珠滴溜溜地转，等见到秦苏，她一定要替安希出一口恶气！

半夜，慕迟曜的车才开回年华别墅。

他看着言安希的房门，然后伸手推门走了进去。他走到卧室的床边，借助着窗户外面透进来的一点点光亮，看着熟睡的言安希。她侧躺着，头发遮住了小半张脸，熟睡的她看起来那么柔弱。

"言安希，我想，我是对你有感情的。"他低声说着，声音轻得只有他自己能听清。

"我若是对你一点儿感情都没有，那在你挟持秦苏的时候，我就不会那么害怕你会不会受到伤害了。不只是因为孩子，也因为你。你要是不在这个世界上了，我要怎么办呢？"他说着说着，叹了一口气，"我要是根本不在意你，在你伤害秦苏的时候，我早就该让你受到惩罚了，你明白吗？"

有的爱，呼之欲出，却总是笼罩着一层白纱，朦朦胧胧，让人看不真切。

情爱这回事，本就是无比折磨人的。

慕迟曜伸手想碰一下她，但又怕惊醒了她。他的手和她的脸颊只隔着那么一点点的距离，却迟迟没有落下去，就这么僵在半空中。

"言安希，你好好地活着，不管以后怎么样，你一定要好好活着。你想自由，你想走，想离开我，我会成全你。真的，你追逐你的海阔天空，我看着你飞，挺好的。只是，我想拽着一根线，让你时不时地能看见我一下。"

慕氏集团的股份，就是这根线。只要言安希成了股东，那她就有责任和权利回到慕氏集团参加股东大会和董事会。而董事会和股东大会的会议召开权，都在慕迟曜的手里握着。

他很富有，可其实他也很贫穷。他穷得只剩下钱，也只能用钱维持着两个人之间仅有的联系。

"孩子真的是我最后的希望和底线，你一定要保护好他。晚安。"

慕迟曜说完这句话，深深地看了她一眼，便轻轻地走了。

房门被关上，过了好一会儿，原本熟睡的言安希慢慢睁开了眼睛。

她神情清醒，哪里有半点儿刚睡醒的样子。自从她怀孕，她的睡眠质量就极差，稍微一点点动静，就能让她惊醒。所以早在慕迟曜走到她身边时，她就醒了。

她没有说话，继续装作熟睡的样子，不过她没有想到慕迟曜会说那番话。

如果是以前，或许她还可能为慕迟曜的这番肺腑之言而感到心慌意乱、不知所措。

可是现在，她只有心灰意冷，没有其他的情绪了。

第二天，言安希睡到自然醒才下楼。她正要去餐厅的时候，恰好慕迟曜从里面走了出来，两人对视一眼，谁也没说话。

言安希收回目光，继续自顾自地往餐厅走去，和慕迟曜擦肩而过。她的长发拂过他的肩膀、衣角，也轻轻地擦过他的指尖。

慕迟曜忽然间明白，什么叫作最熟悉的陌生人。

慕迟曜走出年华别墅的时候，陈航早就已经开车等在老地方了，见他走过来，连忙熟练地拉开车门。

慕迟曜低头坐了进去，就听见陈航说："慕总，刚刚接到电话，秦苏小姐醒了。"

慕迟曜应了一声："嗯。"

陈航一愣："那慕总，您是要去医院看秦苏小姐，还是要去公司开会？"

"去公司。"慕迟曜想也没想就说道。

陈航迅速点点头："好的，慕总。"

第十三章

一切尽在掌控之中

年华别墅。

夏初初还没进去就开始嚷嚷了："安希，安希，你在哪里啊？"

言安希一听这个声音，蒙了一下，然后急急地走到门口，刚一拧开门锁，门就被大力地推开了，夏初初直接扑了过来："安希！"

"初初，"言安希看着她，"你怎么来了？"

"我不来，谁会来陪你？"夏初初说，"你就是一个大笨蛋！你是不是把我当外人？你自己说发生了什么事，老老实实地告诉我。"

"我……"言安希看着夏初初，完全不知道要说什么，红唇动了动，最后什么都没有说。

"你还打算瞒着我？安希，你怎么这么傻啊？到底是什么事，你要一个人这样承受着？"

"我怕你担心。"

夏初初开口就骂道："我不担心你，谁担心你？你有没有把我当朋友？"

"我是怕自己给你添麻烦。"

"我就是要你给我添麻烦！"夏初初说，"你现在这样，只会让我更加担心你。"

言安希握着夏初初的手，在沙发上坐下，咬了咬唇。

夏初初是一个急性子，见她这样，更加急了，忍不住在她脑门上敲了一下："这么跟你说吧，我已经去见过秦苏了。"

"啊？"这下子换成言安希不淡定了，"你为什么要去见她？"

"我想看看，到底是多么厉害的一个女人，能把一切搅得天翻地覆啊！"

"不。"言安希握了握夏初初的手说道，"初初，你不能去招惹秦苏。她是个疯子，她到时候会害你的。我不能让你也因为我而受到伤害了。"

"她能把我怎么样啊！我夏初初不让别人不痛快就不错了，她还能让我心塞？"

"反正你离她越远越好。"

"安希。"夏初初说，"你到现在还不肯跟我说实话吗？"

"不是我不跟你说，实在是……我不知道要怎么说。"

如果言安希跟夏初初一五一十地说了，只怕夏初初就炸了。

夏初初见她扭扭捏捏的，就是死咬着不说，一时间也没有办法。

"好吧，安希，你不说，我也不能把你怎么样。但是你可以告诉我，你现在最想做什么吗？"

言安希喃喃道："现在最想做什么？"

"对，我可以帮你做到的事情。"

言安希脑海里迅速地浮现一个想法：离开慕迟曜。

她看着夏初初这么殷切的眼神，脱口而出："我想离开慕迟曜。我再也不想在这里当什么金丝雀了。这什么鬼慕太太，谁爱当谁当。"

"说得好！"夏初初说。

言安希愣了一下，然后笑了。

夏初初忽然神秘兮兮地靠着言安希，用只有两个人才能听见的音量说道："逃吧。"

言安希乍一听到这两个字，整个人都僵住了。

逃，她何尝不想逃？可是……逃得了吗？

夏初初的声音刻意压低了一点儿："安希，只要你点点头，我就可以帮你。"

言安希完全蒙了，她看着夏初初，脑子里一片空白。她缓了好一会儿，咽了咽口水，才小心翼翼地问道："逃……怎么逃？我能成功吗？"

“能的。”夏初初说，“他又不是如来佛，还逃不出他的五指山？”

言安希心里还有些犹犹豫豫。她如果要逃，就要彻彻底底地离开慕迟曜，否则被抓回来的话，那她就完了。

夏初初说：“安希，你先不要想太多，之前袁澈学长因为你的事联系了我，我们会一起帮你的，至于这件事我先和袁澈学长商量一下。”

“初初。”言安希说，“这样会把你牵扯进来的，还有袁澈……我不希望这样。”

“没事，到时候我会把计划告诉你。”夏初初说，“安希，你先稳住，什么都不要表露出来，免得慕迟曜起疑。”

言安希点点头。

夏初初爽快地说道：“现在慕迟曜同意让我来看你，所以我会常常来陪你的。”

言安希有些疑惑：“他到底怎么了，会同意你去见秦苏，也同意你来陪我？”

“我不知道，我昨晚在酒吧碰到他的时候说想见你，可他死活不同意，我就说我要见秦苏，他就答应了。后面不知道他发什么疯，今天又让我来陪你。”

“酒吧？”

夏初初点点头说道：“是啊……昨天慕迟曜在酒吧喝酒，你不知道吗？”

“我不知道。”言安希回道。原来昨晚他被她气走之后，是去喝酒了，她还以为……他去陪秦苏了。

夏初初想了想，说：“安希，从我昨天在酒吧看慕迟曜的神情，我觉得他对你，其实也不是完全无情无义的。”

言安希只是笑了笑：“初初，不管怎么样，都改变不了我想离开的决心了。”

夏初初走了之后，言安希有些心神不宁。

夏初初说得那么信誓旦旦，如果真的能逃掉，她为什么不心动呢？

慕迟曜回来的时候，第一句话就是：“言安希呢？”

管家回答：“太太在客厅里。厨房刚刚做了一些甜点，让太太品尝，看看有没有合胃口的。”

慕迟曜点点头，大步往客厅里去。

言安希坐在茶几面前，面前的甜点一字排开，看起来就让人很有食欲。她拿着精致的小勺子，看着一碟提拉米苏，吃了一口，甜得眼睛都微微眯了起来，看起来有些满足。

慕迟曜看到这一幕微微挑眉，随后刻意放轻了脚步，慢慢地往她身边走去。他的脚踩在厚重的地毯上，她一点儿都没察觉到。

一边的用人看见他，正要点头鞠躬，他竖起食指放在唇边，轻轻地“嘘”了一声，示意用人不要讲话。用人立马明白，点了点头。

言安希开心地吃着，她还是比较喜欢这些小甜点的。她吃得开心，慕迟曜看得也很开心，真的好久都没看到她这个模样了。这才是最初的言安希，他喜欢的言安希。

“嗯，不错，这个很好吃，抹茶味很浓。”

用人在一边默默记下，哪些是太太吃了好几口的，哪些是太太根本没有动过的。

又有用人端来一杯热饮，放在她面前：“太太，喝一杯牛奶吧。”

言安希笑了笑：“你还真是贴心。”

奶香四溢，言安希闻着这个味道，感觉就很不错。她拿起来喝了一口，那种醇香的浓浓奶味瞬间就弥漫至舌尖。可是不知道为什么，她忽然就觉得腻得慌，胃好像很排斥这种东西。

看她的动作一下子停住了，用人连忙紧张地问道：“太太，您怎么了？”

言安希没有说话，她只觉得好想吐。她站了起来，捂着嘴，转身就想冲向洗手间，却在转身的一瞬间看见了慕迟曜。

慕迟曜见她这样，好看的眉头一皱，连忙从西裤口袋里抽出手，快步地走向她：“怎么了，不舒服？”

言安希一句话也不说，低头直接就从他身边冲过去了。

慕迟曜见她这样，心好像一下子揪起来了一样。

“水，纸巾。”他一伸手，沉声说道。

用人连忙把东西递到他手上，他接过，连忙就跟着言安希去了。

言安希早已经趴在洗手台上，吐得天昏地暗。慕迟曜拿着水和纸巾站在她身后，也不说什么。洗手台上的镜子映出他高大的身躯，还有她微微弓着的后背。

水龙头的水哗哗地流着，过了好一会儿言安希才缓过来，有气无力地关上水龙头。

慕迟曜递水给她，她看了他一眼，然后接过去漱了漱口。她把水一放下，慕迟曜又递过来纸巾，他宽厚的手掌还贴在她的后背上，轻轻地抚着："是不是很难受？"

她慢吞吞地应了一声："嗯。"

"过一阵子就好了，我问过医生，这是很正常的事情，但是……难为你了。"

言安希没说话，咬了咬唇就走了出去。

慕迟曜跟在她身后，看着她娇小瘦弱的背影，隐隐有些心疼。他加快脚步追了上去，才发现她一直捂着胃。

"怎么了？"慕迟曜问，"胃疼？"

"有点儿胀。"刚刚言安希只是干呕，孕吐每次都是这样，让她特别受不了。

走到客厅的时候，言安希正要上楼，慕迟曜却直接伸手揽住她的肩膀。

"你干什么？"她下意识地想逃避慕迟曜的肢体碰触。

慕迟曜回答："不是胃胀吗？我带你出去走走。"

言安希听到他这么说，忽然一笑："哦……带我出去走走啊，你不怕我跑了吗？"

"你能跑哪里去？嗯？"

"跑到没有你的地方去。"

"走吧。"慕迟曜的手慢慢移到她的腰上，"出去散散心。"

言安希拒绝不了他，再说她现在胃胀得难受，要是不消消食，去房间里坐着更难受。

言安希原本以为他会开车，没想到他却环着她的腰慢慢地往外走。

晚风有点儿凉，但是很舒服，言安希的头发被吹得有点儿乱，整个人都被慕迟曜抱着，有点儿小鸟依人的味道。两个人一路走着，有些沉默。

言安希面无表情，慕迟曜却似乎心情很不错，他嘴角微扬："以后……每天晚上，我都陪你出来走走，散散步，好不好？"

“不好。”

听到言安希这么干脆利落地一口回绝，慕迟曜脸色沉了下去：“为什么？”

“因为你很忙啊。”言安希回答，“怎么可能每天都和我散步？”

“这一点儿时间，我还是有的。”

“慕迟曜。”她轻声说道，“做不到的事情不要轻易说出来。因为说者无意，听者有心。”

慕迟曜却忽然笑了：“你是把我刚刚的话都听到心里去了吗？你是希望我每天都陪你散步，可怕我不能做到，是吗？”

言安希侧头看了他一眼：“你……想多了。”

“我觉得我没有理解错。”

“你爱怎么想就怎么想吧，反正你向来不会在意别人的感受。”

“谁说的？我明明很在意你的感受。”

言安希没有出声了。

两个人走了一小段路，慕迟曜嘴角的笑意却越来越明显。他真的很享受和言安希这样散步的感觉，平凡但又格外温馨，像一对老夫老妻一样。

言安希忽然抬头看了一眼天空，动作很快，似不经意，然后又收回了目光。

慕迟曜却发现了她这个动作，也顺着她的目光抬头看了一眼。

“你想坐摩天轮？”

“没有。”她说，“我就看一眼。”

“能吸引你的注意力，那就说明是你喜欢的。”

“能吸引我的注意力的东西多了去了。”

慕迟曜低头瞥了怀里的她一眼，忽然停下脚步不走了。

他一停下，言安希也不得不跟着停下：“怎么了？不想散步了？那正好，我们回去吧……”

她早就不想这样和慕迟曜散步了，她觉得她和慕迟曜享受不了这样温情的时光，太压抑、太痛苦了。

不过……刚刚一路上，她倒是有仔细观察地形。因为夏初初说要帮助她逃走。

就在言安希想再次催促慕迟曜回去的时候，只听见后面传来整齐划一的脚步声。

她还没回头看，脚步声已经到她前面去了，两个保镖在慕迟曜面前站定："慕先生，有什么吩咐？"

他指了指那座摩天轮："那是哪里？"

"慕先生，那是附近的一家游乐园。"

"清场。"他说，"十五分钟。"

"是。"保镖点点头应下，立刻转身去执行了。

言安希被吓了一跳："慕迟曜，你想要做什么？"

"人太多，吵。我喜欢安静。"

言安希一下子不知道要说什么好了。

慕迟曜不由分说地再次圈紧她的腰："走吧。"

言安希站在马路对面，有些惊讶地看着游乐园门口大批大批的游客从游乐园里出来。

言安希走过去的时候，还能听到别人窃窃私语。她低着头，脑袋都快埋到慕迟曜怀里去了，她从来没有这么高调过啊……但慕迟曜好像习惯了一样，一点儿也不觉得这样有什么不妥。

巨大的摩天轮就停在言安希面前，慕迟曜松开手，转过身看着她说道："不是要上去坐吗？现在随时可以上去了。"

摩天轮上，五彩斑斓的灯光映在他的黑色瞳孔里。仅仅因为她看了摩天轮一眼，他就清空了整个游乐场。

"我不坐。"言安希说，"这是小女生玩的，我都已经过了那个年龄。"

"言安希，我真想看看你脑袋里在想什么。这个游乐园，今晚就是属于你的。"

慕迟曜说完这句话，不由分说地揽过她的肩膀，半推着她往摩天轮的入口走去。她还没回过神来，慕迟曜已经带着她坐下了。

摩天轮缓缓地启动。

言安希低着头，别过脸，不想看慕迟曜。为什么在她最恨他、最想逃离他的时候，他总能这样给她温柔一击。

哪个少女没有做过少女梦，没有希望自己最喜欢的人在摩天轮到达最高点的时候亲吻自己？可是少女梦总会慢慢地被现实打败。

他的气息、他身上的味道、他的温度甚至他的声音，都让她坐立不安。偏偏他还十分霸道地抱着她。

“言安希，你知道在摩天轮上升的时候要做什么吧？”

言安希开始装糊涂：“什么？我不知道啊……”

慕迟曜低低一笑，笑声里有一点儿痞气：“那要不要我教你？”

言安希心里咯噔一下，盘算着该怎么接他的话，下一秒，天旋地转，她下意识地尖叫了一声。他手垫在她的后脑勺下面，气息越逼越近，直接吻了下来。

她狠狠地捶了慕迟曜一拳，特别用力，可是那拳头软绵绵的，根本没有一点儿力气，打在他身上也是不痛不痒的。

“是不是想下去？”慕迟曜问道，“下去的话，那就乖乖地让我亲。”说完，他低头在她唇上又啄了一下。

言安希侧头往旁边看了一眼，只看见无尽的黑夜，还有闪烁的霓虹灯。

摩天轮快要升到最高点了。

慕迟曜的手还牢牢地抱着她的后脑勺，他随时都处在完全主导的位置。

她忽然问道：“你为什么想要在这里吻我？”

“想吻，便吻了。”

他说得泰然自若，仿佛这是一件天经地义的事情，仿佛他和她之间很是和谐，那些伤痛从来没发生过一样。可是言安希记得清清楚楚啊，她完全无法忘记，也忘记不了。

慕迟曜正想低头再啄她的唇一下的时候，她忽然主动抬起手，直接钩住他的脖子。

下一秒，言安希拉下他的头，主动将唇印在他的薄唇上，醉人的芳香，在他的鼻尖萦绕。

慕迟曜正想反客为主，忽然觉得嘴角一疼。他微微皱眉，然后垂下头，轻而易举地看见了言安希眼睛里的报复意味。

慕迟曜低低地说道：“言安希，你以为你这样……能起到什么作用吗？”

话一说完，慕迟曜仿佛化身一头猛兽，如潮水般袭来的热吻，让言安希整个人几乎被融化。她不得不被迫扬起修长的脖颈，勉强承受他的索取。

言安希好不容易从这样的状态下回过神来，立刻不甘示弱，咬了回去。

最后，言安希真的尝到了血腥味儿，不知道是他的，还是她的。

这样狂风暴雨一般的深吻，让她的心似乎被针扎了一般，疼得不是特别厉害，但痛感挥之不去。

慕迟曜看着她："言安希，你的牙怎么还是这么利？"

"喜欢被我咬，是吗？"言安希瞪着他，"我发现你越来越无耻了，慕迟曜，你好歹有一点儿……"

言安希想说什么，但是脑子又一下子短路了，蹙着眉尖想了半天，不知道怎么形容。

"我需要有什么？"慕迟曜问，"你说，我就可以有。"

言安希恨不得再咬他一口，但又觉得便宜了他，想来想去觉得挠两下最好。于是她用她的指尖挠了两道血痕出来，让慕迟曜身上也挂个彩。

"起来啦！"言安希推了推他，"你压着我头发了！"

慕迟曜重新坐了起来，慢条斯理地掸了掸衣服。

言安希在心里默默地骂：衣冠禽兽，披着羊皮的狼。

她也赶紧坐起来，把垂下来的头发别在耳后，匆匆忙忙地站了起来。等她站起来抬头一看，她的脸瞬间就红到了耳后根。

摩天轮是什么时候停的？这门又是什么时候开的？

这门口的工作人员和保镖，又是什么时候站在这里的？

所以刚刚发生的一切，都被人看到了？

言安希愣在原地，慕迟曜再次将她整个都圈在怀里："傻了？"

言安希回过神来，说："你……"

他特别无辜地说道："我什么？我又有哪里让慕太太不高兴了？"

言安希哪里好说什么，咬咬唇，拿手肘狠狠地撞了一下慕迟曜，然后就往外走了。她头都不敢抬起来，刚刚那一幕，肯定被人看到了，多丢人啊！

慕迟曜看着她的背影，长腿一迈，很快就追上了："你走那么快干什么？"

"回家！"

"才刚刚坐了摩天轮而已，你就要走了？"

“不然呢？”言安希回答，“继续被你……被你欺负吗？”

“我没欺负你，我们是在接吻。”

言安希听他这么肆无忌惮地说这些，又是一急：“你还说！”

慕迟曜淡淡地说道：“来都来了，难道不好好地玩一下吗？”

言安希还想说些什么，一阵凉风吹来，她整个人微微一缩，连着打了两个喷嚏。

慕迟曜一看，连忙把自己的外套脱下来，披在她身上。

言安希吸了吸鼻子，低着头：“我要回家。我想休息了。”

慕迟曜点点头，看了一眼时间：“都依你。”

慕迟曜揽着她往游乐园的外面走去。她一路低着头，走到门口的时候，慕迟曜却忽然停住了。她也跟着一起停下脚步，看了他一眼。

慕迟曜看向身边的保镖：“让游乐场的总负责人明天来年华别墅一趟。”说完就带着她离开了。

言安希回到年华别墅，第一件事就是回自己房间。

慕迟曜在她身后跟着，就在她转身要关门的时候，他低低地说了一句话：“言安希，今天晚上我觉得很开心。”

她看了他一眼，什么都没说，“砰”的一声关上了房门。

慕迟曜在她的房门前站了好一会儿，才转身离开，回到自己房间。

秦苏已经醒了，言安希在他的监控管理范围之内，言安宸在医院接受着治疗，墨千枫在和墨家周旋。

一切好像尽在掌控之中，也都在有条不紊地进行着。

第二天，慕迟曜下班后，去了一趟星辰医院。

第一件事，看看言安宸怎么样了，好让言安希放心。

第二件事，探望秦苏。

毕竟秦苏已经醒来了，他却一次都没去过，说起来好像也不太好。

在重症监护病房里，看着病床上依然在沉睡的言安宸，慕迟曜想，如果有一天言安宸醒来了，言安希会是什么反应。她会再也没有什么顾忌，然后更加不受他掌控了吗？

慕迟曜不愿再去深想，转身离开，去了秦苏的病房，不咸不淡地说了几句话。

“迟曜……”秦苏看见他，那眼神立刻就变得像无辜的小鹿，“你来了，我盼了你好久。”

“最近比较忙。你的伤口好点儿没？”

“医生说，还要再住院，等拆纱布了再说。”

“嗯。”慕迟曜点点头，“一切都听医生的。”他完全就像完成任务似的在和秦苏说话，不冷不热，例行公事一般。

秦苏心里明白，所以也就更加不服气：“迟曜，你难道要这么纵容言安希吗？”

慕迟曜微微一皱眉，然后站了起来：“秦苏，我想问你一件事。”

“迟曜，我在和你说言安希伤害我的事情，你现在……又要转移话题吗？”

“现在谁都不能和言安希计较，秦苏，你明白吗？”

“为什么？难道……难道就因为她怀了你的孩子吗？”

慕迟曜摇了摇头：“这是其中一个原因。”

“那我就白白地受了这次的欺辱吗？差一点儿，我就再也见不到你了！”

“这件事暂且放下，以后再说。”慕迟曜眉头皱得更紧了，“我是真的有事要问你。”

秦苏咬咬牙：“什么事？”

“当年你和慕天烨的事情。”慕迟曜说，“秦苏，我不想查你，我比较希望你能自己坦白。”他话音一落，整间病房变得无比安静。

“迟曜，到现在了，你还怀疑我？”

“我只是问问你，毕竟当初铁证如山。”那么多照片，他无法不相信。后来，时间慢慢过去，他又有那么一点儿想念秦苏，就渐渐觉得，他是不是误会秦苏了。再后来，秦苏忽然出现，他一时间就失去了理智，什么都顾不得了。

直到现在，发生了这么多的事情，他才想着弄清当年的事情到底是怎么回事。

“迟曜，我是爱你的，这一点，你到现在还不相信吗？你要我怎么证明，我是真心实意爱着你的？”

“那你和慕天烨之间……”慕迟曜说着说着，忽然顿住，然后摇了摇头，“算了，不说了。”

秦苏看着他，总有一种强烈的感觉，她要失去慕迟曜了。他对她已经没了那种热情，也没有了爱，完完全全只剩下敷衍。

慕迟曜抬起手看了一眼时间："我先去公司了。秦苏，你好好休养。"

说完他就转身走了，一点儿迟疑都没有。

年华别墅。

言安希本来坐在客厅里看设计学方面的专业书籍，结果夏初初一来，二话不说就把她拉上楼回了房间。

看着夏初初神秘兮兮的样子，言安希也跟着紧张起来了："初初，你怎么了？是有什么事要和我说吗？"

"是的，而且是大事。今天我去见了袁澈学长，然后我们商量了一下，想出了一个计划，我现在是来跟你详说一下的。"

言安希有些反应不过来："这么快？"

"你越快离开就越好啊！你还在犹豫什么？"

言安希看着眼前这个唯一的朋友，眼神一动，叹了一口气，握着她的手，细细地说了起来。

"初初，我一开始没想过要逃跑。虽然有这个念头，但只是想想罢了。我一直倾向于和慕迟曜断得干干净净，再无瓜葛，然后洒脱离开。"

"可那样的话，谁知道会拖延到什么时候你才能离开。"

言安希轻声说道："是，我都明白。所以我等，我熬。现在你突然说要帮助我逃离这里，我第一个想到的就是，万一没有成功，慕迟曜发现了，你要怎么办。"

夏初初急了："傻安希，没成功的话，你应该要担心你自己啊！"

"我？慕迟曜能把我怎么样呢？但他一定会迁怒到别人身上。"

言安希太了解慕迟曜了，他那样的人，什么时候受过气，什么时候委屈过自己？有气往别人身上撒，有委屈让别人受，这就是慕迟曜。

"安希，你要是这么瞻前顾后的，那可不行。"夏初初说，"总之，你离开这里，就比什么都强。"

"那我要是走了，慕迟曜震怒之下，对安宸下手怎么办？"

"安宸现在是一个植物人，他不至于这样做。你就放心吧，我会替你照顾安宸的。"

言安希想来想去，最后咬了咬唇，不说话了。

她真的心动了，她想跑，她想逃，她想离得远远的。可是她又有很多事放不下，有很多的事情在她心里缠绕着。现在夏初初朝她伸出了橄榄枝，她想接，可是她怕自己会牵连到好朋友。

“安希，”夏初初说道，“这么说吧，你一走，慕迟曜肯定会加派人手，严格看守言安宸的。因为他想，只要你一回来看言安宸，他就立刻能把你捉回来。所以……”

言安希一旦走了，就不能再回来看言安宸了。

言安希心里也明白，逃跑，是一条不归路。

“可如果被慕迟曜发现……”

“没有如果！安希，按照我们制订的周密计划，就这么来！”说着，夏初初就附到言安希耳边，轻声说了起来。

言安希听得很是认真。

十分钟后，夏初初离开了年华别墅。

下午，日落西山。

言安希洗完澡，忽然听见手机铃声响，一看是夏初初打过来的，心里一咯噔，连忙往四处看了一眼，确定自己的房门关紧了，然后才接通了电话：“喂，初初？”

“安希，我已经说服厉衍瑾先生了。明天他会约慕迟曜出去喝酒，到时候我们就有时间和机会了。”

言安希一下子变得很紧张，点点头：“嗯，那我们明天见。”

“到时候我们先找一个借口离开年华别墅，只要离开别墅，我们就方便多了。而且，袁澈学长也会接应我们。”

言安希点点头，正想说什么，房门忽然被敲响，吓得她手一抖，差点儿摔了手机。

“初初，我这边来人了，明天我们见面说。”

“好。安希，你要稳住，不要露出什么破绽啊。”

言安希匆匆应了一声，挂断电话，就跑去开门。她打开门一看，是管家。

“什么事？”

“太太。”管家说道，“慕先生看您晚饭没怎么吃，特意让人送了一点儿夜宵过来。您试着好歹吃一点儿？”

言安希点点头：“好。”

她伸手接过，正要关门的时候，对面的房门忽然被打开，慕迟曜出现在门后。

言安希没去理会他，作势就要关上房门。

慕迟曜却大步走过来，及时挡在门口：“等等，言安希。”

“干什么？”

“我想陪陪你。”

言安希看了他一眼，转身回房间了。他走了进来，随手关上了门。

言安希端着放夜宵的托盘，在沙发前坐下。她吃着自己的东西，慕迟曜就看着她，目光灼灼。她本来想无视的，可他的目光实在是太过热烈了，她根本淡定不了：“慕迟曜，你一定要这么看着我吗？”

他听到她这句话，嘴角一扬：“我还以为你没看到。”

言安希忍不住白了他一眼说道：“随便哪个人这么看你，都会不自在啊！”

“我只是想看看你，白天在公司里，你又不在。”

“我都被你炒鱿鱼了，怎么在公司里待？想让我当你的秘书就让我当你秘书，想把我赶去设计部就把我赶去设计部，想让我在家就把我禁锢在家……”言安希说着说着，忽然就有些气愤。凭什么慕迟曜一直这么控制着她的人生啊？

她放下勺子，已经吃不下了。慕迟曜见她不吃了，伸手把托盘拿到一边，顺便坐过来了一点儿，挨着她。

言安希没有说话，也懒得和他争执，自己默默地移开了一点儿。

谁知道慕迟曜长臂一伸，直接把她揽进怀里。

“你能不动手动脚吗！”言安希怒了，“慕迟曜，你很闲，是吧？”

“是。”他点头承认，“我要把闲下来的时间，都用来陪你。”

言安希抬头看了他一眼，咬了咬唇。如果不出意外的话，她明天就要逃离这里了，到时候，她和慕迟曜就再也不见了。想了想，她也就没有再挣扎了。

看着她这么温顺地靠在自己怀里，慕迟曜心里一下子很满足。

“你知道吗？自从医院那件事之后，我就一直很怕失去你。”慕迟曜难得用这么温柔的语气和她说话，他声音本来就好听，十分有磁性，让人不自觉地想要多听他说几句话。

言安希忽然笑了："你已经失去我了啊。"

慕迟曜眉头一皱："你还在我身边，我就没有失去你。"

"守得住我的人罢了。"言安希说，"但你守不住我的心。"

他有些危险地眯起眼睛，低头看她："你这句话的意思是你心里还有别的男人？"

"我为什么要告诉你？"

慕迟曜脸沉了下来，有些不高兴："你只能是我的。"

"是吗？"言安希笑了笑，从他怀里抬起头，下巴蹭着他的胸膛，像一只带着利爪的小猫。

慕迟曜一言不发，看着她这个样子。

言安希心里想，反正她明天就要离开这里了，现在说什么、做什么，也已经无所谓了。

"你的确拿走了我很多东西，慕迟曜。"

他淡淡地回答："我也会补偿给你很多东西。"

"我一直在说，我不要你的补偿。"

言安希的下巴戳在他的胸口，有些痒，有些疼，他却喜欢她这样依偎在他怀里。

"你不要，那我也要给。"慕迟曜说，"我想把我拥有的最好的，都给你。"

言安希只是笑，笑得眼睛都弯了起来，像极了天上的月牙，盛着温柔的光芒。

"慕迟曜，离婚是你提出来的吧？"

他一怔，没想到言安希会忽然这么问，但他还是点点头："是。"

"那你还记得，你为什么要和我离婚吗？"

慕迟曜垂下眼睛，似乎是在回忆。

言安希已经开口了："你是为了秦苏，要和我离婚。"

慕迟曜顿时无言以对，她说的都对。

"你还为了秦苏，让我生下肚子里的孩子，好让她顺利嫁给你。"言安希的声音很轻，听不出喜怒哀乐，"甚至，我说是秦苏害了我弟弟，你还一直袒护她。是不是不管秦苏做了什么，你都可以原谅？"

"言安希，不是这样的，我……"慕迟曜心里已经想好要说什么了，可是在这个时候，他停下了。他已经在调查秦苏的事，现在还不能告诉言安希，等他找到证据再说吧。

言安希看着他这双如同黑宝石般的眼睛，只觉得心里难受，像被针扎一样疼。她忽然抬起手，轻轻触碰他的眉眼：“慕迟曜，你要记得，我曾经深深地爱过你，真的。”

慕迟曜猛然攥住她的手，放在唇边不断地亲吻：“我知道，我知道的。”他的薄唇扫过她的指尖，带着一点点的温热，他低下头，在她耳边轻轻地蹭了蹭，“爱下去吧，好不好？言安希，不要恨我。我很怕你恨我。”

“我不爱你，我也不会恨你。”

慕迟曜身子一震，许久后，他贴在她的耳边，说了一句话——

“可是，我爱上你了，言安希，你说要怎么办？”

“这句话，我不会相信，也不会听进心里去。”

慕迟曜搂着她的手猛然收紧：“言安希，我用我的生命发誓，这真的是我发自肺腑的一句话。”

他也不知道是从什么时候开始的，只知道没有她在身边的时候，她不理他的时候，他会觉得心里很慌，这种慌乱，只有在看见她以后才能缓解。

“发自肺腑？”言安希轻轻推开了他，白皙的指尖戳着他的心口，说道，“慕迟曜，你扪心自问，在你看来，什么是爱？”

他眉头微皱，看着她，一时间回答不上来。

看见慕迟曜这个反应，言安希笑了：“嗯……可能这个问题，不该由我来问，由秦苏来问，会比较好。”

他摇头：“不是这样的。”

“不用勉强了。”言安希说，“我都明白的，多说也没意思。”

言安希看见他沉着的脸，想起夏初初的话，觉得还是分散一下他的注意力比较好。

“好了，不说这些了。”言安希身子微微前倾，把他推远的托盘又拉了回来，“还剩这么多，不吃可就浪费了……但我又吃不下了。”

慕迟曜没说话，但是他的目光一直跟随着她，没有移开过。

言安希想了想，忽然转头看他：“你要不要吃两口？味道很好的，甜而不腻。”

“我不吃。”

言安希看着他，忽然明白过来：“噢……你不吃甜食。”

言安希看着一盘子的夜宵犯了难，旁边还有一碗红豆小汤圆，言安希也不管慕迟曜同意不同意，直接端起碗，舀起一个汤圆，递到慕迟曜嘴边：“你吃一个，尝尝味道，怎么样？”

她都主动喂到他嘴边了，他不可能还不吃吧？

慕迟曜看了她一眼，薄唇还是抿着，她把勺子又往前递了递，他犹豫了一下，最后还是张开了嘴。

言安希见他吃了，顿时笑起来：“怎么样？”

“是酸的。”慕迟曜眉头一皱。

“啊？酸的？”言安希蒙了，“不可能啊，这是红豆馅儿的，我刚刚还吃了。”

慕迟曜皱着眉头，似乎真的很难吃。言安希见他这副样子，半信半疑，干脆自己也吃了一个。

“没有啊……”言安希一边嚼着一边说，“是甜的呀，红豆味儿很浓郁、很正宗好不好！”

慕迟曜嘴角一扬，伸手用指腹擦了擦她的嘴角。

言安希忽然就明白了，把碗一放：“慕迟曜，你竟然骗我？”

“谁知道你这么容易上当。”

慕迟曜笑了笑，附在她的耳边轻声说道：“言安希，你等我，我会把一切都处理好的。”

第十四章

我怕她恨我

第二天一早，在餐厅吃早餐的时候，慕迟曜说道："今天周末，想去哪里？我陪你去散散心。"

言安希连忙摇头："不用不用，我……在家就好了。"

正这么想着，她就听到慕迟曜的私人手机响了起来，她的心也提了起来。

慕迟曜放下咖啡，看了一眼，顺手接起电话："喂？厉衍瑾，什么事？"

言安希听到他说这个名字，心里有点儿慌。但她只能低下头，生怕他看出自己的慌乱。

"出去？去厉家？"慕迟曜说，"一定要周末吗？"他说这句话的时候，还看了言安希一眼。他是真的想陪陪言安希，他觉得陪在她身边是一件很幸福的事情。

短短的三分钟通话，言安希听得心惊肉跳，生怕慕迟曜斩钉截铁地拒绝了，那一切计划就泡汤了。

好在最后，慕迟曜说了一句："好，我一会儿过去。"

言安希的心这才放了下来。她装作漫不经心地问道："周末了，公司还有事情？"

"好像有一点儿。"慕迟曜回答，"怎么，不希望我去吗？"

"不不不，工作要紧，我……我在家等你。"

慕迟曜忽然就笑了起来："你知不知道，你说你在家等我，让我都舍不得离开你半步了。"他这两天，似乎心情很好，话也比以前多了一些。

言安希也笑了笑，尽自己最大的努力，露出一个没有破绽的笑容。

"等我。"慕迟曜说，"我会快点儿处理完，回来陪你的。"

言安希本来不打算回应他，但仔细想了想，还是点点头："嗯，好。"

她的这句回应虽然平平淡淡，但让慕迟曜心里一喜。他走到她身边，抚着她细软的头发："等我，乖。"

"乖"这个字从慕迟曜口中说出来，带着特别宠溺的语气，比一般人说这个字，杀伤力要大多了。言安希听在心里，也是一颤。直到慕迟曜走了，他那个"乖"字，还一直在她耳边萦绕着。

她看着桌上的早餐，握着叉子的手慢慢收紧。

成败……真的就在此一举了。

厉家。

厉妍早就出门了，约了她那群富太太姐妹逛街、做美容去了，所以家里只剩下厉衍瑾和夏初初。夏初初站在门口，一脸焦急，然后，她被厉衍瑾给拎了回来。

"在这里坐着等，你这么着急干什么？"

夏初初看了他一眼："我……我准备好迎接他嘛！"

"你突然对他这么热情，你觉得他不会怀疑什么吗？"

"我……"夏初初想反驳，可是想了想，好像是这么回事。

厉衍瑾往沙发上一靠，轻声说道："初初，我不管你这次是要做什么，我帮了你，但是你要知道分寸，别捅出什么大娄子。"

夏初初心里一惊，但还是点点头："我……我知道的。"

厉衍瑾见她态度还算好，也就没说什么了，毕竟，他认为他家的初初虽然闹腾了点儿，但还是知道分寸的。

没过多久，厉家花园里传来车子发动机的声音，厉家的用人快速从外面走进来："厉先生、夏小姐，慕先生来了。"

夏初初心里高兴得不得了：慕迟曜真的来了！那接下来，事情就好办多了！

慕迟曜走进来，脸色十分难看。他想陪言安希，结果被厉衍瑾叫来，不高兴也正常。厉衍瑾只当作没有看到，从沙发上站了起来："去我书房吧，资料文件什么的，都在书房里。"

慕迟曜和厉衍瑾一起往楼上的书房走去。

而夏初初在用人的陪同下，在厉家的酒窖里挑了好几瓶红酒，然后心满意足地离开了。

夏初初取下两个高脚杯，倒好红酒。看着玻璃杯里面摇曳的红色液体，她微微一笑。

五分钟后，她走出厨房，径直上了二楼，敲开书房的门。进去之后，她把红酒和高脚杯一一放好："慕总，厉衍瑾先生，我看你们工作挺辛苦的，特意拿了红酒，你们喝两杯吧。"

厉衍瑾点点头："放那里，你出去吧。"

夏初初看了慕迟曜一眼："慕总，这可是好酒哦。"

慕迟曜从头到尾都没有抬一下眼皮，十分高冷，一副"生人勿近"的样子。

夏初初撇撇嘴，又看了厉衍瑾先生一眼，心想接下来就看他的了，然后就走出了书房。

不管慕迟曜最后会不会醉，夏初初现在都顾不得了，她得马上去年华别墅找言安希。

言安希吃完早餐，越来越心神不宁。也许是她太看重这次逃跑了，也把所有的期望都寄托在这上面了，所以她才会这么坐立不安。

终于，在听到夏初初叫"安希"的时候，言安希连忙站了起来道："初初！"

"安希，我又来看你了。"夏初初说，"一天没见，是不是特别想我？"

言安希眼角的余光扫了一眼客厅里的用人，然后才点头笑道："是啊，没有你陪着我，都不知道时间要怎么熬了。"

"没关系，反正我以后天天来陪你。"

两个人有一搭没一搭地说着话，聊天的内容都很随意，也不避讳什么。只有言安希知道，现在的平静和从容，都是为了掩饰内心的波涛汹涌。

就在夏初初准备"不经意"地提出陪言安希一起去逛街的时候，

管家忽然走了进来，夏初初只好把话咽了下去。

“太太。”管家说道，“我刚刚得到消息，家里突然发生了一些急事，我现在可能需要请假离开，大概三天的时间。”

言安希一听：“家里有急事？那管家你赶紧回家一趟啊，去看看，别耽误了。”

“太太，慕先生今天不在，我只能向您说一声，希望您理解。”

“没事没事，家人要紧。我会跟慕迟曜说一声的。”

“谢谢太太的理解。”管家说道，“大小事务我会交代下面的用人，太太无须操心。”

言安希点点头：“好的。”

管家朝她鞠了一躬，然后就急急忙忙地走了。

身边的夏初初忽然一拍她的手，小声说道：“安希，这是老天都在帮你啊！”

言安希说：“啊？”

“管家这一走，慕迟曜现在也不在家，那我们更方便行动了。”

夏初初小声地在她耳边说完这句话，然后清了清嗓子，声音大了一点儿：“安希，上次我们去逛的那家店不错吧？我看你穿了很漂亮。那个品牌的衣服还是很符合你的风格哦。”

“是不错。”言安希回答，“不过我现在也没有什么机会穿，天天在家，肚子又一天天大起来了。”

“那不一定。你可是慕太太！慕迟曜会允许你穿得那么简单吗？”

言安希看上去很是不以为意，耸了耸肩，没说什么。

夏初初拿着手机玩了一会儿，才抬头问道：“安希，你今天没什么事吧？趁着我今天也没事，我们再去那家店看看。我刚刚问了，最近有很多新款哦！”

言安希顿了一下，然后随意回答道：“那……去就去吧。”

言安希说完没多久，很快就有用人快步走过来，轻声问道：“太太、夏小姐，两位是要出门吗？”

“嗯。”言安希点点头。

用人恭敬地说道：“好的，太太，我马上让人去备车。”

夏初初连忙叫住用人：“算了，我的车就停在花园里，安希坐我的车就行了。”

用人有些为难地说：“夏小姐，慕先生吩咐过……”

夏初初挥手打断用人的话，说道：“你是不是怕我害了安希啊？”

用人连忙摇头：“夏小姐，我没有这个意思。”

“算了。”言安希这个时候忽然说道，“我坐初初的车吧。去店里看看新款衣服而已，用不了多长时间，不会有什么事的。”

“可是太太，这……”

夏初初轻轻地撞了言安希一下，言安希立即心领神会。她忽然把手里的叉子一扔，眉头微微皱起，发起了脾气：“好了，我不去了，我就在家，哪里也不去，行了吧？”

一时间，客厅里安静得有些诡异。

夏初初看了看用人，打着圆场：“才多大点儿事啊，你这么为难，干脆去请示一下慕迟曜好了？”

言安希靠在沙发上，双手抱臂，一言不发。用人迅速打电话给慕迟曜，把事情的来龙去脉细细地和慕迟曜说了。

慕迟曜看着手里的文件，缓缓放下签字笔，愣了一下：“你说，她生气了？”

“是的，慕先生。”

“她这几天乖巧得连脾气都没有了，说什么就是什么，倒是难得见她主动表达情绪……”慕迟曜淡淡地说着，“让她去吧，你暗中派人远远跟着就好了。”

用人得到肯定的回答，立刻应了一声，挂了电话就回到客厅：“太太、夏小姐，两位随意。”

言安希没有说话，还在那皱着眉，似乎心情受到了影响。

夏初初倒是笑了两声：“行了，安希，走吧。逛街本来就要开开心心的，坏了心情那就不好了。”

听夏初初这么说，言安希这才慢吞吞地起身。

用人站在别墅门口，亲眼看着两人坐着的车驶出了年华别墅。

车上。

夏初初握着方向盘，不时地看着后视镜：“安希，你看，我们后面有两辆车，从我们出年华别墅之后就一直跟着了。”

言安希坐在副驾驶座上，也往后视镜里一瞥：“我也看到了。”

“那肯定是慕迟曜派来的人。”夏初初说，“他还真是怕你飞了啊，盯这么紧。”

言安希笑了笑，说不出是自嘲还是讽刺：“所以你跟我说让我逃离这里的时候，我都有点儿不敢相信，因为我根本没有这么想过，也不敢想。”

“没事，以前没有想过，现在直接可以进行了。”

言安希点了点头。她不时地望着后视镜里的车，心也跟着提了起来。现在她算是成功迈出了第一步，第二步就是甩开这些暗中跟着她的人了。

言安希心里有点儿紧张，但更多的是隐隐的雀跃和欢喜。

这次逃离，虽然有点儿疯狂，可言安希还是决定赌一把。

半个小时后，夏初初的车停在一家服装店前。

夏初初一边解开安全带一边说：“安希，我们进店后，如果他们没有跟进来，那就是逃跑的好机会。”

言安希点点头，深吸了一口气，解安全带的手微微发抖。

夏初初这个时候倒是显得从容不迫，也没再说什么。

两人下了车，径直走进店里，很快就有店员上前热情接待了她们。

在店里随意逛了一圈，拖延了十多分钟后，夏初初低声说道：“他们没进来，安希。”

“那……现在要怎么办？”

夏初初抬头看了一眼前面，言安希顺着她的目光看过去，一眼就看见了袁澈。

“他是来接应你的。”夏初初说，“等一会儿，你换一身衣服，袁澈会带着你离开。”

夏初初说着，快速挑了一身和言安希平时穿衣风格完全不同的衣服，塞到言安希手里：“去换上。”

言安希捏紧了手里的衣服：“好。”

夏初初和袁澈交换了一个眼神，两个人不经意地翻找着衣服，然后擦肩而过，一点儿交流都没有，像陌生人一样。

门外的保镖不时地往店里面张望一眼。

夏初初也一直刻意地站在可以让保镖看见的地方，因为保镖看见她在，就会以为言安希就在她附近，而她也可以随时注意保镖的情况。

言安希很快就换好了衣服，长裙曳地，宽大的棉麻七分袖衬衫，再戴上一顶草编帽，十足的田园森女风格。她一出来，夏初初就递了一副墨镜和一支口红给她。她戴上墨镜，涂了口红，整个人就变了一个样。

她看了一眼夏初初："这样可以了吧？"

"可以可以，如果没有刻意一直盯着你，谁也认不出来。"

袁澈走过来，手肘往外微微一抬，言安希下意识地挽住他的手臂。

"走。"袁澈压低声音说道，"不要紧张，尽量自然一点儿，不要说话。"

言安希有些紧张地咽了咽口水："好。"

两个人一起往外面走去。

夏初初在这个时候忽然加快脚步，在袁澈和言安希出去的前几秒钟，率先走出服装店。

言安希挽着袁澈的手，微微低下头，森女系风格的宽松服装把她的身形完全遮住了。

袁澈推开门走了出去，听见夏初初和一个保镖在说话："人家店员刚刚跟我投诉了，说你们在这里站着，会影响到其他客人……要不，你们站远一点儿？"

其实，夏初初这是在引开保镖的注意力，好让言安希跟着袁澈顺利地离开。

保镖答道："夏小姐，我们必须站在这里时刻保证慕太太的安全。"

言安希听着这些对话，心怦怦直跳，都快跳到嗓子眼儿了。

袁澈却很是自然地对言安希轻声说道："这里的衣服不适合你，我们再去别的地方看看。"

言安希点点头。

袁澈伸手拂了拂言安希耳边的发丝："先去吃点儿东西再逛？今天周末，难得不上班，我好好陪陪你……"他一边说着一边快步地走。

言安希的脸颊被他的指尖扫过，痒痒的，但她没出声。

袁澈看上去是在帮她拂头发，实际上是在遮挡她的侧脸。虽然她戴着墨镜和帽子，但还是要谨慎。

夏初初眼角的余光看着袁澈和言安希越走越远，心里也松了一口气。她其实比言安希更紧张，可是为了给安希力量，她一直在竭尽全力地保持镇静。

“算了算了。”夏初初说，“人家店员都那样说了，我总不能装作没听到吧。你们不愿意，我也没什么办法。”她一边不耐烦地挥着手，一边回到了店里。

夏初初一进去，店员就迎了上来：“夏小姐，刚刚和您一起来的那位小姐还没付款……”

“我来付。”

而保镖看着夏初初再次进去了，也就没有多想。

言安希僵直着后背走了一段路，虽然不算太远，但是她觉得好长好长，怎么也走不到尽头一样。她就这样离开了那些保镖的视线。

“袁澈……”言安希的声音有些抖，“我……我成功逃出来了，是吗？”

“是。不过现在不要回头，前面那辆黑色的车是我的，我们一起上车，自然一点儿。记住，你不是慕太太，你只是言安希。”

“好。”言安希浑身都紧绷着，不敢松懈。

袁澈走到车旁，替她打开车门：“走吧，言安希。”

她听着这句话，眼眶一红，好在戴着墨镜，没人看见。

走了，真的走了。

厉家。

“那今天就先谈到这里吧。交代手下的人去完成后面的部分。”厉衍瑾道。

慕迟曜把文件一合：“也行。”

既然工作结束，那么他现在该走了。他还要回家陪言安希，他答应过她的。

慕迟曜站起来，才走了两步，却觉得头晕目眩，浑身无力的感觉越来越明显了。他支着额角摇了摇头，根本没有一点儿作用。最后，他身体仰了仰，无力地跌坐在沙发上，闭上眼睛，沉沉睡去。

厉衍瑾看着这一幕，大吃一惊：“你怎么了，慕迟曜？”

慕迟曜没有回应，双眼紧闭，身上有一股淡淡的酒气。才一瓶红酒而已，慕迟曜绝对不至于醉。厉衍瑾仔细想了想，忽然转身看着那瓶酒。

难道这就是夏初初非要让慕迟曜喝酒的原因？厉衍瑾看着那瓶见底的红酒，这里面是不是加了什么不该加的东西？

正这么想着，慕迟曜的手机忽然响了。

手机是私人物品，厉衍瑾当然不会随便去接电话，他看了一眼屏幕上的号码，就没去理会了。

慕迟曜的手机铃声响了一遍又一遍，可慕迟曜早已睡得昏昏沉沉，没了知觉。

而这个时候，外面已经鸡飞狗跳，一片混乱了。

慕城新城区的一栋公寓楼里，袁澈站在一间公寓门口，当着言安希的面按下开门密码：“记住密码，以后你进出方便一点儿。”

“好，谢谢。”

“这里是我的公寓，平时没什么人来，这段时间，你就住在这里，不要出门。”

“麻烦你了，袁澈。”言安希说，“我真没想到，你会这么帮我。”

袁澈转身关上门，然后看着她：“我是不希望你再做出什么傻事了。多好的一个女孩子，偏偏被逼得选了那样一条绝路。”

言安希有些自嘲地笑了笑：“是啊……我现在想想，当时真的是无路可走，也无路可退了。”

“以后都会好起来的。”袁澈认真地看着她说道，“我想送你一句话。”

言安希的眼睛亮亮的，像天上的星星一样：“你说。”

这样的一双眼睛，让人怎么看都看不够。袁澈的心颤了一下，微微移开了目光：“你现在所受的苦难，会和你日后所得的幸福成正比。”

言安希听完，忽然笑了，笑起来的时候，眼睛更亮：“我也希望这样吧。”

袁澈倒了两杯水，递了一杯给言安希：“本来我和夏初初最开始的想法是让你快点儿离开慕城，但从这里到高速公路入口，还有两个多小时的路程，这个时间……很危险。”

如果慕迟曜在两个小时之内醒了，那么他肯定第一时间就会派人去各个交通要道口堵人，到时候言安希无异于自投罗网；如果慕迟曜睡熟了没有醒来，就好办了。

可是这得赌，也怕功亏一篑。

言安希点点头：“我知道。”

袁澈说：“所以你先躲在这里吧，只要不抛头露面，就不会有事的。等风声一过，我们再想办法离开。”

“好。”言安希说道，“谢谢你，袁澈。”

一个多小时以后，慕迟曜终于醒了，他揉着额角，觉得脑袋隐隐作痛，身上一点儿力气都没有，脑子里跟灌满了糨糊似的。

慕迟曜从沙发上坐起来，指尖一直没离开过额角。他看着面前桌上散落的文件，这才想起这里是厉衍瑾的书房。他皱了皱眉，拿起自己的手机，摁亮了手机屏幕，却看到手机上有七八个未接来电，顿时心里隐隐有一种不好的预感。

慕迟曜站起来出了书房，一边往楼下走，一边回拨了电话过去。他还没出声问什么事，电话那头的保镖已经焦急地说道：“慕先生，出事了，太太不见了！”

仅仅这一句，就让慕迟曜整个人如同被雷击中了一样，当场僵在原地。

“你说什么？再说一遍！”顿时，整个厉家都能听到二楼传来慕迟曜暴怒的声音。

“怎么会不见了？一个大活人好好的会不见了？”慕迟曜一边怒吼一边下楼，“我现在马上赶过去，你们这群废物！”

他快速下楼，烦躁地扯了扯衬衫衣领，手背上青筋暴起。

厉衍瑾见他这副模样，问他：“怎么了，发这么大脾气？”

慕迟曜脚步不停地往外走：“言安希失踪了。”

厉衍瑾听到他这个回答，当场就愣在了原地。而慕迟曜已经脚下生风，走远了。

慕迟曜的车子迅速停在路边，发出一阵刺耳的刹车声，接着就见他快速下车，甩上车门，走了过来。

保镖看见他，吓得脸色都变了：“慕……慕先生。”

“言安希呢？”他大吼着问道，“好好的一个人，你们居然给看丢了？你们是瞎还是傻？”

“慕先生……”保镖胆怯地回答，“您先冷静听我说，事情是这样的……”

可现在慕迟曜根本听不进任何话！他只是一个劲儿地质问：“你们现在只要告诉我，言安希她人呢？她在哪？”

她怎么可以不见了？她是逃了，还是走了？

今天早上，他离开家里去厉家时，她还乖巧安静地看着他说，她等他回来。可现在，他们告诉他，她不见了。

慕迟曜双眼赤红，情绪异常激动：“她一个大活人，你们随时随地地跟在后面，怎么会丢？她一个人又怎么能够甩开你们？”

保镖一五一十地把事情的经过详细讲了一遍。

在保镖说完后，慕迟曜沉着脸问道：“夏初初呢？”

“我在这里。”

夏初初和阿诚站在一起，显得十分娇小，再加上现在这里都是大高个的保镖，她很容易被忽略。慕迟曜听到声音，朝她看了过去。

夏初初弱弱地应了一声，在接触到慕迟曜的目光时，忍不住抖了两抖。

“她一直和你在一起，她什么时候不见的，你居然不知道？”

夏初初又抖了抖，脸上那表情简直快要哭了：“我……我真的不知道啊。我以为她在那边区域看衣服，所以也就没在意……”

慕迟曜眼神如同刀子一样看着夏初初，然后又收回目光，大步走进了服装店。他一直在告诉自己，一定要冷静，只有冷静，理智才会慢慢回归。

“把监控调出来，我亲自看。”慕迟曜吩咐道。

马上就有人按他说的照办了。慕迟曜看着监控录像，一动不动，眼睛一直盯着那个熟悉的身影。

在看到言安希进试衣间，换了一身衣服出来，完全变了个人一样的时候，慕迟曜脸色也跟着变了。这时，监控画面忽然一黑，什么都看不到了。

“这是怎么回事？”

“慕先生，监控到这里就没了，摄像头好像被人刻意遮挡住了。”

慕迟曜顿时大怒，一脚踢了过去："真的是饭桶！我要你们有什么用？"

他愤怒地站了起来："夏初初，你是不是她的帮手？"

夏初初吓了一跳："你在说什么啊？"

"我不想问第二遍。"

慕迟曜气归气，但天生超级缜密的逻辑思维，让他迅速察觉到了这件事可疑的地方。言安希一直和夏初初在一起，言安希不见了，夏初初肯定是第一知情人。

"我帮什么啊……"夏初初一副欲哭无泪的样子，"你也看到监控了，我能帮什么啊？我一个弱女子，肩不能扛、手不能提的……"

"你以前就说过，不希望她和我在一起。"

"我说是那样说过啊，因为你对她一点儿都不好。可我哪里会想到，她真的就走了啊。慕迟曜，我现在比你还要担心她！"

慕迟曜眉毛微挑："是吗？"

"当然啊！虽然她和你在一起过得不快乐，但至少我还能看到她。现在她这么走了，身上什么也没有，无依无靠，还怀着孩子，你说她要怎么生存下去啊……"

听到"孩子"两个字，慕迟曜浑身一震。他忽然快步走向夏初初，声音冷硬："你是要自己交代，还是要我严刑逼供？"

"慕总，你这话是什么意思啊……"

"言安希之前一直好好的！可你来看望过她两次，她就不见了！"

"这么说，慕总是怀疑我？"

"你是最大的嫌疑人。"慕迟曜笃定地说，"夏初初，你快说她在哪？"

夏初初一脸愕然地看着他，模样像被惊吓到的小鹿："我怎么知道她在哪……我要是知道，我早去找她了！我现在比你更担心她！"夏初初又说道："我觉得你需要冷静一下，你不能因为安希不见了，就随便怀疑人啊……"

慕迟曜现在的确方寸大乱，言安希逃了，因为受不了他，所以义无反顾地离开了他。他只觉得心里像破了一个大洞，冷风呼呼地往里面灌，又冰又凉，吹得他生疼。

慕迟曜目光凌厉地审视着夏初初，他想要说点儿什么诈一诈夏初初，结果外面快速走进来一个人，正是厉衍瑾。

夏初初一看到厉衍瑾，就如同看到了救命稻草："厉衍瑾先生！"

厉衍瑾连忙伸手安抚她："初初，我在这里。"

慕迟曜看了厉衍瑾一眼，薄唇紧抿，神色凝重。

"这是怎么了？"厉衍瑾问，"我刚刚在外面看见，你……好像在冲初初吼？"

慕迟曜坦然承认："是。"

"你吼她干什么？"厉衍瑾说，"你刚刚不是说言安希不见了吗？关初初什么事？"

"因为她一直和言安希在一起。"

厉衍瑾看了夏初初一眼："所以，你是认为她有责任？"

"我会查清楚这件事，她有没有责任很快就会见分晓。"慕迟曜说。

厉衍瑾道："嗯，是该好好查查，言安希一个女孩子，在外面也挺危险的。"

慕迟曜眉头紧锁，看了在场的每个人一眼，最后什么都没有说，转身往外面走去："回年华别墅。"

"是，慕先生。"保镖们整齐划一地应着，随着慕迟曜离开。

直到慕迟曜上车离开，夏初初才松了一口气。而厉衍瑾意味深长地看了她一眼。

年华别墅。

客厅里，慕迟曜坐在沙发上，衬衫微微敞开，早上精心系好的领带已经不翼而飞，脸色平静了不少，可是越看越让人觉得可怕。

而今天跟着保护言安希的保镖站在慕迟曜的面前，全部低着头，双手背在身后，连大气都不敢出。熟悉慕迟曜的人都知道，他越沉默就越可怕。

慕迟曜慢慢打开烟盒，他想拿一支烟出来，可是手一直在抖，一时半会儿竟然抽不出来。用人见状，连忙伸出手帮忙，却被他扬手推开。他面沉如水，终于抽出一根烟衔在嘴里。他把烟盒一扔，快速拿起打火机，点燃了香烟。

整个年华别墅都显得格外沉寂，没有人敢发出一丁点儿声音。

“把事情的经过再仔细地说一遍。”慕迟曜终于开口道，“任何细节都不能给我落下！”

站在中间的保镖连忙回答：“慕先生，我们就一直跟着夏小姐的车，太太进了服装店，我们就在外面守着。因为那家店没有后门，所以我们没有跟进去，也怕扰了太太逛街的兴致。”

“是什么时候发现她不见的？”

“是……是夏小姐来告诉我们太太不见了。”

慕迟曜拿起一旁的烟灰缸，“啪”的一声砸在地上，烟灰缸瞬间摔得粉碎。

“需要夏初初来告诉你们，你们才知道人不见的？”慕迟曜对保镖们吼道，“废物！”

“慕先生说得是。”

“她是从你们眼皮子底下离开的！她换了一身衣服，你们就认不出来了？你们瞎了吗！”

“慕先生，是我们的失职，我们愿意接受惩罚，承担责任。”

“你们担不起！”慕迟曜愤怒地说着。

他已经把事情的经过听了三遍以上，监控录像也看了，可还是没有一点儿头绪。这让他的心情更加烦躁和愤怒。不管怎么发脾气，都解决不了问题。可是他就是控制不住自己，他满腔的怒火急需要发泄出来。

言安希就是走了，离开他了。她一直说她要自由，她做到了！

慕迟曜此时此刻还清清楚楚地记得，她说，她有多爱他，就有多恨他。他喘着粗气，手心手背被碎瓷片划了好几道口子，他也丝毫不在乎。

慕迟曜扫了一眼沉默不语的保镖：“马上去查慕城今天上午所有的飞机航班、火车和高铁车次，都不能给我放过！只要她出慕城了，就一定会有行程记录，给我查！”

“是，慕先生。”

慕迟曜吩咐完之后，伸手抚着额头，悔恨不已。这几天的安乐日子，把他敏锐的洞察力都磨没了。言安希朝他笑一笑，稍微温柔可人一点儿，他就被迷得神魂颠倒，可原来她这几天的乖巧，都是给他放的烟幕弹。

用人从楼上下来："慕先生，太太房间里的东西都还在，她只带了一些随身必备的东西。"

"我知道了。"

言安希就连离开都这么匆忙，而且不带走任何一样东西。她是自始至终都没把这里当成她的家，是吗？但是，没有他的允许，她怎么能走？

三点半，终于有了消息。

"慕先生，机场、火车站都没有找到太太乘坐的班次。现在慕城的各个高速公路路口都有我们的人在暗中搜索了。"

慕迟曜的眉头瞬间紧皱，问道："什么消息都没有，这说明她还在慕城？"

"是的，慕先生。太太不可能在这么短的时间内就离开。"

慕迟曜冷冷地说道："她肯定是藏着等待机会，然后离开慕城，让我找不到她的行踪！"

"慕先生，那我们接下来要怎么做？"

"等！"慕迟曜说道，"有任何有关她的消息，都不能放过！"

"是，慕先生。"

慕迟曜忽然长长地叹了一口气，重新坐在沙发上。

言安希还在慕城的这个消息，给了他一点点希望。只要她还在慕城，那么就是掘地三尺，他也要把她给挖出来。

厉家。

厉衍瑾一回家就拉着夏初初一言不发地进了房间，反锁好了门。夏初初也不说话，任凭厉衍瑾攥紧她的手腕。

"夏初初，"厉衍瑾叫着她的全名，"你告诉我，是不是你帮助言安希逃跑了？"

"厉衍瑾先生，空口无凭，你这是在污蔑我。"

"初初，我告诉你，现在慕迟曜是乱了分寸，一时间静不下心来。可只要等他冷静下来，不用多久，就会查到你头上的。"

夏初初眨了眨眼："厉衍瑾先生……"

厉衍瑾轻哼一声："你让我把慕迟曜从年华别墅引开，这样你和言安希假装去逛街的时候，慕迟曜就不会在场了吧。你还在去年华别墅之前，特意拿了酒到书房里来，可一瓶酒就让慕迟曜醉得不省人事？”厉衍瑾上前一步，双手箍着夏初初的腰，慢慢收紧。

夏初初心里一惊：“厉衍瑾先生，我不知道你在说什么啊……”

“还要装，是吧？”厉衍瑾的神情开始变得有些严肃，“初初，关于言安希逃跑的这件事情，我非常有必要跟你说一下利和弊。”

“好好好。”夏初初应得十分爽快，“你说。”

“你跟我坦白，我还能保你。可是你不说的话，到时候我都救不了你！”

夏初初的眼珠骨碌碌地转：“所以就是说，你会帮我是吗？”

“我不帮你，还能去帮别人吗？”

“我就知道厉衍瑾先生最好了……”

“别打岔。”厉衍瑾加重了语气，“你说，你在慕迟曜喝的那瓶红酒里究竟放了什么？”

夏初初回答：“就是一点点助眠的药。”一边说着，夏初初还一边用指尖比画着，表示真的就只有一点点。

厉衍瑾气得都不知道要说什么好了：“夏初初，你可真行啊！所以这件事你全程参与了，是不是？”

夏初初犹豫了一下，然后点点头：“是的。作为安希的朋友，我是真的不希望她继续那样生活下去了。”

厉衍瑾看着夏初初，想骂又骂不出口，他道：“慕迟曜和言安希的事情，我们旁人看看就好了，该劝的时候说两句，不该劝的时候就旁观。你这完全是不经过大脑思考的行为！”

“厉衍瑾先生，现在不是生气的时候啊……”

慕家老宅。

慕宅后面的小花园里搭了一些葡萄架，种了不少的绿色植物，慕老爷子睡在一边的躺椅上，眼睛轻轻地闭着。而慕迟曜一身衬衫黑裤，和这样悠闲的田园小景格格不入。

慕迟曜也往椅子上一靠，十分慵懒：“爷爷知道言安希逃跑了，怎么一点儿也不着急？”

慕老爷子沉吟着道：“安希丫头虽然走了，但她落下了非常重要的把柄。她那弟弟还在重症监护病房里躺着，难道她会连这唯一的亲人都不管不顾吗？”

慕迟曜嘴角一扬：“看来，爷爷和我想到一块去了。”

慕老爷子侧头看他：“既然你早就想到了，那你还不拿言安宸大做文章，逼安希丫头现身？”

慕迟曜顿了一下，才道：“我怕她恨我。”

慕老爷子眉头一皱。

“并不是只有拿言安宸威胁，才能逼言安希现身。”慕迟曜揉了揉额角，“我再想想吧。”

“迟曜啊，惜取眼前人，莫失心中爱。”

离开慕宅后，慕迟曜去了星辰医院，他看着言安宸，双手慢慢攥紧。真要拿言安宸来逼言安希现身的话，绝对有效，而且可以说是立竿见影。可这样一来，言安希就算回到了他身边，两个人的关系也绝对会比以前更加恶劣。

慕迟曜闭了闭眼，言安希逃离他不过一天的时间，他已经觉得每一秒都是煎熬了。

“传我的话。”他从言安宸身上收回目光，沉声说道，“让医院做好准备，同时让和慕氏集团交好的媒体都……”

慕迟曜的话还没说完，走廊那头就传来匆匆的脚步声，还伴随着一个欣喜的声音：“迟曜，你来了！”

秦苏的身影出现在他的视线里，还是一身病号服，但是气色明显比以前好很多了。她飞快地走到他身边，挽着他的手臂。

慕迟曜淡淡地说道：“你怎么来了？”

秦苏回道：“我在楼下看见你的车了，就想你一定在这里，所以就来找你了。”

旁边的保镖想了想，说道：“慕先生，你刚刚说让媒体……”

慕迟曜却摆了摆手：“下次再说吧。”

“是，慕先生。”

秦苏好奇地问道：“什么事啊？”

慕迟曜看了她一眼，没有说话。

秦苏见状，也识趣地没有再问，只是挽着他的手：“陪我去花园里散散步吧，今天难得有太阳。”

慕迟曜说：“好。”

住院部下面就是一个植物园，石子铺成的小路纵横交错，空气很好。

秦苏一直在说话，而慕迟曜面无表情地听着，时不时点点头，沉默寡言。

秦苏见状，没忍住问道：“迟曜，你好像有什么心事？”

慕迟曜单手插在口袋里，忽然停下脚步，转身看着秦苏，那眼神犀利又淡漠，看得秦苏心里一慌，也很不安。

“秦苏，我想，我和你之间，已经没了当初的感情。”可以说，他和秦苏一直以来就没有感情，不然，他当初又怎么会舍得她死?

秦苏浑身发抖：“迟曜，我们是分开太久了，太陌生了，一定是的，我们怎么会没有感情了呢？”

慕迟曜微微皱眉，叹气说道：“秦苏，我们的缘分，可能真的已经尽了。”

“迟曜，你是不是……爱上言安希了？”

“也许是的。”

秦苏精准地抓住了他话里的犹豫，委屈道：“你对言安希，是因为新鲜感吧……”

“不。”这一次，慕迟曜却斩钉截铁地摇了摇头，“绝对不是。”

“为什么？”秦苏反问。

“因为言安希跑了。”慕迟曜缓缓地说，“一个完全在我掌控之中的女人，忤逆我，背着我逃了，我气她不告而别，怒她想要脱离我的掌控，可同时，我在担心她有没有事。”

慕迟曜愤怒过后，是担心，是自责。他没有好好地对她，没有及时发现她的不开心，才会让她想要跑。

“不，迟曜。”秦苏听着慕迟曜的一番话，内心恨得咬牙切齿，试图引导他的想法，“你是在担心孩子，而不是担心她。”

“我是担心孩子，但我更担心她。”

秦苏听到他这句话，咬了咬牙：“迟曜……”

“最近我会很忙，我会让宋尧好好照顾你。”

秦苏看出慕迟曜的不耐烦，识趣道："好，我等你。"

慕城新区的公寓。

天色慢慢暗了下来，言安希在厨房里忙碌，准备在袁澈下班回来之前做好一桌饭菜。她手艺不是很好，但做几个家常菜还是没问题的。

距言安希逃离慕迟曜身边，已经过去二十四小时了，她觉得非常轻松。

她现在是自由的，想看书就看书，饿了就自己做饭，除了不能出去，其余都挺好的。

厨房里的汤咕噜噜地响，袁澈提着公文包走了进来，换下鞋子，忍不住说道："好香啊。"

言安希听见声音，从厨房里探出头来："我在煲汤，菜快好了。"

袁澈点点头，眼睛一瞥，看见阳台上挂着的衣服，一愣："你把我的衣服也洗了？"

"嗯，我准备洗自己的衣服的时候，顺便就把你的也洗了。"

袁澈心里一暖，拉开椅子坐下，看着言安希忙乎，笑了笑："言安希，你好像心情很好？"

"当然。"她也笑着说，"人生得意须尽欢呀！"

两个人正吃着饭，忽然门铃被按响了，言安希的手顿了一下。

"我去看看。也许是朋友。"袁澈放下碗筷起身。

言安希一直往门口张望，她听见开门和关门的声音，随后夏初初的声音就传了过来："安希，我来看你啦！"

言安希说："你……"

夏初初跑到餐厅，在她身边坐下："放心，没人跟着我。"

言安希笑了笑："你还挺谨慎的。"

"那当然。"夏初初继续说道，"目前慕迟曜那边风平浪静，不知道他是不是在暗中查。"

"很有可能。"袁澈回答，"而且，他好像封锁了消息。"

言安希咬着筷子，刚刚的好心情一下子被破坏了。

夏初初说："他也不能怎么样，最多就是拿安宸逼你现身。"

的确，言安希这次逃跑得匆忙，根本无暇顾及言安宸。

"我对不起安宸。"

“你不用自责，安希，我会随时注意星辰医院那边的。我觉得慕迟曜也就是吓你，不会真的把安宸怎么样。”

要是言安宸真出了事，那言安希和慕迟曜就真的回不去了。相反，没了言安宸，言安希会更加没顾虑。这里面的利害关系，慕迟曜不会不懂。

第十五章

她终究还是逃不掉

言安希失踪的第二个晚上。

慕迟曜慵懒地靠在单人沙发上，长腿交叠。他的脚下不知道散落了多少酒瓶，横七竖八的，根本没有地方落脚。他修长的手指握着高脚杯，一杯接一杯地喝着。他虽然已经有了醉态，但是意识非常清楚。

他没有醉。

他已经连续两晚都是这样了。没了言安希，他似乎成了行尸走肉。

言安宸这一个筹码，他还没决定要不要用。本来昨天去医院，他已经准备下令，却被秦苏打断了。这一打断，他到现在都还没做出决定。

她还在慕城，在一个他不知道的角落里。

慕迟曜又喝了一口酒，酒入喉，他眼角的余光瞥见放在一边的手机，眼睛忽然微微一眯——酒！

言安希逃跑的那一天，他在厉衍瑾的书房谈工作，然后……

慕迟曜猛地站了起来，思路越来越清晰，脑海里只有一个人的名字——夏初初！

他快步往外面走去，脚尖不知道踢到了多少酒瓶，咣当咣当直响，他却充耳不闻，转身出了主卧。随后，跑车风驰电掣地驶出了年华别墅。

厉家。

厉妍还没回来，夏初初坐在客厅里看电视，厉衍瑾在一边陪着她，两个人有一搭没一搭地说着话。就在这个时候，厉家的管家匆匆忙忙走了进来："厉先生、夏小姐，慕先生来了。"

"慕迟曜？"厉衍瑾问道。

夏初初嘀咕道："这么晚了，慕迟曜来我们家干什么啊……"她忽然倒吸一口凉气，满面惊诧，"他不会是发现了什么吧……"

厉衍瑾冷静地说道："什么都先别说，看看情况。"

他话音一落，慕迟曜已经走了进来，满身杀气："夏初初呢？"

夏初初忍不住缩了缩脖子。

慕迟曜狠狠地盯着夏初初，开门见山道："夏初初，言安希在哪？"

夏初初结巴道："慕总，我哪里知道她在什么地方……"

"你还要装？"慕迟曜已经朝她走了过去，"你非要我把疑点全部说出来吗？"

夏初初忍不住往厉衍瑾背后缩了缩，厉衍瑾连忙说道："慕迟曜，初初怎么会知道言安希在哪里？"

夏初初也小声地附和道："就是啊……"

"难道我还冤枉你？"慕迟曜说着，抬手扯住夏初初的手腕，毫不留情地把她从厉衍瑾身后给拉了出来，"夏初初，你不要挑战我的忍耐度！"

"我……我真的不知道啊！"夏初初吓得双腿都发软了。

慕迟曜冷笑一声："言安希逃跑的那天，你端了酒上来，不过是一瓶红酒，能让我昏睡一个小时？"

"你自己喝醉了……"

"拿了酒之后，你紧接着去了年华别墅，约言安希逛街？"

夏初初努力镇定地回答道："你和厉衍瑾先生在谈事情，我无聊，就去找安希啊！"

慕迟曜再次一针见血地指出："在服装店，言安希换上的那一身衣服，监控拍得清清楚楚，是你挑给她的！"

"我给她挑衣服……怎么就……"

"闭嘴！"慕迟曜吼道，"言安希到底在哪里，快说！"

夏初初说："你来问我，那……那我去问谁？"

"你是咬死不说，是吗？"慕迟曜握着夏初初手腕的力道越来越大。

厉衍瑾低声说道："这件事，初初有没有责任还不能下定论。就算是她帮助言安希逃跑的，言安希都已经走了，她哪里能知道言安希的行踪？"

"我不信她们没有联系！"

"初初这两天一直和我一起上班、回家。"厉衍瑾说，"这样吧，你不如让我回头好好问问她。"

慕迟曜脸色阴沉到了极点，他肯定夏初初心里有鬼。

厉衍瑾回头看着夏初初："我就说，你迟早会闯大祸的。"

夏初初见厉衍瑾帮她出头，立马见机行事，低着头，不说话。

慕迟曜也看着她："很好，夏初初，你不说可以，我有的是办法让言安希回来的，你等着看！"

夏初初心里一惊。

慕迟曜缓缓地说："她逃了两天，过了两天安心日子，也够了。"说完，他转身就走，和来的时候一样，脚步带风。

第二天，慕迟曜开始有所动作了。

他先将言安宸从重症监护病房转去了一个没人知道的地方。紧接着，有消息传出年华别墅里的几个保镖被整顿了。保镖这一行都是为金主服务，他们拿着高薪，自然也就承担着高风险。这一整顿，小则失去工作，大则永远不能从事这一行了。

夏初初在办公室听到消息时，当场一惊："慕迟曜的动作……这么快？"

他不只利用了言安宸这个筹码，还把那几个跟随着言安希的保镖牵扯了进来。如果言安希的逃跑真的让他们背负"失职"的责任，害得人家丢了工作，那……罪过就大了。

夏初初咬咬牙，思考了一番，就赶往星辰医院。她一下车，就看见慕迟曜站在离她两步远的地方，平静地看着她："夏初初，一听到消息，你就迫不及待地赶来医院了？"

"你……"夏初初看着他，"如果言安宸出了什么事，安希绝对会恨你一辈子的！"

"她既然敢逃，那就要承担后果！"

恨也好，痛也罢，他只想让言安希回到他身边！他什么都顾不得了。如果再这样继续放任言安希，等她哪天伺机出了慕城，那再要找她，就更加困难了。

哪怕是恨，那也要她在他身边，互相折磨一世！

夏初初跺了跺脚："你！我都说了，你要是对她好，她能逃吗？"

慕迟曜单手插在口袋里，神态慵懒，缓缓地说了一句话："只能我负她，不能她负我。"

夏初初一愣，恨不得冲上去和慕迟曜打一架！气死人了！他居然还好意思说这样的话！

夏初初也不理慕迟曜了，她要去重症监护病房看看，看看能不能从医生、护士的口中得到一点儿消息。结果她还没上楼梯，就被人高马大的保镖拦了下来。

夏初初回头看着慕迟曜："你想干什么？"

"去告诉言安希，要么她回来，要么她一辈子都别想再看到言安宸。就连你，也别想探到什么风声。"慕迟曜站在原地，继续道，"还有，因为她逃跑而受到牵连的人，就要因为她而毁掉整个人生。"

夏初初不说话了。

因为自己，而让别人这辈子都毁了，别说安希了，夏初初自己都过意不去。

慕迟曜开车回到公司。他进了办公室，把外套往衣架上一挂，顺手就要关门，陈航却走了进来："慕总。"

"什么事？"

"太太那边目前还没有什么消息，但是秦苏小姐的事情倒是有一点儿眉目了。"

慕迟曜转过身："秦苏的哪件事？"

"慕总，是秦苏小姐和慕天烨的关系。我们费了很多周折，找到了当年拍摄这些照片的那个私家侦探。"

"你们找到了？"慕迟曜眉头一皱，"让他到这里来！"

陈航点头应道："是。"

很快，那个当年被派去的私家侦探就来了。

"慕总。"侦探朝他点头鞠躬，"当时您让我去拍秦苏和慕天烨，我跟踪了将近两个月，才拍到那一沓照片交给您。”

“是，时间的确是有点儿久。”

“可是我抓拍的那些，都不是我刻意拍的，两个人真的很暧昧。我跟踪了秦苏近两个月，她私下和慕天烨在一起的时间，说多不多，可说少也不少。”

慕迟曜脸色一沉：“说下去。”

“慕天烨对秦苏动手动脚，秦苏的态度也是半推半就……”

“那……亲吻的那些照片，是借位还是真的？”

“是真的，慕总。”侦探说，“不过，在我的印象里，都是慕天烨主动的，秦苏倒没有主动过。那些照片都是抓拍的，虽然有些模糊，但绝对都是我用镜头真实记录下来的！”

慕迟曜的脸色已经相当难看了。

他当初真的没有误会秦苏！秦苏竟然骗他！而且多年之后，她堂而皇之地回到他身边，继续享受着他对她的怜爱！

这么一想，慕迟曜深深地意识到，言安希是真的爱他。因为爱他，所以她拒绝了慕天烨。因为爱他，所以她不惜和慕天烨撕破脸，受尽折磨和委屈。

“言安希，你到底在哪里……”慕迟曜低低地说着，悔恨不已。

他要找她回来，他不能没有她！

公寓。

门锁忽然响了，言安希走去客厅，正好看见袁澈在挂外套：“今天怎么回来这么早？我现在就去做饭。”

“我还不饿。”袁澈看了她一眼，松了松领带，走到沙发上坐下。

言安希也在他对面坐下，问道：“工作不顺利吗？你看上去好像有心事。”

袁澈沉默了一会儿才说道：“今天夏初初给我打了电话，我想这些事有必要告诉你。”

“你说。”

袁澈一字不落地把夏初初告诉他的情况转述给了言安希。

“他还是这样做了……”言安希喃喃道，“他知道我最在意的就是安宸，他却还是拿这个来威胁我。”

“我和夏初初一致认为，言安宸现在肯定平安无事，只是慕迟曜想逼你现身。”

言安希点点头：“我知道。可是……那些无辜的保镖呢？”

那些和阿诚一样，只是做好自己的工作，却要受到她的牵连的那些人呢？

“你有没有想过，这也是慕迟曜逼你现身的一种手段呢？”

言安希想了想，然后摇摇头：“不，我了解他。”

慕迟曜向来心狠手辣，除了亲人，对其他人，甚至对他自己，他都下得去手。连秦苏他都能狠下心，对于这些保镖，他更是眼睛都不会眨一下。

袁澈问：“那你要如他所愿回去吗？”

言安希一下子犯了难。她不想回去，可她不想让那些保镖因为她而毁掉一生。

“我把这些告诉你，就是想让你自己做出选择。当然，不管你怎么选择，我都会支持你。”

言安希垂下眼，过了好一会儿，她问道：“袁澈，我可以联系一下慕迟曜吗？电话或者短信都好。”

袁澈点点头，站了起来：“可以，你等我一下。”

“好，我等你。”言安希看着袁澈笑了笑。

袁澈出门后，言安希坐在沙发上，身形娇小，几乎要陷进去。客厅里开着灯，十分明亮，但同时也十分安静。

她要联系慕迟曜，她想和他说点儿什么。之前准备逃跑的时候，她怕自己不小心说了什么，让慕迟曜察觉出来，于是保持沉默，所以她的离开，应该是让他措手不及的。

言安希叹了一口气，低头看着自己的小腹，轻轻地说：“你的爸爸，是一个很优秀的人，各个方面都是人中龙凤。可妈妈太平凡了，不能和他比肩。但是妈妈再平凡，也想要给你很多很多的爱。”

“其实为你考虑，我是应该把你生下来，交给慕家抚养的。这样的话，以后你也会和你爸爸一样站在人上人的位置。可是妈妈不希望你有多么优秀，只想你快乐健康地长大，无忧无虑，不需要背负太多责任，做一个普通人就够了。”说着说着，言安希觉得自己的鼻子有点儿酸了。

慕迟曜刚知道这个孩子的时候，那么欣喜，那么快乐，那么希望这个孩子能够尽快降临到这个世界上。言安希的心何曾没有柔软过？

袁澈回到公寓，对言安希道："我买了一张电话卡，你用这张卡联系慕迟曜吧。不能通话太久，我怕慕迟曜手下的人动作太快，会定位到你的位置。"

"好，我不会说太久的。"言安希捏着电话卡，走到客房，手有些颤抖地拨通了慕迟曜的手机号码。

那边很快就接听了电话："喂，哪位？"

听见他的声音，言安希忍不住抖了抖。

慕迟曜又提高了声音，带着明显的不耐烦："说话！"

言安希深吸了一口气，缓缓开口道："慕迟曜，是我，我想和你谈谈。"

"言安希，你在哪里？你居然还敢给我打电话，你是觉得我找不到你吗？"

"我只是有事想要跟你说。"

慕迟曜却有些失控："你在哪里？我马上去接你……"

言安希轻声说道："我不会回去的。这世界上的任何一个地方，都比在你身边好太多了。"

"够了！"慕迟曜怒吼一声，"你的植物人弟弟还躺在医院里，你跑的时候就没想过？"

言安希咬咬牙："你拿我弟弟威胁我，我认了。可是那天保护我的那些保镖是无辜的啊……"

"身为我的手下，失职就要接受惩罚。"

言安希最后放软了语气说道："我给你打这个电话，不是想和你吵架的。"

慕迟曜顿了一下，忽然问道："所以你只是来求我，并不是想我。"

"我为什么要想你？"

"言安希，你不要逼我。"慕迟曜冷冷地说。

"你如果逼我，那我也只能逼你了。"

慕迟曜语气一沉："什么？"

"你有没有想过我肚子里的孩子？"

慕迟曜像是被人一下子戳中了死穴，额角的青筋都暴起来了："你拿孩子说事是吧，言安希？”

“因为你只在乎孩子，我说这么多，其实还不如说一句孩子有用。”

言安希也实在没办法了，所以才会拿孩子威胁慕迟曜，让他不敢轻举妄动。

她说完这句话之后，两人陷入短暂的沉默。

慕迟曜的呼吸声越来越粗重，最后他只说了一句：“你回来吧，好不好？”他这语气，竟带了几分乞求的意味，“只要你回来，我什么都答应你。”

“晚了，慕迟曜。”

“那其他的事情，你就怨不得我了。”

言安希闭了闭眼睛：“我改变不了你，慕迟曜，我尽力了，就这样吧。”

慕迟曜心里一紧：“我早晚会找到你！”

“就算你找到我的人，也找不回我的心了。”言安希说着，毫不犹豫地挂掉了电话，然后动作利落地取出电话卡，一刀一刀地剪碎丢进垃圾桶。

客厅外的阳台上，袁澈正趴在栏杆上，看着慕城的夜景，言安希想了想，走了过去。

袁澈听见脚步声，回头朝她看了过来：“怎么样？”

“不怎么样。”言安希说，“我左右不了他的想法。”

袁澈不解地问道：“既然你早就知道结果，那为什么还要去打这通电话？”

“总要试一试的。我也不能放任我自己的事情连累别人。”

“那说了这么多，你究竟是回去还是……”

言安希侧头看着袁澈：“我不想回去。可看现在的情况，我逃出来，真的是一时头脑发热……”

是她太天真了，也是她太想逃离慕迟曜了。这次逃跑，本身就是一次不成熟的举动。

“不管你做什么，我都支持你。”袁澈打破沉默，说道，“你如果回去，那离婚官司和抚养权官司，我尽力帮你打赢；如果你不回去，那这两天我就帮你离开慕城。”

言安希看着袁澈，眼睛里似乎有着慕城夜景的影子，细细碎碎，十分明亮。

言安希轻轻地点了点头，可是神色间没有一点儿欣喜。

她的命脉，依然被牢牢地控制在慕迟曜的手里。

第二天。

慕迟曜睡在床上，他的手机响了起来。他从床上坐起来，拿起手机，虽然声音带着睡意，但是已经清醒："什么事？"

"慕先生，我们在找太太的过程中，受到了阻挠。"

慕迟曜一听，怒火就上来了："谁敢阻挠？"

"墨千枫那边的人。他们总跟着我们的人，妨碍我们搜寻，还会故意遮挡我们的视线，对于和慕太太身形十分相似的人，都会比我们先一步上前确认……"

"我知道了。"慕迟曜匆匆挂了电话，翻身下床。

墨千枫！他是存心在这个时候来添乱！

慕迟曜开车迅速地赶到了电话里所说的地点，把车停在路边，他站在街头看着来来往往的人，还有隐藏在这热闹背后暗中观察着的无数双眼睛。

过了好一会儿，拐角处缓缓走出来一个人。

慕迟曜眼眸微微一眯："我正要找你。"

"多巧，我也想见你。"

站在拐角处的墨千枫穿着一身黑色西装，比平时看上去严肃不少。相反，慕迟曜只穿了一件简单干净的白衬衫，更像一个翩翩贵公子。

两人四周，保镖已经自发地隔开周围的无关人群，保护好各自的雇主。

"你阻碍我的人寻找言安希，是在挑战我？"

"她绝对不能再回到你的身边！"

慕迟曜往前走了两步，靠近墨千枫，道："我和她的事情，与你无关！你没有资格在这里指手画脚，品头论足。"

"慕迟曜，你信吗？我总有一种预感，到最后我们两个谁也得不到她。"

慕迟曜只觉得心被狠狠一击："墨千枫，你非要逼我动手，是不是？"

"为了安希，我做什么都愿意。"

"不要提她的名字！"慕迟曜说道，"你不配，从你害得她家破人亡起，你就不配了。"

"我已经在弥补她了，可是你对她的伤害，要怎么弥补？"

慕迟曜的耐心显然已经用尽了，他眉头微微皱起，随时都有可能动手。

这时，秦苏的声音忽然响起，她冲破保镖的人肉围墙，跑到慕迟曜的身边，拉着他的手道："迟曜，你不要冲动啊！"

慕迟曜侧头看着秦苏："谁准你来这里的？"

"迟曜，"秦苏拉住他的手腕，"迟曜，说不定墨千枫这是在转移你的视线，帮助言安希逃跑啊！"

慕迟曜微微一怔，转头看她。

秦苏一脸真诚："不要上了墨千枫的当啊！你越是着急，他就越是高兴！"

"你知道什么？就算墨千枫是在故意激怒我，那我也不能就这么算了！"

"可是一旦动手，后果你想过没有？到时候，你哪里来的精力和时间，还有人手去找言安希？迟曜，我是在为你着想啊！"

墨千枫在旁高声说道："慕迟曜，怎么我和你在这里谈事情，还要冒出来一个女人？"

只见慕迟曜忽然甩开秦苏的手，径直朝着墨千枫走去，打了他一拳。

墨千枫只觉得脸上一疼，他还没反应过来，慕迟曜已经握着秦苏的手腕转身走了。

墨千枫看着两人离开，低声对自己的人说道："继续干扰慕迟曜的人就行了。"

"是，墨总。"

慕迟曜走到车旁，打开车门，抬手把秦苏推了进去。秦苏惊叫一声，跌倒在车后座上。

慕迟曜紧接着坐了进来，大力关上车门，声音冰冷地问秦苏："你来干什么？"

"宋尧路过看见了你，然后就告诉我了……"

"你倒知道说实话了。"慕迟曜忽然狠狠地捏住秦苏的下巴，手越收越紧，"可你当初撒谎，现在才坦承，有用吗？"

"我……迟曜，你先松开我，好疼。"

"疼？你知道什么叫疼？因为你，我伤害了言安希多少回！"慕迟曜此时此刻真的好像一个魔鬼，眼里满是腥风血雨。

"秦苏，你不仅骗我，你还利用我的愧疚，回到我身边，享受我对你的好……"

秦苏说不出话来了，只是拼命地摇头。

慕迟曜松了手，冷冷地看着她。

"我错了，迟曜，我和慕天烨的事情，你不肯原谅我，我能理解，但是你不能厌恶我……我没有因为慕天烨就背叛你啊……"

秦苏泪流满面地坐在他身边，试图握住他的手，结果被他毫不留情地甩开。

车里一下子陷入死寂。

过了好一会儿，慕迟曜忽然说："言安宸的事情是不是你干的？"

秦苏只是愣了一秒，然后开始摇头："不是我。"

慕迟曜眼神阴冷地看着她："真的不是你？"

"不是我。"秦苏说，眼神坚定，"我和言安宸无冤无仇，我对言安希也没做过什么伤天害理的事情。反而是言安希给我留下的伤害，这辈子都不会消除了。"

慕迟曜不说话，似乎是在辨别秦苏话里的真假。

"下去。"慕迟曜思考了一会儿，朝秦苏说道，"以后不要再私自出现在我面前。"

"我连见你的权利都没有了吗？"

"这段时间，你最好不要来烦我！"

秦苏见状，适时服软："我也希望你早点儿找到言安希。"说着，她就下了车。

秦苏走后，慕迟曜开车回到年华别墅。他坐在客厅里，又开了一瓶红酒。

慕迟曜忽然想起，慕天烨派人来偷袭他的时候，在书房里，言安希奋不顾身地挡在他的身前，一想到这里他就觉得悔恨和疼痛传遍了他的全身。

公寓。

袁澈说："我和夏初初商量了一下，今晚，你就离开慕城吧。你再继续待在慕城，被发现的风险太大了。"

言安希低着头，心慌的感觉越来越强烈。

袁澈看着她，等了好一会儿，又问道："还是说，你要回去？"

言安希抬起头和袁澈对视，她的目光清亮："袁澈，你不怕被我连累吗？"

一旦被慕迟曜发现，那么不仅言安希会被抓回去，而且袁澈也会被慕迟曜盯上。以慕迟曜的性格，是绝对不会轻易饶过袁澈的。

"已经走到这一步了，还说什么连累不连累的？"袁澈笑着对她道，"想做，那就全力以赴。"

言安希看了他许久，最后说道："我想离开。"

袁澈很快点头："那就离开，没有什么好纠结犹豫的。"

言安希朝他柔柔地一笑，心想，她也要自私一回，为自己活一次。

见她已经做了决定，袁澈便轻声说道："你去收拾一下，天一黑，我们就走。"

年华别墅。

慕迟曜洗去了一身酒气，换了一身干净的衣服。

忽然有人敲门："慕先生，管家回来了。"

慕迟曜微微挑眉："是吗？他人在哪？"

"就在楼下客厅。"

慕迟曜抬脚就向楼梯走："言安希那边呢，还是没有消息？"

"目前还没有。"

"是言安希一直躲着不出来，还是你们太没用了？"

"我们会尽快查的。"

慕迟曜连人都懒得骂了，径直下了楼。

管家一看见他，立刻鞠躬："慕先生，我回来了。"

“家里的事情处理完了？”

“是的，慕先生，家里的事情已经处理妥当了，所以我就马上回来了。”

慕迟曜走到他面前问道：“那你知道最近年华别墅里发生了什么事吗？”

“刚刚我已经跟其他人了解过了。太太不见了，您应该很焦虑吧。”管家说着，低头掏出一部手机递给慕迟曜，“慕先生，请您拿好。”

慕迟曜伸手接过，翻来覆去看了两眼：“给我手机干什么？”

管家轻声说道：“其实，早在得知太太怀孕之后，我就做了一个准备。毕竟太太肚子里怀着小少爷，不能掉以轻心。所以我那时就定位了太太的手机，如果太太没换手机的话，那就可以找到她。”

管家的话一说完，整个客厅里陷入一片死寂。

慕迟曜愣了几秒钟之后，忽然攥紧了手机。这个消息如同一根救命稻草，也是一个天大的喜讯！他打开手机，全神贯注地操作着。

过了好一会儿，慕迟曜紧紧地攥着手机：“慕城南区，在四环附近，给我追！”

慕迟曜一声令下，所有的人都开始行动了。今晚注定是一个不眠之夜！

慕迟曜大步往外走去，这一次，他要亲自追击言安希！

只看见郊区的一条马路上，一辆红色的法拉利的后面跟着一长串的黑色小车，时间每过去一秒，慕迟曜就离言安希更近一些，而言安希却毫不知情。她和袁澈坐在后座上，等着红灯。

袁澈的计划非常周全细密，他没有开自己的车，而是去租车行租了一辆十分普通的车，又雇了一名司机。只要他们能顺利躲过慕迟曜安插在附近的人，就可以前往高速路入口，再在最近的一个城市下高速，然后天高海阔就任由言安希去了。

所以，目前最大的难关，就是躲开路上那些人的视线。

言安希想了想说：“我可以躲到后备厢去的。”

“那样你会在里面待很久，这样不行。”袁澈低头摸着下巴，仔细地思考，“我们先看看情况。”

言安希点点头，然后侧头看着车窗外面，外面已经没了路灯，连房子都很稀少。

她现在在慕城的城郊了，要不了多久，她就要出慕城了。她觉得时间怎么过得这么慢，慢得让她觉得好像永远不会天亮了一样。

过了大概半小时，言安希忽然一怔："我好像听见附近有跑车的轰鸣声。"

袁澈说道："这有什么好奇怪的？"

言安希轻声说道："我总觉得心里不踏实……"

"放轻松，不要太紧张。"

言安希愣怔了一下，然后说道："这声音越来越近了。"

她忽然爬起来，反身跪坐着看向后面的挡风玻璃，定定地看了好一会儿，忽然她的脸色一白——因为她清楚地看见了一抹红色，如果她没有记错的话……那是慕迟曜的车。

慕迟曜的车都是顶级跑车，而这辆红色法拉利又是他常常开的，言安希也坐过几次，所以她印象很深。

那跑车的轰鸣声越来越大，仿佛近在耳畔。言安希心里慌到了极点，她仿佛能透过这漫漫黑夜，看到慕迟曜那双满是怒火的眼睛。

她沉默了一会儿，然后反握住袁澈的手："袁澈，你现在就下车。待会儿慕迟曜追上来，你就没有机会逃了！"

袁澈一愣："你在说什么？"

"慕迟曜一定是来抓我的，我可以肯定。不然，他不会无缘无故到这么偏僻的地方来。"

"难道是谁泄露了我们的行踪？"

"不知道，现在也不是讨论这个的时候！"言安希说道，"袁澈，你听我的，现在就下车！"

言安希现在已经如同一只惊弓之鸟，慌不择路，声音也带了一点儿不可控制的尖锐。

可袁澈的声音比她更大："你现在是让我抛下你，一个人逃走？"

"不是这样的。如果慕迟曜追上这辆车，看见你和我在一起，你就会被我连累的！所以千万不能让他知道，这段时间是你一直在帮我！"

夏初初还有厉衍瑾罩着，她也有肚子里的孩子做保命符，可袁澈什么都没有啊。所以，现在最好的办法，就是让袁澈赶紧下车，不能让慕迟曜看到！

“可是你呢？”袁澈说道，“你被慕迟曜抓回去，你有没有想过，你的后果又是什么？”

“不用管我，慕迟曜不能把我怎么样，我还有孩子……”

言安希连忙对着司机说道：“师傅，拜托你往路边开，等我说停的时候，你快速停一下车就好……”

袁澈紧紧握着言安希的手，眉头紧锁。

车内忽然亮如白昼，不知道有多少盏明晃晃的车灯照着这辆车。

言安希仍然反握着袁澈的手：“你能陪我这一程，能让我勇敢一回，我已经很满足了。袁澈，大恩不言谢。”

虽然没有成功逃出，但是这一次能暂时摆脱慕迟曜的控制，对她来说，已经是很大的进步了。她不后悔，也不觉得遗憾。

司机显然也察觉到了不对劲：“这是怎么回事啊？”

“靠边行驶，减速。”言安希冷静地说，“师傅，你只管照做就好，没事的。”

司机照做了，这一减速，言安希能明显感觉到，慕迟曜的车更加接近了！

“你一定不能被慕迟曜发现，我还想靠你给我打离婚官司呢。”言安希笑着对袁澈道，然后收回了手。

袁澈一听，坚定地点了点头：“好，我做你的律师。”

“所以，你更要保护好你自己，以后你还能帮我很多呢。”

言安希明白，她只有这样说，才能让袁澈心甘情愿地离开并且保全自己。

袁澈深深地看了她一眼，在她说了停车的时候，他快速打开车门，下了车，身影也快速隐藏于黑夜中。

“师傅快开车！”言安希一边说着，一边用尽力气爬过去，关上了车门。

言安希关上车门之后，浑身像被抽空了力气一样。她没有回头看，但是她知道，袁澈安全了。

这时，一辆黑色轿车飞驰着从旁边开过去，言安希侧头往后看了一眼，慕迟曜的车和她的车已经越来越近了，他只要一踩油门，随时都可以追上来。

忽然旁边响起刺耳的刹车声，那辆黑色轿车猛地转弯，挡在言安希的车前，拦住了去路。司机嘀咕了一句，然后也猛转方向盘，打算从旁边绕过去。

言安希嗓子有些发干，勉强地说道："师傅，停车吧，我们被人追上了。"

"这些是什么人啊？"司机惊讶地说道。

言安希抬头看去，咽了咽口水，轻声说道："师傅，没事的，您就坐在车上，不要下车，谢谢您载我这一程。"

司机一脸愕然，显然没经历过这样的场面。

言安希却笑了，她最终还是没有逃出慕迟曜的手掌心。

第十六章

半夜的浪漫

言安希坐在后座上，后背挺直，一动不动，直到那辆拉风又炫酷的红色法拉利出现在言安希的视线里。

慕迟曜很快走了过来，他拉开车门，言安希瞬间就暴露在他眼前。

“言安希。”慕迟曜喊着她的名字，“我总算找到你了。”

他冷冷地说完，一把握住她的手腕，将她拖下车，然后捏住她的下巴，强硬地逼迫她抬头。

“再晚一点儿，你就真出了慕城。言安希，你本事不小。”

言安希却冷笑道：“身为慕太太，要是没点儿本事，怎么配站在你身边呢？”

慕迟曜的手迅速收紧，眼里的阴霾也越来越重。他的薄唇擦过她的脸颊，最后落在她的耳畔：“我没让你走，你怎么走得掉呢？”他的语气轻柔，好像是恩爱时的耳语呢喃。紧接着他松开她的下巴，改为紧紧地环住她的腰。

“我们两个的账等会儿再算。”他说完，直直地看向那个司机，然后抬了抬下巴。

保镖立刻大步上前，要把那个司机拖下车。

言安希脸上的表情一直是淡淡的，可看到这一幕，她连忙惊叫道：“不要！等一下！慕迟曜，有什么事你冲着我来就好了，司机只是我请来的！”

“冲着你来？”慕迟曜对上她的目光，然后目光向下落在她微微凸起的小腹上，“你还怀着我的孩子，我怎么舍得动你一根手指头？”

“这位司机真的只是我聘请来的，他什么都不知道。我们之间的事情由我们两个来处理，你不要再牵扯其他人了，好不好？”

他圈着她的腰，大拇指在她腰上一下又一下地摩挲：“是你把他们牵扯进来的，不是我。”他声音低沉，“你越想要维护的人，我就越想要毁灭，你懂这种感觉吗？”

言安希心里咯噔一下，她现在唯一庆幸的就是让袁澈提前跳了车。她忽然伸手抱住慕迟曜，整个人都贴在他身上，然后踮起脚在他耳边轻轻说道：“慕迟曜，你难道真的要我跪下来求你吗？”她说话时的热气喷在他的耳边，无疑是一种甜蜜的折磨。

慕迟曜身体微微一僵，慢慢收紧了手，把她往自己怀里按。

“你以为夏初初帮助你的事情，我不知道吗？”

“初初没有帮我。”

慕迟曜根本不相信：“你就继续否认吧。”

言安希轻声回答：“我听不懂你在说什么。”

慕迟曜顿了一下，问道：“言安希，回家吗？”

她看着周围的车辆和人，又看了一眼头顶的夜空，最后点点头说道：“回家。”

慕迟曜都已经找到她了，她还能去哪里呢？

慕迟曜弯腰一把将言安希打横抱起来，转身走向跑车。

言安希钩着他的脖子，靠在他的怀里还能听到他坚实有力的心跳声。可她看着今晚这么漂亮的夜空，心想，回了年华别墅，恐怕就再也看不到了。

然后，她听到慕迟曜说：“放了他，所有人撤。”

“是，慕先生。”

言安希松了一口气。

年华别墅，管家恭恭敬敬地站在客厅里，低头问候：“慕先生、太太，你们回来了。”

慕迟曜看了他一眼：“这件事，你功劳最大。”

“为慕先生排忧解难，是我应该做的。我只希望，慕先生和慕太太能够感情和睦、长长久久，那就够了。”

言安希听着两个人的对话，似乎明白了什么。难道慕迟曜能找到她，是管家在出谋划策吗？可她计划逃离的那天，管家正好请假离开了！她越来越不明白了。

慕迟曜看了她一眼，眼神像刀子一样："上楼。"

言安希点点头。她心里明白，她现在面临的最大问题，就是如何和慕迟曜周旋。

一进房间，慕迟曜就逼近她道："说，你这几天到底躲在哪里？还有谁在暗中帮你？"

言安希一口咬定道："我一个人。"

"你以为你不说，我就不知道夏初初是你的同伙吗？"

言安希脸色一变，看向慕迟曜："你……"

"害怕了？你以为我什么都不知道？以后，你跟夏初初，最好少来往！"

"这是我的交友自由，你凭什么干涉我！"

"就凭你是我的女人，你现在怀着我的孩子，你要从身到心都属于我！"

"全是被你逼的！"言安希说，"你剥夺了我的一切，我什么都没有了。"

他忽然扬起嘴角，冷笑一声："你不是还有你自己吗？"

言安希听到这句话，当下心里一惊："你……"

她隐约觉得，今晚，她是无论如何都逃不出慕迟曜的手掌心了。

言安希在浴室里洗了很久，慕迟曜没来敲过门，甚至都没管过她。她站在镜子前看着自己，吸了吸鼻子，把那一点点想哭的感觉慢慢收回去。她走进卧室时，慕迟曜依然懒洋洋地靠在床头。

言安希是真的不想和慕迟曜同床共枕。她看了一眼时间，再磨蹭两三个小时，就该天亮了。可是……她该怎么磨蹭啊？

慕迟曜作势就要下床："要我亲自去抱你？"

言安希一听，看了一眼床，咬咬牙还是躺了上去。慕迟曜轻而易举地就抱住了她。

言安希浑身一颤："我睡觉的时候，不喜欢别人碰我。"

"可我喜欢抱着别人睡。"

慕迟曜知道言安希在想什么，无非不想和他在一起，不想和他有任何肢体接触。他也不说穿，睁一只眼，闭一只眼。

言安希沉默了一下，然后说道：“我饿了，我要吃东西。”

慕迟曜的指腹在她的腰上不停地摩挲：“要吃东西？”

“对，特别饿，肚子都饿得不舒服了。”

慕迟曜低声说道：“我现在就让人去做。”

言安希拖长了声音：“这么晚了，还这么兴师动众啊……”

“谁让你饿了呢？”慕迟曜说着就要拿起旁边的座机话筒，又问了一句，“你要吃什么？”

言安希忽然伸手按住他的手：“太麻烦了，我不吃了。”

慕迟曜明白言安希不习惯使唤人，也很替别人着想，于是，他放下座机，淡淡地看着她：“那你想怎么样？”

“我自己去煮。”言安希说，“我下碗面条就好了。”

说着，言安希起身下了床，慕迟曜也翻身下床，跟着她去了。

言安希下了楼，直奔厨房，而慕迟曜站在门口，双手抱臂，倚在门上，看着她说道：“为什么不让用人来做？自己动手不觉得麻烦吗？”

言安希打开冰箱，回了他一句：“自己动手，丰衣足食。”

她把食材一一在琉璃台上摆好。没过一会儿水就烧开了，然后她伸手去拿锅盖，突然她大叫一声，连忙缩回手，锅盖“乒乒乓乓”地响了好几声，摔在地上。

慕迟曜几步就冲到了她面前：“你这个女人，就是麻烦！”他一边说着，一边不由分说地扯过她的手，仔细地看着。

言安希说：“没什么事，忘记隔热了，烫了一下。”

“不会做就不要逞强，说了还不听，你是要把我气死。”

言安希蹙着眉尖：“怎么就气到你了？我烫到自己，你在这里气什么？”

慕迟曜也不和她争论，只是问道：“哪根手指烫到了？”

“食指……”

慕迟曜没再说话，捧着她的手，轻轻地吹着。

看着他专注的样子，言安希咬了咬唇，转过了头。她没忘记，这些日子他是怎么对待她的！她转过脸不去看他，她不想心软。

慕迟曜松开她的手："好了，自己去擦点儿药膏，家庭药箱在客厅下面的柜子里。"

言安希点点头，转身走出厨房，去找烫伤药膏了。

慕迟曜站在厨房里，四处看了一眼，眉头紧锁。他对厨房十分陌生。别说厨房了，就连冰箱他都很少打开过。要什么，说一句，自然就有人递到他手上。他看着烧开的水，眉头皱得更加紧了。

"女人就是麻烦。"慕迟曜自言自语道，然后挽起了袖子……

言安希跑到客厅找到药膏，薄薄地擦了一层。这时，她听到厨房里似乎传来了声响。她擦好药，连忙走到厨房一看，差点儿惊掉自己的下巴——慕迟曜竟然在下厨？

"你在干什么啊……"言安希喃喃地说。

慕迟曜听见她的声音，回头看了她一眼："你没长眼睛，不会自己看吗？"

"你会下厨？"

"不会。"他语气硬邦邦地回了一句。

言安希走到他身边："那还是我来吧，你一边站着就好。"

慕迟曜瞥了她一眼："你给我到一边站着。"

慕迟曜懒得和她废话，直接伸手把她推到一边。

言安希无法相信眼前的场景，慕迟曜竟然在帮她下面条！他笨手笨脚的，切的西红柿大小十分不均匀，煎的荷包蛋碎得不像样，面都煮糊了，香葱一长一短的，这也就算了，最可恶的是，他非要放点儿她最讨厌的香菜进去，说是好看。

最后，一碗面做好放在言安希面前时，她一点儿食欲都没有了。本来她也不饿，就是找个借口而已。能吃下去这碗面的人，真的是一位勇士。

慕迟曜洗净了手，十分优雅地擦干了手上的水："还杵在那里干什么？"

言安希咽了咽口水："放了香菜，我……"

慕迟曜眉毛微挑，目光犀利地看着她："你什么？"

言安希又咽了咽口水："我吃……"

她坐了下来，慕迟曜也拉开椅子，在她的对面坐下。

说句实话，慕迟曜虽然笨手笨脚的，但是人长得好看，气质又是一等一的好，做饭这么充满烟火气的事情，他做起来煞是好看。

慕迟曜坐下，说了一句话：“言安希，我第一次给人下厨。”说着他懒懒地往后一靠，一只手搭在桌面上，淡淡地看着她。

言安希举着筷子，迟迟下不了手，她忽然灵机一动：“慕迟曜，这是你第一次下面，你先吃一口吧？”

“我不饿。”

“我现在也不觉得饿了……”

“你说什么？”

言安希连忙说道：“我说我有点儿饿了。”

她小心翼翼地把香菜拨到一边，挑起面条，吹了吹，吃了一口，然后点点头：“嗯，味道还不错，就是……卖相难看了一点儿。第一次能做成这样，很不错了。”

“以后还是让用人来做这些事。”慕迟曜说，“浪费时间和精力。”

言安希撇撇嘴：“你不觉得，自己做的更有意义吗？”

“一碗面条，有什么意义不意义的？”

“不懂浪漫……”

慕迟曜嘴角微扬：“你认为我们这样大半夜来厨房下面，是一种浪漫？”

“两个人齐心协力做好一件事，才是浪漫。”

慕迟曜忽然说道：“把孩子生下来，齐心协力把他抚养长大，更浪漫。”

他猝不及防说了一句这样的话，言安希挑着面条的手顿了一下，然后才把面条往嘴里塞。

言安希吃了小半碗就饱了，把筷子一搁：“我吃好了。”

说完这句话，她悄悄看了一眼时间，快要天亮了。慕迟曜看着她，没说话。

没过一会儿，言安希又说道：“我吃得有点儿撑，现在回去也睡不着，而且吃完东西就睡，对身体也不好。”

慕迟曜淡淡地问：“那你想干什么？”

“我去外面走走，消化消化。”言安希说，“你不用管我，你去休息吧。”说着，言安希就站起来，往前走了两步，一心只想着远离慕迟曜。

“站住。”

言安希脚步一顿。

下一秒，她就听见慕迟曜的脚步声响起，他走到她身后，他的手从她的身后圈住她的腰身：“言安希，你的点子倒是不少。”

“啊？怎么了？”言安希装傻充愣，只当听不懂他在说什么。

“不要在我面前装傻。”他紧紧地扣住她的腰，“回房，哪里都别想去！”

言安希侧头看他，两人四目相对，言安希忽然有点儿心虚：“我去散步，你也要管我？”

慕迟曜环着她的腰带着她往楼上走去：“言安希，我的耐心有限。我容忍你闹到现在也差不多了，别以为我不知道你在想什么。”

慕迟曜知道她是在拖延时间，他任由她折腾，可是闹到现在也差不多够了。

言安希被他看穿，也不装模作样了：“回房间可以，但我要回自己的房间。”

“从现在开始，你没有自己的房间了。”

“慕迟曜！”言安希想要挣脱他的手，他却越抱越紧，“你想干什么？”

“回房间。”他用命令的口吻说道，“从昨晚到现在，你都没休息过。”

“那还不是因为你！”

“那现在我陪你休息。”

反正不管言安希说什么都没用，她一路反抗，结果还是被慕迟曜带回了主卧。

他轻声说道：“言安希，不要再倔了。”

她听到他这句话，不知道怎的，心里越来越委屈和难过。他可以把她宠上天，也可以随时让她坠入无边地狱。她的命运，全在他的一念之间，她不喜欢这样。

她好不容易调到设计部，才工作了没几天，就被他勒令在家。她的事业根本无从发展，她想要成为一名设计师的梦想也根本无法实现。

“听我的话。”慕迟曜说，“乖一点儿好吗？”

言安希没有回答，只是慕迟曜忽然感到肩膀处似乎慢慢地变温了，他连忙低头去看怀里的言安希，果不其然，只看见她满脸的泪水。他一下子慌了：“言安希……”

言安希也不说话，眼睛红红的，长长的眼睫毛上挂着晶莹的泪珠。

看她这样，慕迟曜只觉得心都要被揪起来了：“乖，不哭……”他像哄小孩子一样，笨拙地安慰她。

言安希垂下眼睛，轻轻地吸了吸鼻子，最后哭着睡过去了。迷迷糊糊中，她隐约感到，一对十分柔软又有一点点凉的薄唇，轻轻地把她的泪水吻去。

醒来时已经上午十点了，言安希转头看去，身边早已没了慕迟曜的身影。他是大忙人，那么多工作等着他去处理，哪里像她，可以尽情地睡懒觉。

言安希打了个哈欠，洗漱后下了楼。

慕迟曜听到脚步声，抬头看她：“睡得怎么样？”

她蹙着眉不说话，慕迟曜怎么还在家里？

他身边的陈航看见她，也连忙问好：“太太早。”

“你这是干什么？”言安希指了指慕迟曜身前的一堆文件，“这是家里，不是你的办公室。”

陈航一听，马上解释道：“慕总是希望能在家陪着太太，所以让我把需要处理的工作都拿到这里，这样的话，既不耽误工作，也能和太太在一起……”

谁知道，言安希却不满地说道：“谁要他陪了？”

慕迟曜微微皱眉：“你是嫌弃我在家里工作，还是嫌弃我在家里？”

言安希不假思索地说：“都嫌。”

慕迟曜看了言安希一眼，沉默了一下，然后喊道：“陈航，就按照她说的，把文件都撤下去，拿回公司。”

陈航点头应道：“我现在就拿走。”

慕迟曜挥了挥手，然后把签字笔一放，站了起来。

言安希愣了一下，慕迟曜什么时候这么顺从她了？

看着慕迟曜朝自己走来，言安希第一反应就是逃，于是她往后退了两步。

慕迟曜见状，也没有继续往前走，反而停下脚步，道；“夏初初今早来过。”

言安希身体僵了一下，然后转身，咬牙看他：“那她人呢？”

“走了。”

“她是来找我的。”言安希说，“你为什么不叫醒我？”

他理直气壮地反问：“我为什么要叫醒你和她见面？我难道要再放任夏初初帮你逃跑，远走高飞吗？”

“你……”言安希气得想跺脚。

言安希正想说什么，她的手机忽然响了起来。她狠狠瞪了慕迟曜一眼，然后拿出手机，一看是夏初初打来的电话，连忙接了：“喂，初初？”

“安希！”夏初初喊道，“你在哪里？是在年华别墅还是……”

“我在年华别墅。”言安希说，“我……我回来了。”她看了一眼不远处站着的慕迟曜，小声说道。

“什么？”夏初初快要炸了，“你在别墅里？那我今早去找你，慕迟曜说你不在……”

“你不要相信他，我一直在房间里睡觉。”

“慕迟曜骗我！安希，你等我，我现在就过去……”

“不用了，初初。”言安希说，“我已经回来了，你就不用再来蹚这浑水了，有事我会和你联系的。”

“那你一定要好好照顾自己！”

言安希正要回答夏初初的话，忽然一只手伸过来，一把拿走了她的手机。她愕然地转头看去，只见慕迟曜对着手机说道：“夏初初，你再闹，我可就真的不客气了。”说完他就挂断了电话。

言安希一把抢回自己的手机：“你干什么！”

慕迟曜看着她：“去吃早餐。”

“我自己会去。”

“吃完早餐，商场里总店的店长会过来。”慕迟曜打量了她一眼，道，“你收拾一下。”

言安希低头看着自己：“我怎么收拾？我现在挺好的。”

粗毛线的麻花毛衣包裹着她娇小的身躯，一双褐色短靴更加展露了她笔直修长的腿部线条。

慕迟曜看了她一眼，转身继续坐在沙发上，打开笔记本电脑，似乎是在回复邮件，修长的手指在键盘上飞快地敲着。

言安希去餐厅吃早餐了，孕吐的感觉没了，食量好像也一天天变大了。只是她还没吃完，用人就恭敬地走进来："太太，店长们都在客厅等您。"

"店长们？"言安希惊讶地问，然后站了起来，"我出去看看吧。"

言安希走到客厅，顿时就被眼前的阵仗给吓呆了。这是客厅还是商场？只见客厅里站了一排穿着工作服的店员，哦，不，是店长，每个店长身后都有长长的货架，上面挂满了各种衣服。

见她出来，所有人齐声说道："慕太太好。"

"这是干什么……"言安希话都说不利索了，"慕迟曜？"

慕迟曜淡淡地说了一句："换季了，秋天来了。"

"所以？"

他坐在沙发上，跷着二郎腿，气度非凡："所以你的衣橱也该换一换了。"

言安希："……"

她走到他面前："我有很多衣服了。"

慕迟曜看了她一眼，伸手拉过她，她就坐在他身边了。他圈住她的腰："你现在肚子慢慢大了起来，当然要量身定做。"

"穿孕妇装就好了啊……"

慕迟曜无视她的话："我没时间陪你逛街，索性让人把商场里各大品牌的最新款带到家里来了。"

因为他没时间陪她逛街，所以他就干脆把商场直接搬到家里让她挑？他的思维逻辑……果然很强大。

慕迟曜轻轻地推了推她："去挑吧。"

言安希顺势离开他的怀抱，往旁边坐了坐，然后说道："我不去。"

慕迟曜一听，有些不高兴了："言安希。"

"干吗？"言安希条件反射般地看他，"你还要强迫我挑衣服，是吧？"

每次慕迟曜叫她的全名，总没什么好事。

"你真的不去？"

"不去。你还不如让我自己去商场里逛，这样算什么啊！"她说着，指了指不远处的那些店长。

“我说了我没时间。”

“我有时间啊。”

“让你出去干什么？再逃一次吗？”

言安希不说话了，站起来准备回房间。

然后她就听见慕迟曜说道：“既然这样，那把所有的衣服都留下。”

“是，慕先生。”

言安希停下脚步，回头看他：“衣帽间已经满了，装不下。”

“正好。”慕迟曜却说，“把你的房间全部改成衣帽间，那就放得下了。反正你也是和我睡。”

言安希愕然：“你经过我同意了吗？”

“昨晚我不是和你说过了吗？”慕迟曜说着就挥挥手，吩咐用人去处理了。

这时，一个戴着金丝边眼镜，盘着头发，穿着黑色职业装，看上去有一定年纪的女人，朝言安希走了过去：“慕太太，请允许我为您量一下尺寸。”

慕迟曜看向她：“好好配合，这是要做晚礼服的尺寸。”

言安希更加疑惑了：“晚礼服？”

“明晚，你要和我去参加一个晚会。”慕迟曜说。

“我不去。”言安希想也没想就拒绝了，“我不喜欢参加那种商业聚会。”

“不去也得去，你是慕太太。”

“那也是快要离婚的慕太太。”

慕迟曜大步走向她：“你为什么不能顺从一点儿，非要我逼你呢？”

“我——不——去！”

他抬手捏着她的下巴：“这可由不得你。以前是以前，现在是现在，现在你必须去。”

言安希看着他微微一笑：“果然是母凭子贵啊……怀了你的孩子，连这种大型的商业晚会都要带我出席了。有孩子才配站在你身边吗？”

慕迟曜薄唇一抿，最后收回手：“我说什么，你就做什么！”

以前，慕迟曜没带女伴参加过任何聚会，但现在他想带言安希去，因为他想让所有人都知道她是他的女人、他的太太。

“让我陪你去参加聚会，也不是不可以。”言安希说，“但我要见我弟弟。”

被慕迟曜抓回来，别的她都可以不去处理，但她必须知道言安宸现在到底在哪里。

慕迟曜说：“我会让你见到你弟弟的，但不是现在。”

“那是什么时候？”

“你听话的时候。”

言安希咬了咬唇道：“可是我想知道他在哪里！我想知道他怎么样了！”

慕迟曜淡淡地说道：“他很好，有医生照顾他，你尽管放心。”

言安希看了他好一会儿，最后说道：“你为什么现在不让我看他？是不是你把他怎么样了？慕迟曜，你回答我！”

慕迟曜一字一句地说道：“陪我参加晚会，回来之后我们再谈。你现在没有资格要求我。”

言安希垂下眼，看上去失魂落魄。

“言安希，你选择逃跑，那你就应该接受所有后果。让你见不到你弟弟，只是惩罚之一。”说完，慕迟曜轻轻地把她推向量尺寸的那个女人。

言安希浑身僵硬，像一尊雕塑，任凭他人摆弄。

酒店门口，红毯绵延，停了一排又一排的豪车，保安来回走动，秩序井然。

慕迟曜的手忽然搭在言安希的手背上，指腹正好落在她无名指的婚戒上：“慕太太，准备好了吗？”

言安希侧头看了他一眼：“慕迟曜，你有……闻到什么味道吗？”

他微微皱眉，在她耳畔轻轻嗅着：“你身上的香味？”

“没有啊。”

“原来是体香……”慕迟曜说着又凑近了一点儿，轻嗅了一下，道，“很香。”

言安希微微避开，小声地说道：“我只闻到了人民币的味道。”

慕迟曜一愣，随即明白过来，嘴角微扬：“你倒是会比喻。”

慕迟曜率先下了车，绕过车尾，亲自替言安希打开车门。言安希搭着慕迟曜的手下了车，娇俏的面容上，一双灵动的眼睛清亮无比。出现在她眼前的就是一片红地毯，还有不少记者和闪烁个不停的闪光灯。言安希没想到，她会以这样的方式站在这里，站在所有人面前。

这一对璧人出现在红毯末端，现场迅速掀起一阵高潮。

言安希心里有些发慌，她努力保持平静，低声对慕迟曜道："你骗我，这阵仗……哪里是一般晚会？"

"这真的只是一般晚会，不过是媒体想要新闻素材罢了，所以才会聚在这里。"慕迟曜上前半步，侧身站在她面前，"社交礼仪还需要我教你吗？"慕迟曜微微抬了一下手臂，很明显是在示意言安希。

她迟疑两秒，深吸一口气，最终还是缓缓挽住了他的手臂。

言安希的手心出了一层汗，咔嚓咔嚓的快门声，还有不停闪烁的闪光灯，让她完全不适应。

从车门处到酒店门口的一段红毯，对言安希来说，好像长到没有尽头一样。她后背僵直，保持微笑，十分完美，无可挑剔。耳边似乎不断响起赞叹声和一些羡慕的话语，可在她看来，那都是一种莫大的讽刺。

今晚过后，她就会被众人熟知。这是慕迟曜精心策划的，自然会达到他想要的结果，她不过是任他摆布罢了。

言安希走进去，只觉得一片衣香鬓影，会场的乐队正演奏着舒缓的小提琴曲，灯光华丽，酒水丰富，觥筹交错，整个会场无处不透着奢华高贵。

她目光越过眼前这些和慕迟曜套近乎的人，看向整个会场，忽然看到了夏初初的身影。两人对上目光，默契地笑了笑。

言安希想，等应付完这一拨人，她就可以去找夏初初了！

但目前，她和慕迟曜所处的位置，已经成了全场的焦点。她就站在这里，像动物园的猴子一样，被人打量、注视。有人敬她酒，她一口回绝；有人想和她搭讪，她不出声；还有人故作亲热地迎过来，都被她避开。

言安希看着旁边的慕迟曜不停地仰头喝下一杯又一杯的酒，皱了皱眉："慕迟曜，你还是别喝了。"

慕迟曜正在和别人说话，突然听到这一句，握着高脚杯的手微微一顿，然后他凑了过来，眉眼间带了一丝笑意：“你在关心我，嗯？”

言安希掩了掩鼻子，十分嫌弃他嘴里的酒气：“我是怕你醉了，找我耍酒疯。”

清醒的慕迟曜对她都没有温柔到哪里去，要是喝醉了，指不定会怎么胡作非为。

“放心。”慕迟曜眼里闪过一丝落寞，“这点儿酒还灌不倒我。”

人人都在恭维慕迟曜，讨好他，力捧着这位站在金字塔塔尖，身价不菲的男人。以前她也这样讨好过他，但现在不一样了。这样看似华丽高端，其实虚伪到了极点的商业聚会，她真的待不下去。

言安希掰开慕迟曜圈着她腰的手：“那你继续喝吧，我就不陪你了，我要去找初初。”

慕迟曜顺着她指的方向看了一眼，然后摸了摸她的脸颊：“去吧。夏初初比我重要是吗？”

言安希没回答他，转身就走，围在她四周的人自发地给她让出一条路。直到走出人群，她回头看了一眼慕迟曜，他个子高挑，气质出众，模样俊美，又被众人簇拥着，醒目得很。

言安希笑了笑，那样的场合属于慕迟曜，不属于她。

夏初初迫不及待地跑到她面前：“安希！”

言安希连忙伸手抱了她一下，然后道：“初初，我们总算可以单独说话了！”

“你啊……怎么就被慕迟曜抓回来了呢？”

言安希摇摇头：“我也不知道。”

夏初初说道：“按理来说，应该不可能啊，难道他一直知道你的行踪？”

“不可能。”言安希回答，“如果他早就知道的话，袁澈早暴露了。”

夏初初握了握她的手：“安希，真的很可惜……”

言安希小声说道：“初初，以后不要再说这件事了，既然我已经回来了，那就成了无法改变的事实。对了，厉衍瑾呢？他不陪你？”

夏初初指了指远处：“他在那应酬呢，我又不认识那些人，所以就一个人在这里吃点儿东西。安希，这里的提拉米苏很好吃，你尝尝。”

言安希吃了一口，轻声说道：“嗯，好吃。”

忽然她听见一个声音喊道：“嫂嫂！”

“慕瑶？”言安希连忙回头看去。

“呀，嫂嫂，这肚子越来越明显了啊。”慕瑶走到她身边，看了一眼她的肚子，“看来，我很快就要当姑姑了。”

言安希笑了笑：“是，你要当姑姑了。”

慕瑶说：“初初，你也在这里。”

夏初初朝慕瑶眨眨眼：“我们两个天天见，在这里见到也不算稀奇啊。”

慕瑶笑着点点头：“是啊。”

言安希叹了一口气：“真羡慕你们能去公司上班，有自己的工作。”

“嫂嫂，你现在怀着宝宝，哥哥和爷爷哪舍得你朝九晚五地上班啊。”慕瑶对最近发生的事一无所知，紧接着又道，“你放心好了，等你生完孩子，继续来设计部上班。上次你帮我完成的设计项目，受到了一致好评呢。”

言安希有些高兴：“真的吗？”

“对。所以嫂嫂以后绝对是一名非常优秀的设计师。”

言安希很高兴，没什么比有人肯定她的工作能力，更让她觉得满足的了。

慕瑶还想说什么，忽然脸色一变：“嫂嫂，我先走了，以后再聊。”说完慕瑶就转身飞快地走了。

言安希疑惑道：“慕瑶怎么说走就走了？”

夏初初说了一句：“还能因为什么？当然是为了避开我们帅气多金又平易近人的……沈总呗！”

“沈总……沈北城？”

“那可不！谁都知道沈总追了我们慕总监好久都没到手啊！情场高手第一次遭遇滑铁卢，栽了一个大跟头啊！”

“夏初初，就你话多！”沈北城的声音乍然响起。

夏初初朝他吐了吐舌头，一脸幸灾乐祸的表情：“沈总啊，我们慕总监躲你，就跟躲瘟疫似的，真的很心疼你啊……”

“她躲不掉的。”沈北城自信地说。

言安希也回过头，惊喜地说道：“沈总啊……你也在这里！”

她突然觉得，这场晚会来得倒很值得，至少能看见很多朋友。

“我当然在这里了。”沈北城笑着说。他扫了一眼全场，就奔着慕瑶的身影去了，没有继续留在这里。

正巧厉衍瑾也朝夏初初招手，言安希撞了撞她的肩膀："他找你呢，快点儿过去。"

夏初初不舍地看了言安希两眼，慢腾腾地走了过去。

言安希看着慕迟曜的身边还围着那么多人，全场就他最受欢迎、最忙。她收回思绪，走到慕迟曜身边："别喝了，明天你还得去公司。"

没想到，她随随便便这么一说，慕迟曜还真的点点头："好，不喝。"说完，他的薄唇从她的耳畔移开，抬手揉了揉眉心："诸位，今天就到这里吧。"

旁人见两人旁若无人地讲悄悄话，又见慕总说了推辞的话，都识趣地离开了。

人群散开后，言安希才觉得那股酒味淡了一点儿。她眼睛直直地看着他："可以走了吧？"

"可以。"慕迟曜点了点头。

得到他肯定的回答，言安希马上转身往会场的门口走去。结果她刚走两步，就被慕迟曜长臂一伸拉了回来，撞进他怀里。他的薄唇在她耳边轻轻蹭着："慕太太，离开的时候也要记得，和来的时候一模一样……"他的大手落在她的腰上，紧紧圈住。

言安希不由得低低地叹了一口气，身体有些僵硬地靠着他，和他一起往外走去。

凉风习习，言安希只穿着裙子，因此感到有一点儿冷。她缩了缩身子，动作幅度不是很大，却被慕迟曜察觉到了。于是，她还没反应过来，带着他体温的西装外套就已经披在她肩头了，他还贴心地帮她拢了拢衣领。

第十七章

我允许你吵醒我

年华别墅。

言安希跟在慕迟曜后面下了车，忽然发现他脚步有些踉跄，好像喝醉了一样。

管家想来扶他，他却挥挥手，自己走了进去。

“先生，要不要厨房弄点儿醒酒的东西给您送过去？”

“不用。”慕迟曜说着，看了一眼后面的言安希，低声道，“我没醉。”

言安希被他看着，心里有点儿发毛，干脆快步上了楼。她站在自己以前的房间门口犹豫了一下，然后推门走了进去，里面果然都是一排一排的衣服。

言安希叹了一口气，关上房门，认命地走到对面的主卧，正要进去的时候，慕迟曜却出现在门口。他手撑着房门，低头看她：“要不是我走得快，就差点儿跟不上你了。”

言安希看了他一眼，没搭理他，转身进了房间，拿上睡衣就进了浴室，“砰”的一声把门关得震天价响。

不满，她很不满，以后都要和慕迟曜睡在一张床上，她受不了。

言安希洗完澡，把头发吹得半干，走出来就看见慕迟曜裸着上半身大大咧咧地躺在床上。最让言安希不能忍受的是，他没脱鞋。

言安希走到他身边，用指尖戳了戳他：“慕迟曜，你……”

话还没说完，慕迟曜忽然抱住她翻了个身，她就完全被他圈在了怀里。

言安希努力从他怀里露出脸：“慕迟曜，你还没脱鞋！”

慕迟曜低头看了她一眼道：“是吗？可我头很晕，一点儿力气都没有……”

言安希埋怨地看了他一眼：“我就知道，最后受苦的肯定是我。”

她认命地从他怀里爬起来，脱掉他的皮鞋。结果刚刚脱掉鞋，他就蹭了蹭她白嫩的小腿：“有老婆就是不一样。”

言安希听见他这句话，手里的动作停了一下，她压下心里的异样，瞪了他一眼：“既然有老婆了，那你就不是一个人睡了，所以你现在起来去洗漱，一身酒味，难闻死了。”

“就一会儿。”慕迟曜说，“言安希，我要和你说点儿事，你要好好地听着。”这时的慕迟曜，说话的语气竟然有点儿像小孩子。

慕迟曜抱紧了言安希：“你好好听着，言安希，我爱你，我真的很爱很爱你……”

言安希一怔，完全没想到，慕迟曜竟然是要和她说这三个字。

慕迟曜说完后，就低头看着她，眉头微微皱起，看上去局促不安。

言安希忽然笑了笑：“你真的醉了，慕迟曜。”她抬头看他的眼睛：“你心里的人是秦苏，怎么会喜欢我？”

慕迟曜轻轻吻着她的手：“你要怎样才会相信我？”

言安希打断他的话：“当初我那么希望你说这三个字，可是你没有说。现在再说，没有任何意义，我已经没有任何感觉了。”

慕迟曜似乎被人抽干了力气，抱着她的手松了一点儿。

言安希趁机坐了起来：“你去洗澡吧。”

“不去。”慕迟曜躺在床上，一只手搭在眉骨上，“没力气。”

“那你就打算这样睡一晚？”

“你嫌弃我？”

“慕迟曜，你不是有洁癖吗？”

谁知慕迟曜理直气壮地回答：“我不是醉了吗？”

“你！”喝醉了的人，都这么不可理喻吗？

言安希一直在心里安慰自己，他喝醉了，神志不清，不要和他计较，不要和他讲道理，因为什么都是浮云，他是老大。

“我现在就去洗。”慕迟曜不知怎的突然又改变了主意，他翻身下床，还顺手把言安希也拉下了床，“但是我醉了，你要帮我。”

言安希指着自己：“我帮你洗澡？怎么可能！”

慕迟曜忽然凑了过来，俊美的脸在她面前瞬间放大：“听说过鸳鸯浴吗？”

言安希立刻瞪大了眼睛，吓得连忙往后躲。可慕迟曜再次把她抓了回来：“逗你的，去给我放水。”

等两个人都洗完澡后，言安希已经困得不行了。她蜷缩成一团，揪着被子，打了个哈欠，闭上眼睛准备入睡。

慕迟曜滚烫的身躯从后面贴了上来，薄唇在她耳畔蹭着，轻声说道：“睡了？”

言安希忍不住翻了个身，看着他说道：“慕迟曜，你今晚到底想干什么？”

“我想爱你，可是言安希，我不知道要怎么去表达爱。”慕迟曜说了一句十分深情的话，让言安希一时间不知要如何回应。

言安希愣愣地说道：“你……”

“没人教过我要怎么去表达爱，又要怎么去爱一个人，所以我从把你找回来后，就一直在想这个问题。我要怎么去爱你呢？我给你买最好的衣服、最贵的包，我带你出席晚会，我让所有人都知道你是我的妻子，是慕家的少奶奶。言安希，我能给你的我都给了。”慕迟曜低声说着，嗓音嘶哑。

“原来……”言安希说，“这就是你以为的，爱一个人？”

“难道不是吗？”

言安希摇了摇头：“不是。”

“那怎么样才算是爱一个人？”慕迟曜问，“我不明白，可是我真的很爱你。”

言安希轻声说道：“会有人来教你的。可是我不是那个人。”

慕迟曜的语气一下子坚定起来了：“你就是那个人。”

言安希依然摇头：“我不是，你对我……只是因为孩子，所以才会产生怜惜和保护的感情。你最爱的还是秦苏，你会为她铺路，为她着想，为你和她的将来做规划……”

慕迟曜皱了皱眉，他不愿意回想秦苏的事情，因为秦苏骗了他这么多年！

言安希的声音在他耳边柔柔地响起，还带了一点点委屈："慕迟曜，你真是醉糊涂了。"

慕迟曜轻轻地在她脖颈间不停地亲吻着，极尽怜惜："我爱的是你，只是那时候我还不懂，这样的感情和牵挂就叫作爱情。是我糊涂，是我清醒得太晚了！其实在你离开的这几天里，我也查清了当年的真相。"

"当年……"言安希喃喃地说着，忽然明白了，"你是指你伤害秦苏的事情？"

慕迟曜点点头："我以为当初是我误会了她，所以这些年对她一直很愧疚。可实际上，她和慕天烨的确有说不清道不明的暧昧关系。"

言安希蹙着眉："这么说，慕天烨对你从来就没安过好心，他和秦苏亲近的目的也是因为你！然后因为我长得和秦苏相像，他就用计把我拱手让给你……"

"不。"慕迟曜在她的脖颈间轻轻地蹭了蹭，"你和秦苏一点儿都不像。"

言安希根本没有在意他的这句话，自顾自地说道："慕天烨坚持不懈地想要通过美人计来迷惑你啊……可惜你不上当。"

"如果你是慕天烨的人，我就已经上当了。"

言安希笑了笑："慕迟曜，你这是拐着弯在告诉我，你爱我吗？"

"我本来就爱你。"他长长地叹了一口气，"之前是我一直没明白自己的心，现在我终于明白了，但愿不算太晚。"

"已经晚了。"

"不，言安希，我早就爱上你了，只是现在才看清而已。"

言安希不知道要说什么好："那你现在打算怎么对待秦苏？"

"我和她的这笔账，会好好算一算的。"

言安希咬了咬唇："我也有账要和秦苏算，她害了我弟弟，这件事我也需要一个真相！"

慕迟曜看着她，却问道："言安希，我和孩子都比不上他重要，是吗？"

言安希一下子愣住了："这没有可比性。"

孩子是她的骨肉，安宸是她有血缘的弟弟，而慕迟曜……只是她生命中的一个过客吧。

慕迟曜自嘲地一笑，然后低声道："关于言安宸被害的事情，我也一直在查秦苏。"

言安希瞪大了眼睛，她一直以为，哪怕她以死相逼，都不能让他去调查秦苏，可现在他说，他一直在查。

慕迟曜点了点头："是。只是还没有查出结果。"

"那你为什么不告诉我？"

他爱怜地摸了摸她的头发："我想等有了线索之后，再跟你说。"

原来慕迟曜没有完全偏袒秦苏，他只是不说，默默地在行动而已。这个别扭的男人啊……

"既然你在查，那我就相信会有真相大白的那一天。"

"你放心，如果真是秦苏害了你弟弟，我绝不会姑息。"

言安希看了他一眼，轻轻地点了点头。她一点儿都不习惯这样的慕迟曜，太温柔、太陌生了，而且话也多了不少。她认识的慕迟曜，自负、霸道、占有欲强，不会这么温柔地和她说话。

难道……他真的爱她？

言安希因为心里有事，一晚上睡得都不踏实。她早早地就醒了，但慕迟曜还在熟睡。她下楼找到管家，因为有些事情她必须弄清楚。

"是我擅自在您的手机上安装了定位……"

言安希难以置信地看着管家："原来是你帮慕迟曜找到我的？"

管家连忙低下头："还请太太不要见怪。"

"你还真是慕迟曜的好管家！"言安希叹了一口气，"我想问问你，慕迟曜喝醉的时候，是会大吵大闹，一点儿都不安分，还是会安安静静的？"

管家回答："慕先生喝醉的次数屈指可数。而且慕先生就算喝醉了，也不会有任何有失仪态风度的行为。"

言安希有点儿惊讶。那昨晚慕迟曜和她絮絮叨叨地说了那么多，都是他真心实意的情话？

就在这个时候，管家忽然恭敬地弯腰："慕先生。"

言安希转身，什么都还没看到，人就已经落入慕迟曜的怀里。

“言安希，你什么时候下来的？”慕迟曜看着她，紧紧抿着薄唇，心里却松了一口气。

言安希抬头发现他连睡衣都没有换，头发凌乱。他这是一醒来就直接下楼了？

管家走了过来，手里拿着一双拖鞋，放在他的脚边：“慕先生。”

“你连鞋都没穿就这么匆匆忙忙地下来了？”

他没说话，神色隐隐有些窘迫。不过他马上又恢复到一派淡然的模样了。他看了她一眼，声音低沉：“我允许你吵醒我。”

言安希看着他莫名其妙：“你这个人，我看你昨天喝了那么多的酒，所以想让你多睡一会儿，你还不领情。”

“你不能离开我的视线。”慕迟曜说道，“哪怕是在我睡熟之后。”

言安希一听，这才明白了：“原来你是怕我不见了啊……你想太多了。”

别说离开年华别墅，就算她要离开这个客厅，都有人随时跟踪监视她吧！

慕迟曜看了她一眼，转身又上楼去了。

言安希看着他的背影，咬了咬唇，往餐厅走去。

慕迟曜很快就把自己收拾得一丝不苟，到了餐厅。他一坐下，就有用人和往常一样给他递了一份报纸。

慕迟曜扫了两眼，忽然直接将报纸放在言安希面前：“你看看。”

言安希不明所以地看了他一眼，然后拿起报纸，瞬间就被标题给吸引了——慕城顶级豪门慕家少奶奶真面目曝光！

醒目的标题下面刊登的是她和慕迟曜的照片。照片中，她和慕迟曜走在红毯上，挽着手，一个巧笑嫣然，一个丰神俊朗，俨然是一对璧人，感情和睦，幸福美满。

“你满意了吧！”言安希把报纸还给他，“你的目的达到了。”

“你答应出席这场晚会的时候，就应该明白。”

“那我该做的事情已经做到了，你答应我的事情也要做到吧？”

“当然。”慕迟曜说，“我会安排你和言安宸见面的。”

那份报纸被慕迟曜随手折起放在一边。其实，慕迟曜让言安希出席这场晚会，有两个目的。一个自然是让更多人知道，言安希是他的女人；第二个目的就是让某些人知道，言安希已经被他抓回来了，没有逃出慕城，那些花花心思也该收一收了，比如……墨千枫。

星辰医院。

言安希跟着慕迟曜上了电梯，路过走廊的时候，她看到了三拨人，他们在她和慕迟曜路过的时候都弯腰鞠躬。

言安希拉了拉慕迟曜的衣袖：“为什么都没病人住在这里了啊？”

他头也不回地说道：“人太多了，容易鱼龙混杂，我得提防着，说不定哪天你就把言安宸转移了。”

“所以这住院大楼里，现在只有安宸一个人？”

慕迟曜说：“嗯。”

“难怪阴森森的，没一点儿人气，后背都感觉凉飕飕的。”说着，她又揪紧了慕迟曜的袖子，加快脚步。

慕迟曜似乎感受到了她的害怕，脚步忽然放慢了一点儿，伸手把她的手握在掌心。

很快，慕迟曜带着她穿过走廊，直接把她交给了医生：“带她去重症监护病房。”

言安希穿上了防护服，全身都做了消毒处理，医生这才让她进了病房。她一看到病床上的言安宸，立刻就扑了过去，什么都还没说，眼泪就先流出来了。

“对不起……安宸，姐姐丢下你了，你不要怪姐姐好不好？”言安希说着，紧紧握着言安宸的手，忽然一愣。

言安希转头冲门口大叫着医生，医生听到她的声音，马上进来问道：“慕太太，什么事？”

“他的手有温度！不再是冷冰冰的！”言安希激动地说道，像是发现了新大陆一样。

难道，安宸要醒了吗？

医生认真地摸了摸言安宸的手，然后翻开言安宸的眼皮仔细看了看，最后又走到仪器面前，观察着那些数据。

“医生……怎么样？”言安希小心翼翼地问，“安宸他……醒来的可能性大吗？”

医生点点头：“慕太太，从目前的情况来看，病人苏醒的可能性非常大。”

言安希喃喃地说道："希望奇迹也能在安宸身上发生。"

言安希很高兴，不管怎样，安宸如果能够醒，那最好不过了。

慕迟曜站在走廊的窗户边耐心地等着言安希出来，却发现她眼眶发红。

慕迟曜问："你哭什么，眼眶红成这样？"

"医生说安宸快要醒了，我高兴。"

慕迟曜淡淡地看着她："爷爷请了最好的医生来治疗，肯定会有效果。"

"老爷子？那……那谢谢爷爷了。"

"爷爷是希望你能安心养胎。言安希，这也是我希望的。"

她看了他一眼，咬了咬下唇，道："可是我说过，这个孩子，我不想生。"

慕迟曜的神色微微一凛："很多事情，好像你还没明白。"

"我需要明白什么？"

慕迟曜扣住她的腰，往自己怀里一按："我说我爱你。"

昨天慕迟曜说"我爱你"这三个字的时候，她只是当那是一句醉话，听听也就过去了，可是现在他重复了这三个字，她的感觉完全不一样了，她甚至能从他的眼睛里看到真诚。

他真的爱她吗？这是她以前想都不敢想的事情，现在要实现了吗？可为什么她一点儿也不觉得高兴，只觉得很悲伤呢？

慕迟曜又开口说道："你要明白，我爱你是千真万确的。而我们的孩子是上天赐予的礼物。"

言安希不停地摇头："慕迟曜，已经晚了……"

她现在已经心如死灰，无法像以前那样坦坦荡荡地去爱了。

"不晚的，孩子还在，我们还没离婚。"慕迟曜紧紧地抱着她，"未来还很长，我会用我的一生来弥补。我们共同抚养孩子，没有任何人、任何事能拆散我们。"

他不会离婚了，更不会娶秦苏了，孩子也是他和言安希爱情的结晶，完全不是秦苏嫁给他的前提了。

言安希觉得自己整个人快要被嵌入慕迟曜的身体里，他抱得这么紧，怀抱这么温暖，双臂这样有力，像一个可以依靠的港湾。

"言安希，你回答我一句，好不好？"慕迟曜的声音里带了一点儿小心翼翼。

“你不会知道，你离开我的那几天，我是怎么过来的。我每天借酒消愁，我只能通过喝酒来麻痹自己，我不敢想未来没有你的日子，我发疯一样地到处找你……”慕迟曜喃喃道，“我这个人向来对感情迟钝，没人教我要怎样去爱，可是你教会我了。我看到你，就想把所有美好的东西都捧到你面前来。”

言安希曾经梦寐以求能从他口中听到的话，现在都听到了。但她已经没了当初的那种喜悦。

好一会儿后，言安希推开慕迟曜，走了出去。走到住院部，秋日的阳光照在自己身上，她觉得温暖了一点儿。

忽然迎面走来一个人：“言安希，身为慕太太出席晚会，被所有人捧着的感觉很好吧？”

言安希笑了笑：“还好，比在医院里待着要强太多了。”

“你就讽刺我吧。”秦苏说，“咱们走着瞧！”

言安希微微一笑：“我不知道你有什么勇气跟我这样说话。秦苏，我要是你，就该躲起来，别出来丢人现眼，因为慕迟曜跟我说他不会娶你了，你没机会了！”

秦苏一听，看向言安希：“你爱迟曜吗？”秦苏忽然一笑：“我爱他，我爱了他这么多年，我愿意为他做任何事情，付出任何代价，你能吗？”

言安希莫名其妙地看着秦苏：“如果不是迫不得已要嫁给慕迟曜，我对他没兴趣。”

他是天之骄子，翻手为云，覆手为雨的人物，她哪里能高攀。

她话音刚落，身后忽然响起慕迟曜的声音：“言安希，这就是你的真心话吗？”

言安希一怔，快速回头看了一眼。慕迟曜不知道什么时候站在她的身后，很显然听到了她刚刚说的那一句话，有些生气。

突然之间，言安希明白过来了，她看向秦苏：“你……”

秦苏十分无辜又可怜地看着她：“既然你不爱他，那你把他让给我，好不好……”

慕迟曜看着言安希，目光里似乎有什么情绪一闪而过。

言安希想解释一些什么，但是最后只是说了一句："算了，我先走了。"

慕迟曜追上去："去哪？你孕期检查还没有做。"他附在她耳边道："言安希，不管你对我有没有兴趣，我现在开始对你有兴趣了。"他的薄唇轻轻擦过她的耳畔，引得她一阵战栗。

"去乖乖做检查，我和秦苏要好好地算一算账。"慕迟曜说完，叫来阿诚带着言安希去做检查。

言安希点点头，和阿诚走了。

直到看着言安希走远，慕迟曜才收回目光，看向秦苏。

秦苏缓缓走到他面前："迟曜……我总算等到你了。"

慕迟曜看着她："你在这里正好，本来我也要找你好好算算账。"

"迟曜……"她连忙放软声音，"你还在因为几年前的事情生气吗？可我都和你解释清楚了啊，你能原谅我吗？"

在秦苏充满希冀的目光中，慕迟曜缓缓说了两个字："不能。"

如同五雷轰顶，秦苏整个人都僵住了，她想要去拉他的衣角，结果他却侧身避开了，她的手尴尬地停在半空中，只好收了回来。

慕迟曜说："我和你的缘分早就尽了。我爱言安希，我想和她白头偕老。"

"我就知道！"秦苏的情绪失控了，"她只是我的一个替代品啊！"

慕迟曜打断了她的话："她和你，我分得很清楚。"

秦苏尖叫道："那她伤害我的账怎么算？"

慕迟曜看着她，薄唇微抿，最后说了一句："如果你要算，我就替她还。"

秦苏瞬间说不出话来了，他居然能为言安希做到如此地步。

慕迟曜临走时还说了一句："但如果我查出来是你拔掉了言安宸的呼吸管，那么我一定不会放过你。"那眼神和语气，甚至能当场把秦苏生吞活剥了。

秦苏即使再有自信，但在慕迟曜这样的眼神下，还是忍不住打了一个冷战。

言安希做完检查后，慕迟曜便拿着检查报告，揽着言安希的肩膀，一起去了医生办公室。

医生推了推鼻梁上的眼镜："目前慕太太怀孕快三个月了，但是三个月之前，我们都不建议同房。"

言安希一愣，连忙低下头，有些脸红。

慕迟曜一听，就有些不高兴了："为什么？之前明明说可以的。"

"是可以，但不建议太频繁或者太激烈，也需要注意很多……"

"该注意的，我自然会注意。"

言安希在一边恨不得找个地缝钻进去，连忙转移话题："医生，还有什么其他需要注意的吗？"

"多吃蔬菜、水果，注意饮食营养搭配，适当适量地运动，保持心情愉快就可以了。"

言安希站起来："好，我知道了，谢谢医生。"说完她就转身往外走，片刻也不敢停留。

两人回到车上时，言安希想起了今天来星辰医院的正事："以后我可以随时来医院看安宸吗？医生说他快要醒了，我想多来看看他。"

"一个星期一次。"慕迟曜说，"我陪你来。"

言安希试图讨价还价："一星期怎么也得两次吧？上班的人一星期还有两天假。"

"我说一次就一次，要不然就别看。"

言安希咬了咬唇："好，一次就一次，不许反悔。"

这时，慕迟曜忽然开口："停车。"

司机一听，马上在路边停车。眼看慕迟曜就要下车了，言安希伸手拉住他的衣角："你要去哪里？"

他停了一下，似乎随意地问道："你很关心我去哪里？"

谁知言安希摇了摇头："啊……没有，我就问一下。"

慕迟曜的脸色忽然就变了："也是，你都对我没有兴趣，是迫不得已嫁给我的，怎么会关心我去哪里？"说完，他就径自下车，甩上了车门。

言安希愣了一下，原来慕迟曜还记着她和秦苏说的那句话。她咬着下唇，心里不知道是该高兴还是该难过。

司机问道："太太，那现在我送您回年华别墅？"

这句话忽然提醒了言安希，慕迟曜一走，她现在有自由的时间了！她连忙说道："不不不，我要去律师事务所一趟，就在不远处。"

"好的，太太。"

律师事务所。

言安希很快就到了袁澈办公室门口，她看了一眼远处跟着她的保镖，说："你们在外面等着吧，我和袁律师有话要说。"

"是，太太。"

言安希敲门，得到允许以后，推门走了进去。

袁澈看到她愣了一下，随即马上站了起来："你怎么来了？"

"我终于等到机会来见你一面了，不过不能太久。"

"你来找我太危险了，万一慕迟曜问起来，你要怎么办？"

"我自然有我的办法，你放心好了。"言安希笑了笑，"倒是你，在那天没受伤吧？"

袁澈摇了摇头："没事。"

"那就好。"言安希松了一口气。

言安希刚回到年华别墅，一下车就见墨千枫快步走过来，他一把将她抱在怀里："安希，你为什么要回来？既然逃离了慕迟曜，你就该走得远远的，不要回头……"

言安希被他抱得几乎喘不过气来，她挣脱出来，马上后退了一步，和他拉开距离："你怎么来了？"

"我看到报纸上刊登了你和慕迟曜参加晚会的照片……"

言安希点点头："原来是这样……"

墨千枫说道："晚会那晚，我父亲的病情忽然恶化，所以我一直在医院里照顾他。"

"你的家事和我没关系。"言安希说，"你来找我就是想确认我是真的被抓回来了？"

"安希……"墨千枫说，"你和慕迟曜马上离婚，然后我娶你，你和我在一起，我不会再让你受任何委屈！"

言安希笑了笑："我们之间的恩怨情仇，是跨越不了的。"

"我已经着手把言家曾经的公司从墨氏集团里抽离出来还给你了，我和林玫若也在解除婚约了。我做的一切，都是为了挽回你！"

“那我也不想回到从前。”言安希说，“从前已经是过去式了，我们要向前看。”

墨千枫不敢相信地看着她，说道：“我做了这么多，还是没有打动你……”

言安希叹了一口气；“墨千枫，我们已经错过了。我希望你不要再这样了。林玫若是真的爱你，你的公司也在上升期，你该好好发展，不要任性。”

忽然，言安希看见墨千枫的双眼猛然睁大，满脸惊骇：“安希，小心！”

紧接着后面响起刺耳的刹车声，墨千枫扑上来抱着言安希，把她牢牢护在怀里。只见一辆白色的宾利车停在墨千枫身后，而车头离墨千枫大概只有几厘米的距离。

墨千枫转过身看着宾利车，皱起眉头：“玫若？”

林玫若握着方向盘，头发凌乱，一副惊魂未定的模样。她推门下车，踉踉跄跄地跑到墨千枫面前，一下扑到他身上：“千枫，你没事吧？刚刚吓死我了！你知道的，我开车一直笨手笨脚的，我刚刚不小心错踩了油门而已，还好我及时踩急刹，不然……”她连忙回头看着言安希：“对不起，言安希，我不是故意的，让你受惊了。”

言安希顿了一下，摇摇头：“没出事就好。”

“嗯，希望你不要往心里去，我不是故意的。”林玫若说着，却暗暗地咬了咬牙。

言安希没说什么，墨千枫却严肃地说：“玫若，你这样开车会出多大的事情，你知道吗？”

“对不起……我真不是故意的。”林玫若说道，眼看就要哭了。

“林玫若。”一边的言安希忽然开了口，“我能和你说几句话吗？我有一点儿事想要问你。”

墨千枫很是不解：“安希，你有什么事要和她说？”

言安希道：“她是个好姑娘，我想劝她一定不要放弃你，要和你好好在一起。”

林玫若听到这句话，也是一脸不解。她站在原地没动，言安希却走了过来，轻轻地把她拉到了一边。

林玫若一脸莫名其妙：“言安希，你干什么？”

“我希望你能一直和墨千枫在一起，不要因为他现在一时糊涂而离开了他。”

林玫若冷笑一声：“不用你在这里装好人，我是不会和千枫解除婚约的。”

“这样最好。我也希望你能一直这么爱他。”

“他做的一切都是为了你，所以你现在很得意，做出一副圣母的样子来跟我说教？”林玫若冷哼一声，“你有话就直说！”

言安希等的就是她这句话，她道：“好，我想问你，我弟弟言安宸被害的事，你手里是不是有是秦苏做的证据？”

林玫若猛然一惊：“你想干什么？”

“拿到证据，将恶人绳之以法，该怎么样就怎么样。”

“我当初就说过了，这证据是不可能给你的！”

“为什么？难道你也参与了这件事？”

林玫若越发惊诧，但是她努力地保持镇静：“你不要在这里胡乱猜测。我当初告诉你，是好心提醒你，你现在反而要来冤枉我？”

“可如果你没参与，什么都不知道，又怎么会有证据呢？”

“言安希！”林玫若压低声音，“你有本事就自己去找证据，在这里敲诈我，算什么本事？”

“我现在是私下和你说，墨千枫现在就在你身后，如果他知道你也有嫌疑，你觉得他会用怎样的眼光去看你？”

“你在威胁我？”林玫若的脸色瞬间变得惨白。

“我只要那份证据。”言安希一字一顿地说。

“我不会给你的！”

言安希听到这话，作势就要走向墨千枫，林玫若一慌，连忙拉住她说道：“言安希，你敢去千枫面前胡说八道，我不会放过你的！”

“我不明白你为什么要帮秦苏？秦苏是想让我和慕迟曜离婚，这样她才有机会当上慕太太。可是你希望我离婚吗？”

“我当然不希望！你要是恢复了单身，千枫肯定会不顾一切地追求你！”

“你看，这个道理你也明白，所以你应该帮我，而不是帮秦苏。”

林玫若一下子沉默了，然后她说：“你给我几天的时间考虑。”

言安希伸出手指头：“三天。”

林玫若点点头：“好。”

言安希暗暗地松了一口气，她还是第一次这么逼迫别人，心里也很紧张。

“林玫若，这件事你真的也有参与吗？”

林玫若没有回答她，而是快步走到墨千枫面前，抱着他的手臂撒娇：“千枫，我们走吧！”

墨千枫看向言安希，言安希朝他笑了笑，然后挥了挥手，看了林玫若一眼，转身走进了年华别墅。

一大早，慕瑶给慕迟曜打了个电话，她的声音听上去很急：“哥哥，我们公司上个月竞标下来的那个项目，在慕城的二环修建一个高档公寓，你还记得吗？”

“记得，这个案子是我亲自批的。”

“设计部的设计师出了十几个设计稿，但是客户都不满意！”

慕迟曜皱眉：“没有一张满意的？”

“是啊。”慕瑶说，“没有一个通过的……”

“了解客户的需求，多沟通，多创新。”慕迟曜说，“等我上午去设计部开会商讨。”慕迟曜挂了电话，给陈航发了邮件，让他准备上午在设计部的会议。

他走进餐厅，看见言安希已经坐在位子上安安静静地吃早餐了。

慕迟曜说：“我接了慕瑶的一个电话。你知道慕瑶在慕氏集团是什么职位吗？”

言安希很快答道：“设计部总监。”

慕迟曜反问道：“你难道不好奇，我为什么会突然这么问吗？”

“不好奇。”

慕迟曜嘴角一扬：“言安希，看来你是不想要这个机会。”

言安希一愣，侧头看他：“什么机会？”

“公司最近有一个项目，要修建一个高档公寓，但是设计部所有设计师提交的图纸都被客户否决了。”

言安希忽然好像明白了什么，隐隐有些雀跃：“你告诉我这件事，意思是……”

看着她眼里闪现出久违的光，仿佛又是以前那个敢爱敢恨、爱笑爱闹的言安希，慕迟曜也不由得扬起嘴角："没错。你的专业不就是这个吗？你到时就在我办公室里画设计图纸，在我办公室隔壁的会议室里和设计部的人讨论。你不是一直想圆你的设计梦吗？那这次正好。"

言安希高兴得都不知道要说什么好了，她终于不用一直待在年华别墅里，衣来伸手，饭来张口，过着悠闲却无聊的"贵妇生活"了。

她可以工作了！虽然还在慕迟曜的视线下，但是她已经非常满足了。

"不过……"慕迟曜话锋一转，"这一次，所有设计师的图纸都被否决了，你有信心吗？"

"有！"言安希说，"我会尽我最大的努力，通过客户那一关的！"

慕迟曜看着她难得地笑了笑："好。"

言安希忽然跳起来，抱着慕迟曜亲了一口，高兴得有些忘乎所以了："太好了！"

慕迟曜却一愣，言安希……主动亲他？

看来，让她去公司工作的决定，做得太正确了。

言安希丝毫没觉得自己的行为有什么不妥，她可以去工作了，去自己擅长的领域和慕氏集团那么多优秀的设计师一起交流经验、学习。这是她一直梦寐以求的事情。

慕氏集团会议室里，言安希坐在慕瑶旁边，认真地和设计部的员工们开会探讨，十分认真。慕迟曜站在玻璃门外，看着她的侧脸，微微一笑。

会议一直持续到了中午，慕瑶说道："好了，今天就先到这里，客户的要求，大家都记住了吧？回去好好想想，客户需要的是什么。好了，散会。"

其他人陆陆续续走了，只有言安希还低着头，不停记录着什么，耳边的发丝垂落下来，她都顾不得了。

等其他人都走了，慕瑶才站了起来："嫂嫂，休息一下，你还怀着宝宝，不能太累了。"

言安希抬头朝她笑："好，你先走吧，我还差一点点就可以了。"

慕瑶伸了个懒腰："行，那我先走了。这次的客户也真是难搞，唉……”慕瑶一边抱怨一边走出了会议室。

言安希合上会议记录本，看着空荡荡的会议室，原本准备离开，忽然转念一想，又拿出了手机。她走到墙角，给袁澈打了一个电话，说了林玫若会将证据交给自己的事情，之后挂了电话，回到总裁办公室，直接推开了门，结果一抬头，蒙了。只见办公室会客区坐着好几个公司高管，言安希虽然不认识，但也见过几面，有点儿印象。而慕迟曜坐在单人沙发上，双腿交叠，正听着他们说话，眉头微皱。

她这一推门，所有人齐刷刷地朝她看过来了。

慕迟曜倒是很平静地看着她："开完会了？"

言安希僵硬地点点头："嗯……"

那几个公司高层瞬间有了自己是电灯泡的觉悟，纷纷起身离开。

慕迟曜朝她走了过来："中午想吃什么？"

"随便，我下午还得画设计图。"

"那是下午的事情，现在是中午，休息时间。"慕迟曜说着，伸手把她圈到怀里，"走吧，我们去餐厅，难得中午和你一起吃饭。"他就这样抱着她，手环住她的腰，和她一起走出公司。

言安希反抗过几次，却换来他低头在她耳边轻声说道："你再掰开我的手，我就亲你。"

言安希马上老老实实的了。

吃饭的时候，言安希显得坐立难安，她一点儿都不习惯这样的慕迟曜，因为他对她实在是太好了，好到让她觉得有点儿不真实。

他会绅士地替她拉开椅子，会问她想吃什么，又替她考虑到孕妇不能吃什么，简直就差喂她吃了！而且，他做得十分自然，一点儿都不会让人觉得他是在刻意而为之，似乎他天生就对她这么好。

言安希撇撇嘴，低着头，也不说话，她现在心里想的只有设计图。她证明自己的时候到了，她不要再做一只被慕迟曜圈养的金丝雀！

好不容易和慕迟曜吃完这顿饭，言安希立刻回到公司里，离慕迟曜远远的，自己坐在角落里，专心致志地画设计图，完全沉浸在自己的世界里。

慕迟曜觉得自己也是疯了，因为言安希画了多久的设计图，他就看了她多久。但是很奇怪，他一点儿都不觉得难熬。

她握着笔，拿着尺子不停地移动着，耳边的发垂落下来，整个人笼罩在秋日的阳光里，真是美丽动人。直到最后，差不多要下班了，慕迟曜站起来走到她身边。

言安希侧头看他："怎么了？"

"你已经画了三个小时。"

"哦……可我刚刚才有了一点儿灵感。"

慕迟曜直接伸手摁在她的图纸上："明天再工作。"

言安希咬了咬唇："我再画一个小时，好不好？"

慕迟曜见她这副模样，瞬间心软了，可为她的身体考虑，他还是拒绝了："不行。"

言安希的眼里是满满的失望："怎么就坐了三个小时，你是不是骗我？"

慕迟曜把手腕上的表直接伸到她面前："你自己看。"

言安希握着他的手腕看了一眼："真的哎……"

"难不成我还骗你？"

言安希撇了撇嘴，正要松开他的手，忽然身子一轻，瞬间腾空而起，而她的腰也被一只手牢牢地圈住。

"慕迟曜，你干什么！"她话音刚落，就已经坐在他的大腿上了，而他坐在了原本她坐的椅子上。

言安希想站起来，慕迟曜却一把将她按住："我想抱你。"

慕迟曜看着她，他向来不是一个话多的人，比起说话，他更喜欢行动。于是，他直接吻上了她的唇。

行动是最好的证明。

慕迟曜扣住她的后脑勺，不容许她退让半分，他的手撑在她的头侧，身躯压上来，让她无法闪躲，但是他避开了她微微凸起的小腹。

言安希被他吻得喘不过气了，他的气息、他的味道、他的怀抱统统把她包围了，有一种被极致宠爱着的感觉。

言安希在心里叹气，这样的爱情，早一点儿到来该有多好啊！

第二天早上，言安希睡得迷迷糊糊的时候，听见自己的手机铃声，她伸出手摸到手机，一看来电显示，瞌睡醒了一大半。她马上坐起来，看了看四周，确定慕迟曜确实不在房间了之后，才接通了电话。

“林玫若出国了。”袁澈说道，“她把证据给你没有？”

言安希听到这句话，瞌睡顿时烟消云散了：“什么？她出国了？可是她没把证据给我！”

袁澈叹了一口气：“我早就该猜到，林玫若跟你说缓几天，就是在拖延时间。只是没想到，她竟然会用出国这一招。她既然不想把证据给你，那她肯定和秦苏有过什么事，只是我们不知道罢了。”

言安希十分懊恼。早知道，她就应该直接逼林玫若拿出证据！

言安希有些不甘心，她道：“我给墨千枫打个电话。”

袁澈正想说什么，言安希已经急忙挂了电话，然后紧接着拨通了墨千枫的号码。

墨千枫接通电话，声音里都透着惊喜：“安希，你很少主动打电话找我，有什么事吗？”

言安希紧紧地握着手机问道：“林玫若今天早上出国了？”

“你怎么知道？”墨千枫道，“玫若要陪我爸去国外一所医院治疗，控制病情。”

言安希咬了咬嘴唇，忍不住说道：“林玫若怎么可以逃跑！她和言安宸被拔掉呼吸管的事有关系。她手里有关于秦苏的证据，但她一直不肯把证据给我，我想，她肯定是和秦苏有什么不可告人的秘密！说不定她也是害言安宸的凶手之一！”

墨千枫大惊失色：“安希，怎么会呢？虽然玫若对你是不够友好，但是她没必要做那样的事情。”

“墨千枫，你不相信，我能理解，我一开始也不相信。可是，是林玫若自己告诉我她有证据！”

“这样，安希。”墨千枫道，“我去问一下玫若，如果她……”

“不要！”言安希连忙制止，“我和她的事情，你不要插手。”说完，她就挂了电话。

如果墨千枫去找林玫若要证据，那么林玫若就会知道是她把事情告诉墨千枫了。到时候，林玫若只会更加恨她，说不定还会毁掉证据！不到万不得已的时候，言安希不想这样逼林玫若，怕逼急了，她又多了一个敌人。

言安希只想哭，可是她不能因为这点儿小事情就认输。除了林玫若，她还有很多事情要做，她还要去面对慕迟曜，还要工作，还要好好地活着。她不是一个人，她肚子里还有宝宝……

第十八章

我们的征途，是星辰大海

天气渐渐寒冷起来了，年华别墅已经开始供暖了，外面冷风呼啸，别墅里面却是温暖如春。

言安希只穿了一件薄薄的雾蓝色毛衣，头发柔柔地披在身后。她拿着铅笔和纸，脑海里却浮现出了慕迟曜的模样。他向来都是西装革履，身姿挺拔，可言安希刚刚认识他的时候，总觉得衣冠禽兽这四个字更适合慕迟曜。

心里这么一想，言安希的笔不自觉地开始画了起来。寥寥几笔，大概轮廓就跃然纸上了。言安希低着头，专心致志地画着，就连慕迟曜站在她的身边，都没有察觉。

慕迟曜绕到她身后，低头看着她手下的纸张一怔，这画的不就是他吗？

就在言安希快要大功告成的时候，身后忽然传来幽幽的一句：“看来在你的脑海里，我的模样非常清晰。”

言安希手一抖，然后那已经快要画好的线条瞬间就毁了。

“手抖什么？这下又要擦掉重画了。”

听到慕迟曜的声音，言安希的第一个念头就是赶紧藏起这幅画。可慕迟曜的动作比她更快，他直接从她身后伸过手，压在了纸张上，问道：“为什么要收起来？”

慕迟曜骨节分明的大手压在纸张上，他微微弯腰，宽厚的胸膛直接贴上了言安希的后背。

这样的姿势差不多把言安希整个人都圈在怀里了。

“画得挺像。”慕迟曜继续说道，“看来你在家里是真的很闲。”

言安希顿了顿：“我就是随便画画。”

“随便画画都能画得这么好，倒也是难得。”说着，慕迟曜伸手，直接把画拿了起来，近距离地欣赏着。

言安希的脸一下子就红了，连忙想要抢回来：“你还给我。”

“你画了我，我多看两眼都不可以吗？”

“这是我画的！”

“可这上面的人是我。”慕迟曜说，“我有权拿走。”

言安希不由得瞪大了眼睛：“拿走？那肯定不行！”

“是吗？你这可是侵犯了我的肖像权，我有权拿走。如果你觉得我不可以拿走的话，和我的律师谈，怎么样？”

“无理取闹。”言安希说，“拿走就拿走，不就是一张画吗？”

“可是你还没画完。”说着，慕迟曜把画重新放在她面前，然后在她对面坐下：“继续。”

言安希却不肯再拿起铅笔：“我不画了。”

慕迟曜单手放在桌面上，挑眉看着她：“嗯……会拒绝我了。”

言安希直接把画往他面前一推：“你拿走吧，反正已经画得差不多了。”

“继续。”慕迟曜说，“我看着你画。”

言安希直直地看着他的眼睛好一会儿，最后还是败下阵来，拿起笔继续修补细节。很快，她就把这幅人物肖像画给画完整了，缓缓地推到慕迟曜面前：“就当是……我送给你的礼物吧。和你结婚这么久，我什么都没能给你，倒是白白地从你身上得到了许多。”

她本来就是除了自己，一无所有。然后又一无所有地嫁给了慕迟曜。

慕迟曜低头看了一眼画，什么都没有再说。两个人之间一时间无比安静，这也算得上是一个难得的午后时光了。

管家走进来时看见这样的情景，迟疑了一下，还是说道：“慕先生、慕太太，墨先生来了，说要见太太。”

慕迟曜看着言安希，却和管家说道：“不见。”

言安希垂着眼，也没说什么。

可言安希心里忽然咯噔一下，就在管家快要走出客厅时，言安希急切地叫了声：“等一下！”

管家停下脚步，慕迟曜的脸色也跟着一沉。

言安希看着管家，问道：“墨千枫还说了什么没有？他只说要见我吗？”

管家有些犹豫，他看一眼慕迟曜的脸，不知道该不该说。

言安希却急了：“赵叔，你倒是说话啊！”

“太太。”管家回答道，“墨先生是还有一句话，他说他有一样非常重要的东西要交给您。”

言安希一听，立刻就站了起来：“他在哪里？我要见他。”

慕迟曜缓缓地开口：“言安希，你敢离开这里一步试试看！”他还在这里坐着，言安希竟然就把他当空气？

言安希回头看他：“慕迟曜，我去见墨千枫真的是有非常重要的事情。”

“你见他，能有什么重要的事情？私奔？”

“是关于秦苏谋害我弟弟的证据！”言安希说，“他可能拿到了证据！”

慕迟曜眉头一皱：“证据？”

言安希却根本等不及了，她转眼就跑了出去，慕迟曜顿时气得脸色铁青。他追出去，显得他小家子气；可是不追出去，他一个人在这里又气得不轻！青梅竹马，什么狗屁青梅竹马！

言安希却根本顾不得慕迟曜会怎么想了，她一路小跑到了年华别墅的大铁门处，不顾保安的拦阻，直接从偏门走了出去。

“墨千枫？”言安希出声喊道。

“这就是你要的东西，玫若把她手里的东西交给我了。”墨千枫从车上把东西拿了出来，然后走到言安希面前，“她给了我之后，我就一直放着，没有打开看。我想……你应该知道是什么吧？”

言安希紧紧地盯着盒子：“我知道。”

墨千枫递了过去：“那你……就好好拿着吧。”

言安希看着他，慢慢伸出手去。盒子很轻，可对于言安希来说，却如同千斤重。她终于拿到了林玫若手里的这份证据……不知道，算不算太晚。

言安希接过，轻声说道："谢谢你，除了这句话，我不知道要说什么了。"

"你不需要说什么，安希。一直以来都是我对不起你。这次也算是我为以前的事情赎罪了。"

"过去是过去，现在是现在，墨千枫，这是两码事。"言安希回答，"或许，你很快也会知道，林玫若交给你的这份东西意味着什么。这份证据，我之后会还给你，到时候就看你是怎么想的了。"

言安希看着他继续说："至于过去的事情就让它过去吧。你和我只能说是有缘无分。"说完，言安希低头看了一眼手里的盒子，就往年华别墅里面走去。

言安希回到客厅里，慕迟曜看了她一眼，道："你在那傻站着干什么？"

言安希走了过来，轻声说道："你没有必要生气，我和墨千枫之间犯不着你生这么大的气。"说着，言安希拆开手里的盒子，里面赫然躺着一支录音笔。

"慕迟曜，墨千枫这次来找我，就是给我这个东西。"言安希紧紧地攥着录音笔，"这就是证明秦苏害我弟弟的证据！"

慕迟曜提高了声音："证据？这跟林玫若又有什么关系？"

言安希苦笑一声，直接打开了录音笔，下一秒林玫若的声音从录音笔里传了出来，紧接着秦苏的声音也传了出来。这支录音笔里，有着一段不算短的对话。

慕迟曜原本十分慵懒地靠在沙发上，听到一半时，却慢慢挺直了后背。

言安希抬手捂住了脸，她就知道是秦苏！这个女人的心怎么会这么狠毒！做了这样的事情还能装得那么无辜，装作什么都没有发生！

言安希也终于明白林玫若为什么不肯把这个证据给她了。看来袁澈说得没错，林玫若和这件事情有着千丝万缕的关系，所以才会有证据但又不肯给她。

慕迟曜伸手把录音笔拿在手里，修长的手指不停地摩挲着。

客厅里陷入了死一般的寂静。好一会儿，慕迟曜淡淡地说："现在秦苏没办法狡辩了。”

言安希长长地叹了一口气：“那你打算怎么办？”

“其实他们都在我的掌控之中，我一直缺的就是证据而已。”

言安希一愣：“当初你一直不肯相信这是秦苏所为，无论我怎么说，你就是不听。而现在不管你信或者不信，这件事就是秦苏做的！”

“我后来信了。言安希，我一直在查。”

言安希问道：“那你为什么不告诉我？”

“因为我和你当初的情况一样，我也还差一份真正的证据。”

“那现在证据确凿，你要怎么做呢？”言安希侧头看他，十分认真地发问。

慕迟曜沉声说道：“不是我要怎么做，是你要怎么做。”

言安希愣了：“我？”

“我留着秦苏只有一个目的，就是交给你来处置。”慕迟曜对她说，“公了私了，我都随你。”

“我可怜的弟弟……”言安希说，“是我害了他，如果不是我，秦苏不会对他生出这样歹毒的心思。”

慕迟曜说道：“林玫若也逃不了。”

“林玫若就交给墨千枫去处理吧。”言安希看着他，“你觉得呢？”

慕迟曜点了点头。

第二天，言安希去了律师事务所找袁澈，她低头从包包里拿出了那支录音笔：“这就是林玫若手里的证据。我想，你应该懂了。”

袁澈一惊：“你拿到了？”

“是墨千枫帮我拿到的。”她缓缓地把录音笔推到袁澈面前，“你拷贝一份录音笔里的文件吧，这支录音笔我还要还给墨千枫。”

袁澈拿过录音笔，让别人拿去电脑上拷贝了。

“袁澈，秦苏谋害言安宸的事情，我就委托给你了。”

“好。”袁澈说，“我会尽力的。”

“嗯，我相信你。”

正说着，录音笔也被送回来了。

“我还有别的事情要办，不能继续留在这里了。不然，慕迟曜又会胡思乱想，疑神疑鬼地觉得我和你之间有什么了。“

袁澈一愣，笑了笑："好，我送你走吧。"

言安希点头，朝他一笑："谢谢你，袁澈。"

一上车，司机说道："太太。慕先生让您去公司。"

她点点头："好。"

等到了公司后，言安希敲了敲总裁办公室的门，就直接走了进去。

"嫂嫂！"言安希都还没看清里面的人是谁，就听见慕瑶的声音了，"你总算过来了，我都等你好久了。"

"怎么了？"言安希快步走到慕瑶身边坐下，有些茫然地看着她说，"你等我？明明是慕迟曜让我过来的啊……"

"我和哥哥谁叫的都没有区别嘛！反正是好事。"

言安希一头雾水地看了慕迟曜一眼，对方也目光灼灼地看着她。

慕瑶卖着关子："嫂嫂，你知道今天是什么日子吗？"

"今天？"言安希想了想，"不是什么日子啊……就是月初？"

"嫂嫂，今天是我们集团发工资的日子！"慕瑶开心地说，"你也有份哦！"

言安希一愣："我？我也有份？"

慕瑶一拍手："你付出了劳动啊！客户非常满意，然后哥哥发话说给设计部发奖金！"说着慕瑶兴冲冲地从包包里拿出银行卡："这是嫂嫂你的，我给你代领了，现在给你，密码是你的生日。"

看着这张银行卡，言安希不知道是接还是不接。

慕瑶干脆把卡塞进她手里："拿着吧，嫂嫂。以后啊，你就来我们设计部上班吧，你肯定会是一名非常优秀的设计师！"

言安希看着手里的银行卡："谢谢慕瑶。那份设计图能让客户满意，你们也帮助了我很多很多。"说完，她看向慕迟曜，想说什么但又什么都没说。

慕迟曜却忽然对慕瑶说："你还不去上班？现在都几点了？你在我这里耗了多久？"

慕瑶一愣，然后吐了吐舌头："我知道我现在又成了电灯泡，我走还不行吗？"

言安希在一边，忍不住笑了起来。慕瑶又做了个鬼脸，然后一溜烟跑了。

这下，办公室里就只剩下她和慕迟曜了。气氛一下子变得有些尴尬，又有些微妙。

言安希说道：“我刚刚去见了律师，把录音笔里面的录音文件交给他了。他会帮我起诉秦苏。”

慕迟曜淡淡地道：“可以。”

言安希说：“那我不打扰你了……”说完她就转身要走。

慕迟曜又哼了一声：“你要去找夏初初，是吧？”

言安希有些惊讶地看着他：“你怎么知道？”

“我为什么不知道？”慕迟曜说，“你以为你的那些小心思，我看不出来吗？”

言安希抬头看他：“好吧，我也没什么事情是需要隐瞒你的。当初，墨千枫帮安宸交了住院预交金，后来是初初借给了我这笔钱，让我还了墨千枫。所以现在我要把钱还给初初，这样就不欠债了。”言安希没有一点儿隐瞒地说完了。

慕迟曜看着她没有说话，但他握着的手微微松了松。

“我就去几分钟，很快回来。”言安希说，“见完夏初初，我就回家，不会打扰你。”

慕迟曜看了她一眼，转身往办公桌的方向走去：“我在这里等你。”

言安希一愣：“啊？我还来这里干……”

“让你来就来！”

言安希撇撇嘴：“噢。”

她转身出了门，可就在她正要坐电梯去找夏初初时，保镖忽然特别恭敬地把她带到了总裁办公室一旁的休息室。

“太太，请稍等，我现在就去请夏小姐过来。您稍等。”

言安希只好点点头：“好吧。”

夏初初来到休息室时，高兴得不得了：“安希，他们说你找我！”

“我有一样东西要给你。”言安希说，“你过来。”

夏初初在她身边坐下：“什么？”

言安希把银行卡给她：“以前借了你的钱，现在我还给你。”

“啊……好的。”夏初初没有推脱，收下来了。因为她知道，如果自己不要的话，安希心里会不自在的。反正她也是找厉衍瑾借的，等一下她就可以转手还给厉衍瑾了。

“初初，事情都在往好的方向发展了，”言安希轻声说道，“现在袁澈在帮我起诉秦苏。”

“什么？那真的太好了！”夏初初说，“秦苏那个女人早就该被绳之以法的！她做了那么多坏事，现在是报应！”

言安希也有一种恍如隔世的感觉。秦苏终于得到该有的惩罚了，这样恶毒的女人，现在的下场是报应。

一切都结束后，慕迟曜按照离婚协议，把名下股份的百分之十转给了言安希，还把他在慕城除了年华别墅以外的房产，全给她了。所以言安希第二天就搬离了年华别墅，去了临湖别墅。

临湖别墅。

言安希盘腿坐在床上，看着只拉开一边的窗帘，窗外只有路灯，隐隐地还能看见湖水里路灯的倒影。这里风景是真的好。

窗外，夜色正深。一辆宾利驶进了这片别墅区，在远处停下。驾驶室的车门打开，慕迟曜从车上下来。他慢慢地走着，目光不由自主地往二楼的方向看去。看到二楼的卧室亮着一盏灯，他的眉眼顿时柔和了不少。

冬天夜里本来就冷，又是在湖边，冷风阵阵，慕迟曜却站得笔直。他抽出烟，衔在嘴里，低着头用手挡着风，点燃了这根香烟。

他才一晚上没有见到言安希，就忍不住开车到这里来，远远地陪着她。

言安希看了一会儿书，忽然觉得有点儿冷，抬头一看，窗帘被夜风吹得微微飘起。她下床，把书放下，走到窗户边，去关窗户。

当言安希的身影一出现在窗户边的时候，慕迟曜的第一反应就是赶紧躲到树后。言安希没有注意太多，仔细地把窗户关好，想了想，又准备把窗帘拉上。

她往外面看了一眼，波光粼粼的湖面，橘黄色的路灯，一切在黑暗的笼罩下，都显得十分平静。

最后，言安希拉上了窗帘。

慕迟曜从树后走了出来，望着二楼，眼神缱绻深情。

最近好不容易有点儿空闲时间，言安希和夏初初、慕瑶相约在餐厅里见面，几人正说说笑笑的时候，言安希的手机忽然响了起来，她一看，是陈航打来的。

“喂？”言安希轻声说道，“陈特助，你找我有什么事？”

陈航说道：“言董事，今天下午三点，慕氏集团要召开董事会，请您准时出席。”

“什么，董事会？”

“是的，您就在慕城，直接过来一趟就是了，不麻烦。”

言安希想了想，问道：“我可以不来吗？”

陈航道：“言董事，您是公司的大股东，理所应当要来出席。”他忍不住想，要是慕总听到太太说不想来，估计得气个半死。

言安希回答得有些不情不愿：“好吧……”

她当初就不想要这什么股份，现在好了，这麻烦来得太快了。她要是参加董事会，肯定就会和慕迟曜见面了。

挂断电话，言安希有些愁眉苦脸。她看了夏初初一眼，又看了看慕瑶，说道：“你们等会儿吃完饭后，我……也得跟着你们去慕氏集团了。”

夏初初和慕瑶异口同声地问道：“为什么？”

“刚刚陈航打电话来通知我说，下午三点要去开董事会。我……是董事之一，所以要出席。”

夏初初点点头：“原来是这样啊……”

慕瑶惊讶地说：“我的天啊，嫂嫂，哥哥这是分你股份了吧？你直接就成董事了？想当初，慕天烨用尽各种卑鄙的手段，想要得到公司的股份，都没有得逞呢。现在哥哥就这么送给了你……”

言安希越听，心里越不安了：“你们说，这股份我是不是不该要啊？”

“要！为什么不要！”夏初初说，“他愿意给的，又不是你抢的。”

慕瑶也附和道：“就是啊，哥哥给你就说明他重视你。”

夏初初拉了拉慕瑶：“哎哎哎，行了啊，你别趁机替慕迟曜说好话。”

“我说的是事实嘛！”

言安希叹了一口气，托着腮：“现在不是谈论这些的时候。”

夏初初问道：“那你愁什么？”

“我今天去了，那我……我就会见到慕迟曜啊。”言安希说，“我都不知道要怎么面对他。”

“没事。”夏初初说，“董事会上那么多人呢，他还能把你给吃了啊？开完会你就走，别单独相处就行了。”

慕瑶却说道：“你和哥哥难得见一面，就不想说些什么？毕竟你和哥哥也是和平达成协议的，就算要离婚也不用躲这么远吧？”

夏初初哭笑不得：“慕瑶，你这是特意跑来跟我唱反调的吧？”

言安希夹在中间，心里纠结不已，左右为难。

而此时，言安希根本不知道的是——慕迟曜当初给她股份，一部分原因是希望她的生活能得到保障，不为金钱所困。另一部分原因，是能见到她。因为一旦言安希成了公司的董事，她就有了一份责任，他也能光明正大地见到她。

电梯到达指定楼层，缓缓开了。

言安希快步往会议室里走去，高跟鞋敲击着地板，发出清脆的声音，眼看着离会议室越来越近了，可是……就在她要握住门把手，推开会议室的门时，一只骨节分明又修长的手，也伸了过来，正好落在她的手背上，包裹住了她的手。

熟悉的温度，一下子让言安希打了个激灵，她抬头看向这只手的主人慕迟曜。

“你……你先进吧。”言安希说，“慕……慕总。”

她吞吞吐吐了好几次，不知道要怎么称呼他，最后还是跟其他人一样，叫他慕总。

慕迟曜淡淡地说道：“你迟到了，言安希。”

言安希“嗯”了一声：“不好意思，下次我一定注意。”

言安希应着，一边想要抽回自己的手。毕竟，两个人这样还是有点儿暧昧，她也不想和慕迟曜有过多的肢体接触。慕迟曜倒也没有像以前那样，不准她逃。她想抽回手，他也适时地收回手。言安希却觉得，他手上的温度好像还在她手上一样，直烫到她心尖上去了。

一想到这扇门后面有慕氏集团的所有董事，她更觉得不自在了。她道：“那慕总，你先进吧，我……我随后进去。”

慕迟曜低声问道：“你找得到自己的位子吗？”

言安希一听，摇了摇头：“我……我不知道啊，我第一次来。”

“那我带你去。”说着，还没等言安希说什么，慕迟曜已经牵起她的手，带着她推开门去找位子了。

在其他人看来，这一幕是正常得不能再正常了。可是言安希却一点儿都不自在。言安希也不好意思抽回自己的手，毕竟这么多人看着，拂了他的面子也不太好。

慕迟曜径直把言安希牵到了最前面。会议桌是圆形的，左边第一个位子坐着沈北城，第二个位子坐着厉衍瑾。而右边的第一个位子是空着的，正是言安希的位子。

“你坐这里。”慕迟曜侧头对她说，“记住了，以后你都坐这里。”

言安希往身后看了一眼，发现所有董事都在看着她，她感觉如芒在背。

“你确定……我坐这里？”言安希小声问道，“慕迟曜，你会不会搞错了？”

谁知道慕迟曜的重点完全没有放在这里，而是挑眉说道：“噢，言安希，你现在不叫我慕总了？”

“你……分清主次好吗？”

“你就坐这里。”慕迟曜声音微扬，“没有错。”

其他的董事，虽然碍于慕迟曜的威严，不好说什么，但是已经非常疑惑了。

言安希犹豫了，她求救般地朝沈北城看去。

沈北城看到她求救的目光，也看到了其他董事欲言又止的样子。他笑了笑，目光一转，看向慕迟曜，问道：“慕总，慕太太坐这个位子，好像不太合适吧？”

沈北城就是故意问的，这样一问，既代表了其他董事，也解决了言安希的为难。而且，还能让慕迟曜解释清楚，完全是一举三得。

慕迟曜微微挑眉，看着沈北城，他这么聪明的人，自然也明白沈北城的意思。所以，一唱一和，正好。

“沈总问得好。在场所有人，我想，没有谁比言安希更有资格坐在这里。”慕迟曜眼睛一扫全场，郑重其事地说道，“言安希是我们集团的股东，持有百分之十的股份。”

这句话一说出来，全场都安静了。所有人都非常清楚，百分之十的股份意味着什么。而沈北城和厉衍瑾对视一眼，从对方的眼睛里都看出了惊讶。他们没想到……慕迟曜竟然给了言安希这么多股份。

慕迟曜看了陈航一眼，一边的陈航立刻明白了他的意思，他上前一步，把椅子拉开，对言安希恭敬地说道："太太，请坐吧。"

陈航这一句话，似乎惊醒了很多梦中人。言安希是慕太太，她持有这么多股份，是理所当然的事情。只是这股份，是慕老爷子给孙媳妇的礼物，还是慕总讨太太欢心的心意，那就不得而知了，毕竟这是慕家内部的事情。

言安希还在干站着，慕迟曜伸出手搭在她的肩膀上，不轻不重地一按。言安希顿时身子一软，坐了下去。

慕迟曜满意地收回手，转身走向主位坐下，动作一气呵成，十分霸气。

会议开始后，言安希也听不懂他们在说什么，她低着头，像是学生时代听课一样，端端正正地坐着，双手放在桌上。而慕迟曜虽然是主持这场会议的，但他除了开场时说过几句话，就让其他人说去了。他的工作就是看言安希，各种看。

慕迟曜支着下巴看她，或者是斜靠在椅子上看她，又或者是看看文件资料再不经意地抬头看看她。

沈北城都看不下去了，抬脚在会议桌下踢了他一下，压低声音说了一句："注意影响。"

慕迟曜回了他一句："你管得着吗？"

言安希其实知道慕迟曜的眼睛就没离开过她，但是她选择装作不知道。

日子看似平淡无趣地过着，转眼已经是二月初了。天气冷到了极点，温度已经接近零下。

临湖别墅的餐厅内，言安希面前的小桌上堆满了各种甜点、面食。她举着筷子无从下手，偏偏这个时候，用人又来说，墨千枫找她。

要是以前，她肯定不会见了，但是现在，想想墨千枫前不久突然之间就把言氏公司都归还了，她还这么拒人于千里之外，似乎也不太妥当。

"让他进来吧。"言安希说。

没过多久，言安希就看着墨千枫往这边走来。墨千枫也看见了她，脸上带了一丝笑意，但仍显得很严肃。

“坐吧。”言安希说，“你今天怎么来找我了？”

墨千枫表情严肃地看着她道：“这几天，我想了又想，觉得有些事情，你有权知道真相。其实，安希，言氏公司……严格意义上来说的话，不算是我还给你的。”

“什么意思？”言安希的脸色顿时就变了。

墨千枫看着她脸上的表情：“我想，你应该也猜到了。”

他这么一说，言安希的筷子“啪”的一声从手里滑落，掉在桌上。

“是……是慕迟曜？”言安希几乎是颤抖着声音说出这个名字，她问道，“这一切是他在背后暗自操作的？”

墨千枫点点头：“是。”

言安希有些不敢相信：“怎么会这样……可是言氏公司，明明在你们墨氏集团手上，他无法操作啊……就算慕迟曜有再大的本事，你们不卖的话，他用钱也买不到。”

墨千枫慢慢解释：“如果不是慕迟曜，我根本不可能这么快把公司给你，我现在也不可能好端端地和你在这说话了。我爸和董事会，会剥夺我在公司的所有权利。”

“他找你……联手？”言安希一脸错愕，“那他为什么不告诉我？他为什么要你来把公司还给我，却不经过他的手？”

墨千枫想了想，还是把话保留了一半，只是说道：“我也不懂，恐怕只有他自己知道。”

言安希垂下眼睛，情绪慢慢平静下来。

好一会儿，看她的情绪已经差不多平稳了，墨千枫才问道：“安希，你还记得言氏公司，是在什么时候还给你们的吗？”

“记得，我生日的那一天。”

“那你现在知道为什么是在那一天把公司还给你了吧？”

言安希的表情又是一惊：“是……慕迟曜的意思？”

“嗯。”墨千枫点点头，“他说，要送你一份像样的生日礼物。”

原来，这一切根本不是墨千枫所为，而是慕迟曜做的。他藏在墨千枫背后，辛辛苦苦地完成了一切，却让墨千枫出面交到她手上。这个男人，心思该有多么缜密？

墨千枫见她这个模样，拍了拍她的手："这份人情不是我的，我不想隐瞒，我也不想替他隐瞒。"

言安希忽然捂住脸，低下头去，低低的抽泣声传了出来。她不知道要怎么去接受这件事，慕迟曜这个傻瓜……

"好好的，你哭什么？"墨千枫问，"你要是想去找他，现在就可以去。"

"我……我不敢。"这个时候，言安希反而胆怯了。

"为什么不敢？"墨千枫问道，"我看，慕迟曜是爱你的，是真的爱你。"

以慕迟曜的性格和身份地位，他能做到这个地步，是不可思议的。当时墨千枫都觉得震惊，何况言安希这个当事人。其实，墨千枫也是想了很久，最后才决定和言安希说这些的。他不想隐瞒，他想光明磊落些。

言安希双手垂下来，看着墨千枫，眼神里有一瞬间的茫然，然后她忽然站了起来："我要去找他。"说完就已经跌跌撞撞地走出去了。

"也好……"墨千枫看着她离开的背影，"你是该去找他了。"

慕氏集团。

慕迟曜坐在办公室里，他抬手看了一眼表，然后穿好西装外套，准备往门口走去。

这时，门忽然被人从外面推开了，一个人影就这么直直地扑到了慕迟曜的怀里，双手紧紧地环住他的腰，他整个人都僵硬了。

慕迟曜的身体慢慢地放松下来，他低头看着怀里的女人："言安希？"慕迟曜皱眉，薄唇微微抿着，"你这是在干什么？"

言安希问道："慕迟曜，你还记得我生日那天吗？"

慕迟曜没有立即回答，他心里已经隐隐猜到了什么。

慕迟曜眼眸一沉："言安希，你是不是听到什么流言蜚语了？"

"流言蜚语？慕迟曜，我想我听到的是真相吧？"言安希看着他，眼睛里慢慢有了雾气，"你为什么要让墨千枫出面把言氏公司还给我？为什么要把自己做的努力统统都抹去？为什么你为我做了这么多，你却一个字都没有提？"

一个个为什么，掷地有声，问得慕迟曜哑口无言。他的喉结滚了滚，想说点儿什么，可是却一个字也说不出来。

言安希依然还在质问道："你这样让我怎么想，让我怎么办？让我一直误会你吗？让我一直活在你编织的谎言当中吗？你怎么这么傻！"

好一会儿，慕迟曜终于无奈地说道："言安希……"

言安希的眼里已经满是泪水了："以前你说你爱我的时候，你一件事都没为我做。现在你不说你爱我了，却默默地为我做了这么多，慕迟曜，你要我怎么办……"

她的眼泪，终于滑落下来了。他缓缓抬起手，想要拭去她的眼泪，可是这手却在不受控制地发抖，言安希却一把握住了他的手，然后慢慢地贴在了她的脸颊上。

慕迟曜浑身一震，下一秒，他再也控制不住自己的感情，一把将她强势地抱入怀里。言安希泪眼蒙眬地看着他，他再也顾不得许多，低下头去寻到她的唇，狠狠地吻了下去。

他不想忍了，此时此刻，他只想吻她，堵住她那喋喋不休的嘴！只有吻她，才能不让她说话，不让她问那么多的为什么！他回答不了！

最后，慕迟曜松开她的时候，喘着粗气，他的薄唇移到她的额头上，轻轻落下一吻，然后他收紧双手，将她抱在怀里。言安希安静又乖巧地靠在他怀里。

"言安希，你是要逼死我。"

"是你不承认。"

"你想要我承认什么？"

言安希恨不得踩他两脚，道："你为什么在私下里为我做这么多事情？"

慕迟曜淡淡地回答道："有些事情，想做就做了，没有那么多为什么。"

他说着想推开她，他还伸出手掰开她的手指。可言安希抓得死死的，不管慕迟曜怎么掰扯，她就是不肯松手。慕迟曜也不敢真的用很大力气去拉开她，一下子也拿她没有办法。

眼看着，两个人就这么僵持不下了。言安希忽然"哎呀"一声，十分委屈地说道："疼。慕迟曜，你的指甲划到我了。"

慕迟曜一听，顿时就松了手，生怕弄伤了她。谁知道言安希就趁着这个时候，整个人都扑进了他的怀里：“慕迟曜，你别想推开我了。”

言安希这话里，好像还有话，这是什么意思？是不离婚的意思吗？

这个念头从慕迟曜的脑海里闪过，他又连忙否认。

“随便你，都随你。”慕迟曜忍不住揉了揉额角，他今天倒是体验了一把手足无措的感觉。

言安希挽着他的手臂，说道：“我饿了，你陪我去吃饭。”

慕迟曜拿她没有办法，想冷着脸，但又忍不住情意绵绵地说：“吃就吃。你能不能放开我的手？”

言安希抬头一脸无辜地看着他：“我得挽着你的手啊，为什么要放开？万一我放开，你就让陈航把我送走，我去哪儿见你？”

慕迟曜长叹了一口气，面上却不由自主地带了一点儿笑意。言安希就这么小鸟依人地依偎在他的身边，让他觉得非常受用。

陈航看到这一幕的时候，惊得下巴都快掉下来了。

慕迟曜看了他一眼，没说什么。倒是言安希说道：“陈特助，麻烦你备一下车，我们打算先去吃饭。”

陈航一听，把手里拿着的文件收了收，然后笑了起来：“好，我这就去……”

坐在车上，司机问道：“慕先生、太太，你们要去哪里？”

言安希想了想，她问道：“慕城哪家的酱汁烧鸡最好吃，你就把我们送到哪里去吧！”

她话音刚落，就听见慕迟曜淡淡地说道：“去中餐厅，就在两条街外。”

言安希侧头看着他：“为什么要去那里啊？”

“言安希，你再问那么多为什么，我就把你扔下去。”

“这么凶……”

直到去了餐厅，言安希才发现慕迟曜的用心良苦。虽然说她想吃酱汁烧鸡，但是这道菜过于油腻，她最多吃几口就不会再多尝了，而这家是粤菜馆，口味比较清淡，也符合她的胃口。这个男人……其实还是挺会照顾人的。

吃饭的时候，言安希一直不停地给慕迟曜夹菜，自己反倒是没吃多少。慕迟曜完全拿她没有办法，而且言安希就像一块牛皮糖似的，怎么甩也甩不掉。去哪里她都要跟着，就连吃完饭，他去洗手间，她也孤零零地在洗手间外面等着他。

慕迟曜很是不解："你就这么怕我走了？"

言安希可怜巴巴地回答："怕。"

就这么简简单单的一个字，他忽然就心软了。他不自觉地伸出手去，想摸摸她的头，但是又觉得这个举动过于亲密了，所以还是缩回了手："傻瓜。"

他没有再说什么，任凭她挽着自己的手臂，离开了餐厅。

第二天，言安希坐在慕迟曜身边，托着腮，看着他吃早餐。害得慕迟曜这么冷静沉稳的人，都差点儿没端稳碗，掉了筷子。而且言安希还一边张罗着："这个是水晶虾饺，虾仁很新鲜……啊，还有这个，皮蛋瘦肉粥，不知道你吃不吃得惯。这是豆沙包。"

在言安希絮絮叨叨地还要继续说的时候，慕迟曜忽然就把豆沙包塞到她嘴里，她一下子被堵住了话头。

慕迟曜淡淡地收回手，说道："我不喜欢吃甜腻的豆沙，你尝尝。"

言安希咬了一口包子："你是不是嫌我烦了？"

"我嫌弃，你会走吗？"

"为什么你总要赶我走？"

"你最想做的事情，不就是从我身边离开，逃离我的掌控吗？"

言安希愣愣地点点头："是……"

"那就对了。我让你走，你还不走？"

"可……"言安希咽下嘴里的包子，看着他的侧脸说道，"那是我以前的想法。现在不一样了，现在的我，有另外的想法。"

慕迟曜吃早餐的动作停住了，他故作淡定地问道："什么想法？"

言安希忽然咬着下唇，问道："慕迟曜，如果我说，我不想离婚了呢？"

他冷峻又沉稳的脸上，因为她这一句话，仿佛被撕破了伪装，顿时显露出原本的情绪来："言安希……你知不知道你在说什么？"

"你回答我啊。"言安希问，"如果不离婚了，你还会推远我吗？"

慕迟曜几乎是下意识地就否认："怎么可能？你……"话说了一

半，他又停下了，没有再说下去，同时也偏过了头，不再看她。

言安希却抓着他说："慕迟曜，你看着我，你不要躲我，这么久了，其实我一直都冤枉你了，是不是？我只沉浸在过去的伤痛里，却没想过你的好，还有你为我付出的所有，可是你怎么可以这样！你不说，我怎么会知道？难道你就希望我这样一直误会你，恨你，疏远你吗？"

慕迟曜沉默不语，言安希又说道："好，我现在说什么，你都不正面回答我，总是藏着掖着。但没关系，我有的是时间和你慢慢磨。"

言安希也不说话了，背对着慕迟曜坐在他旁边。慕迟曜忽然不知道她在想什么，还是说……她在哭？这么一想，慕迟曜就担心了。

"言安希……"他试着喊了她一句，"你看着我。"

言安希一动不动。

"你转过身来。"慕迟曜把语气也放软了一点儿，"你生什么气？"

"跟你无关！"言安希说着，站了起来，走到洗手间里面去了，还反锁了门。

慕迟曜皱眉，起身跟了过去，站在洗手间门口，抬起手又放下，不知道该不该敲门。

"言安希？"慕迟曜试探性的声音在外面响起。

言安希站在洗漱台前，看着镜子里的自己，有些委屈。难道，她和慕迟曜真的没有可能了吗？是当初他太狠心绝情，还是她后来太心灰意冷，使得两个人在不知不觉中已经越走越远了？

言安希看了紧闭的门一眼，隔着厚厚的花玻璃，她能看到慕迟曜就在外面站着，他的手抬起又放下，放下又抬起。不知道怎的，言安希忽然扑哧一声笑了起来。

其实，慕迟曜也是关心她的吧？

洗手间的门忽然被打开，慕迟曜愣了一下。

言安希看着他："这门，你到底是敲还是不敲啊？"

慕迟曜又愣了一下："我……你没哭？"

"看来你很希望我哭？"

"没有，"慕迟曜马上否认，"我是担心你。"

"那你还一直惹我哭？"

言安希接二连三地发问，让慕迟曜根本招架不住："是，是我的错。"他叹了一口气，"你还有什么不满意的地方吗？"

他都认错了，这个态度应该够了吧。他还是斗不过她啊，她随随便便的一个小情绪、小动作，就能让他缴械投降。

言安希很认真地想了想，然后摇摇头："目前没有了。"

慕迟曜看着她，其实很想笑，但是最后又忍住了。

言安希伸出手去捧着他的脸："你想笑就笑啊！"言安希恶作剧的念头忽然被勾起来了，开始肆意地揉搓着他这张俊脸。

慕迟曜大概从来没有被人这样对待过，一时有些没反应过来。但是很快他还是捉住了言安希的手："好玩吗？"

"好玩。"言安希点点头，"没想到你一个大男人，皮肤居然这么好。"

慕迟曜把她的手拿开，顺势包裹在手心里："言安希，你是要留在我身边吗？"

她看着他深邃的眼睛："如果我留，你要吗？"

"可是当初你那么决绝。"慕迟曜说，"所以我也想放手了，放得干干净净，可现在你却又要回来？"

"怎么？"言安希说，"你不敢接受我吗？"她一边说着，一边伸手钩上了他的脖子。

"你知道你自己在说什么吗？你是……还爱我的，对吗？"慕迟曜问，"你回到我身边会快乐，对吗？你最大的愿望，再不是想离开我，对吗？"

"对，慕迟曜，我爱你，我想和你在一起。"言安希泪眼蒙眬地看着他，忽然扑哧一声笑了出来。她现在的感觉像是得到了全世界。

慕迟曜猛然低下头来，两人不管不顾地吻了起来。

这一刻，等了太久太久，来得太迟太迟。

他和她之间经历了这么多磨难，有过无数的误会和伤害，但是现在两个人还是又走到一起了。不管怎么样，现在只剩两颗炽热的心，只有两个深爱的人。

一个月后，天气一天比一天暖和，已经是初夏时节了。这天下午，慕迟曜提前回来了，言安希听到了，马上就跑出去迎接他了。

慕迟曜下车，看见别墅门口跑出来一个人影，他的心瞬间就提了起来："你小心一点儿。"

言安希直直地朝他跑来，慕迟曜连忙张开双臂，抱了个满怀。

“今天怎么这么早就回来了？”言安希从他怀里抬起头来，“我刚刚才让厨房准备晚饭呢。”

“想你了，所以就早点儿回来了。”

“巧了，我也想你。”

慕迟曜唇角微扬，因为她的这句话，心情顿时大好。

回到客厅，言安希把他手腕上搭着的西装外套接了过来，她把衣服挂在衣架上的时候，却意外地摸到口袋里有一个硬邦邦的盒子。

“你口袋里有什么啊？”言安希侧头看着他。

慕迟曜伸过手，径直从口袋里把喜糖盒拿了出来：“沈北城和慕瑶送的喜糖，特意留给你的。”

言安希一听，笑得很开心：“沈北城这次做得真周到，求婚而已，居然还发了喜糖。”

言安希欢快地捧着喜糖盒走到沙发上坐下，剥了一颗松露巧克力塞进嘴里，然后又惬意地倒在慕迟曜怀里。慕迟曜伸手抱住她，五指插入她的发间，细细地梳理着。

言安希懒懒地问道：“刚刚我在门口迎接你，看见你脸色有点儿不对劲……”

慕迟曜忽然停止了梳理她头发的动作，把她更加往怀里带了带，道：“因为我愧疚。”

“啊？为什么？”

“我让你乖乖在家养胎，但是没能抽出太多时间陪你，让你一个人孤零零地待着……”慕迟曜说得很慢，声音低低的。

“我没关系啊，我能理解。”言安希说，“慕氏集团那么多员工都等着你的指示，再说了，你得赚孩子的奶粉钱嘛。”

听到她这么懂事的话，慕迟曜更愧疚了。他抱紧了她，低声地说道：“安希，我已经决定了，等我这几天把工作安排下去，我就休假带你去旅游。”

听到“旅游”两个字，言安希眼睛顿时放光：“真的吗？不会耽误你工作吗？虽然说慕氏集团暂时离开你也能正常运行，但是……”

“这些事情就交给我来担心好了，你就负责考虑……去哪里玩。”

言安希很认真地想着：“去哪里好呢……”

“慢慢想。”慕迟曜说，“想去的地方，我们都去。”

言安希靠在他怀里，听着他有力的心跳：“真好。”

“我也该为你做点儿什么，”慕迟曜说，“让你一个人在家，天天无聊又孤独，我也心疼。”

“这句话应该由我来说吧。”言安希抬头看着他，“你已经为我做了很多了，我却没能为你做点儿什么。”

他亲了亲她的脸颊：“你为我十月怀胎，就是为我做的最好的事情。”

女人生孩子有多累，虽然他无法感同身受，但他知道一定不轻松。尤其是言安希孕期反应最厉害的时候，吃什么吐什么，面色蜡黄，整个人都迷迷糊糊、昏昏沉沉，他看着都心疼。

“有你这么心疼我，我都不觉得累了啊……”言安希说，“我们去海岛，去教堂，去埃菲尔铁塔，好不好？”

慕迟曜一口答应下来：“好。”

三天后，海岛的沙滩上。

海浪一排排地袭来，潮起潮落，远处立着遮阳伞和躺椅。言安希躺在遮阳伞下，心情大好地伸了个懒腰。

“老公，现在的日子真是纸醉金迷啊……”言安希说，“整天就是吃吃喝喝，逛逛吃吃。”

身边的男人接了一句：“这才叫度假。”

言安希侧头看着他：“你习惯这样的生活吗？想想你以前每天在公司和家里之间两点一线的，那么多文件等着你去看，那么多秘书围着你……”

“我为什么不习惯，嗯？”慕迟曜说着，忽然大手一捞，直接把言安希从旁边的躺椅上抱了过来，两个人挤在一张椅子上了。

言安希推了推他：“干吗呀你……等会让人看见了，影响多不好。”

慕迟曜墨镜下的锐利双眸一扫周围，语气淡淡的：“这整片沙滩就我们两个人，你说谁会看见？”

言安希撇撇嘴。她想要来沙滩晒晒太阳，听听海浪的声音，吹吹海风，于是慕迟曜就清场了整片沙滩。

慕迟曜的语气淡淡的，低头看着怀里的她：“最近你食欲大涨，天天晚上都嚷着饿，怎么还是没胖？”

“还没胖！”言安希一听这话，简直要炸了，就差跳起来了。她道，“你看我这肚子，这大腿，还有这脸，你看你看，全是肉。”

慕迟曜笑了起来，抬手捏了捏她的脸蛋：“今天晚上早点儿休息，明天要早起，我带你去一个地方。”

言安希的眼睛一下子亮了起来：“什么地方啊？”

“保密。”

言安希笑了：“行吧，那我也就不问。”

午饭和晚饭的时候，言安希的胃口明显比以前好，话也多了起来，脸上更是无时无刻都带着笑容。晚上睡觉的时候，慕迟曜强行把她摁在怀里：“你今天好像很兴奋？嗯？”

“呃……是有一点儿。”言安希说，“一点点。”

慕迟曜有些不解地问：“为什么？”

“自从你今天在海边说明天早上要带我去一个地方的时候，我就……嗨了。”言安希说，“我一直在想你要带我去哪里，但是我又不能问……”

慕迟曜忽然轻叹了一口气，说道：“真是拿你没有办法啊……”

慕迟曜抱着她，忽然从床上坐了起来，侧身打开了卧室的灯：“走吧，带你去一个地方。”

言安希一脸茫然：“你不是说明天早上去吗？”

“看你这样子，不告诉你，你肯定会失眠一整晚，那还不如现在就去。”

言安希差点从床上跳起来，直接往慕迟曜身上扑去。

慕迟曜伸手牢牢地接住她，吓得不轻：“言安希，身为一个孕妇，你能安分一点儿吗？”

“因为我知道你会接住我啊！”

这就是慕迟曜给她的安全感，有他在，她可以放心地蹦蹦跳跳，因为她知道他会接住她。

慕迟曜一听她这么说，又不忍心说她了。

慕迟曜去衣帽间给她拿了一件长外套，然后牵着她的手，出了酒店房间，下了楼。此时在酒店门口早已停着一辆车，慕迟曜弯腰打开车门，让言安希坐了进去。

城市里路灯璀璨，亮如白昼。慕迟曜亲自开车，往城外驶去。言安希看着车窗外的房子越来越少，人也越来越少，这才反应过来，慕迟曜带她出城了。

慕迟曜侧头看了她一眼："如果困了就睡会儿，这里离目的地还有一个小时的车程。"

"不睡。"言安希拒绝，"我要是睡了，你多无聊啊，何况我一点儿都不困！"

慕迟曜无奈地笑了："真是难得看见你这么兴奋啊……"

他不由得要反思一下，他真的有这么不懂浪漫，所以导致他想浪漫的时候，让言安希这么激动？

慕迟曜把车开到了一条盘山公路上，左拐右拐，没多久，公路的左侧出现了一片海，右侧是山体。这条公路蜿蜒曲折，好像会通到天边。很快，慕迟曜把车停了下来，侧头看着她："下车吧。"

言安希低头解开安全带，下了车，看着眼前的这一幕，不由自主地感叹道："真的是太美了……"

他们所在的位置是一个悬崖，从这里往下看去，能看到刚刚车子开过的那条公路。一抬头，就能看到满天的繁星，好像就在她眼前似的，只要一抬手就能摘下来。而且，耳边还有海浪拍打礁石的声音，海风温柔地拂过她的脸部，非常惬意。

就在言安希还在陶醉的时候，慕迟曜已经牵着她的手往前面走去。她跟着他走，手被他温热的掌心包裹着，十分有安全感。

他们的脚下就是大海，大海在朦胧的月光照耀下，显得波光粼粼。抬头就是星空，在城市里很少能够看到这么美丽的星空，繁星满天。旁边就是他，要一辈子在一起的他。

言安希的心里忽然平静下来，感觉什么烦恼都没有了。她双手握成喇叭状，放在嘴边，用尽最大的力气喊道："我们的征途，是星辰大海！"

她以前从书上看到这句话，只觉得十分有意境，并且雄心勃勃。现在，在她眼前有星辰，也有大海。

"你什么时候发现这里的？"言安希惊喜地侧头看着他，"你对这座城市也不熟悉吧……"

"这里是还没被开发的一颗遗珠，我也是偶然听人说起的。下面是平坦的公路，临靠大海，星辰满天，安静又不会吵闹，最重要的是，这里能看到最美的日出。”

言安希依偎进他的怀里说道：“我好久都没看到这么漂亮的星星了……晚上看星星，早上看日出，多美。”

“今晚这里就属于我们了。”慕迟曜抱着她，“你这么嗜睡，能等到日出吗？”

“你小看我。”

慕迟曜笑了笑，把她的外套裹紧：“风有点儿大，别冻着。”

言安希眼睛亮晶晶的：“今晚这里就我们两个吗？”

“你还想有第三个？”慕迟曜反问道，然后转身往车子后备厢走去，“过来，帮忙。”

言安希欢快地跑了过去：“你还准备了什么？”她说着，好奇地把脑袋凑了过去。

只见慕迟曜把一个包裹拿了出来，然后拆开，蹲在地上，开始动手组装起来：“帐篷，会搭吗？”

言安希摇摇头：“不会。”

慕迟曜牵过她的手，让她在自己的旁边坐下，他说：“我教你。”他修长有力的手指灵活地上下翻飞，一边组装，一边跟她讲解，“这里，螺丝要拧紧，这里和这里对接……”

言安希把头发挽到耳后，认真地跟着他学。两个人齐心协力，很快就把简易帐篷支好了。

慕迟曜弯腰把言安希抱起来，轻轻地放进了帐篷里，紧接着，他也在她身边坐了下来。

言安希托着下巴看着他说道：“想当初，我就是被你的美色迷惑住了……你说，你一个男生，为什么长得这么好看呢？”

“我好看的话，我们的孩子才会好看。”

“那要是男生的话，不知道又会让多少少女疯狂。毕竟，女人其实比男人更容易被美色迷惑啊！”

慕迟曜反问道：“你怎么不担心生的是一个女孩？如果是女孩，你就得担心，多少男生想来给她献殷勤了。”

言安希笑眯眯地回答：“不会啊，你这个当爸爸的，不是应该要替她挡去追求她的男生吗？”

慕迟曜想了想："我慕迟曜的女儿，一般男人连看的资格都没有。要是娶的话……"他忽然说不下去了。他和言安希的女儿，那一定是娇贵无比的，怎么宠怎么疼都不够，怎么能随随便便地让一个毛头小子就拥有了她。

言安希凑了过去："所以啊，还是生个儿子吧，男孩子糙一点儿，不用担心。"

慕迟曜没有说话，忽然伸手直接把她抱到了自己的腿上，言安希缩在他怀里。有了帐篷，风也不是那么大了，他的怀抱温暖无比，舒服得让言安希直眯眼。

"星星好多。"言安希看着夜空，"其实今天晚上来对了，就应该提前来，不然去哪里看这么美的星辰啊……"

"是，无心插柳柳成荫。"

"这一辈子，我们都会记得这个晚上吧。"言安希喃喃地说，"能和你在这里静静地坐着，吹着海风，看着星空，等着日出，一辈子也就这么一次机会吧……"

"只要你想来，我们就常常来。"慕迟曜抱着她坐在帐篷里，一起聊天，一起看星星，听夜里大海的声音。

浪漫如此，夫复何求？

言安希忽然睁大了眼睛，无辜地道："我饿了，肚子咕咕地叫了。"

"你晚餐时不是吃了很多吗？"

"但我现在是两个人啊！"言安希回答，"除了我要吃，还有另一张嘴也要吃呢。"

慕迟曜微微笑着，一副早就料到的表情："还好我准备了。"

五分钟过后，言安希面前摆了一个烧烤架。再五分钟过后，应有的食材、调料，也都送了过来，整整齐齐地摆在言安希的手边。言安希自己动手边烤边吃，吃得不亦乐乎。吃饱了，她就靠在慕迟曜怀里，很没形象地打着饱嗝，聊天。

聊着聊着，天边已经泛出鱼肚白了，言安希一下子就精神了。

慕迟曜低头吻了吻她的脸颊："天快亮了。"

言安希说："一晚上就过去了吗？这么快？"

她从慕迟曜怀里站了起来，看着海平线上那隐隐的光亮，宛如生命的希望之光。她吹着海风，看着微微发亮的天空，脸上洋溢着笑容。

慕迟曜走到她身后，双手从她腰侧穿过去，从她身后抱住了她，道："我一直都有一个心愿，"他贴在她耳边，轻声说道："和最爱的女人在一起，给她一个完美的婚姻，陪她看一次日出。"

言安希回答："只要和你在一起，做什么事我都会觉得快乐。"

慕迟曜轻轻地吻着她的耳垂："我真的想把自己的所有都给你，只要你要，只要我有。"

言安希侧头看着他："我也一样。"

慕迟曜在她额头上落下一吻："看，太阳要出来了。"

言安希回头看着这足以震撼人心的日出，火红的光芒照亮了海平面，也照亮了那片天空，真的很美。这里的夜空，这里的日出，都将成为她这辈子见过的最美的风景。

言安希看着越升越高的太阳，又看着慕迟曜。

"怎么……"慕迟曜的话还没说完，言安希已经踮起脚尖，主动地吻了他。

不知道为什么，这个时候她就是想要亲他，想和他接吻。这个男人是属于她的，谁也抢不走。她想吻他，在这初升的太阳下，在这片海边，在早间温凉的风中。

言安希生涩而又主动地吻着他，而慕迟曜的大手则牢牢地抱着她的腰，手腕上的表，折射着细碎的光芒。

日出下拥吻的人儿，会得到爱神的眷顾吧。

——全文完——